HISTORIA DE DOS ALMAS

HISTORIA DE DOS ALMAS

Lorena Franco

CAPÍTULO 1

Noviembre, 1992

Era la tercera vez que Catherine se asomaba por aquellos grandes ventanales en los que podía ver con claridad la bella Fontana Di Trevi de Roma. Para todos era la mejor zona donde podía vivir una joven de sus condiciones sociales, aunque no era fácil estar lejos de su ciudad natal, Londres. Roma le parecía una ciudad gris, pero no por ello carente de encanto. Pasear por Roma resultaba una aventura interesante a pesar de que no siempre le dejaban ir sola. A menudo la acompañaba Henry, el joven mayordomo y, en otras ocasiones, Lisa, la fiel ama de llaves que había cuidado de Catherine desde que era pequeña, cuando sus padres tenían las reuniones sociales y fiestas que ella tanto aborrecía.

Catherine tenía veinte años y todavía no había encontrado un joven con el que pasar una vida repleta de glorias y felicidad, como la mayoría de aquellas señoritas a las que apenas conocía y, sin embargo, se había visto obligada desde siempre a brindarles su falsa amistad. El motivo de alejar a Catherine de Londres era claro para sus padres. Siempre la habían culpado por ir en contra de todo y de todos y, por eso, la enviaron a Roma, donde se encontraban sus abuelos paternos, los Stevens, para poder sacar

1

provecho de ella y convertirla en una verdadera señorita de la alta sociedad, algo con lo que nació, pero con lo que nunca llegó a sentirse identificada. Había pasado un mes y aún soñaba con las bulliciosas calles londinenses a primera hora de la mañana, los pastelitos de la señora Clark's y la lluvia nocturna que impregnaba de un olor especial el asfalto de la ciudad.

Catherine no llegaba a sentirse cómoda en su nueva habitación. Aunque tenía unas vistas preciosas que nunca se cansaba de observar, las cortinas y cuadros del siglo XVII le parecían demasiado soberbios para una joven de su edad. Mientras imaginaba estar en su colorida y alegre habitación londinense llena de recuerdos personales y pensaba en la posibilidad de salir a pasear por los alrededores de la Fontana Di Trevi, entró Lisa con una bandeja que le costaba sujetar con firmeza debido a su avanzada edad.

—Le he preparado el té, para no perder la costumbre —comentó la mujer, sin dejar de lado su amplia sonrisa e intentando arreglar su recogido algo desaliñado por el esfuerzo de subir las escaleras de la gran casa.

—Salgamos a pasear, Lisa.

—Señorita, ¡a estas horas! Además, son las cinco de la tarde, la hora del té. La hora sagrada —aclaró Lisa abriendo sus pequeños ojos azules más de lo habitual.

—Sí, las cinco, pero en Londres lo hacíamos, paseábamos cada tarde —refunfuñó Catherine.

—Pero estamos en Roma, no en Londres. No lo conocemos.

—Por eso tenemos que investigar, Lisa. Por favor.

Lisa nunca podía decirle que no a Catherine. Aunque siempre se había mostrado firme, la quería como si fuera su propia hija. A veces, incluso, pensaba que había renunciado a su propia vida por el inmenso cariño que le tenía a la joven. Ella, al contrario que algunas amigas que había tenido en su adolescencia, nunca se había casado ni había pensado en la posibilidad de tener sus propios hijos. Había vivido por y para los Stevens y a su edad ya era tarde para poder arrepentirse de algo y pensar en las cosas que hubiera podido hacer y no hizo. Pero Catherine ya no era aquella niña a la que había cuidado. Era imposible regañarla. Cuando la joven hacía alguna de sus jugarretas típicas de la adolescencia y sus pequeños e intensos ojos verdes miraban al suelo llenos de culpa y arrepentimiento, Lisa sentía que se le rompía el alma. Mientras Catherine miraba a Lisa, recordó las veces en las que de niña intentaba quitarle las gafas de lectura para tirarlas al suelo o las ocasiones en las que le encantaba entrar en la cocina y ver cómo Lisa preparaba las galletas de canela de la tarde. El ama de llaves había sido una madre para la muchacha, incluso más que Madeleine Stevens; la mujer que, a fin de cuentas, le había dado la vida. Una mujer llena de distinción y arrogancia a la que le importaban más sus valiosas joyas que su única hija.

—¿Investigar? —quiso saber Lisa, para alargar la discusión, mientras servía el té en las refinadas tazas francesas. Al lado de las tazas destinadas al té, no podían faltar sus legendarias pastas, cuya receta se remontaba a los tiempos inmemorables de la abuela de Lisa.

—Sí... sus calles, sus gentes, el idioma... Quiero descubrir las entrañas de Roma.

—¡Qué manera de hablar! —se escandalizó Lisa, intentando no exteriorizar la risa que llevaba por dentro a causa del comentario de Catherine.

—Por eso tal vez nadie se quiere casar conmigo —respondió la joven, soltando una carcajada, aun sabiendo que eso no era cierto. Muchos de los hijos de las amistades de sus padres veían en ella un futuro prometedor y una gran belleza, pero ella no quería saber nada de ellos. A veces, cuando se acercaban para mantener una conversación con ella, huían despavoridos como si Catherine fuera el mismísimo diablo. Por ese motivo, tenía tantas peleas en Londres con Charles, su padre.

—Tengo tantas cosas que hacer, Catherine... —se disculpó Lisa.

—Lisa, ¡por favor! No querrás que vaya sola, ¿verdad?

—¡Su abuelo me mataría! —Catherine la miró sonriendo con picardía—. De acuerdo. Cuando termine el té, vamos a dar un paseo. ¡Pero poco rato! —exclamó el ama de llaves enérgicamente a la vez que señalaba la puerta del dormitorio de la chica.

Mientras Catherine se tomaba el té sin dejar de observar la Fontana Di Trevi desde la ventana, Lisa fue a su dormitorio a arreglarse el cabello. No podía creer cómo Catherine siempre la engatusaba y su firmeza no servía absolutamente de nada para poder decirle que no a algunas situaciones o cuestiones. No entendía cómo podía existir en el mundo una persona tan persuasiva como aquella señorita ni tampoco cómo con el paso de los años ella misma se había vuelto más permisiva. Lisa se miró en el espejo y, con resignación, recordó su rostro veinte años atrás, cuando los hombres aún la miraban con curiosidad y las mujeres la envidiaban. «Cómo cambian las personas con el paso de los años», murmuró con tristeza.

En silencio, el ama de llaves recorrió los pasillos de la casa de Aurelius Stevens, el abuelo de Catherine; asegurándose de que todo estuviera en orden. Aurelius siempre tuvo una vida fácil. Nació siendo un Stevens y no tuvo nunca la necesidad de trabajar. Solía decir que el trabajo era para quienes no tienen dinero. Cuando cumplió cincuenta años y sus hijos ya estaban casados en Londres, decidió irse a vivir a Roma, la ciudad en la que, según siempre explicaba, conoció a la que se convirtió en su esposa, Diane Stevens, una mujer esbelta y elegante, por la que parecían no pasar los años, a pesar de contar con setenta. Diane también procedía de buena familia, bondadosa y refinada, siempre había sido objeto de todas las miradas. Era la típica mujer a la que el tiempo favorece tanto como al más excelentísimo vino, aunque un ápice de tristeza en su mirada se le escapaba cuando recordaba la muerte de la única hija que tuvo. Se llamaba Kate y murió a la temprana edad de diecisiete años a causa de una grave enfermedad que el médico de la familia no pudo diagnosticar a tiempo. Diane siempre decía que Catherine le recordaba a su hija fallecida por la expresión de su dulce rostro, en la mirada a veces perdida hacia ningún lugar, en su esbelta y delicada figura, en el carácter similar y el timbre de voz idéntico.

Diane sentía auténtica pasión por su nieta y, sin embargo, nunca vio con buenos ojos a su nuera, Madeleine, una pobre muchacha que vio en la familia Stevens la oportunidad de tener una vida acomodada al lado de Charles, el atractivo hijo mayor de Aurelius y Diane. Ella misma se apresuró en tener una hija, Catherine, para así asegurarse la vida que se había propuesto tener. Diane la veía como una trepa sin corazón que nunca había querido a su propia hija ni a su marido y se enfurecía cada vez que tenía que estar con ella en las cenas de Navidad o en cualquier otra celebración familiar. Simplemente la detestaba.

Antes de que Lisa pudiera tocar a la puerta del dormitorio de Catherine, esta ya la había abierto con una sonrisa en su rostro y ganas de pisar el exterior de la Fontana Di Trevi, cansada ya de tener que admirarla desde su prisión.

—Vamos, Lisa. ¿Preparada?

—¿Ya ha tomado el té?

—Riquísimo.

—Gracias. —Lisa se sonrojó por el cumplido. «Riquísimo, excelente, maravilloso», eran palabras que escuchaba a menudo gracias a un trabajo impecable que siempre realizaba con sumo esmero y cuidado.

La mujer observaba cómo a Catherine se le iluminaba el rostro al estar cerca de la Fontana di Trevi, sin conformarse solo con verla desde la ventana de su dormitorio. «Se la ve tan feliz», pensó. Y así era. Catherine conocía cada rincón del lugar hasta tal punto que había podido plasmarlo en uno de sus dibujos. A la joven se le daba muy bien dibujar todo cuanto veía o aquellas cosas que solo existían en su mente, aunque sus padres no vieran bien que tuviera una imaginación tan desbordante. Solían decir que no podía ser bueno. Aun así, Lisa admiraba su creatividad y le encantaba contemplar en silencio cómo Catherine se desvivía por plasmar en una hoja todo lo que tenía en su interior, como si fuera una manera de desahogarse y ver el mundo desde otra perspectiva. Mientras el ama de llaves estaba entretenida mirando a unas cuantas palomas que comían con ansia las migas de pan seco que una adorable, aunque extraña, anciana les estaba ofreciendo, Catherine miraba hacia otra dirección. Con la mirada ausente, observaba cómo un completo desconocido trataba de encontrar la mejor perspectiva para fotografiar la Fontana Di Trevi en su mayor esplendor. Le encantó desde un principio el interés de ese hombre por fotografiar lo mejor de La Fontana, por poder plasmar la mirada perdida de sus figuras, el agua cristalina cuyo fondo escondía monedas llenas de buenos deseos por regresar al lugar y así admirar, al fin y al cabo, la belleza de cada rincón una vez más. Catherine pensó en la suerte que tenía por poderlo ver todo desde su dormitorio. Lisa vio cómo la joven, sin dudarlo dos veces y como si de un impulso repentino se tratase, se acercaba a un desconocido con una cámara fotográfica *Soho* de fuello y cuerpo de baquelita café, fabricada en Londres en el año 1930. No tuvo tiempo ni siquiera de reaccionar para impedirle a la señorita que se acercara al desconocido y atractivo joven que sujetaba su cámara como si de un tesoro se tratase.

—Buenas tardes —saludó Catherine al joven desconocido en italiano. Le gustaba verse capaz de aprender un nuevo idioma, pero no surgió efecto en el hombre que tenía delante, quien parecía no entender el idioma y decidió, entonces, saludarla en inglés.

—Alguien de Londres, al fin —saludó él, sin soltar su cámara fotográfica—. ¿Nos conocemos de algo? —preguntó perdiéndose en la mirada verde y curiosa de la muchacha—. Me llamo Edward.

—Hola Edward, soy Catherine —respondió ella a la vez que estrechaba su mano. A la joven le enloqueció el mechón castaño que cayó sobre los ojos almendrados de Edward en el momento de presentarse. Una nariz con personalidad y unos labios carnosos sobre un mentón prominente provocaron en Catherine una excitación que jamás había sentido hacia ningún hombre, una curiosidad e interés que, hasta ese momento, no había experimentado.

—No creo —dijo Catherine, con cierta timidez, aunque sin perder desparpajo. A lo lejos, Lisa seguía observando la conversación de dos jóvenes desconocidos que parecían conocerse de toda la vida. O, por lo menos, esa era la sensación que daba desde la distancia. A su lado, la anciana que daba de comer a las palomas seguía absorta en su propio mundo siendo, sin saberlo, otra de las protagonistas del entorno y la situación de la Fontana Di Trevi.

—Me he acercado para enseñarte la perspectiva perfecta para fotografiar la Fontana Di Trevi.

Edward, sorprendido, dejó que Catherine le cogiera del brazo y lo llevara hasta el lugar apenas cinco metros a la izquierda de donde se encontraban.

Él miró fijamente a Catherine durante unos instantes. La mente de Edward le trasladó, por un instante, a otro lugar y en otro espacio a solas con la joven, sin saber que a ella le estaba sucediendo lo mismo. Ambos eran como dos gotas de agua sin saberlo, como dos gemelos separados al nacer sin sospecharlo. Igual que un amor perdido con los años que se vuelve a encontrar en un día nublado del nueve de noviembre de 1932 en la Fontana Di Trevi de Roma.

CAPÍTULO 2

Noviembre 2002, Madrid

A Emma le gustaba la lluvia y contemplarla desde la intimidad de su hogar a través de las ventanas. Había comprado recientemente unas cortinas nuevas de color blanco roto que caían con sencillez en el suelo y con las que podía ver el exterior sin necesidad de apartarlas. Vivía en un pequeño apartamento situado en la Plaza de la Independencia en pleno centro de Madrid, desde donde podía ver la puerta de Alcalá y el recinto del parque del Retiro. Lo único que podía despistarla de las fantásticas vistas que podía observar durante horas eran las prisas que le daba, constantemente, su editor para terminar la novela que estaba escribiendo. A menudo, pensaba en las noches en vela que había pasado para culminar una novela y en los distintos finales que hubieran tenido sus personajes, si los editores no solieran dar tantas prisas, pero, una vez más, sus pensamientos fueron perturbados a causa de la melodía del móvil, en esos momentos una de las canciones de moda del verano. «Poco típico para una escritora "seria"», se decía Emma. Pero no podía negar que, al fin y al cabo, era una joven de veintisiete años y no una setentona como muchos de sus lectores que no se molestaban en mirar su biografía o en ir a los centros comerciales o pequeñas librerías a tener una firma de sus libros.

—Emma, vuelvo a ser yo.

—Cómo no... —suspiró preocupada, al escuchar el tono grave y serio de su agente y editor, Carlos Ruiz, de gran prestigio en Madrid y con el que llevaba trabajando cuatro años.

—Necesito *«Vidas Paralelas»* la semana que viene, ¿podrás? ¡Estamos ya a nueve de noviembre!

—Teniendo en cuenta que me das cuatro días más de los que pensaba, claro.

—Muy bien, mañana te llamo.

—Gracias Carlos, hasta luego.

Dejándose llevar por la lluvia que desde siempre le aportaba inspiración, Emma se sentó frente al ordenador, dispuesta a seguir con el capítulo en el que Genoveva intenta suicidarse y ve a lo lejos cómo Leonardo corre hacia ella para impedirlo. Pensó en que, seguramente, si los ordenadores no existieran y aún siguiera la tradición de escribir a mano, su papelera estaría repleta de hojas arrugadas y sería un as del baloncesto que ya quisieran los de la NBA. Una escritora frustrada, esa era su descripción personal. No escribía lo que le apetecía, sino lo que vendía. Productos comerciales como si de hortalizas en oferta se tratasen.

Parecía que la lluvia estaba a punto de dar paso a un resplandeciente sol y la insistencia de Ñata por salir a pasear distrajo, como siempre, la concentración frente a la pantalla del ordenador de Emma. Siempre es bonito pensar en el momento en el que conoces a una persona. En su caso, algo que siempre le había gustado recordar era el momento en el que conoció a la que, desde hacía dos años, se había convertido en su más fiel compañera. Fue en la perrera, mientras Emma buscaba un cachorro. Ñata fue la única que se acercó y puso su, por entonces, pequeño hocico entre los barrotes. Le sorprendió ver a una perrita de raza tan pequeña en la perrera. Ambas se quedaron quietas mirándose y Emma no lo dudó ni un segundo. Era a ella a quien quería, a Ñata. Un bulldog francés hembra de color negro y manchitas blancas en el cuello que le hacía sonreír, gracias a la alegría y felicidad desbordante que siempre demostraba ante ella. No podía negarle nada.

Emma se quitó el chándal de andar por casa, se puso sus tejanos y sus míticas zapatillas *Converse* de color rosa pálido, que hacían juego ese día con su camiseta de cuello de cisne.

—Venga, vamos a pasear —anunció sonriendo a Ñata, mientras le colocaba el arnés sin dificultad.

Al salir del portal, se encontró con Alfredo, su vecino. Llegaron a salir a cenar un par de noches, pero Emma supo en seguida que Alfredo no era hombre de una sola mujer y no sería ella quien le hiciese cambiar. Sin embargo, él siempre había sentido una atracción inevitable por su vecina. No solo por su agraciado físico, también porque admiraba su trabajo. Alfredo había comprado todas las novelas de Emma y las tenía encima de la mesita de noche, algo que la escritora ni siquiera sospechaba.

—Hola, Alfredo, ¿qué tal? —saludó Emma, con total normalidad, mientras él acariciaba a Ñata, que tenía más prisa por salir a la calle que por estar pendiente de las atenciones del vecino.

—Bien, muy bien. ¿Y tú? —Conversación de besugos, a la vez que Alfredo no podía dejar de mirar las largas y esbeltas piernas de Emma, escondidas bajo esos tejanos estrechos que tan bien le sentaban. «En vez de ser escritora tendría que haber sido modelo, hubiera tenido un futuro prometedor», pensó. Ese día, su larga melena castaña la llevaba recogida y, a pesar de no ir maquillada como todas las mujeres a las que conocía, su piel resplandecía bronceada, fina y maravillosa a conjunto con unos ojos verdes de impresión. «¿Cómo pude dejarla escapar?», se

11

preguntó en ese momento, mirándola fijamente, aunque no era nada nuevo. Era la misma pregunta que se hacía cada vez que la veía o pensaba en ella.

—¡Como siempre! Nos vamos a pasear, ahora que ha parado un poco de llover. ¡Hasta luego!

La Puerta de Alcalá estaba repleta de admiración por parte de los turistas que fotografiaban con sus cámaras digitales las mejores vistas del monumento, aunque a Emma lo que realmente le impresionaba era el tráfico que se estaba formando alrededor del monumento. Los conductores, nerviosos, protestaban con violencia, mientras reinaba la paz en el interior del Retiro, lleno de parejas paseando, más turistas fotografiando y un cielo que amenazaba con volver a dejar caer gotas de lluvia.

Emma y Ñata se adentraron en su paraíso urbano particular, los alrededores del parque del Retiro. Admiraron en un principio, como ya era habitual en sus paseos, el lago desde el Paseo Salón del Estanque, esta vez sin gente divirtiéndose en sus barcas, a causa del mal tiempo, y las escaleras del Monumento Alfonso XII y sus alrededores, sin jóvenes sentados disfrutando de la tarde. Enseguida Emma y Ñata tuvieron claro su destino: el Palacio de Cristal. Emma imaginaba, en ese lugar, vidas de otras épocas paseando por los jardines y observando las enormes cristaleras de arquitectura impresionante de una de las protagonistas de mayor relevancia del Parque del Retiro, cuya estructura de metal recubierto por planchas de cristal causaba admiración en todo aquel que la observara. Mientras tanto, Ñata se entretenía espantando a la reunión de palomas que allí se había congregado, debido a una ancianita tapada con bufandas de colores estridentes hasta los ojos que les echaba migas de pan seco. Emma miraba a su alrededor como si estuviera buscando algo, como si le fuera la vida en ello sin saber el motivo. De repente, encontró apoyado en una de las esquinas del lago artificial, en frente del Palacio de cristal, a un hombre de unos veintiocho años, según pensó, fotografiando todo cuanto veía a su alrededor con gran interés, con pasión y mirando con curiosidad, a su vez, los árboles escondidos bajo la superficie del agua. Con mayor atención miraba hacia el famoso Ciprés caracterizado por su tronco y raíces sumergidas bajo el lago, repleto de patos ese día. «Un fotógrafo», pensó Emma fijándose en cómo el hombre, de estatura superior a la media, cabello castaño y ojos almendrados de color pardo, por lo que pudo distinguir en la distancia, fruncía el ceño cada vez que veía en la pantalla de la cámara la fotografía que había realizado. Vestía un jersey de punto de color azul claro con rayas de tonos más oscuros y unos vaqueros que dejaban ver una figura escultural a base de gimnasio, aunque sin romper con cierto aire bohemio y dejado. Por un momento, Emma, que seguía desconcertada por la curiosidad que le había hecho sentir el «desconocido», se dio cuenta de que la había pillado mirándolo. Él la miró y sonrió, pero continuó concentrado en compañía de su cámara fotográfica, un tesoro para él, o por lo menos eso parecía.

Ñata seguía a su aire junto a la anciana que no dejaba de sonreír y dar de comer enérgicamente a las palomas y Emma, después de meditarlo un segundo, decidió acercarse al «desconocido», para ayudarle a hacer las mejores fotografías del Palacio de Cristal, puesto que lo conocía tan bien como la propia palma de su mano y, de hecho, el mismo lugar había sido clave para algunas escenas de sus novelas. Las mejores perspectivas y vistas del lugar, tras diez años paseando casi a diario por los alrededores del parque, no tenían ningún secreto para la escritora. Le costó un poco arrastrar a Ñata, que seguía jugando al *pilla-pilla* con las palomas, pero al fin lo consiguió, logró acercarse al «desconocido», que la miró algo desconcertado.

—Hola —saludó Emma.

—Disculpa, ¿nos conocemos? —Emma se echó a reír. Parecía el diálogo que días atrás había escrito en la historia de Genoveva y Leonardo, pero esa pregunta le sorprendió, le resultaba familiar, como si volviera a otro momento que ni siquiera recordaba, que ni siquiera había vivido. Sin quererlo, miró a la anciana que, por momentos, había dejado de alimentar a las palomas para mirarla a ella. La joven frunció el ceño y sonrió, devolviéndole la misma mirada curiosa, sabiendo que esa mujer, al igual que el hombre que tenía delante, le resultaba demasiado familiar. Una situación extraña, un momento inusual.

—Me estaba fijando en el interés que muestras hacia el Palacio de Cristal. ¿Eres de aquí?

—No, vivo en Roma, aunque soy de Barcelona —explicó el, por entonces, aún «desconocido», con una sonrisa cansada en su rostro.

—Interesante. ¿Te dedicas a la fotografía?

—No especialmente. —«Hombre de pocas palabras», pensó Emma.

—Me llamo Emma.

—Yo Cristian.

—Encantada.

—Igualmente.

Cuando Emma no supo cómo continuar la conversación y el «desconocido», a partir de ese momento con nombre propio, tampoco pareció mostrar mucho interés, ella le cogió del brazo ante su sorpresa y lo llevó hasta el centro del Palacio de Cristal, donde la perspectiva para fotografiarlo era perfecta. Eso pensó Cristian cuando logró reaccionar.

—Vaya, pareces conocer muy bien el lugar —comentó perplejo ante la belleza que estaba viendo en la pantalla de su cámara desde ese punto hacia el Palacio de Cristal.

—Sí. Desde aquí la perspectiva para fotografiarlo es genial y, también, desde allí —añadió Emma, señalando con el dedo la zona de detrás de un arbusto a la derecha.

—Muchas gracias.

—¿Habías estado antes en Madrid?

—Una vez cuando era pequeño, con mis padres. Pero no había vuelto desde entonces. Es una ciudad preciosa.

—Sí, lo es. Barcelona también.

—¡Y Roma! —dijo él riendo.

—No he estado nunca, pero me han hablado maravillas de la Fontana Di Trevi.

—Se puede decir que es un lugar muy especial. Oye, ¿estás segura de que no nos conocemos de algo? —insistió Cristian sin poder evitar mirarla fijamente con admiración y pensando en que era la mujer más guapa que había visto nunca. Emma apartó la mirada un segundo para observar que Ñata seguía espantando a las palomas, pero la anciana de bufandas estridentes ya no estaba allí. Sonrió. Era cierto, esa situación parecía haber pasado ya.

CAPÍTULO 3

Roma, 1932

Catherine se despertó de un inusual buen humor a la mañana siguiente. Acostumbrada a levantarse con dolor de cabeza y mal aspecto desde que había dejado Londres, sabía que ese día no iba a ser como el resto. Quizá la alegría fuera provocada por el suceso de la tarde anterior. Gracias a Edward, ahora conocía un sentimiento nuevo, una emoción que jamás había pensado que pudiera sucederle a ella. Pero ¿cuándo lo volvería a ver? Habían quedado en la Fontana esa misma tarde para seguir lo que dejaron la tarde anterior, dado que Lisa les había interrumpido por miedo a que Aurelius las riñera por salir solas a esas horas de la tarde. «¿Dónde se ha visto? ¡Qué vergüenza!», hubiera exclamado con su voz grave y gruñona, revolucionando Roma entera en busca y captura del «desconocido» para darle una buena reprimenda. Lisa le temía a pesar de estar acostumbrada al fuerte carácter del patriarca, pero Catherine, el ojito derecho de su abuelo, no solía hacer caso de las absurdas palabras que salían por los finos labios del Señor Stevens, cubiertos por un espeso bigote canoso, por mucho que en ocasiones le dolieran.

Lisa no había dejado de pensar en la tarde anterior, cuando Catherine había conocido a aquel muchacho en la Fontana Di

Trevi, mientras realizaba los quehaceres típicos de la gran casa del señor Stevens. Pensaba en el «desconocido» que, por el momento, para ella no tenía nombre, ya que la señorita Catherine, siempre reservada en asuntos personales que solo le inmiscuían a ella, no le había mencionado absolutamente nada de lo que había hablado con el joven. Ni siquiera le contó cómo se llamaba. Lisa tampoco preguntó, aunque pensó que era atractivo y que hacían una excelente pareja, pero ¿quién era realmente? ¿Sería de buena familia? ¿Un chico de confianza? En definitiva, ¿un buen chico? Para ella, incluso aún para Catherine, era un auténtico desconocido en el que no se podía confiar. Pero, por otro lado, le extrañaba la confianza que parecía haber tenido la joven al ir a hablar con él, dado que no la había visto ser así con nadie que no conociera con anterioridad. «Es muy raro...», seguía pensando, sin realmente saber por qué el asunto la había dejado tan consternada.

Catherine pasó el resto de la mañana soñando despierta por los largos pasillos llenos de ostentosos cuadros victorianos e imaginando situaciones irreales con Edward. Sonreía cada vez que pensaba en cómo la había mirado, en el recuerdo del roce de su mano con la camisa blanca de él, cuando lo acercó a la perspectiva perfecta para fotografiar la Fontana Di Trevi. Esa mirada... como si hubiera estado observándola toda la vida, como si conociera cada rincón de su cuerpo; como si hubiera algo en él que le resultara familiar. Reconocía no haberle sucedido eso con nadie y tampoco sabía explicar con exactitud lo que sintió al hablar con él, al mirarlo y al confiar en alguien sin tan siquiera conocerlo. No tuvieron mucho tiempo para hablar, ni siquiera sabía la edad de Edward, pero de lo que sí estaba segura era de que él, estuviera donde estuviera, se acordaba del momento en el que la conoció.

No había sido fácil superar la muerte de Evelyn, su esposa. Mientras Edward paseaba por las calles de Roma sin rumbo fijo, pensó en Catherine, la joven que había conocido la tarde anterior en la Fontana Di Trevi. Su belleza era muy similar a la de Evelyn, pero a ella la envolvía una magia que no había sentido con su difunta esposa el día en el que la conoció. Mientras veía a la gente pasar, su mente vagaba por tiempos pasados en los que no sabía lo que era la soledad ni la tristeza en aquella época, desde su más tierna infancia, en la que no se había separado ni un minuto de la que fue su mujer. Se conocieron en Irlanda, cuando sus padres se reunieron para hacer negocios juntos, negocios provechosos que enriquecieron sus empresas textiles sin que lo esperaran.

Desde ese momento, Edward y Evelyn siempre estuvieron juntos con tan solo diez años de edad. A los diecisiete, decidieron casarse. Fue una boda íntima y familiar, pero Evelyn ya sufría una grave enfermedad que ningún doctor en Londres supo revelar. A los veintiún años, la luz de los enormes ojos azules de Evelyn se apagó para siempre. Fue un fría noche de enero en la que su sauce llorón preferido se quedó completamente blanco a causa de la cantidad de copos de nieve que cayeron. El único consuelo que le había quedado a Edward fue que no se separó de ella ni un instante. Las últimas palabras de Evelyn fueron que deseaba que volviera a encontrar a su amor. Lo definió como «su amor», ya que Evelyn siempre había dicho entre risas que, aunque estuvieran bien juntos, nunca había sentido ser su otra mitad. Cuando ella le decía esto, él se echaba a reír diciéndole que sí, que lo era. A veces, incluso, le comentaba que no existían las otras mitades, sí la compenetración y el cariño de los años. Sin embargo, la tarde anterior, al conocer a Catherine pensó que, tal vez, Evelyn tenía razón, que por algún motivo ella sabía que iba a conocer a alguien que sería más especial. Catherine, a la que nada más ver parecía conocer de toda la vida, sí era su otra mitad, su amor, alguien destinado exclusivamente para él. En ello residía la diferencia. Cuando conoció a Evelyn, se podía decir que le cayó bien, que le gustó la expresión cándida y dulce de su mirada, sus delicados labios y su lacio cabello negro, pero no sintió conocerla desde siempre. Tuvo que pasar el tiempo para poder conocer sus gestos, incluso intuir sus palabras o reacciones en algún momento dado. Con Catherine, sentía saber lo que pensaba, lo que iba a decir en cada instante, aunque fuera poco el tiempo que, por el momento, había pasado con ella. Tenía ganas de que llegara la hora de la tarde en la que habían quedado para volverla a ver. Supuso que ella no lo tendría fácil para acudir a la especie de cita que habían acordado, puesto que vio cómo una señora mayor de aspecto muy serio la vigilaba unos metros más allá de donde estaban ellos e interrumpió las pocas palabras que pudieron dirigirse. Catherine fue quien logró la perspectiva perfecta para fotografiar la Fontana Di Trevi, ella fue quien le enseñó a sacar partido a la belleza del lugar para plasmarlo en papel y poder, así, lucirlo en alguno de los salones que Edward tenía en su casa londinense. Pero, por otro lado, parecía tan inalcanzable. Sabía que su condición social era elevada, tal vez de las mejores familias de Londres. Bastaba con escuchar su apellido para saber de qué familia se trataba, pero ¿cómo se apellidaba Catherine? ¿Por qué no se lo había dicho? Tenía tantas preguntas sobre ella y a la vez tan pocas respuestas. Quería conocerla, ansiaba dejar huella en la joven.

Mientras se acercaba la hora en la que vería a Edward, Catherine decidió empezar un nuevo diario en el que escribiría sobre su nueva vida en Roma. ¿Hasta cuándo estaré aquí? Escribió diez veces en las páginas en blanco. Continuaba sin entender cómo una persona con la que había hablado apenas diez minutos podía ser ya tan importante y fundamental en su vida, junto con el miedo de que él regresara a Londres y ella continuara en Roma encerrada entre esas cuatro paredes.

—Señorita, ¿qué tiene pensado hacer esta tarde? —preguntó Lisa, retirando de la mesa del salón el plato en el que había comido Catherine. Aurelius había viajado a Florencia junto a su esposa debido a un acto conmemorativo en honor a uno de sus mejores amigos, el gran doctor en ciencias, Ernest Stiller. Tenía la esperanza de que Catherine le dijera que se pasaría la tarde tocando el piano, actividad que había dejado de lado desde que descubrió su pasión por dibujar y escribir.

—Aún no lo sé, Lisa —respondió cabizbaja. Lo que no meditó es que Lisa la conocía bien, sabía que no era capaz de mentir y, si lo hacía, siempre echaba la mirada hacia abajo, como ocurrió en ese momento.

—No me mienta, por favor —pidió Lisa, adquiriendo un tono de voz más serio.

—¡Lisa, no te metas en mis asuntos! —se encaró Catherine, a la par que se iba furiosa a su habitación.

Lisa sabía lo que tenía en mente la joven, lo que cualquier chiquilla de su edad enamorada podía pensar. Escaparse una tarde con el joven del que, repentinamente y sin esperarlo, se había enamorado. ¿Un grave error con graves consecuencias? Se temía Lisa, pero era muy mayor para disgustarse tanto, por lo que decidió dar el tema por zanjado. Decidió no preocuparse de que Aurelius y Charles, el padre de la joven, se enteraran de las escapadas de Catherine en Roma. En su opinión, era sobradamente mayor para hacer lo que le viniera en gana. Lo que apenaba a Lisa era precisamente eso, que Catherine no podía hacer lo que le viniera en gana.

¿Vale la pena tener al alcance todas las riquezas materiales sin poder poseer la libertad?

A las cuatro de la tarde, el ama de llaves vio desde la pequeña ventana de la desordenada cocina cómo la muchacha salía por el portal corriendo hacia su destino con un vestido turquesa que siempre había sido uno de sus preferidos y se lo ponía solo en ocasiones especiales, la Fontana Di Trevi y, a un lado, el «desconocido» esperándola. Ambos sonrieron. Catherine miró hacia la pequeña ventana de la cocina desde donde pudo ver a Lisa observar la romántica escena. La joven realizó un gesto que le vino a decir a Lisa un «ya me darás luego el sermón». Pero Lisa no le recriminaría nada, no se enfadaría. Quería que fuera feliz y el «desconocido» no parecía ser un mal chico. «Tráemela pronto y sana y salva», pensó la mujer mientras se dispuso a decirles a Samantha y a Caroline que empezaran a limpiar la cocina.

Edward y Catherine se alejaron de la Fontana Di Trevi hasta llegar a la Plaza Navona, conocida por sus mercadillos y su estructura alargada, siempre repleta de vida gracias a las terrazas de los cafés, llenas de gente disfrutando de una animada conversación. Se quedaron quietos observando la fuente de los Cuatro Ríos, intentando atrapar el instante en sus mentes para no olvidarlo jamás.

—Me encanta este lugar —empezó a decir Catherine—, aunque no más que la Fontana di Trevi, claro —añadió sonriendo.

—Prefiero la Fontana. Hoy he escuchado su historia.

—¿Qué historia?

—Más que historia, la tradición. Para volver a Roma, hay que tirar una moneda al agua de espaldas a la fuente.

—Sí, la conozco. Tirar la moneda con la mano derecha sobre el hombro izquierdo —intervino, sonriendo con timidez—. Aunque, anteriormente, se bebía un vaso de su chorro de agua dulce.

—Eso no lo sabía.

—Ahora ya sí.

El escenario de la Plaza Navona cambió minutos más tarde, para situarse cerca de la Plaza Venecia, a punto de llegar al foro romano, donde los rayos del débil sol de ese día iluminaban las ruinas llenas de historias y leyendas. Dedicándose tímidas miradas, Edward no dejaba de pensar en lo culpable que se sentía en cierta forma, como si estuviera traicionando la memoria de su difunta esposa, Evelyn. Pero una voz interior le decía que no se preocupase, que ella era feliz al verlo feliz a él, aunque fuera al lado de otra mujer. Y así sería, ella solo sonreía cuando él sonreía y lloraba cuando él también lo hacía.

—Cuéntame de ti, Edward. —Se interesó Catherine para intentar evitar hablar de sí misma. Siempre lo hacía, nunca le había gustado hablar de su vida ni de lo mal que se llevaba con su familia de la «alta sociedad», ni lo insensibles y superficiales que llegaban a ser sus supuestos amigos carentes, en su opinión, de interés. Vio cómo la mirada de Edward pasó de la felicidad a la tristeza en una milésima de segundo y fue entonces cuando se arrepintió de haber formulado la pregunta típica que se suele hacer cuando acabas de conocer a alguien.

—En realidad, hay poco y mucho que explicar, Catherine... Soy de Londres, como te dije ayer, tengo veintidós años y una de mis pasiones es viajar.

—¿A qué te dedicas?

—Mi padre es el propietario de la empresa Parker, ¿te suena?

—¡La gran empresa textil Parker! —exclamó Catherine con admiración—. En mi casa las cortinas y los colchones son Parker, poseen una calidad buenísima —continuó diciendo, sin conseguir ilusionar demasiado a Edward.

—Bueno, a veces trabajo con él, pero hace unos meses decidí viajar, recorrer mundo.

—¿Y qué te ha llevado a eso? —La pregunta que el joven, por el momento, quería evitar. Edward se encogió de hombros mientras decidía si explicarle la triste historia de Evelyn o dejarla para más adelante—. Siento si te ha molestado la pregunta —se disculpó Catherine, avergonzada por la incomodidad que parecía haberle causado.

Hubo un silencio incómodo, aunque encantador, que ninguno de los dos supo definir. Ambos miraban todo cuanto había a su alrededor. Pocas mujeres paseando por el Paseo Fori Imperiali y varios hombres fumando puros con orgullo y aparente interés por la charla mantenida con sus acompañantes masculinos, seguramente sobre negocios, sobre dinero o sobre «nuevos ricos», sus conversaciones preferidas. Edward cogió delicadamente el brazo de Catherine, al igual que hizo ella la tarde anterior, y se sentaron en un banco del paseo.

—Decidí conocer mundo el día del funeral de mi mujer. —La joven abrió los ojos como platos y mostró una mueca de dolor en su rostro—. Se llamaba Evelyn, nos conocimos cuando éramos unos críos gracias a nuestros padres y, desde entonces, nos hicimos inseparables. Nos casamos con diecisiete años y, cuatro años después, ella falleció. —La claridad y rapidez en las palabras de Edward conmocionaron a Catherine que lo escuchaba con atención—. Fue en enero, ya estaba enferma desde hacía tiempo, pero nunca llegaron a saber lo que tenía. —La muchacha nunca habría imaginado un pasado tan triste para un hombre joven y vital como él—. Desde entonces, he estado en muchos lugares. España, Francia... Ya he recorrido Florencia y Venecia. Roma va a ser mi último destino. Volveré a Londres a rehacer mi vida, a volver a empezar sin Evelyn.

—¿Cómo era? —preguntó curiosa Catherine. Edward no se esperaba la pregunta y meditó unos segundos antes de responder sonriendo y volviendo a recordar a su mujer como hacía durante cada segundo de sus días.

—Dulce, entrañable... Era inteligente, aunque tenía un carácter demasiado afable, se dejaba llevar. Era buena persona y lo notabas al estar con ella. Su cara era muy bonita —comentó, pensando en el primer día en el que despertó junto a ella, una mañana radiante de agosto—. Incluso, cuando peor se encontraba, seguía siendo preciosa. —A Catherine le gustaba escuchar esas palabras de la boca de Edward. No había oído nunca a nadie describir con tanta perfección, dulzura y detalle a otra persona. Estaba acostumbrada a las definiciones sarcásticas y envidiosas de sus amistades respecto a otros conocidos—. Estoy hablando demasiado —se disculpó él, sintiendo que estaba siendo demasiado pesado.

—No, no... Nunca había oído a alguien hablar tan bien de otra persona. Me asombra, eso es todo.

—Y ahora apareces tú... No sé nada de ti, pero es como si te conociera desde siempre. Es una sensación extraña, pero siento que, incluso, podría definirte con más exactitud, apenas unas horas después de conocerte, que a Evelyn habiéndola conocido durante once años. Es curioso.

—Es curioso... —repitió Catherine, asintiendo con la cabeza—. En realidad, siento que no he confiado nunca en nadie como lo hago en ti. Ni siquiera en personas a las que conozco desde que nací. Podría explicarte mi vida entera, pero me temo que es demasiado aburrida.

—¿Por qué? ¿Qué es lo que te ha llevado a Roma?

—Ahora lo pienso y creo que el motivo de estar aquí es otro muy diferente al que creía en un principio. Apenas llevo una semana y pensaba que era un castigo de mis padres o algo similar. Por no haberme casado, por haber rechazado a todos los hombres que me han presentado. Soy Catherine, Catherine Stevens.

—No tenía ni idea —murmuró Edward sorprendido. Sabía que la familia Stevens era una de las más poderosas de Inglaterra desde el siglo XVIII, desde que Paul Stevens llegó a Londres sin un penique en su bolsillo y montó una inmensa fortuna gracias a diversos negocios de banca. Desde entonces, la familia aumentó, convirtiéndose en una de las más influyentes del país.

—Nadie había reaccionado así. A lo mejor porque quienes me han conocido ya lo han hecho como una Stevens. Espero que ahora no cambie tu actitud.

—En absoluto. Aunque debo reconocer que me esperaba que fueras de buena familia, de la alta sociedad, pero jamás de los Stevens.

—Como te iba diciendo, Edward, el motivo por el que estoy en Roma eres tú. Ahora lo sé. No es un castigo de mis padres, es un regalo, por haberte conocido —confesó con una timidez que a Edward le resultó encantadora.

—Puedo decir lo mismo, Catherine. Exactamente lo mismo.

CAPÍTULO 4

Madrid, 2002

Cuando Emma se despidió de Cristian la tarde anterior en el parque del Retiro, él ni siquiera le había pedido su número de teléfono. Poco había sido el rato que habían estado juntos, ya que la lluvia volvía a amenazar con violencia en forma de ruidosos truenos y Ñata se estaba empezando a asustar. Volvieron a casa para que de nuevo Emma se sumergiera en la historia de Genoveva y Leonardo a través de la pantalla de su ordenador. Una historia cuyo término aún no estaba demasiado claro para la escritora. «Tengo el poder de separarlos y que vivan infelices el resto de sus días, de que se casen, vivan felices y coman perdices como los lectores puedan suponer, típico final. O, puedo matar a uno de los dos protagonistas y que el otro quede en un estado de depresión sin fin. Tengo el poder de darle el final que me dé la gana a la historia. Ojalá la vida fuera así de simple, poder escribir la historia personal en doscientas páginas decidiendo el principio, la vida y el final», pensó Emma mientras escribía sobre el enfado de Leonardo al ver cómo Genoveva quería suicidarse sin éxito gracias a la inesperada y rápida aparición de él.

Miró por la ventana un momento. Parecía que iba a llover durante toda la noche. Ya eran las once y, apenas unas horas antes, había estado con un «desconocido» que insistía preguntando si se conocían de algo. Emma creyó que, a lo mejor, había sido de las pocas personas que se habían dignado a leer la corta biografía que aparecía de ella en sus novelas, con una pequeña fotografía en la que se arrepentía de haberse maquillado excesivamente, pero era demasiado tímida en ese aspecto como para explicar a gente que acababa de conocer que era escritora. Y ni hablar de mencionar sus títulos, como para comprobar si habían leído alguno de ellos. Le daba vergüenza, apuro… No solía importarle las críticas ni lo que la gente opinaba de sus historias, en su mayoría románticas, aunque con finales catastróficos e inesperados. Era, al fin y al cabo, lo que le gustaba. Darle un giro inesperado a una historia que había escrito por obligación, porque vendía. Una de las pocas cosas con las que disfrutaba era con el final, porque ella era la dueña, porque era ella y solamente ella quien tenía el derecho de decidir. Se sentía poderosa, a veces compasiva y, en la mayoría de ocasiones, la bruja malvada que decidía que sus personajes no podrían lograr la felicidad. Emma no creía en la frase: «Al final todo va a acabar bien y, si no acaba así, es que aún no es el final».

Ni siquiera cenó. Estaba inmersa en la novela. Solo paraba de teclear para seguir mirando la lluvia inquieta a través de los amplios ventanales de su apartamento y para darle de comer a Ñata, que parecía cansada del paseo de la tarde y de no haber parado quieta, persiguiendo a las pobres palomas indefensas. Transformó sin querer a Leonardo en Cristian, como un hombre ilusionado por los lugares nuevos, de pocas palabras, atractivo, y de una mirada intensa con la que parecía que iba a sacarte todos tus secretos mejor guardados. Recordó uno de los fragmentos del diario de la escritora Anaïs Nin, a quien admiraba desde que era niña, que decía:

«Para un escritor, un personaje es un ser con el que no se siente ligado por el sentimiento. El verdadero amor destruye la "literatura". Por eso, también, Henry no puede escribir sobre mí, y quizá nunca escriba sobre mí —por lo menos, hasta que nuestro amor se acabe y, entonces, yo me convierta en un "personaje", es decir, en una personalidad alejada, no fundida con él».

Entonces, Cristian, que ni siquiera había formado parte de su vida o al menos hasta el momento, ¿era ya un «personaje» en su historia?

Paró de escribir a las tres de la madrugada. La novela estaba muy avanzada y se dio permiso para descansar un poco. Ñata ya dormía desde hacía horas, justo a los pies de la cama de Emma, como solía hacer siempre. Era su rincón. Dispuesta a no pensar en nada más que no fuera en conciliar el sueño y con el sonido de los truenos de fondo, Emma se durmió. En sus sueños apareció Cristian, ¿o no era él? No sabía distinguirlo exactamente, porque su figura se difuminaba a medida que la iba mirando. De fondo, curiosamente, aparecía la Fontana Di Trevi que Emma no había tenido ocasión aún de conocer y el Palacio de Cristal, ambos resplandecientes a causa de los disparos de lo que parecían cámaras fotográficas y con una visibilidad totalmente clara.

Cuando a las nueve de la mañana, Ñata despertó a Emma con su característica energía, se sentó en su cama y miró el cuadro que había comprado el mes anterior en una feria de arte delante del Museo Princesa Sofía en Atocha. Se trataba de un grabado con tonos oscuros y una mezcla de ocres que le daban un punto de luz, a lo que, de manera abstracta, representaba un paisaje desolador. Así parecía sentirse ella, confusa tras un sueño extraño que no sabía identificar. «Mi subconsciente me está jugando una mala pasada», pensó, encendiéndose un cigarro y prometiéndose a sí misma que sería el último. Fumaba muy poco en comparación al paquete diario que fumaba hacía siete años, pero desde que empezó a escribir la historia de Genoveva y Leonardo, no había día que pasara en el que no sintiera la necesidad de fumar, al menos, cinco cigarrillos. Decidió no volver a pensar en su sueño e ir a almorzar a algún bar de los alrededores. Tenía hambre, la noche anterior no había cenado nada y lo cierto era que, al mediodía, solo había comido un trozo pequeño de lomo con ensalada que no había acabado de llenar su estómago.

Mientras bajaba por las escaleras de su edificio, esta vez con gafas de sol debido a que Madrid había dejado atrás la lluvia y se avecinaba un caluroso día, temía encontrarse con Alfredo, su vecino. «Hoy no, por favor, hoy no...», se repitió a sí misma, sin darse cuenta de la presencia de Adela, la vecina del segundo que estaba barriendo la escalera. La saludó con un seco «buenos días», esperando que Adela no tuviera ganas de cuchichear. Solían hablar del ruido que causaba el venezolano del primero cuando venían a visitarlo sus compatriotas como él mismo los llamaba o del amante que la atractiva mujer de cuarenta años del segundo B traía a casa cuando su marido estaba trabajando. Pero, esta vez, Emma no tenía ganas de hablar y Adela se dio cuenta viendo el gesto seco y serio de su joven vecina. Lo entendió perfectamente, sus ochenta años le habían enseñado a callar cuando era preciso y a saber cuándo la gente tenía ganas de mantener una conversación y cuando no, aunque a ella le encantara hablar con cualquiera, en cualquier momento. La pobre se sentía muy sola.

Cuando salió del edificio, Emma se encontró con su hermana, que la había ido a visitar. Eva tenía un aspecto más alegre que el de Emma esa mañana, a pesar de ser la que tenía fama de malhumorada en la familia.

—Por poco no te pillo —saludó Eva riendo.

—Por poco... «¿Justo ahora?» —rumió Emma. No tenía ganas de hablar. Eva era dos años menor y, aunque también le encantaba escribir, no tenía nada publicado y trabajaba en el departamento de recursos humanos de una agencia de trabajo temporal.

—Tengo el día libre, ¿vamos a almorzar?

—A eso iba.

—Vaya, no parece haberte entusiasmado verme —añadió Eva, acariciando a Ñata.

—No es eso, es que he pasado una mala noche. —Y en parte, era verdad. No había dormido bien, sus sueños habían resultado moviditos y agotadores.

—Bueno, pues a ver si mejora tu humor con un café.

—Eso espero.

Eva era algo más bajita que Emma, pero su adicción al gimnasio la había convertido en una mujer con un cuerpo perfecto, tras el sobrepeso que llegó a padecer en su infancia y adolescencia. A menudo, la gente les preguntaba si eran gemelas, ya que ambas habían heredado los ojos verdes y los rasgos finos de su madre, Carlota Costa. Carlota era propietaria de una conocida agencia de modelos en Madrid, algo de lo que Emma nunca quería hablar y poca gente de su alrededor conocía. Solía decir que su madre había sido ama de casa toda la vida, sin mencionar ni siquiera su nombre porque, a pesar de ser querida por muchos, se había creado muchos enemigos a lo largo de toda su carrera profesional. Su padre, Marcos Gómez, con el que las hermanas apenas tenían relación, vivía en Boston con su novia, diez años menor que él y que se dedicaba a tomar el sol y a ir de compras, gracias al importante cargo que Marcos ocupaba en una sucursal bancaria americana. Aquello era lo poco que sabían de él. Se podría decir que solo se tenían la una a la otra, pero ni siquiera eso era verdad. Habían pasado largas temporadas sin estar en contacto debido a pequeñas discusiones, en apariencia sin importancia, por sus diferentes caracteres o, simplemente, porque estaban muy ocupadas con sus respectivos trabajos. Su familia, en definitiva, se rompió cuando Emma tenía doce años y Eva diez. Desde entonces, no volvieron a ser los mismos y pasaron de estar unidos, a convertirse en unos simples conocidos. Pasaron los años y, debido a la nula relación que las unía con su padre, decidieron poner el apellido Costa delante de Gómez. Al menos mamá las llamaba por teléfono de vez en cuando.

Entraron en un pequeño local de la calle Alcalá, cuya decoración recordaba a las típicas cafeterías inglesas en las que era un placer tomar el té de las cinco. La iluminación era escasa, pero suficiente para mantener una agradable conversación junto a un buen café. Sus paredes se hallaban repletas de fotografías en blanco y negro de las calles de Londres de principios del siglo XX y de actores consagrados como Marlon Brando, Bette Davis o Marilyn Monroe. Emma y Eva se sentaron en una de las mesas del final para estar más tranquilas mientras Ñata se tumbaba debajo, sin hacer ruido, con el permiso de la propietaria, amiga desde la niñez de Emma.

—No importa, a esta hora no hay casi clientela y los inspectores descansan — comentó la propietaria, complaciente.

—Hace tiempo que no nos vemos. ¿Qué te ha hecho venir por aquí? —preguntó Emma, después de haber pedido un bocadillo de jamón serrano, un zumo de naranja y un café con leche.

—Tenía ganas de verte. Es una pena que nos veamos tan poco. —Eva tenía razón. Era una pena, y más teniendo en cuenta que tampoco vivían tan lejos la una de la otra. Eva vivía en uno de los muchos edificios del Paseo de la Castellana, en autobús tardaba apenas veinte minutos hasta llegar al apartamento de su hermana.

—Ya sabes cómo es nuestra familia... —murmuró resignada Emma—. ¿Sabes algo de mamá? —preguntó, sin darle demasiada importancia y agradeciéndole al camarero con un gesto de cabeza el desayuno que había traído a la mesa.

—Hablamos por teléfono hace una semana —indicó Eva, a la par que se encendía un cigarrillo—. Según mis previsiones, está en París por no sé qué historias de un desfile. Lo de siempre, ya sabes...

—¿Qué tal te va con Enrique? —siguió preguntando Emma, para evitar explicaciones de su propia vida, aunque le preocupaba quedarse sin preguntas.

—Lo dejamos hace un mes. Simplemente no funcionaba.

—Eva tenía la capacidad de no enamorarse. El tiempo máximo que había llegado a estar con una persona eran tres años y, cuando se terminó, no derramó ni una sola lágrima. Era feliz consigo misma, sin la necesidad de ningún hombre a su lado—. ¿Y tú? ¿Sigues siendo la soltera de oro de Madrid?

—De oro no lo sé, pero soltera sí —suspiró Emma.

—Hace cinco años que no se te conoce ninguna relación. ¿¡Te has cambiado de acera!? —exclamó Eva. Era la clase de cosas que solía decir sin pensarlas bien y que a Emma le sacaban de quicio.

—Cuidado, no te han oído en la calle.

—Perdona.

—No, no soy lesbiana.

Estuvo tentada de explicarle algo sobre Cristian, pero ¿para qué? Eva no entendería lo que sintió al verlo, lo que sentía en esos momentos y las ganas que tenía de que ocurriera un milagro y lo volviera a ver por «casualidades de la vida». En el fondo tenía fe en eso a lo que llaman destino. Si dos personas están destinadas a encontrarse y a estar juntas, así será. Por mucha distancia u obstáculos que haya de por medio.

Hubo un silencio que les hizo entender a las dos hermanas que, por mucho que lo intentaran, no serían jamás amigas. Lo único que las unía era la sangre, nada más. Emma comía su bocadillo en silencio compartiéndolo a ratos con Ñata, que se lo agradecía con un lametazo en sus zapatillas, mientras Eva observaba la original decoración del local, bebiendo a sorbos pequeños su café con hielo y fumando.

—¿Estás escribiendo algo? —Era la típica pregunta que Eva siempre le hacía a Emma, pero no le quedaba otro remedio si no quería seguir con el desolador silencio de una cafetería vacía.

—Sí, la semana que viene tengo que entregarla. Tengo la novela bastante avanzada, aunque no es lo que quisiera escribir —respondió su hermana con tranquilidad. A Eva le sorprendía la humildad de la escritora y le encantaba ver las caras de conocidos y amigos cuando descubrían que era la hermana de Emma Costa. De lo que no era consciente es que Emma nunca había llegado a saber la expectación y emotividad que provocaban sus novelas. Ella escribía, cobraba y volvía a escribir. Poco le importaban las relaciones sociales, o eso era lo que podía aparentar—. Eva...

—Dime —Emma tenía ganas de comprobar si realmente su hermana era tan superficial como pensaba o, en el fondo, escondía un corazoncito comprensivo.

—¿Te ha pasado alguna vez cuando conoces a una persona y parece como si la conocieras de toda la vida, aunque no la hayas visto nunca, y luego estar todo el día pensando en esa persona, soñando con ella...? —«Parece mentira que me dedique al juego de las palabras», se dijo a sí misma. Ni siquiera pudo hacer una pregunta en condiciones. Pero Eva, que estaba pensando sobre lo que le había tratado de explicar Emma con dificultad, miró hacia abajo para, acto seguido, sonreír.

—Sí, sé de lo que me hablas. A eso le llaman amor a primera vista, Emma.

—¿Qué quieres decir?

No hablaron más del tema, pero a Emma le gustó la respuesta de Eva. Realmente no era tan superficial y se prometió a sí misma volver a quedar con ella para hablar, esta vez, abriéndole más su corazón. Una hora más tarde, se encerró en casa y decidió no salir hasta las seis para alegrar un poco a Ñata dando de nuevo un paseo.

Se adentró en el mundo irreal de Genoveva y Leonardo tratando de no pensar en nada más que en los dos protagonistas de su nueva historia.

CAPÍTULO 5

Roma, 1932

Lisa estaba preocupada por Catherine. Eran las ocho de la tarde y todavía no había vuelto de su paseo con el «desconocido». Miraba por la ventana constantemente y casi con desesperación para ver si la joven se encontraba por los alrededores de la Fontana donde, horas antes, había visto con sus propios ojos un segundo encuentro de Catherine con el aquel hombre. Pero ni rastro de ellos.

Absorta en las palabras de Edward, en todo su pasado referente a la muerte de su esposa Evelyn y en lo que esperaba encontrar en su futuro, a Catherine se le pasó la tarde volando. Cuando supo que eran las ocho de la tarde, no tuvo otro remedio que volver al mundo real.

—¡Las ocho! ¡Lisa me va a matar! —Edward, sin embargo, la miraba y reía—. ¿De qué te ríes?

—Se nota que eres una Stevens. Dicen de ellos que son muy responsables.

—Bueno, no lo demuestro muy a menudo.

—Catherine, ¿cuándo te volveré a ver?

35

—Mi abuelo vuelve mañana de Florencia —respondió a modo de excusa.

—Regreso a Londres el viernes a las cinco de la tarde. Sale un tren hacia Francia y allí cogeré el ferry hasta Londres.

Solo faltaban dos días para el viernes.

—Lo que daría por ir contigo... —Fue entonces cuando a Catherine se le ocurrió la brillante idea de irse con él, de huir de todo, de desaparecer. Una locura impropia de una Stevens.

—Ven conmigo.

Pronunció las palabras que la joven Stevens quería escuchar.

—No sé cómo lo haré, pero lo haré, Edward. Nos vamos a Londres el viernes. —Decidida, lo abrazó como una quinceañera enamorada. Se miraron fijamente durante unos segundos. Sus labios desearon rozarse por unos instantes, pero era demasiado precipitado, como todo lo que ya estaban pensando hacer.

Se fueron corriendo en compañía del cielo nocturno y la luna resplandeciente, levantándose con prisa del banco del Paseo Fori Imperiali para volver a la Plaza Di Trevi, hasta llegar a la residencia de los abuelos de Catherine.

Cuando estaban a punto de llegar, decidieron detenerse un instante, solo un instante más. Catherine ya estaba muy cerca de casa. Fue entonces cuando, tras una mirada intensa, Edward acarició con delicadeza su rostro. Veía en él una mirada triste y sincera, aunque ilusionada por haberla conocido. Y en esa callejuela que daba paso a la monumental e iluminada Fontana Di Trevi, desde donde aún se podía ver su agua correr frenéticamente en la noche, se besaron al fin. Fue un beso corto, pero intenso, como el momento en el que se conocieron, como la tarde que habían vivido juntos, como la rapidez con la que se habían enamorado. Tal vez sí, tal vez dos personas que están destinadas a conocerse y a quererse lo saben desde el primer segundo en el que sus miradas se cruzan. Y ese momento no se puede olvidar jamás.

—Hasta el viernes. Aquí —prometió Catherine, señalando las estrechas paredes de la callejuela en la que se encontraban y aceleró sus pasos para llegar antes a casa.

Lisa la esperaba en la entrada. En su rostro podía verse una mezcla de sentimientos que Catherine nunca había visto. Enfado, dulzura, preocupación…

—Ha cambiado de escenario, señorita.

—Siento llegar tarde, Lisa.

—¿Se lo ha pasado bien? —preguntó Lisa, ante la inevitable sorpresa de Catherine que estaba preparándose para una discusión como las que solían tener cuando era pequeña.

—Muy bien, Lisa. Gracias.

—Tiene la cena lista en el salón.

—¿Has cenado, Lisa?

—No, aún no.

—Cena conmigo, por favor. No quiero estar sola. —Era verdad. Odiaba sentarse en una mesa para cincuenta comensales completamente sola.

Lisa no pudo decirle que no y, en cierto modo, le hacía ilusión. «Como cuando era pequeña y su madre la rechazaba en el salón porque había hecho alguna trastada o, simplemente, tenía visitas para cenar», pensó Lisa.

Mientras cenaban, Catherine miraba de reojo la luna que podía observarse desde el gran ventanal. Era luna llena, ninguna nube la perturbaba y las estrellas danzaban a su alrededor como hadas revoltosas y felices.

—¿No es una estampa preciosa, Lisa?

—Sí, preciosa —repitió Lisa silenciosa, sabiendo que esas palabras no eran comunes en Catherine, pero sí, en cualquier joven enamorada.

Tenía que pensar en un plan. Habían quedado a las cuatro de la tarde en la callejuela, sin peligro a ser vistos desde la casa, justo cuando Aurelius tenía por costumbre dormir la siesta y Diane preparaba la reunión de los viernes en el salón junto a sus amigas más allegadas. Sabía que su único problema residía en Lisa, que estaría, como siempre, pendiente de ella. Karl, el joven mayordomo, no sería un inconveniente, ya que casi siempre paseaba por el jardín para asegurarse de tenerlo todo ordenado. Pensó en salir por la puerta de atrás y dejar una nota en la que dijera algo así como: «No os preocupéis por mí. Vuelvo a Londres, estaré bien». Sabía que era una locura pero quería arriesgarse. Le apetecía poder ser dueña de su propia vida sin que nadie le dijera qué hacer, a dónde tenía que ir y cómo debía vestir una joven de su clase y rango social. Ni siquiera la obligarían ya a casarse con alguien a quien no quería. Deseaba estar con Edward. Eso era lo único que importaba.

Catherine apenas podía conciliar el sueño. Estaba demasiado inmersa en sus pensamientos sobre lo que había denominado la «huida con Edward.» Tenía ganas de que llegara el día, de volver a pasear por las calles de Londres, abandonar Roma y poder vivir su propia vida. Su vida. Tal y como ella quería. Así lo dejó plasmado con claridad en su diario personal revestido de seda color rosa.

A la mañana siguiente Lisa no entró en su habitación como de costumbre. Le sorprendió la visita de su abuela Diane, quien la despertó de forma dulce y maternal.

—Cariño, ya hemos llegado —saludó Diane con ternura, tratando de no despertar súbitamente a su nieta. Catherine había

38

tenido una mala noche. Apenas había descansado a causa del cúmulo de sueños que ni siquiera recordaba en esos momentos con claridad. Pero se sentía cansada.

—Buenos días abuela —respondió, viendo a la señora Diane con menos maquillaje del que estaba acostumbrada. Los ojos de su abuela esta vez parecían más pequeños, de un precioso color azul claro, y sus labios más finos, sin el carmín rojo que siempre disimulaba los surcos de la edad.

Diane se dirigió al armario ropero de Catherine para seleccionarle el vestido que, en un principio, debería ponerse ese día. Su abuelo quería que conociera a Luciano, un joven italiano prometedor, hijo de una de las mejores familias de Italia, los Soverinni, pero Catherine aún no lo sabía.

—Este vestido es precioso. ¿No te parece, Catherine? —preguntó la señora Stevens mientras le enseñaba un vestido amarillo claro de generoso escote dama de honor y un prominente lazo en la cintura que la joven detestaba. Se intentó levantar de la cama negando con la cabeza, pero, tras un severo gesto de su abuela, no le quedó otra opción que ponerse el vestido, a juego con un chaquetón del mismo color.

—No sabía que era tan tarde. —Se escandalizó Catherine, al ver que eran las once y media de la mañana. Le había extrañado que Lisa no la despertara a las ocho como la tenía acostumbrada—. ¿Y Lisa?

—En el mercado. Me ha dicho que ha preferido no despertarte, que te costó conciliar el sueño anoche. ¿Por qué, querida? —Catherine odiaba que la llamara «querida» después de cada pregunta. Se veía a sí misma como una de esas amigas de su abuela que a menudo iban a tomar el té de las cinco, para no perder la costumbre londinense.

—No lo sé —respondió Catherine inquieta y se resignó a ponerse el vestido amarillo elegido por su abuela. Lo cierto era que estaba preciosa y así se lo hizo saber Diane.

—¡Qué envidia! Ojalá tuviera cuarenta años menos para tener tu figura y lucir de esta manera los vestidos. —Catherine se sonrojó. Aunque sabía que a ojos de la gente estaba de buen ver, incluso recibiendo palabras tan halagadoras como la de «preciosa», cuando ella se miraba en el espejo veía a una chica normal y corriente, demasiado flacucha a su parecer. Envidiaba las curvas prominentes de su prima Juliette Stevens, más integrada que ella en la vida de la alta sociedad y recién casada con Roger Sommers, siete años mayor que ella y propietario de diversos negocios hoteleros en Irlanda y Francia.

Abuela y nieta salieron del dormitorio. Aunque Diane ya había almorzado, se dispuso a acompañar a Catherine para que tomase un zumo de naranja. Dentro de pocas horas sería la hora de comer, la hora en la que sus abuelos le presentarían a la popular familia Soverinni y, por supuesto, a Luciano. La señora Diane no sabía cómo decírselo, sabía que su nieta se rebelaría como lo hacía siempre con sus padres, por lo que prefería tener la imponente presencia de su esposo cuando le dieran la noticia. «Espero que llegue pronto», pensó Diane, mientras veía reflejada a su hija desaparecida en el rostro de Catherine. Algo preocupante, puesto que se estaba volviendo una obsesión. Los deseos de Diane se hicieron realidad en cuanto apareció Aurelius de forma magistral, como siempre, llamando la atención.

—¡Catherine! —Su exclamación resonó en toda la casa. Le dio un abrazo a su nieta que sonreía con amabilidad—. ¿No te ha contado tu abuela lo que vamos a hacer hoy? —Catherine lo miró extrañada, pero imaginaba lo que querían hacer. Su padre solía hacerle la misma pregunta cuando tenía planes casaderos para ella—. Hemos quedado con la familia Soverinni. Conocerás a

Luciano, vuelve locas a todas las italianas —explicó riendo. Aunque a Catherine no le hacía ninguna gracia, sabía que estaba obligada a ir. «No pasa nada», se dijo. «Mañana me iré con Edward y estaremos juntos para siempre»—. ¿Te pasa algo, Catherine? No has dicho nada.

—Bien, abuelo. Bien. —Diane suspiró aliviada ante la dócil respuesta de su nieta.

—Dentro de diez minutos tenemos que irnos. Nos han invitado a una de sus casas, la más bonita de todas. Está cerca del Vaticano.

—Señor, el chófer está preparado —interrumpió Karl, con la educación y cautela que lo caracterizaban.

—Gracias, Karl. Dígale que vamos para allá en diez minutos —agradeció Aurelius, asintiendo con la cabeza.

—Catherine está preciosa, ¿verdad Aurelius? —le preguntó Diane esperando la aprobación de su esposo.

—¡Cómo siempre! —respondió el señor Stevens alegre.

De camino a la gran mansión de los Soverinni, situada en la zona residencial perteneciente a la esplendorosa Ciudad del Vaticano, y mientras su abuelo hablaba sobre Luciano y su prometedor futuro, Catherine, absorta en sus pensamientos dirigidos únicamente hacia Edward, miraba el paisaje ante la preocupación de su abuela, que no estaba segura de si estaban haciendo lo correcto. En cierta forma, sentía lástima por Catherine. «Tanta represión hacia una joven no puede ser nada bueno», pensaba Diane cuando cruzaban la entrada de la magnífica mansión de los Soverinni. Una mezcla entre lo barroco y lo victoriano se mezclaba entre sus amplias paredes repletas de balcones con rosas rojas y blancas y ventanales que le daban un aspecto sobrio y bohemio a la vez. Los jardines se hallaban repletos de flores de colores vistosos y alegres y, a ambos lados del camino, en dirección a la puerta de la gran mansión, se situaban laberintos con setos cortados y alineados a la perfección. Manfredo Soverinni, esperaba a los Stevens en la puerta con una amplia sonrisa junto a su mujer Samantha, años más joven que su esposo, neoyorquina y de un semblante parecido al de la madre de Catherine. Era extraño que los Soverinni esperaran personalmente a sus invitados en la puerta de su mansión. Normalmente lo hacía el mayordomo o alguna sirvienta, pero, en ese caso, les era de gran interés causar una buena impresión.

—Fue actriz —murmuró Diane, dirigiéndose a Catherine, que miraba absorta los laberintos con curiosidad—. Parece estirada, pero al menos no es una bruja —siguió diciendo sobre Samantha. Al decir esto, la joven sabía que su abuela se refería a su madre. Sonrió con picardía, sabiendo con exactitud, lo que querían decir sus palabras.

Cuando bajaron del automóvil, los Soverinni quedaron gratamente sorprendidos con la belleza de Catherine, lo que causó su admiración y sus halagos en su recibimiento. La muchacha no hizo demasiado caso y se mostraba seria, aunque agradable, respondiendo con elocuencia a cada pregunta que le hacían los Soverinni. Sus abuelos estaban orgullosos de ella.

—Disculpad que Luciano llegue un poco más tarde, ha ido a encargarse de unos asuntos laborales —se excusó Samantha, ante la ausencia de su hijo, razón por la que los Stevens, estaban allí. Su abuela tuvo razón en su comentario. Parecía una mujer estirada y fría, pero, en realidad, era encantadora. Sin embargo, su esposo, resultaba más seco y parecía preferir entablar conversación con Aurelius y hacer caso omiso de las mujeres.

La entrada de la casa tenía diversas esculturas de desnudos artísticos y pinturas neoclásicas que a Catherine dejaron fascinada. Se respiraba pasión por el arte en todos los rincones de la gran mansión. Llegaron, finalmente, a un salón donde Manfredo le ofreció unos puros de magnífica calidad a Aurelius, que ante la mirada ceñuda de la señora Diane, se negó a la oferta, aunque no pudo decir que no a una copa de brandy.

Los sofás eran de piel, cubiertos por unos mantos de seda de color verde a juego con las cortinas. Catherine se fijó en ellas y sonrió al ver que eran de la marca Parker, la fábrica del padre de Edward. «Inconfundibles», se dijo a sí misma. La joven se mantenía en silencio mientras su abuelo y Manfredo hablaban de los negocios de Luciano. Por otro lado, Samantha y Diane comentaban lo magnífica que era una nueva boutique exclusiva de una firma de ropa francesa que había abierto sus puertas recientemente en la popular Piazza di Spagna.

Al cabo de diez minutos, llegó Luciano quien, con una sonrisa, logró darle un ambiente más jovial a la sala. A Catherine le sorprendió desde un primer momento. No era como los demás «jóvenes prometedores» que le habían presentado, siempre serios y altivos, presumiendo de todo lo que habían conseguido por el mero hecho de tener un apellido importante. Luciano parecía diferente. «Atractivo», se dijo Catherine mientras lo observaba. Alto, fuerte, de cabello negro y espeso que hacía resaltar sus imponentes ojos azules, los cuales revelaban sinceridad y dulzura a la vez. Él también miró a Catherine. Le pareció preciosa y quedó encantado con la presentación de sus padres, ya que también pensó que parecía distinta a todas las jóvenes que había conocido con anterioridad. Sin saberlo, se encontraban en la misma situación. Hartos de no poder hacer su vida cómo querían, hartos de ser presentados ante multitud de personas del sexo contrario para contraer un matrimonio obligado por intereses económicos y familiares.

CAPÍTULO 6

Madrid, 2002

Eran las seis de la tarde, hora en la que Ñata empezaba a ponerse nerviosa y ansiosa por salir a pasear. «Me falta poquísimo», se alegró Emma, que estaba terminando con éxito la novela. Ya sabía el final que le daría. Un final trágico que le diera un giro inesperado a lo que parecía ser una idílica y perfecta historia de amor. Con altibajos y situaciones desgraciadas, pero, al fin y al cabo, una historia romántica.

Sonrió maliciosamente pensando en que Genoveva y Leonardo serían dos personajes desgraciados, como muestra la realidad de muchas otras personas. El psicólogo que la atendió cuando sus padres se separaron, le preguntaba a menudo por qué las personas de sus historias acababan separadas. Ella solía encogerse de hombros sin responder, pero, con el paso del tiempo, había obtenido sus propias respuestas sin tan siquiera tener que preguntarse nada. Parejas rotas como lo fue la realidad de sus padres, como lo que vivió cuando era una niña a punto de entrar en la difícil época adolescente. Le mandó un correo electrónico a su editor, adjuntando las páginas que, por el momento, tenía de la novela, sin esperar respuesta, ya que Carlos siempre esperaba recibir su visita en el despacho para comentarle sus impresiones cara a cara.

Mientras paseaba con Ñata, Emma se preguntaba si vería a Cristian. «Es posible que ya haya vuelto a Roma, que haya abandonado Madrid», pensó con tristeza y con el deseo de tropezar con él en algún rincón de la ciudad por casualidades de la vida. No sabía si volver al Palacio de Cristal, el lugar donde lo había conocido. Pensó que sería muy descarado si lo encontraba allí, pero, realmente, lo deseaba. Y como siempre, se decía a sí misma: «Solo se vive una vez. Adelante, Emma».

—Vamos Ñata, cambiamos de ruta —indicó decidida, sin costarle arrastrar a la perra hacia donde tenía previsto ir.

Cuando llegó al Palacio de Cristal, echó un vistazo rápido por todos y cada uno de los rincones del lugar, intentando disimular su búsqueda desesperada.

Seguía estando la extraña ancianita tapada hasta los ojos con sus estridentes bufandas de colores, como si nunca se hubiera ido de allí. A pesar de estar absorta en sus pensamientos mientras daba de comer a las palomas, parecía seguir cada paso que Emma daba. El tiempo era frío, aunque soleado esta vez, pero a la joven le entró calor solo con ver a la anciana y se fijó en que nada había cambiado desde la tarde anterior. Fue como un milagro ver a Cristian. Él volvió a mirarla a solo unos metros de distancia y sonrió.

—Sabía que vendrías. Te esperaba —empezó diciendo él, a modo de saludo. Emma no pudo evitar sonrojarse y limitarse a sonreír—. Fui un estúpido ayer… No te pedí el número de teléfono y lo cierto es que me hubiera gustado ir a almorzar contigo hoy.

—Vaya —continuó diciendo Emma halagada, mientras se fijaba en que Cristian no había dejado su cámara fotográfica en el hotel—. Siempre podemos ir a tomar el café de la tarde y caminar por Madrid.

—Me encantaría —asintió él, sin dejar de lado su brillante sonrisa.

Bajaron por la calle Alcalá sin dar muestras de fatiga, pasando por la Plaza de Cibeles que tanto le había gustado a Cristian, a pesar del abundante tráfico que había a esas horas. A su alrededor, observaba como un niño feliz las cercanías del Museo del Prado, el Palacio de Comunicaciones y el Banco de España. Subieron por el Paseo de Recoletos, donde parecía que la Biblioteca Nacional les daba la bienvenida y los Jardines del Descubrimiento les invitaban a descansar. Pero no pararon de caminar hasta llegar a la Plaza de Colón y encontrar un café con terraza, para poder disfrutar también de la compañía de Ñata en el amplio y bullicioso Paseo de la Castellana, entre la glorieta de Emilio Castelar y la Plaza Doctor Marañón. Cristian iba haciéndole fotografías a todo lo que consideraba relevante de la ciudad.

—Tienes más fotografías de Madrid que yo misma —le decía Emma divertida.

Se llevaban bien, congeniaban y la sensación de saber lo que iba a decir el uno y el otro era algo que les sucedía a los dos sin saberlo. Eran una pareja más por las calles de Madrid. Los jóvenes los veían como una «pareja guapa», los mayores observaron un halo especial entre dos personas que parecían encantadoras y risueñas. En realidad, no mantenían ninguna conversación interesante. Emma le iba explicando en cada momento qué era lo que estaban viendo y Cristian escuchaba con atención e interés las palabras de ella. Su forma de hablar, de caminar... Seguía teniendo la extraña impresión de conocerla. Cada gesto, cada expresión, cada mirada; era como si ya lo hubiera vivido.

—Voy a preguntártelo otra vez. ¿Seguro que no nos hemos visto antes? —insistió Cristian, aun sabiendo la respuesta de la joven. No quería parecer pesado, era la misma pregunta que le había hecho la tarde en la que se conocieron en el Palacio de Cristal.

—A lo mejor, en otra vida —respondió Emma riendo.

Pero a Cristian no le pareció una respuesta tan descabellada. Patricia, su madre, se dedicaba a investigar sucesos paranormales en casas antiguas, en bosques o, incluso, a través de sensaciones que habían tenido personas sobre lugares en los que no habían estado nunca o sobre gente a la que no habían visto en su vida. De pequeño, los niños del colegio eran crueles con él diciéndole que su madre era una bruja, por lo que decidió mantener en secreto la profesión que de tan cerca le había tocado vivir, sabida por muy pocas personas de su entorno más próximo. Cristian tenía muchos conocidos, pero muy pocos amigos.

Se sentaron finalmente en la terraza de un bar, como si hubieran estado buscando una cómoda silla toda la tarde. Estaban cansados. Por suerte, encontraron una mesa libre que una pareja acababa de dejar. Todavía estaban sus vasos vacíos del batido de fresa que se habían tomado. Mientras esperaban al camarero, se impuso un silencio familiar, una mirada familiar, una sonrisa familiar. Mientras tanto, Ñata miraba a Cristian con curiosidad. Hasta ella parecía conocerlo y esperaba alguna caricia. Él la miró y le tocó la cabeza, pero poca atención más recibió.

—¿No te gustan los perros? —preguntó Emma. La gente normalmente no se cansaba de jugar y acariciar a Ñata, pero eso no parecía ser una devoción para Cristian, sino más bien una obligación.

—No mucho. Cuando era pequeño, uno me intentó morder y, desde entonces, no me acerco a ellos.

—A mi madre le pasa lo mismo. —Aunque el motivo fuera bien diferente. Carlota Costa, la madre de Emma, detestaba todo ser viviente de cuatro patas y con el cuerpo repleto de pelos.

Emma era de las que pensaba que si no te gustan los perros, no eres buena persona, pero en el caso de Cristian era diferente. Él había tenido una mala experiencia con uno.

Diez minutos después, salió, al fin, la camarera, una chica de unos dieciocho años que parecía estar muy estresada. Ambos pidieron a la vez dos cafés con hielo. La coincidencia les volvió a sorprender y se dedicaron una mirada cómplice. Al cabo de tres minutos, ya tenían el café sobre la mesa. Podían empezar a entablar una conversación.

—Es curioso que me hayas preguntado tantas veces si nos conocemos de algo —empezó a decir Emma, sirviéndose el café en la copa con hielo.

—No sé, es una sensación rara. Mi madre dice que, cuando sucede esto, es muy probable que nos conozcamos de otra vida —explicó él con seriedad. Aunque Emma nunca había creído en esas cosas, no pudo evitar reírse. Precisamente, la historia de su última novela, la de Genoveva y Leonardo, que estaba terminando, trataba del tema de la reencarnación, pero siempre lo había considerado algo irreal que existía en la mente de los que necesitaban creer que después de morir podía haber algo más.

—¿Crees en la reencarnación? —preguntó entonces Emma, creyendo imposible que estuviera preguntando algo así. ¿Se había vuelto loca?

—No lo sé.

—Buena respuesta. Y ¿a qué te dedicas, Cristian?

—A un poco de todo —respondió, sin querer decirle la verdad. Cristian Mesón era un conocido actor de culebrones en Italia. «Por suerte, en España no me conocen», se dijo desde el primer instante que pisó de nuevo España tras cinco años de ausencia en el país. Su profesión, normalmente, influía en la gente a la que conocía, que mostraba más interés por él desde que sabían a qué se dedicaba. No quería que eso sucediese con Emma.

Al menos, no por el momento. Una contradicción teniendo en cuenta que confiaba en ella, que creía saber cómo era—. ¿Y tú?

—También a un poco de todo.

—¿No te llamarás Emma Costa, no?

—¿Cómo lo sabes?

—Vaya... —dijo sorprendido—. Así que eres tú. He leído en dos días tu última novela, *Misión en el Paraíso*. Lo compré en el aeropuerto cuando llegué a Madrid y debo decirte que me encantó. Lástima que tus novelas no lleguen hasta Roma.

—Gracias —murmuró avergonzada ante el cumplido—. Quizá de eso me conozcas.

—No, no es de eso —respondió pensativo—. Así que eres escritora. ¿Escribes algo ahora?

—Sí, estoy terminando otra novela, la tengo que entregar en cinco días.

—¿De qué va? Si se puede preguntar. Tengo un amigo, también escritor, en Italia, que nunca cuenta nada sobre lo que está escribiendo.

—Es una manía estúpida... —contestó Emma con humor—. Pero yo también la tengo.

—¿Puedo decirte algo, Emma?

—Adelante.

—Me encantas.

—¿Cómo? —Fue el momento en el que la imagen que se había creado de Cristian cambió. De ser un hombre de pocas palabras, se había transformado de improviso, en un auténtico casanova sin ningún tipo de vergüenza. A Emma le chocó bastante y lo demostró abriendo exageradamente los ojos, a la vez que se encogió de hombros, quedándose sin palabras ante el halago que, en el fondo, le gustó escuchar.

—Verás, aunque no nos conocemos, no sé, nunca había conocido a una mujer como tú. En Italia, todas... —Se le iba a escapar que todas las mujeres que que se le acercaban era por ser popular. «Por los pelos», se dijo ante la espera de Emma a que finalizara lo que estaba diciendo—. Son, sencillamente, diferentes a ti. Tú eres especial.

Esas palabras resonaron en la mente de Emma por unos instantes, mezclándose con otras imágenes que no tenían nada que ver con ella ni con Cristian. No supo explicar el leve mareo que le entró de repente ante la preocupación de Cristian y la voz lejana y apacible que susurraba en su mente: «Sigo aquí.»

—¿Estás bien, Emma? ¿Qué te pasa?

—Estoy bien, estoy bien... —respondió, tratando de recuperarse del susto. Nunca le había ocurrido algo así, jamás había tenido ni siquiera un leve mareo—. ¿Te suena de algo la frase «sigo aquí»? —preguntó, intentando encontrar una explicación al extraño momento que había vivido. Cristian se quedó bloqueado, como si la pregunta de Emma tuviera tantas respuestas que no supiera darle una concreta.

—No, no me suena de nada.

—Es extraño... —Emma miró la minúscula mancha de nacimiento en forma de corazón que tenía en su mano izquierda. Siempre la miraba cuando no sabía explicar un suceso repentino e inesperado. Cuando se sentía confusa y triste. Cristian se percató de lo que Emma estaba mirando y solo dio paso a que la situación se enrareciera aún más de lo que parecía estarlo. «¿Dónde he visto esa mancha?», se preguntó. «En otro lugar, en otro tiempo.»

Quisieron olvidar lo insólito de la situación, aunque Cristian no dejó de decirle durante toda la tarde, lo mucho que le gustaba estar con ella. «Es diferente y parece sincero, pero ¿y si se lo dice a todas?», desconfiaba Emma. Cuando llegó la hora de ir a casa, haciendo el mismo recorrido que antes, pero con el cielo oscuro y pocas estrellas que admirar debido a la contaminación de la gran ciudad, parecía que ninguno de los dos quería separarse el uno del otro.

—¿Quieres subir? Preparo algo para cenar —ofreció Emma.

—Otro día. Estoy cansado y aún me quedan cosas por hacer —respondió Cristian, agradecido por la propuesta y, esta vez, con el número de teléfono de Emma bien guardado en la agenda de su teléfono móvil. «Demasiado precipitado», pensó ella arrepintiéndose de su oferta.

—¿Cuándo vuelves a Roma?

—En dos semanas.

—Pero ¿qué es exactamente lo que estás haciendo aquí en Madrid, Cristian? —No tenía muy claro lo que quería decir trabajar en «de todo un poco», tal y como le había dicho, y tampoco entendía cómo una persona podía estar cerca de tres semanas en una ciudad sin hacer nada. Ni siquiera parecía que hubiera venido de vacaciones.

—Despejarme de Roma. Últimamente la ciudad me está agotando y necesitaba cambiar de aires. —Emma se conformó con la respuesta. Se dieron un cariñoso beso en la mejilla y él prometió llamarla al día siguiente, a la vez que se deseaban mutuamente buenas noches.

Pocas eran las veces que Emma encendía la televisión. Daban las noticias y decidió tumbarse cómodamente en su sofá rojo junto a Ñata, para ver las desgracias que sucedían en el mundo. Una noticia le aceleró el corazón de pronto.

«El actor Cristian Mesón, en la imagen, ha abandonado Roma para preparar un proyecto cinematográfico en Madrid. Actualmente se encuentra en la capital, ultimando los últimos detalles de la película que dirigirá Federico García en la ciudad romana de la que todavía no se han dado detalles».

Era él. Era Cristian. ¿Por qué tanto secreto? ¿Por qué no había confiado en ella?

Cristian vagaba por las calles de Madrid sin rumbo fijo. El hotel, situado en la zona de Argüelles, estaba a una hora de distancia de donde paseaba él, pero no le apetecía encerrarse en su habitación. Se sentía decepcionado con su carrera como actor. Tenía esperanzas en la película de Federico García, uno de los motivos por los que había venido a Madrid y, aunque el proyecto seguía adelante y se rodaría a principios de verano, no le entusiasmaba demasiado el guion ni su personaje. Nada tenía importancia, excepto Emma. No podía quitársela de la cabeza ni pensar en otra cosa que no fuera en ella. Se arrepentía de no haber confiado en la joven, de no haberle contado más cosas sobre su vida. «Se lo contaré todo mañana, mañana le contaré mi vida», pensó sonriendo. Cuando ella escuchó la frase «sigo aquí», reconoció para sus adentros haberse asustado. Desde hacía un mes, había soñado con la figura de una mujer muy parecida a Emma llamada Catherine que le decía esas mismas palabras con una voz suave, fina y elegante. Lo había comentado con su madre, pero ella, acostumbrada a casos extraños y extravagantes, no le hizo demasiado caso, tranquilizándole y diciéndole que, seguramente, sería su subconsciente que le rogaba que se echase una novia de inmediato y le diera nietos de una vez por todas. Estaba confuso, pero no quería mostrarse así con Emma. Sabía que había algo más allá, lejos de toda explicación razonable. No se habían conocido por casualidad.

Recordó una de las experiencias que había vivido su madre en un palacete londinense abandonado desde 1820. En él, vio a una pareja bajar por las amplias escaleras y desaparecer. De esa historia hay solo pruebas sensoriales que pudieron detectar los aparatos que su madre y su equipo llevaban siempre a esas casas para luego mostrar la experiencia en los reportajes emitidos en televisión. Mensajes y pruebas de que existe algo más allá de lo que vemos. Su madre siempre le decía que esa pareja eran almas gemelas y que, posiblemente, cuando uno de los dos murió, el otro no pudo seguir viviendo, y vagaban por el palacete noche y día juntos. Cristian, que apenas contaba con trece años, recordaba bien la pregunta que le hizo a su madre: «¿Y por qué no vuelven a nacer?». Su madre se limitó a decir que no podía darle una respuesta, que no hay un motivo por el que algunas almas permanecen como espíritus durante muchos años y otras vuelven a renacer, pero siempre terminaba la conversación con la misma frase: «Cariño, no se trata de ver para creer, sino de creer para ver».

CAPÍTULO 7

Roma, 1932

Durante la comida, Luciano miraba con curiosidad a Catherine. Ella se dio cuenta en seguida y, cuando sus abuelos y los Soverinni insistieron en que salieran a pasear por el jardín cuando eran las cuatro de la tarde, los dos jóvenes no opusieron resistencia. A Luciano realmente le encantó la idea. Catherine, sin embargo, pensó en que sería lo último que haría por obligación. «Mañana, a estas horas, estaré con Edward», seguía pensando, para poder así tranquilizarse.

—¿Por dónde quieres pasear? —preguntó con amabilidad Luciano, señalando con un dedo los laberintos de la zona de entrada a la mansión, seguido de los jardines con una fuente impactante con la figura de Venus en la parte trasera. Catherine se limitó a señalar los laberintos que, desde el primer momento, le habían llamado la atención—. Buena elección.

Catherine no hablaba y Luciano empezaba a sentirse algo incómodo ante el silencio. Decidió decirle lo que pensaba.

—Estoy harto de que mis padres decidan por mí —empezó a decir, llamando la atención de Carhetine. Ella no daba crédito a las palabras que estaba oyendo y con las que se sentía del todo identificada—. Pero eres diferente a las demás mujeres que me

54

han presentado. Si supieras las citas que me han preparado sin que yo lo supiera... No puedo rechistar, no puedo enfrentarme a ellos, pero, a menudo, puedo decidir y las he rechazado a todas porque eran carentes de interés, superficiales, poco inteligentes y, muchas, poco agraciadas, aunque eso es lo de menos —siguió explicando, con una risita forzada—. Tú me has sorprendido, Catherine. Normalmente, todas desean venir a casa, conocerme e, incluso, llegar a casarse conmigo sin saber nada de mí ni de mi vida y con esto no pretendo ser pretencioso en absoluto, es la realidad —Catherine asintió sonriendo, escuchando su propia historia—. No te voy a decir que quiero que seas mi esposa, para eso, tendríamos que querernos, conocernos... ¿no te parece?

—Es lo que pienso yo. También estoy harta de que me presenten a jóvenes con los que deba comprometerme a los dos días. Creo que no funciona así. Ya no...

—Dime, ¿hay alguien en tu vida? —A Catherine le sorprendió la pregunta. Él también era diferente a todos los jóvenes ricachones que le habían presentado.

—No —mintió.

—En cierta forma me alegro. Me gustas, Catherine. Aunque me gustaría poder conocerte mejor. —Catherine pensó que estaría bien conocer a Luciano, pero no cómo él tenía previsto, sino como un buen amigo. Nada más. En su corazón ya estaba Edward.

—Me parece bien —afirmó la joven, ofreciéndole su mano para que él la estrechara como si se tratase de un pacto. Un gesto divertido, pensó Luciano. Propio de buenos negociantes, de sus padres, de sus abuelos.

Y con ese pacto, Luciano y Catherine se adentraron en lo que a ella le pareció unos irreales laberintos llenos de magia y fantasía. Soñó que a su lado no iba Luciano, sino Edward, se cogían de la mano y se detenían, de vez en cuando, a observar las formas surrealistas de las nubes desde algún rincón del laberinto para aprovechar la ocasión y besarse.

—De pequeño solía tumbarme aquí —explicó Luciano, señalando una de las esquinas del laberinto con rosales—, y miraba la forma que iban adquiriendo las nubes. Te podrían sorprender las formas que llegan a tener a cada minuto que va pasando —aclaró, adivinando los pensamientos de Catherine al verla dirigir su mirada hacia el cielo—. Creaba formas distintas, desde un perro hasta un oso, y pasaba las tardes enteras de verano imaginando.

—¿Y qué fue de ese niño feliz? —curioseó Catherine, al ver la tristeza en los ojos de Luciano.

—Que se hizo mayor, aunque no lo suficiente para tener que cargar con tantas responsabilidades.

—Ser el joven más prometedor de toda Italia no debe de ser fácil.

—Yo no lo llamaría así.

—Eres humilde. Eso es importante en una persona y valioso hoy en día.

—Y en nuestro entorno.

—Tienes razón. Me alegra haberte conocido, Luciano.

Y era cierto. Parecía encantador.

Edward soñó aquella noche con Catherine. En su sueño ella se iba alejando de él con lágrimas en su rostro, hasta que al final, desaparecía. A Edward le preocupó cada una de las imágenes de su sufrido e inquieto sueño, pero decidió no darle demasiada importancia. Solo era un sueño, no era real. Real era el miedo que tenía de perder a Catherine. Confiaba en no perderla; ahora que la había encontrado, no, no podía perderla.

Habían quedado el viernes a las cuatro de la tarde en el callejón. Ella huiría de su familia para poder vivir la vida que quería y merecía vivir con él. Lo había elegido a él, y se sintió de nuevo afortunado. La vida le arrebató lo que más quería y le había hecho encontrar lo que, sin querer, buscaba, lo que estaba destinado para él: Catherine. «Catherine, Catherine», pronunció su nombre en voz baja mientras seguía conociendo Roma. Esta vez, observando la Boca de la Verdad en su rincón oscuro. «No mientas», le amenazaba con sus ojos huecos y fríos. Edward no mentía nunca, pecaba de ser demasiado sincero. Le habían educado de forma que podía decir todo lo que quisiera, al contrario que Catherine, pero todo tiene su lado malo y sabía que sus formas habían dañado a mucha gente que lo veía en Londres como alguien problemático. Cuando era más joven, había tenido varias peleas con otros chicos del rango social de Catherine, aunque por suerte para él, eso no debería ser demasiado influyente para la familia Stevens, ya que no se llegó a conocer demasiado o, al menos, eso creía él.

De camino a casa, Aurelius y Diane no paraban de interrogar a Catherine ante la desesperación de esta y la pena que sentía el chófer por la muchacha.

—¿Qué te ha parecido Luciano? ¿Verdad que es estupendo? ¿Muy atractivo? ¿Interesante? ¿Te ves en un futuro con él? Es el mejor que has conocido, ¿verdad?

Parecía una competición entre Stevens abuelos y Stevens padres.

«Habéis estado cerca», pensó Catherine, haciendo lo posible por no exteriorizar esas palabras. Su corazón estaba muy alejado de querer a otro hombre que no fuera Edward, «desconocido».

Ya en el silencio y la calma de su dormitorio, entró Lisa con los ojos empapados en lágrimas.

—Señorita, no lo haga, por favor.

—¿Disculpa? —preguntó extrañada y preocupada Catherine.

—No se vaya... No, ahora no... Por favor —continuó diciendo Lisa con desesperación.

—¿Qué pasa Lisa?

—Sé que tiene previsto irse mañana con el muchacho que conoció en La Fontana, pero, por favor... No lo haga, se lo suplico, señorita.

—¿Cómo lo sabes, Lisa? —inquirió enfurecida Catherine. Solo había una forma.

—Yo...

—¡Leíste mi diario, Lisa!

—Señorita, lo siento... Yo...

—¡Cómo te has atrevido! —Ante los gritos de Catherine, la señora Diane entró estremecida al dormitorio de su nieta, preguntando exaltada qué era lo que estaba sucediendo—. Nada, abuela. Es algo entre Lisa y yo. —Lisa no podía dejar de llorar. La señora Diane, obedeciendo a su nieta, salió del dormitorio sin querer inmiscuirse en lo que parecía no ser de su incumbencia. Ante la desesperación y tristeza del ama de llaves, Catherine trató de esconder su rabia hacia lo que ella entendía como una traición rastrera—. ¿Por qué Lisa? —preguntó, tratando de mostrarse más dulce.

—Porque estaba preocupada por ti. —Era la primera vez que la tuteaba en todos estos años. Incluso cuando Catherine tenía cinco años, el servicio siempre la llamaba de «usted» o de «señorita». Y, por supuesto, Catherine se lo permitió—. Entiendo que quieras irte Catherine, que quieras huir de tu familia y vivir tu vida, pero siendo egoísta, no puedes dejarme sola ahora...

—¿Por qué Lisa?

—Por favor, confíe en mí —siguió suplicando Lisa, que cada vez tenía más lágrimas en su envejecido y pálido rostro—. Nunca le he pedido nada, siempre he guardado sus secretos.

A Catherine le empezaron a venir recuerdos de su infancia, cosas simples y cotidianas como romper un plato, uno de los jarrones preferidos de su madre, aquella vez en la que se escapó corriendo por el jardín en plena tormenta. Cosas por las que sus padres la hubieran castigado severamente y que Lisa guardó en secreto, incluso auto culpándose por lo torpe que llegaba a ser al caérsele alguna posesión de tan gran valor. Esta vez sería Catherine quien no podría negarle nada. Lisa no era solo su ama de llaves, era su amiga, una madre para ella. ¿Se puede hacer todo por amor? ¿Dejarlo todo por un sentimiento? En este caso no podía huir por amor y sí quedarse por fidelidad, cariño y amistad.

—De acuerdo, Lisa. Confío en ti. Sé que algo grave debe pasar para que estés así. Me quedaré en Roma contigo —decidió al fin, con tristeza. Lisa no esperaba ese gesto de Catherine, aunque temía que la estuviera engañando para que dejara de llorar, para que se calmara. Se abrazaron durante un momento hasta que Lisa dijo que estaba muy cansada y que era mejor que fuera a su propio dormitorio a descansar.

—Hasta mañana —se despidió la mujer.

Catherine pasó la noche en vela, pensando en lo decepcionado que se sentiría Edward al ver que no se presentaba a su cita para huir de Roma. Empezó a escribir en su diario la pena con la que Lisa había entrado en su dormitorio, sus súplicas y su llanto. Lisa había cuidado de Catherine toda su vida y ahora temía ser ella quien tendría que cuidar de la anciana. Sin embargo, pensó en ir, explicarle a Edward todo lo que había pasado, el motivo por el que no podía irse con él a Londres y que, cuando finalmente ella estuviera en la ciudad, volverían a encontrarse. «Quién sabe cuándo volveré a Londres...», se dijo tristemente.

«En un mes, tres meses... Un año, dos...». El llanto y la amargura volvieron a apoderarse de la joven durante toda la noche.

A la mañana siguiente, fue la señora Diane quien volvió a despertar a su nieta. Eran las ocho de la mañana y le explicó que Lisa se encontraba indispuesta, porque la cena de anoche le sentó mal. «Algo le pasa, mi abuela miente», fue lo primero que le vino a la cabeza a Catherine, al ver cómo su abuela no la miraba a los ojos. En cuanto acabó de desayunar, fue al austero dormitorio de Lisa, que se encontraba estirada en la pequeña cama reposando. Estaba pálida y ojerosa, parecía haber pasado la noche entera sin pegar ojo y su estado de ánimo se mostraba diferente al que había demostrado durante toda su vida. Parecía débil e indefensa, tan vulnerable. Nada que ver con la mujer fuerte que cuidó de Catherine cuando era una niña o la mujer estricta y valiente a la hora de corregirla, siempre con razón. Ahora, se encontraba frente a una Lisa agotada a la que parecía que la vida le estuviera dando la espalda.

—Lisa, ¿qué pasa?

—Estoy enferma, Catherine —confesó, tratando de sonreír. Pero incluso eso le costaba—. El doctor vino anoche, pareció preocuparse por mi estado —explicó titubeando—. Tengo algo Catherine, tengo algo... —repetía, aún sin creérselo, como si estuviera viviendo una mentira. Al oír esas palabras, Catherine se quedó paralizada, sin saber qué hacer o qué decir, sabiendo que las lágrimas amenazaban con correr por sus mejillas de un momento a otro.

—Lisa, estaré contigo —dijo con toda la seguridad de la que fue capaz y cogió la mano fría de Lisa, como si le fuera la vida en ello.

—Solo hubiera deseado verte vestida de novia. Quién sabe si con «desconocido» —comentó, riendo con desolación.

—Se llama Edward. Y me verás vestida de novia, Lisa.

—Siento haberte estropeado los planes, haber leído tu diario sin permiso y ser tan egoísta. —Parecía que las palabras fueran a detenerse de un momento a otro por lo débiles y suaves que llegaban a sonar en los oídos de Catherine.

—No digas eso, Lisa… Egoístas hemos sido nosotros contigo a lo largo de tu vida. Siempre has estado con nosotros, has sido fiel. Ahora me toca a mí cuidar de ti.

—Es paradójico, ¿no cree, señorita?

—Lisa, no vuelvas a llamarme señorita. Nunca más. —Lisa sonrió con un gesto de agradecimiento y tranquilidad. Aunque le daba pena haber sido la causante del sueño roto de Catherine, pensó que, seguramente, pronto iría a Londres y se reencontraría con «desconocido». Entonces sí sería feliz, aunque ella ya no estuviera para verlo. «Todo es cómo debe ser», rumió. También su vida había sido cómo debía ser. Y no se arrepentía de nada de lo que había hecho, aunque hubiera descuidado su propia vida para cuidar de la de Catherine y su familia.

La joven salió de la habitación con el corazón destrozado y el alma rota. Por el pasillo apareció una de las sirvientas, Caroline, que la saludó con un triste gesto de cabeza mientras ella se apoyaba en la puerta del dormitorio de Lisa. No imaginaba su vida sin el ama de llaves, que había estado con ella desde que nació. Era mayor, pensaba, pero la veía siempre con tanta vitalidad que no se le había pasado por la cabeza en ningún momento que pudiera morir. «La muerte, la enfermedad, el dolor y el tiempo», recapacitó Catherine entre lágrimas, «nos arrebata lo que más queremos», continuó, pensando en la desaparición de Evelyn, la mujer de Edward. En cierta manera podía entenderle. Ver cómo la luz de alguien a quien quieres se apaga poco a poco te hace sentir impotente por no poder hacer nada, por lo segura que está la muerte de vencer a la vida. «El doctor vino anoche. Pareció preocuparse por mi estado», susurró, recordando las palabras de Lisa. El médico informó a la familia que el corazón de Lisa estaba débil. Días, meses... Lisa se estaba muriendo.

Aún con los ojos vidriosos, Catherine observó cómo su abuela preparaba ella misma la sala donde, por la tarde, se reuniría con sus amigas. Todo estaba impecable, la luz del sol entraba por los grandes ventanales del primer piso y las vajillas de plata se veían resplandecientes junto a la diversidad de cuadros, retratos en su mayoría de distintos estilos, que le daban un aire acogedor a la decoración del lugar. Uno de los más bonitos de la casa.

—Hola, cielo —saludó la señora Diane en cuanto se dio cuenta de la presencia de su nieta. Al verla desolada, se acercó y le acarició una mejilla. Su impulso fue abrazarla y no decir nada, pero decidió contenerse, porque sabía que, normalmente, el afecto aumentaba la tristeza de la otra persona por mucho que esta lo necesitara—. Sabes lo de Lisa... Lo siento mucho, princesa. Lisa es mayor.

—Es triste saber que va a morir y es muy triste para las personas que te quieren saber que van a perderte... —dijo Catherine, como si estuviera hablando sola. La señora Diane no tuvo respuesta ante el comentario, pero asintió viendo cómo su marido venía por el pasillo y se detenía detrás de Catherine.

—¿Cómo está mi nieta preferida? —preguntó, como si no ocurriera nada. A Catherine le impactaba la frialdad de su abuelo respecto a la enfermedad o la muerte. Sabía lo de Lisa, pero, para él, los «sirvientes» no eran más que eso y pensaba en que le hacía un favor por dejarle la habitación, aún sin poder trabajar debido a su indisposición. A Catherine le enojó pensar en aquello y retó a su abuelo con la mirada.

—¿Por qué no haces nada? Enviar a Lisa a los mejores médicos, por ejemplo. Por favor, abuelo, tienes influencias y seguro que pueden hacer algo por ella —imploró Catherine.

—Sabes que eso lo haría por ti, por tu padre, por la familia… Pero Lisa es muy mayor, Catherine. Tiene su destino escrito.

—Nos vamos a Londres —decidió Catherine, tajante.

—No puedes. —Ahora era el señor Aurelius quien la retaba.

—Claro que puedo.

La señora Diane temía la reacción de su marido. ¿Se apaciguaría ante la súplica? ¿Le daría una bofetada como solía hacer con sus hijos cuándo se revelaban contra él? No sucedió nada de eso. El señor Aurelius sonrió con aires de superioridad y se marchó, dejando con la palabra en la boca a Catherine y con una inmensa tristeza que la señora Diane no pudo evitar imitar. «Así es Aurelius», se dijo a sí misma.

CAPÍTULO 8

Madrid, 2002

Emma estuvo durante toda la mañana mirando su teléfono móvil, esperando algo que sabía que iba a pasar y, sin embargo, no sospechaba la manera en la que ella misma reaccionaría. Cogería el teléfono y le diría a Cristian que no le gustaba que la gente le ocultara cosas, a pesar de reconocer, solo para ella misma, que era la primera en hacerlo. O hacer ver que no sabía que era un personaje conocido en Roma y perdonarle la vida por no habérselo dicho, por no haber confiado en ella. O, lo más probable, no cogerle el teléfono. Ñata, desesperada ante sus intentos de llamar la atención de Emma, que ese día no estaba de humor, salió al patio a continuar dejando secos los huesos que la noche anterior le había dado su dueña. Y al fin, sucedió. El teléfono sonó. Emma dudó unos segundos, pero, al tercer toque, decidió cogerlo con una sonrisa en el rostro. Estaba siendo injusta. Ella era la primera en ocultar cosas de su vida.

—¿Sí?

—Hola, Emma.

—Hola, Cristian.

—¿Quedamos esta tarde?

—Me parece bien.

—¿A las seis en el Palacio de Cristal?

—Confirmado.

—Hasta luego.

—Hasta luego.

Una conversación corta. Nada de lo que Emma se había imaginado en un principio. Pensaba en algo así como:

«Anoche soñé contigo».

«He estado todo el día pensando en ti».

«¿Por qué no has confiado en mí, Cristian?».

Una conversación romántica, común en las historias que relataba en sus novelas, y que avisaba de un próximo encuentro. Pero, aunque había cosas que le recordaran a la película más romántica jamás vista, eso era la vida real. Y, en la vida real, había conversaciones cortas y sosas. A las seis de la tarde había quedado con Cristian. Emma se sorprendió a sí misma, al ponerse a pensar en la ropa que llevaría, en si se recogería el pelo o lo llevaría suelto, tacón o deportivas, maquillaje o naturalidad. No era del tipo de mujeres que pensaban horas y horas en esas cosas, no le preocupaban lo más mínimo.

Se dijo a sí misma que Cristian estaría siempre rodeado de bellezas en Italia debido a su fama. Ella lo sabía, estuvo toda la noche investigando sobre él en Internet y había descubierto diversos títulos de culebrones que había protagonizado con gran éxito en Italia como: *Pasión enfrentada, Divino tesoro* o *El viento de Roma* junto a protagonistas femeninas de belleza insuperable como Caterina Falinni, Rosana Gilberto o Patricia París. Tenía tantas preguntas sin respuesta que, intentando no pensar más en Cristian y en la extraña circunstancia en la que creía encontrarse, decidió acabar la historia entre Genoveva y Leonardo, dándole un giro que no esperaba a medida que sus dedos iban tecleando con suavidad el teclado blanco y algo polvoriento de su ordenador. Acabarían juntos. Emma sonrió al pensar en que Leonardo y

Genoveva serían los primeros personajes de todas sus novelas que acababan felices. «¡Se lo merecen!», gritó, frente a la pantalla del ordenador, imaginando y dejándose inspirar por los sentimientos imprevistos hacia Cristian, su propio «desconocido».

Solo el teléfono, como siempre, pudo despistar a Emma que buscaba con la mirada a Ñata sin éxito.

—Hola, Carlos.

—¿Cómo va la novela? ¿Tienes el final?

—Mañana voy a tu despacho a entregártela. —Sabía que preguntarle si había leído su correo electrónico y, por lo tanto, lo que tenía escrito de la novela, era absurdo. Carlos le respondería: «Hablamos de eso en mi despacho».

—¡No me esperaba oír eso! Perfecto.

—Pasaré a primera hora de la mañana —informó Emma, orgullosa de su rapidez y constancia en el trabajo. Ya tenía una idea para su próxima novela, la cual se rebelaba contra todo lo que le pudiera recomendar Carlos. Si él no quería editarla, ella se encargaría de que su próxima historia viera la luz en otras manos. Pero, por primera vez, estaba decidida a escribir tras finalizar su novela *Historias Paralelas*, lo que le viniera en gana.

—Perfecto, perfecto. —Era la palabra más usada por Carlos cuando veía que la situación funcionaba bien, como él siempre esperaba—. Nos vemos mañana, Emma.

—Hasta mañana.

Ilusionada ante la expectación de su nueva novela, Emma se dirigió con decisión hasta su armario ropero. El dormitorio estaba algo desordenado, por lo que decidió poner fin al desastre antes de elegir la ropa que se pondría esa tarde para quedar con Cristian. ¿Realmente le había perdonado? Un punto de indignación hacia la falta de confianza que había tenido con ella perturbaba su pensamiento poniendo, incluso, en duda el poder ser agradable como la tarde anterior. Pero, por otro lado, lo entendía. Ella también ocultaba muchas cosas de su vida y no era nadie para juzgarle. «No pasa nada», se dijo. «Así es mejor», siguió pensando, mientras ponía fin al caótico desorden.

Por último, abrió el armario. Al revisar las diversas camisas que tenía en el estante de arriba dobladas, más o menos bien, se sorprendió al ver tanta variedad. ¿Cuánto dinero se había gastado a lo largo de su vida en ropa? No quiso ni hacer cuentas. Cuando se decantó por tres camisas de vestir y dos más informales, las dejó sobre la amplia cama cubierta por un nórdico blanco inmaculado y se dispuso a observar con detenimiento los diversos pantalones, faldas y vestidos que tenía en el perchero. Colores vivos, otros apagados y el elegante negro, que no podía faltar en ningún armario según su madre. Aunque Emma no lo quisiera reconocer, era adicta a la moda, algo que le resultaba familiar y cómodo, pues nació con ella. De pequeña, solía jugar a ponerse los vestidos y los grandes zapatos de tacones imposibles de su elegante y esbelta madre. Carlota Costa se sentía orgullosa de su hija y, en vez de regañarla, se deleitaba viendo en ella a una futura escultural modelo. Sus deseos y sueños se truncaron cuando vio que Emma iba por otro camino, el de las letras. Fue toda una decepción para la gran señora Costa. «Cómo cambian las cosas», comentó Emma en voz alta, viendo cómo Ñata subía a la cama manchando el nórdico de tierra por las macetas del patio donde había estado jugando con sus pequeñas patitas.

—¡Ñata! —gritó. Ante la atenta y bondadosa mirada de la perra, Emma decidió limpiarlo después y seguir eligiendo ropa.

Cuidadosamente, cogió un vestido rojo que no recordaba tener. «Demasiado para una tarde normal y corriente», señaló, pero encontró la solución en un vestido marrón que le llegaba por debajo de las rodillas con cuello de pico que siempre había favorecido su escote. «Este nunca falla», le comentó a Ñata, guiñándole un ojo. Pero Ñata no paraba quieta y recorría de punta a punta la cama, intentando esquivar las camisas que tenía al lado. Se lo probó. Había adelgazado tres quilos en los últimos tres meses y lo notaba, pero, igualmente y sin querer ser arrogante, se vio estupenda. Lo combinó con unos zapatos acabados en punta del mismo tono que el vestido y aún le gustó más, acompañado, por supuesto, por el chaquetón negro que solo se ponía en ocasiones especiales. Tras tener decidida la ropa, fue al lavabo a hidratar su piel. Era algo que solía hacer cuando acababa una novela, como si fuera un ritual. Llenó la bañera de agua caliente con aceites aromáticos, mientras se hacía un *peeling* en el rostro y el escote. Después de quitarse su albornoz naranja, se metió en la bañera y sintió un gran placer relajante, dejando que el aceite aromático hiciera mella, incluso, en su carácter para mejorarlo. Ahí dentro, mientras sus dedos jugaban con el agua y sus pies revoloteaban bajo la espuma, absorbiendo la perfecta combinación de jazmín y lavanda, cerró los ojos dispuesta, simplemente, a soñar despierta.

Pero el momento dejó de ser relajante al volver a ver la Fontana Di Trevi de la que nunca había disfrutado en persona y escuchar una voz que le susurraba «sigo aquí». Como si hubiera visto un fantasma, Emma abrió los ojos, dio un salto en la bañera y asustó a Ñata, que se levantó y huyó de nuevo hacia el patio, desde donde se podía ver que las nubes habían invadido el cielo azul, haciendo desaparecer al sol. «Sigo aquí...», continuó oyendo Emma. «¿Me estoy volviendo loca?», pensó consternada.

—¡¿Quién sigue aquí?! —preguntó, aun sabiendo que no había nadie en el baño, pero obtuvo una respuesta. Volvió a cerrar los ojos, casi instintivamente, y oyó un nombre. *«Edward»*. Emma dejó quietos los pies, inmovilizó sus dedos y dejó que el agua cubierta de espuma se calmara. Seguía abrumada ante la situación, pero tras unos minutos en los que todo parecía volver a la normalidad, decidió pensar que todo había sido fruto de su imaginación. Temía volver a marearse como la tarde anterior con

Cristian en la terraza del bar en pleno Paseo de la Castellana, por lo que decidió salir de la bañera cubierta por un agradable aroma que recorría todo su cuerpo. El siguiente paso en su ritual consistía en preparar la crema hidratante corporal que se aplicó con sumo cuidado por todo el cuerpo, para terminar con un aceite especial anti ojeras que le había regalado su madre por navidades y otra crema para el rostro. Se miró al espejo, diciéndose a sí misma entre los azulejos azul marino del cuarto de baño que todo iba bien. «Ha sido solo mi imaginación. La imaginación vuela libre cuando el cuerpo está relajado. Y así estoy. Relajada. No pasa nada. Nada de nada. Todo va bien», intentaba convencerse a sí misma mientras cogía el secador del tercer cajón del armario. El ruido del secador volvió a distraer a Emma mientras Ñata hacía rato que había vuelto y jugaba con el cable.

—¡Quieta, Ñata! Es peligroso —le iba advirtiendo sin éxito, Emma.

Eran las cuatro y media. Quedaba una hora y media para ver a Cristian. Cuando su largo cabello ya estaba seco, decidió ondularlo un poco para darle volumen, un peinado que tenía éxito entre el sexo masculino. Se puso el vestido, los zapatos y unas gotitas de su perfume habitual. «Un poquito de maquillaje no estaría de más», pero, en seguida, mientras sacaba el maquillaje del neceser, se dio cuenta de que hacía demasiado tiempo que no se maquillaba y había perdido práctica. Decidió no pasarse y se puso un poco de colorete y sombra marrón clara en los párpados, perfeccionándolo con un toque de rímel transparente para darle volumen a las pestañas y terminar con brillo en los labios.

La espera se le hizo eterna. Se entretenía mirándose al espejo, encendiendo y apagando la televisión, acariciando y jugando con Ñata y, sobre todo, pensando en el extraño episodio que había vivido en el cuarto de baño. Hasta que cayó en la cuenta de que esos fenómenos extraños le habían sucedido desde que conoció a Cristian. Nunca antes había experimentado algo así. Nunca había creído en fantasmas, en voces de otro mundo o en sueños premonitorios, pero algo que sobrepasaba el límite de su conciencia estaba ocurriendo de verdad en su vida.

Esa mañana, Cristian había estado hablando sobre la película con Federico García para ultimar detalles sobre el personaje que se le había asignado. Eduardo sería su nombre y su personalidad muy similar a la de él, algo que no le acababa de entusiasmar. Cristian había decidido ser actor por el hecho de convertirse en otro tipo de personas, no para interpretar a alguien parecido a él mismo.

—Es un reto —prometió Federico con ilusión, esperando motivar a Cristian ante su personaje, cuya única diferencia era que este se dedicaba al mundo del boxeo.

—Un reto... El personaje es parecido a mí. Su carácter, Federico, me halaga que me conozcas tan bien, pero ¿hacía falta escribir un personaje igual que yo? Eso no es ningún reto.

—Podemos cambiarlo. En vez de afable, puede ser violento. ¿Serio? ¡No! Haremos que resulte más risueño. No será sincero, sino más bien falso. ¿Qué quieres? —La situación estaba empezando a incomodar a Cristian, hasta el punto de verlo todo como una auténtica estupidez.

—Federico, haz lo que quieras. He leído el guion, he leído cosas sobre mi personaje, las situaciones con las que debe enfrentarse...

—No te gusta el proyecto, ¿cierto, Cristian?

—Cierto. No me gusta el proyecto —repitió él.

—Eres libre de elegir.

—Dame veinticuatro horas.

—Sabes que las tienes.

—Gracias.

—Pero espero que sepas elegir bien —deseó Federico—. La película va a tener una gran repercusión y va a poder hacerte más conocido en España.

—No es algo que me interese —repuso Cristian con seguridad.

—Tú sabrás, Cristian. Tú sabrás. —Cristian decidió tomarse esas palabras como si fueran consejos y no amenazas y, tras un portazo, salió del despacho del director cabizbajo.

Mientras Cristian, pensativo, paseaba por las calles de Madrid, solo deseaba que llegara el momento de encontrarse con Emma. Faltaban pocas horas y lo cierto es que le había costado marcar su número de teléfono. Algo tan simple como teclear nueve números y esperar a que le respondieran al otro lado de la línea se le hizo eterno y, una vez pudo hablar con ella, no tenía palabras. Le hubiera gustado decirle lo mucho que pensaba en ella, las ganas que tenía de verla, de estar en su compañía, que hacía tiempo que no se encontraba tan bien con alguien. Que nunca había sentido nada igual por una persona como lo que sentía por ella sin apenas conocerla, como aquel que dice, pero habría tiempo. Mucho tiempo. «Sigo aquí», le decía una voz extraña que lo incomodaba y a la vez le hacía sentir protegido. «Sigo aquí»... Algo en relación con Emma se aproximaba, él lo sabía. Algo que no alcanzaba a comprender, que le daba miedo, pero que quería afrontar. Tenía muchas ganas de que llegara el momento de descubrir a quién pertenecía la voz que escuchaba. A Catherine, pero ¿quién era Catherine?

Las seis de la tarde. Cristian esperó diez minutos hasta que vio aparecer a Emma, esta vez, sin Ñata. Verla arreglada con un bonito vestido y zapatos de tacón, incluso maquillada, le chocó bastante, pero le entusiasmó la idea de verla radiante por y para él. Únicamente por él. Sintió vergüenza al llevar los mismos tejanos que el día anterior y una camisa algo arrugada a pesar de ser una de sus preferidas. Vio algo diferente en el rostro de Emma. Había signos de preocupación, aunque su sonrisa lo encubría todo. Ella se acercó, lo besó en la mejilla y él pudo sentir un aroma a lavanda mezclado con un suave perfume que le recordaba al olor de las rosas que su madre cuidaba con tanto esmero en el jardín.

—Qué bien hueles —comentó Cristian, mirándola con admiración y comprobando, por primera vez, la suavidad del cabello suelto de Emma.

—Gracias —sonrió Emma, mirándolo con complicidad.

Lo que él no sabía era que esa mirada le preguntaba: «¿Cuándo vas a decirme que eres un actor famoso en Roma y que ni de lejos soy la chica más guapa con la que has estado?». Aunque, en realidad, ahora que lo tenía en frente, poco le importaba. Era imposible enfadarse con él, por la ternura que demostraba al mirarla y la sinceridad que denotaba su sonrisa de dientes perfectamente alineados, cuidados y blancos.

Mientras iban caminando, Cristian cogió la mano de Emma y observó sus uñas. Ni cortas ni largas, sin pintar y cuidadas. Observó sus dedos, nunca había visto unos dedos tan largos y rectos. Eran perfectos y, como toda ella, incluso sus manos le resultaban familiares, sin olvidar la curiosa y conocida pequeña mancha de nacimiento en forma de corazón.

—¿Qué miras? —preguntó divertida Emma.

—Tus manos.

—¿Y qué opinas?

—Que son preciosas —admitió Cristian, sin dejar de mirarlas.

—De nuevo, gracias —rio Emma—. Subes el ego a cualquiera.

—No a cualquiera —contestó riendo.

Justo cuando estaban delante del Museo del Prado, pararon para mirarse fijamente a los ojos una vez más. Pero esta vez fue diferente. Emma vio franqueza en su mirada, a pesar de saber algo que él no le había explicado, pero no era momento de recriminarle nada y romper la magia en la que se veían envueltos. No se conocieron de una manera típica, ahora lo entendía. Estaban destinados a volverse a encontrar, a volver a estar juntos, aunque el verbo *volver* aún no era conocido con exactitud por ninguno de los dos. El secreto de la vida está, tal vez, en las sorpresas que esta te da cuando menos te lo esperas. En conocer a alguien que resulta familiar por un motivo concreto que solo se entiende si miras la profundidad de la mirada de la otra persona. En entender que todo pasa por algún motivo y que lo que no se espera aparece en el momento justo. Todo es como debe de ser.

Cristian acercó su rostro hasta tener su nariz pegada cariñosamente a la de Emma, para tras una milésima de segundo, poder rozar sus labios por *primera vez*. Él le acarició el rostro lentamente, sin prisas, como si quisiera que ese momento no tuviera fin. Tenía una piel muy fina y delicada. Ella puso la mano que, instantes atrás Cristian había estado observando, en el fuerte hombro de él y la otra la posó con delicadeza a un lado de su cuello. Y en un beso intenso y apasionado pudieron compartir un sin fin de imágenes que solamente habían aparecido en sus sueños. Al separarse, ambos sonrieron, entendiendo, al fin, el motivo del verbo *volver*. Entendiendo la frase «Sigo aquí», y vislumbrando la figura de Catherine y Edward fundiéndose en un solo ser. Se habían vuelto a encontrar, aunque aún tenían tantas cosas por saber el uno del otro... Ya no eran Edward y Catherine, eran Cristian y Emma y, aunque sus almas compartieran la misma esencia, el tiempo había cambiado. Y mucho.

CAPÍTULO 9

Roma, 1932

Desde el conciso, pero contundente enfrentamiento entre Catherine y su abuelo, ella se fue una vez más a su dormitorio y se sentó en el tocador. A menudo, miraba hacia la Fontana Di Trevi, el lugar que vio cómo, por vez primera, los sentimientos de Catherine aparecían y crecían por alguien especial.

Empezaba a llover. De vez en cuando miraba su rostro. No era el de una joven feliz y libre de veinte años. Era el de alguien triste que no puede cumplir sus sueños por una serie de reglas impuestas y, en ese momento, por el cariño y la dedicación que necesitaba Lisa, su segunda madre. Eran las tres y media de la tarde. Ni siquiera había bajado a comer con sus abuelos, que no insistieron en que estuviera con ellos. No quería dirigirles la palabra, no quería saber nada de su abuelo. Su única preocupación era salir de casa sin que nadie se diera cuenta, para ir al punto de encuentro con Edward y explicarle lo que había pasado. No podría ir a Londres con él y eso le causaba la mayor de las tristezas, inimaginable para ella, que siempre se había sentido feliz a pesar de todo, alegre a pesar de las circunstancias, libre a pesar de estar atrapada en una prisión repleta de personas superficiales carentes de su interés. ¿Así sería su vida para siempre? ¿Acabaría casada

74

con alguien por el que no sintiera el más mínimo cariño? ¿Con alguien de quien no estuviera enamorada? ¿Era ese su destino? Entonces, ¿por qué había aparecido ante ella el amor?

Catherine salió de su escondite, intentando no ser vista por nadie, a las cuatro menos diez de la tarde cuando faltaban diez minutos para ver a Edward, que ya la esperaba impaciente en la discreta callejuela solitaria. Con la puerta de su dormitorio entreabierta, miró a ambos lados del pasillo y, sin hacer ruido, rápidamente cruzó lo que le pareció un eterno pasillo repleto de puertas de madera de roble oscuras que dirigían a diversos dormitorios de la familia y al despacho donde se encontraba, en silencio, entre contratos y hojas en blanco, el señor Aurelius intentando echar una cabezadita con la mirada fija en su amplia biblioteca. Bajó por las escaleras cubiertas por una alfombra de color granate, vigilando con no tropezar con ninguno de los diversos jarrones que había a los lados hasta llegar a la amplia entrada. Miró a un lado, a otro, y, sigilosa, abrió la gran puerta con la que se vio inmediatamente a salvo delante de la Fontana Di Trevi. Miró de reojo las diversas ventanas de la casa, pero no vio a nadie tras ellas y fue corriendo hasta llegar a la cercana callejuela. Efectivamente, allí estaba Edward con una amplia sonrisa y el ceño fruncido al ver a Catherine sin ningún tipo de equipaje para huir con él a Londres. Catherine, apenas sin aliento por la rapidez de sus pasos y por la preocupación de haberse podido encontrar con alguien, lo miró y trató de sonreír sin demasiado éxito, sabiendo que la noticia que le daría no era, en absoluto, del agrado de ninguno de los dos.

—¿Estás bien? —preguntó Edward impaciente, cogiendo con suavidad las manos de Catherine y observando la pequeña y original mancha en forma de corazón que tenía en su mano izquierda.

—No, Edward. La verdad es que no estoy bien. No puedo irme a Londres contigo. —Edward, tras mirarla fijamente y sin comprender nada, bajó la cabeza y soltó sus manos de las de ella. Al cabo de un segundo, volvió a mirarla sin saber, en cierta manera, cuáles serían las palabras más apropiadas ante tal respuesta.

—¿Por qué?

—Edward, es algo largo de explicar, pero...

—Da igual, Catherine. Da igual. Tengo que irme, el tren sale a las cinco —dijo zanjando la conversación. Sabiendo que, a lo mejor, Catherine no podía ir con él por motivos serios sin que fuera culpa suya, pero pensando, por otro lado, que no era lo suficientemente importante para ella como para cometer la locura de huir de todo lo que la aprisionaba para vivir su amor y su vida libremente. ¿Cómo iba a ser importante para ella? Apenas se conocían o, simplemente, Catherine no estaba hecha para las locuras. A lo mejor, en realidad, hacía demasiado poco tiempo que se conocían para dar rienda suelta a lo que habían sentido el uno por el otro desde un primer instante. Para dejarse llevar por el momento y sus repentinos sentimientos. Quizá fue todo una ilusión que, en esos instantes, se estaba desvaneciendo.

—No, Edward... Por favor... Volveré a Londres tarde o temprano. Espérame, por favor. —Tras estas palabras repletas de desesperación, la mirada de él se volvió más tierna e hizo un gesto con la cabeza que Catherine no llegó a entender—. Por favor... —siguió suplicando.

—Sí, Catherine. Te esperaré. Lo que hay entre nosotros es demasiado especial, poco común. Cuando vuelvas a Londres —comentó sacando una tarjeta de su bolsillo—, ven a visitarme. Estaré aquí. —La joven miró la tarjeta. Era la dirección de la fábrica textil Parker.

—Será lo primero que haga cuando vaya, Edward —prometió, mirando la tarjeta con especial emoción. Edward la miró y, una vez más, acercándose a ella, acarició su rostro y la besó. Catherine entendió, en ese preciso instante, que el beso más difícil no era el primero, sino el último, aunque quería pensar que no sería el final. Tenía la ilusión de que, cuando fuera a Londres, podría estar con él para no volver a tener una despedida más.

Catherine se quedó quieta en el interior de la callejuela, viendo cómo Edward se iba alejando lentamente. En un primer momento, él miró hacia atrás sin querer separarse de Catherine y con una expresión triste en su rostro, volvió a mirar hacia adelante cabizbajo hasta girar la primera calle a la izquierda. Catherine lo perdió de vista y las lágrimas de nuevo afloraron por sus mejillas. No hubo momento en el que se sintiera más sola, pensando que segundos antes ahí había estado Edward con el que tan bien y protegida se sentía. Con el que un halo de magia envolvía su vida haciéndola feliz.

Cuando Edward giró hacia la izquierda, sabiendo que Catherine lo perseguía con la mirada, paró en la esquina desalentado. Volvió a mirar hacia adelante para ir hasta la estación de tren. Continuó caminando con rapidez hasta llegar a su destino, donde empezaría su último viaje de vuelta a Londres después de todos esos meses conociendo otros lugares. Tenía ganas de llegar a la ciudad, ver a su padre y revelar las fotografías que le mostraban otros mundos. Sin que Catherine se diera cuenta, le hizo una fotografía el primer día en el que se conocieron. Tenía ganas de volver a verla, aunque fuera solo en papel. La decepción dominaba su alma a cada paso que daba, pero seguía existiendo un ápice de ilusión, de emoción por saber que Catherine regresaría a Londres tarde o temprano y que ya no se separaría de ella nunca más. Aún tenía esa esperanza.

En el momento en el que Edward desapareció, Catherine se quedó mirando fijamente la tarjeta con la dirección a la que acudiría cuando llegara a Londres para volverlo a ver. Con el corazón partido por la mitad, aspiró el olor de la tarjeta sin éxito para que el aroma le recordara al perfume suave y masculino de Edward. Era la primera vez que sentía haber perdido a alguien sin poderlo evitar. Cuando dio media vuelta para regresar a casa, encontró una figura familiar en su camino que le impidió el paso. Era su abuela, quien la miraba con compasión, aunque confundida por toda la escena que había observado de principio a fin desde la distancia. Había seguido a su nieta sin que se diera cuenta y pudo oír lo que los dos jóvenes se decían. Aunque se escandalizó al principio, la escena la emocionó y le hizo recordar tiempos pasados cuando se enamoró locamente del hijo del jardinero de la casa que tenían sus padres en Shaftesbury, en el estado de Nueva Hampshire. Un amor prohibido en aquellos tiempos.

Catherine la miró con firmeza sin saber qué hacer ni qué decir, pero un gesto complaciente de su abuela provocó en ella la confianza adecuada como para acercarse y darle un tierno abrazo. La señora Diane acarició la melena suelta y despeinada de su nieta y le susurró unas dulces palabras para calmar su tristeza. «Todo pasará, preciosa. Todo pasará».

Cuando regresaron a casa y tras la reunión que la señora Diane tuvo con sus amigas, mientras Catherine permanecía al lado de la cama de Lisa que dormía plácidamente, aunque con leves molestias que se notaban en los gestos de su expresivo rostro, el señor Aurelius preparó una cena con los Soverinni. Un nuevo encuentro entre Catherine y Luciano que el señor Aurelius daba por definitivo para preparar un enlace prometedor.

—Tengo una sorpresa preparada —le comunicó el señor Aurelius a su esposa, mientras ella ayudaba a una de las sirvientas a recoger la sala en la que, minutos antes, habían estado sus amigas inglesas tomando el té y charlando animadamente sobre los negocios de sus maridos, los prósperos matrimonios que sus nietos iban a tener en fechas próximas y los gemelos que esperaba la hija de la señora Spencer.

—Me da miedo —reconoció la señora Diane con una risita nerviosa.

—Los Soverinni vienen a cenar a casa esta noche.

—¡Pero si no se lo hemos comunicado a las sirvientas! Es un desastre, Aurelius, Lisa está enferma y…

—Lo tengo todo controlado. Las sirvientas están al tanto y están preparando una cena apetitosa —alegó calmando a su mujer, que no veía más justificaciones para que su nieta no se viera en el compromiso a la que le sometería esa noche su marido.

—Aurelius… no lo veo conveniente. Sé tus intenciones y Catherine no está de acuerdo con ellas. Sé comprensivo, Aurelius, por favor, Catherine está demasiado preocupada por Lisa, no es el momento.

—Yo diré si es el momento o no, ni se te ocurra decidirlo tú —expuso enfurecido él, mirando con frialdad a su mujer, que no apartó la mirada de él en ningún momento. La quería, pero no soportaba la idea de que ella le llevara la contraria con sus firmes y autoritarias decisiones.

—Muy bien, Aurelius. Espero que sepas lo que estás haciendo —le recriminó la señora Diane para, acto seguido, salir de la sala en dirección al dormitorio de Lisa donde sabía que su nieta le hacía compañía.

Era la primera vez que el excelentísimo señor Aurelius se había quedado con la palabra en la boca, sintiéndose violento ante las palabras de su esposa. Necesitó acudir, en compañía del chófer de la casa, al solemne Arco de Constantino, el lugar donde solía ir cada vez que tenía planes que consideraba importantes para meditarlos con determinación y tratar, en la medida de lo posible, no equivocarse. La majestuosidad del lugar provocaba en el señor Aurelius una inspiración brillante como años atrás lo había hecho con sus antepasados, quienes sentían pasión, al igual que él, por Roma.

La señora Diane, en busca de Catherine por las diversas estancias de la casa, volvió a enternecerse como cuando la vio con Edward. Aunque la escena fuera bien diferente. En el humilde dormitorio de Lisa, Catherine estaba sentada a los pies de la cama del ama de llaves que seguía durmiendo con gestos de dolor, manifestados en cada mueca que el expresivo rostro de la mujer dibujaba. Catherine estaba tan absorta en sus pensamientos que no vio entrar a su abuela hasta que le puso su mano en el hombro.

—¿Cómo está? —preguntó la señora Diane preocupada.

—No lo sé, hace horas que duerme.

—Mañana llamaré al doctor Capricce para que venga a verla —dijo, intentando tranquilizar a Catherine—. He visto los informes médicos y no pintan bien, querida. Los síntomas son precoces y, dada su avanzada edad, no hay nada que los doctores puedan hacer por ella… Solo aliviar su dolor en la medida de lo posible. Su corazón no aguanta más —siguió explicando la señora Diane haciéndole ver la realidad a su nieta, pero, a la vez, tratando de no ser demasiado dura para no agrandar su dolor—. Vamos, salgamos fuera. Tengo que explicarte una cosa.

Catherine salió del dormitorio de Lisa sin poder dejar de mirarla. Sabía que, de un momento a otro, incluso antes de lo que esperaban, Lisa moriría. Tenía que hacerse a la idea, pero a medida que las horas pasaban, se daba cuenta de que no lo lograba. Había sido todo tan rápido, tan precipitado. Nada se podía hacer por el viejo y fatigado corazón de Lisa.

—Esta noche vienen los Soverinni —empezó a decir la señora Diane—. Tu abuelo tiene planes para ti —dijo entonces

Diane, esperando ver una reacción de rebeldía en su nieta. Sin embargo, el gesto de Catherine fue el de la más absoluta tristeza.

—Imagino qué tipo de planes, pero aun así tengo que preguntártelo, abuela.

—Vas a casarte con Luciano —asintió la señora Diane con miedo a la respuesta de su nieta.

Catherine vaciló durante unos instantes. Solo podía pensar en Edward, su primer y gran amor, a pesar de los pocos días que había podido disfrutar con él. Sentía que lo quería, que estaban hechos el uno para el otro. Lo sabía. Edward era su otra mitad. Su alma gemela. Pero tenía que volver a la realidad. A lo mejor, su breve, pero intensa historia con Edward no había sido más que fruto de su imaginación, que le había revelado historias y mentiras sobre lo idílico de aquel sentimiento. El golpe de la realidad era una boda con Luciano, heredero de una de las familias más importantes de Italia y con el que conseguiría un enlace prometedor. Harta de la palabra «prometedor», estalló en lágrimas ante la atenta mirada de su abuela, que no sabía qué hacer ante el derrumbamiento final de su nieta.

—Luciano piensa igual que yo, abuela. No puede haber enlace si no hay amor.

—Es lo que más te conviene, hija —dijo rápidamente la señora Diane. Aunque en sus palabras no quería convencer a Catherine, quería convencerse a sí misma.

—¿Y tú me vas a decir qué es lo que más me conviene? —inquirió Catherine, estallando en un grito que provocó las lágrimas de Lisa al otro lado de la puerta y la irritación del señor Aurelius que se acercaba hacia donde estaban las dos mujeres discutiendo sobre la situación.

—¡Esas no son formas de hablarle a tu abuela! —objetó el señor Aurelius a la vez que agarraba con fuerza el delgado brazo de Catherine que, asustada, bajó la mirada que intentaba sostenerle su abuelo.

—¡Aurelius, por favor! —increpó la señora Diane, rompiendo en llanto igual que su nieta, tratando de tranquilizarlo y suavizar el espectáculo que estaban formando. Seguían ante la puerta del dormitorio de Lisa, que seguía sufriendo en silencio por su *pequeña*. ¿Qué sería de ella? Ya no tenía su protección y se sentía culpable al haberla querido retener con ella en vez de dejarla escapar con Edward, con quien, estaba convencida, sería muy feliz. Todo por su culpa.

El señor Aurelius se llevó a su nieta al despacho ante la permanente preocupación de la señora Diane. Su esposo era un hombre embaucador, insistente y con las ideas muy claras. Y, por esos motivos, muy a su pesar, la señora Diane tuvo que dejar de dar su opinión ante lo que iba a ser una inminente boda pensada y manipulada por su esposo y el señor Soverinni. Se rendía. Era imposible ponerse en contra de Aurelius.

Catherine, aún desconcertada y con las mejillas empapadas en lágrimas y los ojos llorosos, entró en el despacho de su abuelo. Observó la amplia biblioteca repleta de libros separados en categorías, tales como psicología, arquitectura, arte, novelas históricas, biografías, matemáticas y geografía. Se encontró sentada en un bonito, aunque incómodo sillón negro, frente a la gran mesa de madera con bordes dorados donde se posicionó su abuelo, en su gran sillón tras el ventanal que, con las cortinas abiertas, mostraba la fuente rebosante de agua del jardín trasero rodeado de un banco de piedra. Catherine, sin apartar la vista de la luna que se veía a través del ventanal y viendo por el rabillo del ojo cómo su abuelo la observaba tras sus redondas gafas, acabó de secarse las lágrimas e intentó que su voz sonara con normalidad cuando le tocara hablar. Aunque sabía que a su abuelo era imposible convencerlo. Él tenía las ideas muy claras y lo que ordenaba se cumplía. Siempre.

—Catherine, estoy muy disgustado después de este enfrentamiento —reconoció su abuelo. Pero en su tono se notaba hipocresía. Le había importado un comino tenerse que enfrentar a su nieta con tal de conseguir que su plan viera la luz. Catherine apartó la mirada de la luna para mirar fijamente al señor Aurelius quien recordó en esa mirada fría y despiadada, llena de odio, a su propio hijo en sus frecuentes discusiones familiares—. No hay vuelta atrás. El señor Soverinni y yo tenemos previsto un enlace entre Luciano y tú.

—El señor Soverinni y tú... —osó Catherine a desafiarlo—. ¿Y Luciano y yo?

—Luciano está de acuerdo.

—¿Qué? —exclamó Catherine, recordando la conversación que tuvo con él. Todo, mentira. Luciano la había engañado con falsas promesas, palabras con las que sabía que ella iba a sentirse identificada y, así, lograr su propósito embaucador.

—Luciano quiere casarse contigo. Y escúchame bien jovencita —siguió el señor Aurelius, esta vez, señalándola con el dedo—, tienes suerte de que Luciano te haya querido como esposa. ¡Cuántas italianas lo desearían!

—¿Qué dice mi padre de todo esto?

—Está muy contento. Es más, está encantado. Me ha dicho que no puede haber nadie más perfecto para ti.

—Eso lo voy a decidir yo, abuelo.

—¡No puedes desafiarme! —exclamó, a la par que propinaba un fuerte golpe contra la mesa y se levantaba. Catherine trató de no inmutarse, aunque por dentro temblaba de miedo—. No puedes desafiar a tu destino —terminó y se volvió a sentar, calmando, así, a su nieta quien pensó detenidamente en esas palabras.

—Pero sí soy dueña de él. Me da igual de qué familia provenga, me da igual el futuro que tenga Luciano Soverinni. Lo que me importa es el mío, abuelo —explicó, intentando enternecer un corazón indomable como el de Aurelius—. Quiero casarme por amor. No estamos en el siglo diecinueve, por Dios...

—Pero eres de la familia Stevens y no voy a permitir tener una oveja negra entre nosotros.

—Ante eso, señor Aurelius, no puedo decir nada. —Era la primera vez que Catherine llamaba por su nombre a su abuelo y este, sorprendido por lo que le pareció una insolencia, se acercó a ella negando con la cabeza y la invitó a salir de su despacho, no sin antes decir que no tenían nada más que hablar y que el enlace se celebraría lo quisiera o no.

A las ocho de la tarde, los señores Soverinni eran recibidos en casa de los Stevens por el señor Aurelius, la señora Diane y la señorita Catherine cabizbaja y disgustada. Vestía con uno de los mejores vestidos que tenía en su armario, color azul celeste, escote de pico y un lazo blanco alrededor de la cintura a conjunto con unos zapatos abiertos de tacón alto. Efectivamente, al fijarse en el rostro de Luciano, entendió que él estaba encantado con la idea de ser su prometido, sin haber puesto inconvenientes. La cena estaba lista y, a las ocho y media, se sentaron en el comedor tras los halagos que la señora Soverinni le había dedicado a la señora Diane sobre la casa y su decoración. Catherine, intentando no mirar a Luciano, que la perseguía infatigablemente con la mirada, no podía dejar de pensar en Edward. Se sentía la mujer más desgraciada del mundo. Sin poder elegir, sin poder amar a quien realmente amaba.

Se adentró en otro mundo, en el que se imaginó su vida si hubiera escapado junto a Edward. En esos mismos instantes estaría con él en el tren, recorriendo Italia hasta llegar a Francia, observando el paisaje, la oscuridad de la noche entre los fuertes brazos de Edward, sintiéndose protegida, amada, libre. Feliz. Trató con todas sus fuerzas de visualizar ese momento solo real en su imaginación, para que Edward, estuviera donde estuviera, pudiera sentirla.

CAPÍTULO 10

Madrid, 2002

Cuando sus labios se separaron, Emma y Cristian, en silencio, y con una sola mirada, se dijeron todo cuanto tenían que decirse, aunque fueran conscientes de que el camino por recorrer era mucho más largo y complicado. Las imágenes que habían transcurrido por sus mentes, gracias a la aparente y simple unión de un beso, les había evocado a otro tiempo. Un tiempo que, aunque aún no recordaran con precisión, sí les había traído un buen recuerdo de otra vida. Cristian estaba algo sorprendido, pero no tanto como Emma, que nunca había creído en esas cosas, a pesar de haberlas plasmado en sus novelas casi por inercia, inconscientemente. Él, por otro lado, no acababa de asimilar del todo que pudiera encontrarse en una situación de la que su madre siempre hablaba las pocas veces que podía estar con él. Recordó las veces que su madre trató de comunicarse con su marido ya fallecido en un fatídico accidente de coche hace años sin éxito y pensar que algo sobrenatural y extraño le estaba pasando a él rozaba la locura de lo impredecible.

—¿Tanto habremos cambiado? —preguntó de repente Emma.

—No lo sé. Creo que no… —manifestó Cristian, sonriendo y dándose cuenta de que a su alrededor había gente paseando. Por un momento, había pensado estar solo en el mundo con Emma. Solos ellos dos.

—Te recuerdo diferente, Edward —comentó Emma riendo.

—Creo que eso me lo dijiste una vez…

—No adelantes acontecimientos. —Emma guiñó un ojo, un gesto que se había vuelto habitual entre ellos. Estaba feliz, aunque tenía miedo. Miedo de que eso le estuviera sucediendo a ella, a ellos dos. Algo que, hasta ese momento, Emma pensaba que solo sucedía en películas y novelas de ficción.

—¿Qué recuerdas? —quiso averiguar Cristian mientras se sentaban en la cafetería italiana que habían escogido en la bulliciosa Gran Vía de Madrid, cercana a la zona de Callao.

—Tengo un cúmulo de cosas, aunque una muy reciente que no es de *nuestra anterior vida* —respondió Emma mirando con intriga y fijeza los ojos castaños de Cristian. Le parecía una broma usar la frase en nuestra anterior vida, y sonrió con simpatía. Ya no estaba molesta con Cristian, existía algo que les unía: un pasado. Pero había un presente frente a ellos que iría bien. Tenía confianza en ello—. Ayer vi en las noticias tu profesión. No es que me moleste… Bueno, me molestó que no me lo dijeras, pero… —Cristian abrió los ojos como platos y asintió. Pareció no darle demasiada importancia al asunto.

—Sí, estoy en Madrid por un proyecto, una película. Pero no estoy seguro de aceptar el papel. Lo estoy pensando. En Italia me va bien, pero creo que me estoy encasillando. No sé qué hacer con mi vida, Emma, ha llegado un punto en mi profesión que, no sé, me he dado cuenta de que prefiero vivir un poco, antes de volver a trabajar delante de las cámaras. Descansar. Si es que verdaderamente vuelvo algún día. Pero de eso no quiero hablar ahora mismo. Lo que nos ha pasado…

—Sí, lo sé... —interrumpió Emma, queriendo cambiar de tema. Se percató de que a Cristian le incomodaba hablar de su situación profesional y lo entendía. Era algo que a ella también le pasaba—. Recuerdo... recuerdo gritos y discusiones —empezó a decir Emma—, una casa en Roma, una boda triste y algunos nombres.

—¿Qué nombres? —Al preguntar eso, se sintió, por primera vez, en el papel de su madre como profesional de lo paranormal. Una paradoja que el destino le había puesto en su camino.

—Me suenan mucho... —respondió sin tenerlo demasiado claro y dio un sorbo al café capuchino que tenía delante, a la par que miraba hacia las paredes de ladrillo y las diversas mesas redondas con sillas de roble llenas de gente a su alrededor. Volvió al mundo real dispuesta a responder ante la atenta mirada de Cristian, que esperaba con expectación su respuesta—. Aurelius, Diane... y Lisa —terminó, sonriendo y repitiendo el último nombre—. Lisa... lo recuerdo con cariño.

—¿Pero sabes quién es? Bueno, ¿quién fue?

—No, no lo recuerdo. Solo te recuerdo a ti, aunque no con exactitud. Y dime, ¿tú que recuerdas?

—Catherine, Catherine, Catherine. —Emma empezó a reír, contagiada por la alegre risa de Cristian, ante la repetición de su supuesto nombre pasado—. En realidad, yo no recuerdo discusiones, pero sí soledad, abandono. Esos son los sentimientos que me llegan. El otro nombre que me viene a la mente es Evelyn, pero no logro recordar su rostro.

—¡Calla! —gritó exaltada Emma, *«recordando»*. Toda la cafetería la miró sin que ella hiciera caso a los ojos curiosos que la interrogaban—. Recuerdo eso. Evelyn era la mujer de Edward. Ella murió y él se fue a recorrer mundo hasta que, en Roma, conoció a Catherine —explicó, como si estuviera explicando un párrafo de alguna de sus novelas. Cristian se quedó pensativo ante la súbita explicación hasta que afirmó con la cabeza y una lágrima recorrió su mejilla, que llegó a sus labios sin que ni siquiera se diera cuenta.

—Supongo que fue duro para Edward —afirmó, consciente de que su actual alma fue la que vivió aquella situación—. No te lo he explicado, pero mi madre se dedica a hacer reportajes periodísticos sobre fenómenos paranormales. Siempre me explicaba historias. Hubo el caso de un niño en la India que recordaba toda su vida anterior y hablaba de un pueblo cercano y una mujer. Los padres, hartos de escuchar al niño, lo llevaron al pueblo y, efectivamente, recordaba a la que fue su mujer en su vida pasada, que estaba abrumada al ver a su marido en el cuerpo de un niño de apenas seis años. Y cómo este, cientos de casos similares. Puedo hablar con ella de todo esto.

—Si crees que es conveniente... —dudó Emma, que no quería hacer de su historia algo público, sino algo íntimo para ellos dos—. Es curioso, pero mi última novela, «*Vidas paralelas*», trata sobre la reencarnación. No es que creyera fervientemente en este tema, simplemente lo veía como una bonita y curiosa historia de amor y, ahora, es como si presintiera una situación similar en mi vida.

—Ahora resulta que te ha pasado a ti.

—Eso parece... —susurró Emma, tratando de sonreír—. ¿No crees que, a veces, es mejor vivir en la ignorancia? —Ante el silencio de Cristian, trató de seguir explicándose mejor—. Es decir, si no nos hubiéramos dado cuenta de que en otra vida nos conocimos, aunque aún no recordemos con detalle todo lo que sucedió en nuestra historia, ¿no te parece que, ahora, al conocernos de nuevo, lo tendríamos más fácil?

—Puede ser... Pero no todo el mundo tiene la suerte de vivir algo tan extraordinario como lo que estamos viviendo nosotros. ¿Has vuelto a tener algún mareo como el de aquella tarde?

Emma le explicó lo que le había pasado unas horas antes en el cuarto de baño, pero ya se sentía aliviada al saber lo que había pasado y el motivo. Una voz interior trataba de avisarla de todos los acontecimientos que acontecerían en su vida, relacionadas con su vida pasada. Él seguía con ella.

Alfredo no había vuelto a toparse con Emma desde el encuentro en la escalera del edificio. Deseaba verla hasta tal punto de parecer un obseso. No le había sucedido nunca con ninguna otra mujer, pues lo normal era que fueran ellas las que llegaban al punto de llamarlo día y noche para volver a tener una cita. Era consciente del atractivo que suscitaba en las mujeres. Abrió la puerta de su apartamento de soltero y suspiró al ver los cuadros que tenía en el pequeño «cuarto de los trastos», por lo que se prometió a sí mismo que, al día siguiente, los colgaría en la pared. Llevaba más de un año haciéndose la misma promesa. Se dirigió al cuarto de baño y se miró en el espejo. Algunas arrugas iban apareciendo alrededor de sus grandes ojos azules, pero pensó que le hacían más atractivo. Sonrió e hizo algunas carantoñas para, acto seguido, dirigirse a la cocina a mirar lo que tenía en la nevera. Nada. Absolutamente nada. Típica cocina de un soltero desastroso, así que decidió bajar al súper a comprar algo para cenar. Quizá pasta. Le apetecían macarrones a la boloñesa, su plato preferido. El súper todavía estaría abierto, eran las ocho de la tarde y no cerraban hasta las nueve. Al bajar por las escaleras, vio a Emma con otro hombre. Hizo un gesto desagradable y los esquivó sin decir una palabra, sin querer girarse para ver lo que Emma estaba haciendo con él. ¿Había aparecido otro hombre en su vida? Claro, no iba a ser tan estúpida de esperarlo toda la vida. Así se lo había manifestado cuando salieron a cenar aquella vez, cuando Emma parecía estar loca por él o, por lo menos, eso creía. Fue un error pensar que estaría colgada por él durante una larga temporada. Fue poco importante, en realidad, casi no sucedió nada. Aquello terminó antes de empezar. Pero, ahora, Alfredo era quien tenía la necesidad de estar día y noche con Emma. Ahora había tenido extraños sueños que provocaban que, nada más levantarse, pensara en su vecina. En sus sueños, se veía casado con ella, aunque no feliz. Había algo que no encajaba en la estampa típica de una boda idílica entre dos personas que se quieren. Existía algo en esos sueños que no mostraban una realidad actual. En ese momento, entendía que, en esos sueños, no era algo lo que destrozaba la imagen placentera, típica de una novela de amor, sino alguien que perturbaba la situación y se interponía entre los dos. «Mañana iré al psicólogo y le comentaré todo lo que me está pasando». Hacía tiempo que Alfredo iba al psicólogo, desde que tenía cinco años. No tuvo una infancia fácil. pero trataba de no recordar, de no mirar las escasas fotografías en las que su rostro de niño no se mostraba feliz. Su mirada se asemejaba a la de un viejo, a pesar de contar con poca edad. Con el tiempo, los problemas parecieron disminuir, pero su obsesión, ahora, estaba empezando a aumentar peligrosamente y él mismo tenía miedo de vivir con eso.

Emma y Cristian subieron hasta el piso de ella. Él observó el bonito, aunque pequeño vestíbulo en el que descansaba un encantador bonsái bien cuidado, que les daba la bienvenida al hogar. A la derecha, un amplio arco les conducía a la gran sala que hacía de cocina-comedor a la vez. Las paredes, inmaculadamente blancas, estaban envueltas por un halo especial, gracias a los coloridos y alegres cuadros que colgaban en ellas. Dejaban el color blanco roto para las cortinas de los ventanales, desde donde se disfrutaba de una vista increíble del tráfico nocturno alrededor de la Puerta de Alcalá y la tranquilidad del recinto del Parque del Retiro, donde, con una sonrisa, Cristian recordó que se habían conocido. El sofá rojo con cojines blancos y negros bien combinados invitaba a sentarse y mantener una interesante conversación con un café, que bien se podría dejar en la mesita antigua restaurada, de color blanco, dispuesta en el centro. «Me gusta encontrar viejos muebles y restaurarlos», le explicó Emma, solemne. «Y con muy buen gusto», respondió Cristian impresionado, al ver la cómoda de la amplia habitación y una inmensa cama en el centro, envuelta en un nórdico de color blanco que le otorgaba pureza al cuarto. Mientras Emma preparaba con astucia una rica ensalada, Cristian se acercó y la rodeó con sus brazos para, así, obligarla a girarse frente a él.

—¿Cuánto hace que nos conocemos? En esta vida, me refiero —empezó a decir Cristian, con una sonrisa pícara que Emma le devolvió.

—¿Tres días? —respondió a modo de pregunta. Lo cierto era que la noción del tiempo se les había escapado de las manos a los dos.

—Parece una vida entera…

—O dos…

Dejaron a un lado la ensalada y fueron hasta el dormitorio, profiriéndose todo tipo de gestos cariñosos y caricias. Ñata se quedó sola en la cocina-comedor, intentando, con insistencia, subir por la encimera de la cocina para comer los champiñones que allí reposaban, esperando el momento de ser saboreados por los dos enamorados, ausentes en su propio mundo.

CAPÍTULO 11

Roma, 1932

Catherine seguía sin pronunciar palabra, pero, en cuanto se despistó un poco, justo cuando iban por el segundo plato, el señor Soverinni y su abuelo ya hablaban del enlace entre ella y Luciano. La señora Soverinni y la señora Diane seguían la conversación asintiendo con la cabeza y sonriendo, haciendo ver que todo lo que dijeran sus esposos les parecía perfecto. Luciano miraba a Catherine con tristeza, amándola en silencio sin conocerla y sabiendo que ella nunca le correspondería, aunque pasaran toda una vida juntos. De repente, y ante la confusión de los presentes, Catherine se levantó de su silla, con un fuerte golpe en la mesa que le provocó, de inmediato, una hinchazón en sus nudillos, y se fue de la sala en dirección a la cocina, desorientada. Miró a las sirvientas que estaban preparando con diligencia el postre y, en ese momento, se derrumbó. Cayó de rodillas al suelo mientras estallaba en lágrimas y deseaba que Lisa estuviera allí para consolarla. Las sirvientas. alarmadas, la cogieron por los brazos para levantarla, pero Catherine con un gesto rápido, se deshizo de sus manos y salió al exterior. Ya en el patio. iluminado por una gran farola, se sentó en el frío banco de piedra y observó la luna, junto a la caída elegante del agua en la pequeña fuente situada en el centro, justo al lado de un sauce llorón. «No, no, no, no...», se repetía a sí misma enloqueciendo de amargura. «Esto no puede estar pasando».

En el comedor, todos quedaron escandalizados ante la mala educación y falta de respeto de Catherine al salir huyendo sin ni siquiera pedir permiso. Los señores Soverinni parecían consternados, mientras los Stevens sonreían sin saber qué hacer o qué decir, hasta que Luciano se levantó pidiendo disculpas.

—Voy a ver qué pasa —comentó decidido, ante la admiración de sus padres y la vergüenza de los Stevens.

Luciano paseó sin rumbo fijo por las estancias de la casa, hasta que una de las sirvientas le indicó que fuera al patio, donde seguía Catherine inmersa en su dolor. En vez de salir directamente, Luciano la observó desde la puerta acristalada de la entrada, mientras pensaba en sus propios deseos, siendo terriblemente egoísta, aunque sentía el dolor que le había causado a Catherine. «Parece tan frágil», musitó. Después, se acercó con sigilo y se sentó a su lado. Ella ni siquiera lo miró, puesto que le culpaba de todos sus males.

—Lo siento... —se excusó él, esperando una respuesta que no obtuvo—. Lo cierto es que yo quiero casarme contigo, Catherine. Sé que no estás de acuerdo con el enlace, que piensas que todo ha sido muy rápido y que tu abuelo y mi padre están haciendo lo que les viene en gana sin consultártelo, sin valorar tu opinión que, al fin y al cabo, es la que cuenta —reconoció Luciano, a la vez que sentía que se le acababan las palabras.

—¡Me mentiste! ¿Dónde han ido tus palabras? ¿Qué fue de lo de casarse por amor y no por obligación?

—Me gustas y sé que te voy a llegar a querer —respondió él con sinceridad. Aunque lo cierto era que su corazón le confesaba que amaba a esa chiquilla a quien apenas conocía. Claro que no se atrevía a comunicárselo abiertamente y menos ante esas circunstancias tan incómodas para ella.

—Entonces no se hable más. Estoy cansada de luchar, de pelearme, de llorar…

—Voy a hacerte feliz, Catherine —le prometió Luciano y le tomó con dulzura la mano amoratada—. Vaya golpe te has dado —comentó, haciendo reír por primera vez a Catherine—. Volvamos al salón, los *viejos* nos esperan.

Sin responder, ella lo miró. Tenía sentido del humor y era irresistiblemente guapo, incluso más que Edward. Edward se mostraba más serio, misterioso. Su mirada no irradiaba la felicidad y jovialidad de Luciano, sino más bien tristeza y soledad. Ella asintió y se dejó llevar. Su corazón sufría en silencio, pero su mente le decía que era lo mejor para ella. Olvidarse del «desconocido» y empezar una nueva vida de casada con alguien que prometía hacerla feliz. «Es lo mejor», trató de convencerse a sí misma, secándose las lágrimas y siguiendo a Luciano hasta el salón. Los Soverinni y los Stevens sonrieron de felicidad, al ver cómo Luciano y Catherine entraban en el salón cogidos de la mano. «Una riña por los nervios del compromiso», se dijeron todos. Luciano lucía en su rostro una amplia sonrisa, mientras que Catherine seguía seria y poco comunicativa con todos. Cuando se sentaron, la joven pidió disculpas y la cena siguió sin ningún tipo de contratiempo. Intentaba sonreír siempre que se hacía algún comentario que considerara gracioso y escuchaba con atención los preparativos de la boda. «La quiero dentro de un mes», había comentado el señor Aurelius con decisión. «¿Y lo que yo quiero?», se preguntó con amargura Catherine a sí misma. La señora Diane se encargó de comentar los preparativos principales como la iglesia, el vestido de novia, las flores, los invitados, sin exponer que le parecía muy poco tiempo para preparar tantas cosas.

Cuando los señores Soverinni se fueron de la gran casa de los Stevens entusiasmados, el señor Aurelius miró triunfal a su nieta y le comunicó que su comportamiento anterior había estado muy mal, pero que estaba orgulloso de que, al final, entrara en razón. Catherine no dijo nada. No le quedaban más lágrimas ni tampoco fuerzas para sacar adelante sus pensamientos. Subió al dormitorio de Lisa en busca de consuelo, palabras amables y, sobre todo, de alguien de confianza como lo era ella. Lisa no dormía, no podía conciliar el sueño, a pesar de encontrarse muy fatigada desde que oyó la discusión entre la señorita Catherine y su abuelo.

—Hola, Lisa. Es muy tarde, pensaba que estarías durmiendo —saludó la muchacha desde la puerta.

—Entra, entra —pidió entusiasmada Lisa, contenta por tener la compañía de Catherine—. ¿Cómo estás, pequeña? —A Catherine le sorprendió la pregunta, teniendo en cuenta lo enferma que se encontraba Lisa y la fortaleza que había parecido sacar al decir unas palabras que tendría que escuchar ella, dada la situación en la que se hallaba.

—No del todo bien, Lisa. No del todo bien. ¿Y tú? ¿Cómo te sientes?

—No hablemos de mí, por favor. El señor Aurelius debe de echar humo por tener a alguien del servicio enfermo.

—No digas eso. Tú eres de la familia, Lisa. —Catherine le acarició el despeinado y cano cabello, presentía que el final estaba muy cerca—. Me voy a casar con Luciano.

—¿Soverinni? —le interrogó Lisa, a la vez que negaba con la cabeza—. Todo por mi culpa... Catherine, lo siento. Si te hubiera dejado ir con Edward... —se lamentó llorando.

—No, Lisa. Ahora no es el momento de pedir perdón. Además, no tienes la culpa de nada.

—He sido la causante de que sigas en esta prisión de la que difícilmente escaparás, Catherine. —Esas palabras provocaron en la joven una mayor desolación y ansiedad, pues estaban llenas de sabiduría y verdad.

—No pienses en mí, por favor. Piensa en ti, Lisa.

—Me queda muy poco, Catherine... Y me preocupa dejarte en este mundo con tanta desolación —comentó y señaló unas pastillas que había en la mesita de noche junto a un vaso de agua. Cogió una y se la tomó lentamente. Tras toser un poco, miró a Catherine y le sujetó la mano—. Pero siempre estaré contigo, pequeña. Tengo sueño, voy a descansar un poco. Buenas noches, Catherine.

—Buenas noches, Lisa —le respondió Catherine para, después, darle un beso en la mejilla como cuando era niña. Lisa sonrió y cerró los ojos con la esperanza de poder conciliar el sueño, mientras escuchaba cómo la puerta se cerraba con un golpe suave cuando Catherine salió del dormitorio.

El viaje se estaba haciendo eterno. Edward seguía observando el paisaje y se alejaba cada vez más de Roma y de Catherine. Lo único que podía interrumpir sus pensamientos era el sonido constante y monótono del tren que, de vez en cuando, le desesperaba. Delante de él, podía observar cómo un hombre, de unos cincuenta años y aspecto burgués, dormía plácidamente, a la vez que roncaba y hacía temblar su extenso y perfilado bigote negro. Miró con pesar el hueco del asiento de al lado. «Aquí tendría que estar sentada Catherine», pensó. Al cabo de unos minutos, y pensando en los pocos momentos que había pasado con la que creía que era su alma gemela, se sentó una mujer de la edad de Catherine, con mejillas sonrosadas y unos preciosos ojos azules que resaltaban gracias a su cabello rubio, recogido en un esmerado moño. La joven le sonrió y empezó a entablar una conversación que, a Edward, en un principio, no le interesó, pero que, luego, viendo cómo la joven se esforzaba por agradarle, empezó a llamarle la atención.

—Me llamo Rose Wimbledon. Soy de Londres, encantada. ¿Verdad que Roma es una maravilla de ciudad? He quedado encantada, la Fontana Di Trevi me ha dejado asombrada —comentaba con exaltación—. Aunque tengo ganas de volver a la ciudad. Cogeré un ferry en Francia —explicaba, casi sin dejar hablar a Edward.

—Igual que yo. Encantado, Rose. Soy Edward Parker.

—No tendrás nada que ver con textiles Parker, ¿no? —preguntó entusiasmada y con los ojos muy abiertos.

—Sí, soy hijo del propietario —respondió, algo avergonzado por el reconocimiento de la joven y se acordó del momento en el que Catherine alabó los textiles que fabricaba su padre.

—¡Oh, Dios mío! Soy una auténtica adicta a vuestras cortinas —exclamó ilusionada, como si estuviera frente a un personaje conocido—. Son preciosas, quedan de maravilla en el salón. Además, tenéis buen gusto al combinarlo con alfombras y cojines a juego.

—Parece que conozcas más textiles Parker que yo mismo —rio Edward.

—¡Oh! Sí, me encantan. Encantada de conocerte, Edward. De veras, es todo un placer.

—El placer es mío. ¿Y a qué te dedicas, Rose?

—Tengo una galería de arte en Notting Hill, muy cerca de Kensington Gardens. Espero que vengas a visitarla algún día, tenemos piezas de arte impresionantes.

—Interesante. Me encanta el arte, aunque no entiendo demasiado —reconoció Edward que, normalmente, se fijaba en cuadros con colores vivos o, por lo contrario, en colores grises, nada atrayentes a simple vista, pero que expresaban un estado de emoción oscuro y doloroso.

—Pues queda dicho, te invito a Notting Hill para enseñarte un poco de arte —se ofreció con amabilidad y alegría Rose. «Es encantadora», se dijo a sí mismo Edward, contento de tener compañía en su viaje hasta Londres. Una mujer muy diferente a lo que era Catherine. A Rose no la dirigía nadie. Ella misma era dueña y señora de su propia vida, una vida muy moderna para los tiempos que corrían.

En casa de los señores Soverinni, todo parecía regocijarse tras la cena con los Stevens. A pesar de ser muy tarde, mientras la señora Soverinni se preparaba para ir a dormir en el gran dormitorio de setenta fríos metros cuadrados y estilo inglés, su esposo meditaba en soledad en su despacho, donde destacaban más los numerosos libros que la mesa donde estudiaba los asuntos financieros a los que se dedicaba durante horas. Dando vueltas en su sillón giratorio de cuero beige, sin advertir la inesperada presencia de su hijo Luciano, imaginaba una boda por todo lo alto, soñaba con unir su gran fortuna con la de los Stevens y adquirir más propiedades en Londres, Roma y en el sur de Francia.

—Padre —interrumpió Luciano con respeto.

—No me había dado cuenta de que estabas aquí. Toma asiento, Luciano —impuso el señor Soverinni. Tras un silencio, sonrió con ironía—. Por fin hemos logrado lo que hacía tanto tiempo esperábamos. Supongo que estarás satisfecho, es el mejor negocio de tu vida.

—Sí —respondió Luciano, con la seguridad que solo el señor Soverinni podía enseñar a su hijo—. El mejor negocio de mi vida… —repitió, pensativo—. Pero, por suerte, me voy a casar con alguien a quien quiero.

—¡Por el amor de Dios, Luciano! No puedes querer a alguien en dos días —se burló el señor Soverinni, ante la mirada fija de su hijo, tratando de disimular sus palabras, como si solo fueran una broma.

—Claro, padre... —se excusó Luciano avergonzado—. Aunque Catherine no lo va a tener nada fácil. Se verá sometida a mis órdenes, no es plato de buen gusto para nadie —comentó. Sabía que era lo que su padre quería escuchar. Esas palabras exactas.

—Bueno, bueno, si la quieres sin conocerla —espetó el señor Soverinni, adivinando los pensamientos de su hijo—, cuando lleves un año casado con ella le permitirás todos sus caprichos —replicó con majestuosidad, consciente del significado de sus palabras—. Pero tienes que concentrarte, no puedes dejarte llevar por el corazón. Los Stevens tienen multitud de propiedades en Inglaterra y Francia, y Catherine es la única heredera del hijo predilecto de Aurelius. Vuestra unión servirá para que nuestra familia se apodere de todo lo que concierne a los Stevens. Te queda claro, ¿verdad?

—Cierto, padre.

—Así me gusta. Y ahora, si me disculpas, tengo muchas cosas en las que pensar —dijo frunciendo el ceño, como siempre que daba por zanjada una conversación.

Cuando Luciano salió del despacho para ir a dormir, encontró en la puerta de su dormitorio a la bonita criada que habían contratado hacía cuatro meses. Su nombre era Monique, había venido desde Francia, proveniente de una familia humilde, para ganarse la vida sirviendo en casa de los Soverinni con tan solo veintidós años. Ella sabía la atracción que Luciano sentía por ella. Su rostro pecoso y divertido, su nariz pequeña y labios prominentes, sus grandes ojos color miel y su espesa cabellera pelirroja eran la atracción de la mansión de los Soverinni, a conjunto con un cuerpo bien proporcionado, repleto de curvas exóticas que provocaban que los hombres se giraran solo para mirarla.

—Buenas noches, señor —saludó Monique de forma astuta, con el acento francés que enloquecía los sentidos del joven Soverinni. Luciano, sin decir nada, la agarró de la cintura con autoridad e hizo que entrara con él en su dormitorio.

Cuando Catherine acabó de escribir unas líneas en su preciado diario, el único que le permitía rebelarse contra todo y todos, de la manera que ella quisiera, se fue a dormir con la esperanza de que, al día siguiente, pudiera salir el sol de una manera u otra. Sin embargo, en sus sueños, solo existía la tormenta en medio de lo que le pareció una casa de cristal que no había visto nunca y Edward en medio de un lago con su inseparable cámara fotográfica, tal y como lo había conocido. Pero, esta vez, en sus sueños, se mostraba otro tiempo, otro lugar, otra escena.

La despertó una caricia a las ocho de la mañana. Abrió los ojos esperando encontrar a su abuela, pero en la habitación no había nadie. El cielo estaba oscuro, advertía que en las próximas horas iba a llover y sintió, por vez primera, estar acompañada. Se sentó en el borde de la cama y esperó la llegada de alguien que no vino. Miró hacia un rincón del dormitorio, donde sentía una presencia, pero el rincón estaba vacío. «Me estoy volviendo loca», se dijo a sí misma riendo con nerviosismo. Se vistió sorprendida de la puntualidad con la que se había levantado, sin necesidad de ser despertada por nadie, y fue a la habitación de Lisa para ver cómo se encontraba. Cuando abrió la puerta, acompañada de una sonrisa esperanzada, vio cómo el rostro pálido de Lisa permanecía inmóvil y sus dedos reposaban entrecruzados sobre su abdomen, cubierto por las sábanas blancas. Cuando se acercó a la cama, no sintió su respiración. Sintiendo que las lágrimas habían vuelto a hacerse dueñas de sus mejillas, le tomó el pulso inútilmente. «¡Lisa, Lisa, Lisa!», gritó, esperando una respuesta que no obtuvo. La pequeña ventana de la habitación se abrió, lo que provocó la suave y delicada danza de la cortina, que entretuvo a Catherine durante un segundo. Lisa se había ido para siempre y pudo despedirse de ella la noche anterior sin saber que esa sería la última vez que la vería con vida.

La señora Diane entró en el dormitorio cuando escuchó los gritos de su nieta. Miró la trágica escena con conmoción. Catherine sentada al lado del cuerpo frío y sin vida del ama de llaves, llorando y suplicando que se despertara, aun sabiendo que ya no lo haría jamás, que los ojos pequeños y vivaces de Lisa se habían cerrado para siempre. La señora Diane se acercó con delicadeza a la joven y tapó el rostro de Lisa con la sábana. Después, abrazó a su nieta con dolor. «Ya está, ya está...», le susurraba pausadamente.

Al cabo de dos horas, los servicios fúnebres estaban en casa de los Stevens para llevarse el cadáver de Lisa, que sería trasladado a Londres, para ser enterrada en el nicho familiar, al lado de sus padres y un hermano fallecido de tuberculosis cuando tenía cuatro años. Después de llevarse a Lisa, Catherine volvió a entrar en casa del brazo de su abuela, sintiendo la indiferencia del señor Aurelius, que permanecía quieto como si no hubiera ocurrido nada y fue hasta el dormitorio del ama de llaves a recoger sus cosas. «No tienes por qué hacerlo tú, querida», le había dicho la señora Diane, pero lo cierto era que quería hacerlo. Ella esperaba tener a Lisa toda su vida, pero las personas no son eternas, algún día desaparecen sin más, aunque su alma continua viviendo en aquellos que los siguen recordando; así es el mundo de los muertos. «Murió dormida, no sufrió», pensó Catherine, con la intención calmar su impotencia ante lo sucedido, un final trágico, imprevisible.

Al abrir el armario de Lisa y encontrar sus uniformes perfectamente planchados y doblados con su aroma característico, similar al de los lirios, volvió a llorar, aunque sin dejar de recoger todos los efectos personales del mueble, que iba quedándose vacío poco a poco. Al abrir el cajón de la cómoda, Catherine encontró diversas fotografías. Se sentó en el borde de la cama donde había fallecido hacía tan solo unas horas Lisa y, frente a la ventana desde la que su alma parecía haber volado para siempre, empezó a mirarlas con detenimiento. Todas estaban hechas en Londres. En ellas se veía a una joven Lisa con un aspecto radiante y una cara de muñeca dulce y sonriente de la mano de una pequeña Catherine que ni siquiera se sostenía en pie. Nada que ver con la realidad en la que Lisa se había convertido en una anciana severa, aunque más compasiva que antes, y Catherine en una joven desdichada, prisionera dentro de su propia familia. Tras revisar las fotografías y guardarlas en el sobre donde se hallaban en orden cronológico para llevárselas a su habitación, descubrió un diario forrado de seda verde en el que, al abrirlo, Catherine pudo ver la pequeña y clara letra de Lisa. *«Mis memorias»*, leyó en la primera página. Se lo llevó junto con las fotografías a su habitación y dejó la ropa en diversas bolsas para que las criadas las llevaran a la iglesia. No le dio tiempo de salir de su habitación mientras seguía secando sus lágrimas, cuando entró, de repente, su abuelo, con un porte más soberbio que nunca.

—¿Qué estás haciendo, jovencita? —preguntó amenazante.

—Recogiendo las cosas de Lisa.

—Catherine, era solo una sirvienta —repuso el señor Aurelius, con un suspiro y poniendo los ojos en blanco para dejar de lado su rigor inicial, con el fin de adquirir un tono más apacible—. Esta tarde vamos a visitar, junto a los Soverinni, al cura que os casará. Finalmente, la boda se celebrará en los jardines de tu futura familia —informó ilusionado—. Tus padres vienen la semana que viene, espero que te comportes.

—No tienes que decirme cómo tengo que comportarme —se atrevió a reprocharle Catherine, mientras apretaba contra su pecho las fotografías y el diario de Lisa.

—Pero tu padre lo hará. No lo dudes —dijo Aurelius, con ira contenida y se dirigió hacia su despacho—. Por cierto —mencionó, volviéndose hacia Catherine, que seguía paralizada delante de la puerta del dormitorio de Lisa—, las invitaciones ya están en camino. Trescientas personas asistirán al enlace del año.

La joven volvió a encerrarse en su habitación, viendo cómo su vida había cambiado en tres días. Solo tres días. Había conocido al amor de su vida, que se encontraba a miles de kilómetros de distancia de ella, y había muerto uno de sus apoyos principales, Lisa. Ni siquiera la visita de sus padres le provocaba alegría. Siempre fue la niña de los ojos de su padre, pero era un hombre tan egoísta como el señor Aurelius. Y su madre nunca se preocupó por ella, eran dos completas desconocidas. Un trozo de su corazón se había ido con Lisa, una herida que ni siquiera el tiempo conseguiría que acabara de cicatrizar. Con curiosidad, abrió el diario. No empezó por la primera página, acabó en una que, de forma extraña, no era blanca como las otras. Esa página tenía un tono amarillento y conservaba el aroma del perfume de lirios que Lisa solía utilizar por las mañanas. Empezó a leer sin dar crédito a las palabras que estaba descubriendo.

«Sé que es una locura, pero creo en otras vidas. A lo mejor, mis dolores de cabeza y mi corazón enfermo están provocando que vea alucinaciones, pero estoy convencida de que he visto a Catherine junto al «desconocido» en otro lugar, con una vestimenta distinta, incluso con unos rostros levemente diferentes. Pero eran ellos y estaban juntos.

Ni siquiera sé dónde se encontraban, pero era un lugar bello, repleto de encanto. Una casa de cristal en su totalidad, frente a un lago lleno de felices cisnes. El joven llevaba una cámara fotográfica como la del «desconocido» el día de la Fontana Di Trevi y había un perro, junto a Catherine, que jugaba con las aves del jardín. Fue solo un instante, pero lo sentí tan real… Están destinados a estar juntos y sé que, si no es en esta vida, en la que Catherine no tiene la suerte de poder ser libre, será en otra. El alma nunca muere, perdura con el paso del tiempo, y el destino hace que los vínculos que estrechamos en una de nuestras vidas con personas amadas sean más fuertes que todo lo demás. Esas personas a las que hemos amado vuelven a nosotros como por arte de magia y sería toda una suerte poderlos reconocer en otra vida».

«La casa de cristal, mi sueño… Lisa también la vio», se dijo ilusionada Catherine. Nunca se le había pasado por la cabeza pensar en temas como la reencarnación de las almas, pero sí sabía, por la experiencia que tuvo con Edward, que las almas gemelas existen y que cuando hay alguien a quien estás destinado a amar da igual que lo conozcas de hace un segundo o diez años. Lo amas sin condición. Catherine pasó el resto de la mañana leyendo las anécdotas que Lisa había escrito desde hacía muchos años atrás. No había página en la que no nombrara a la joven, un contenido lleno de sentimiento, dulzura y sensibilidad que descubría la persona que fue en realidad Lisa.

Catherine apenas probó bocado durante la comida, a causa de un enfrentamiento más con su abuelo. Ella suplicó poder ir al entierro de Lisa, volver a Londres, pero Aurelius se lo prohibió con la excusa de los preparativos del enlace y la pérdida de tiempo que requería ir a hasta allí y volver. La muchacha se sentía furiosa, dolida e impotente ante la imposibilidad de rebelarse contra su abuelo, el hombre más poderoso y posesivo que había conocido en su vida.

CAPÍTULO 12

Madrid, 2002

Cristian y Emma pasaron la noche juntos. Al día siguiente, el actor se fue a hablar con Federico García sobre la película para darle una respuesta negativa. No protagonizaría el *film*. La decisión estaba tomada. No le ilusionaba como creyó en un principio.

Emma, por su parte, tenía que entregarle la novela a su agente y editor Carlos Ruiz para la corrección y próxima publicación de *«Vidas Paralelas»*. Ambos se despidieron con un beso en el portal del edificio de Emma, ante la atenta mirada de Alfredo, que coincidió con ellos. «Qué seco», pensó Emma al verlo, y no recibir un «buenos días» por su parte. «Ayer hizo lo mismo, parecía enfadadísimo al verme con Cristian», siguió diciéndose a sí misma con una risita irónica, «Pero ¡qué se habrá pensado!».

Emma caminaba en solitario por la ajetreada Gran Vía de Madrid hasta llegar al edificio donde se encontraba el despacho de Carlos. Saludó al portero con un gesto de cabeza que el anciano, a punto de jubilarse, le devolvió con amabilidad, y subió hasta la octava planta mientras revisaba la última página de su novela. Sonrió varias veces al imaginar la cara que pondría Carlos al ver que Genoveva y Leonardo acababan juntos y felices en *«Vidas paralelas»*, al contrario que la mayoría de los personajes de sus novelas anteriores.

Cuando llegó, tocó al timbre y fue recibida por Maite, la recepcionista. Esperó poco tiempo en la sala de espera, de sillones de cuero marrón y una mesa llena de libros editados por Carlos entre los que se encontraban un par de Emma. El editor la recibió como siempre, con los brazos abiertos, pero Emma sintió una leve decepción al ver que, en las paredes del despacho cubiertas de fotografías de Carlos con importantes escritores, seguía sin estar enmarcada la que se habían hecho ellos un año antes. Él le había prometido ponerla en el despacho, pero, por lo visto, no había encontrado un hueco.

—¡Por fin está acabada! —exclamó Carlos, a la vez que revisaba seriamente las últimas páginas que aún no había tenido ocasión de leer. Había tenido tiempo suficiente de examinar lo demás, gracias al correo electrónico que Emma le envió días antes. Mientras tanto, Emma se entretenía mirando por la ventana el bullicio de gente y de coches que había en pleno centro de Gran Vía, donde los grandes y visibles carteles de teatros y cines, junto a sus numerosas tiendas, eran los protagonistas—. Bien, bien… —comentó Carlos, de repente, lo que llamó la atención de Emma.

—¿Y?

—No sé, Emma… Hay que variar.

—¿Cómo?

—Siempre escribes historias románticas, aunque debo decirte que me sorprende este final tan… imprevisible en tus novelas y previsible en este tipo de historias. Deberíamos cambiar de registro.

—¿Y ahora me lo dices, Carlos? ¿Ahora? Siempre estoy diciéndote eso mismo; cambiar de registro, escribir novelas policíacas, de intriga, de terror… Pero me dices que las románticas son las que venden, las que vendo. ¿No me lo podrías haber dicho desde la primera vez que te envié el borrador y el argumento resumido de la novela?

—Por supuesto publicaremos «*Vidas paralelas*», Emma. Y espero acertar si afirmo que con gran éxito, pero para la próxima, ya sabes —dijo, guiñando el ojo. Emma estaba disgustada y Carlos lo sabía, la conocía bien—. Vamos, Emma. La novela está bien, la historia es buena, la reencarnación llama la atención a la gente porque necesita creer que hay algo más después de que te metan en la caja —siguió comentando de manera sarcástica, para acabar avergonzado ante la seriedad de Emma ante el tema.

—Tratas a los lectores como si fueran estúpidos, Carlos. Devuélveme la novela, no la voy a publicar contigo.

—¿Qué?

—Lo que oyes, Carlos. Aquí se acaba nuestra relación profesional.

—Sabes que sin mí no conseguirás nada.

—O conseguiré mucho, Carlos —manifestó, sonriendo al ver cómo el sudor en la ancha frente de Carlos, le caía con premura sobre la montura rectangular de sus gafas, que le hacían aún más pequeños sus ojos oscuros. Acto seguido, Emma salió por la puerta y se despidió de Maite.

La joven salió del edificio satisfecha, pero, también, con la gran preocupación de que ese, tal vez, era el fin de su carrera literaria. Pensó en las amplias posibilidades que tenía como, por ejemplo, dar clases universitarias de literatura o en institutos. Mientras, podía seguir escribiendo sin tener que preocuparse por llegar a fin de mes si se publicaba o no su obra. Sonó el teléfono cuando iba caminando hacia la Puerta del Sol, donde iría a tomar un café para tranquilizarse. Deseó con todas sus fuerzas que fuera Cristian, necesitaba hablar con él sobre su fracaso. Pero se equivocó, era Carlos.

—Emma, recapacita. ¡Sin mí no harás nada! ¿Dónde estás? Vuelve a la oficina.

—No, Carlos. Está todo dicho y decidido.

—Muy bien. Yo mismo me encargaré de arruinar tu carrera —decidió enfurecido el editor, con un carácter rencoroso y egoísta que Emma aún no había tenido ocasión de conocer hasta ese momento.

Al final, Emma se fue a tomar un café, con una estupenda sensación de libertad y sin miedo a lo que pudiera pasar con su carrera literaria. La sorpresa fue ver a su madre en la cafetería con un hombre muy atractivo, mucho más joven que ella, de cabello castaño y ojos verdes. Ambas se miraron, viendo el reflejo de un espejo con veinte años de diferencia, y sonrieron.

—Es mi hija —le dijo Carlota al joven—. Hola, Emma.

—Hola —saludó sin demasiado entusiasmo.

—Te presento a Iván, es mi nueva pareja —le presentó Carlota, como si de un trofeo se tratara—. Siéntate con nosotros. ¿Qué quieres? ¿Un café con hielo? Aún recuerdo tus gustos. ¡Camarero! Un café con hielo, por favor. —Todo el mundo la miraba. Era imposible no girarse para mirar a Carlota Costa, de cabello rubio teñido para cubrir sus canas, ojos verdes, pómulos altos y perfectos gracias al bisturí, labios prominentes, a los que nunca les faltaba un toque de carmín rojo pasión, y una escultural figura de grandes pechos gracias a las incontables ocasiones en las que había pasado por quirófano. Para unos *«arreglillos»* tal y como explicaba ella misma un con orgullo que vestía con sorprendentes y caros vestidos llamativos, de generosos escotes y, por supuesto, altos tacones que la hacían parecer seis o siete centímetros más alta de su ya agradecido metro setenta y tres—. ¿Cómo va la vida, cariño? —preguntó, sin dejar que Emma respondiera—. Es escritora, ¿sabes? —le explicaba a Iván sin demasiado interés—. Podría haber tenido una vida perfecta como modelo, pero lo echó a perder y claro, ya tiene una edad.

—Algo menos que tú —sonrió con malicia Emma, lo que causó la sonrisa de Iván, quien quedó prendado por la naturalidad de la hija de su novia—. Y tú, Iván, ¿eres modelo?

—Sí, es modelo. Nos conocimos en la agencia. Es un campeón y tiene mucho futuro.

—Sí, bueno... Un modelo más. ¿Cuántos han pasado por tu cama, mamá? ¿Cien?

—¡Emma! —soltó acalorada Carlota—. Por tu carácter, creo que es lo que te haría falta a ti, un buen modelo que pasara por tu cama.

—Muy graciosa. Bueno, me voy —dijo y dio el último sorbo rápido al café.

—¿Ya? —preguntó decepcionada Carlota, que parecía querer seguir avergonzando a su hija, aunque hubiera sucedido lo contrario.

—Ya he tenido suficiente.

—¿Cuándo nos veremos?

—Qué tal si... ¿nunca? Adiós. Encantada, Iván. Y suerte, la necesitarás.

Emma salió del bar con la misma sensación que había tenido cuando lo hizo del despacho de Carlos. «Un día lleno de cambios», se dijo a sí misma, cuando bajaba por las escaleras del metro de la parada Sol, haciendo caso omiso a los compradores de joyas con cartelitos en el pecho.

Cristian quedó con Federico a la hora de comer. Fue caminando hasta el restaurante Casa Jacinto, situado detrás del edificio del Senado en Plaza España, donde había quedado a las dos. Cristian iba buscando el número cuando, sin esperarlo, se encontró con su madre.

—¡Mamá! ¿No estabas en Barcelona?

—¿Y tú no estabas en Roma? —preguntó riendo, y estrechó a su hijo entre sus brazos.

—¿Vamos a comer? —preguntó Cristian, mientras sacaba del bolsillo su teléfono móvil para llamar a Federico, cancelar la cita y decirle que se negaba al proyecto.

—Por supuesto, hijo.

Federico quedó decepcionado con Cristian, esperaba poder contar con él para un próximo proyecto y entendía su decisión, con la diplomacia que lo había caracterizado durante toda su vida y por lo que era tan querido en el círculo cinematográfico.

—Estás guapísima —le dijo Cristian a su madre cuando iban caminando para encontrar un restaurante que les llamara la atención y no fuera Casa Jacinto, donde estaría Federico con su ayudante de dirección y el director de fotografía. Patricia, la madre de Cristian, parecía no envejecer con los años. Su nuevo corte de pelo masculino le daba un aire fresco y natural y el tinte pelirrojo destacaba sus pequeños ojos azules, los cuales tenían cierto aire exótico.

—Tú también estás muy guapo. ¿Qué es de tu vida? —preguntó, señalando un restaurante, mientras pasaban por la calle de Torija, cercana a la Plaza de Santo Domingo. Cristian asintió con la cabeza y entraron. Después, se sentaron en una mesa para dos con un mantel de cuadros rojos y una rosa fresca en el centro, ubicada en la zona de fumadores.

—Mi vida… —suspiró Cristian con ganas de contarle todas las novedades a su madre y escuchar su opinión. Patricia se encendió un cigarro—. ¿Aún fumas?

—Como un carretero.

—Me parece muy mal, mamá —rechistó Cristian riendo. Recordó la época en la que incordiaba a su madre cada vez que se encendía un cigarro para ser luego él quien se los robara a escondidas en su difícil y rebelde época adolescente—. Y tú, ¿qué haces en Madrid?

—Descansar. Estuvimos en Londres la semana pasada en una casa colonial preciosa, situada cerca de la Abadía de Westminster que, en la antigüedad, había sido propiedad de una familia muy importante de Inglaterra. Pasaron cosas muy extrañas, pero no me apetece demasiado hablar de eso.

—¿Por qué? ¡A ti te encanta hablar de esas cosas!

—Es que es algo personal...

—¿Cómo?

—Nunca me había pasado, pero cuando entré en esa casa, sentí que ya había estado allí. Hace tiempo hablamos de la reencarnación, ¿te acuerdas? —continuó diciendo—. Una vez me hiciste una pregunta: «¿Y por qué no vuelven a nacer?» Sobre un caso que te expliqué de la pareja que vagaba como espíritus en aquella casa. Bien, pues, he entendido que hay gente que sí vuelve a nacer, pero según mis estudios, solo porque aún les queda algo pendiente. Vuelven a nacer destinados a encontrarse con aquellas personas con las que tuvieron un vínculo especial en su otra vida y con las que, aún, quedan asuntos por resolver. No sé qué asunto me hizo volver como quien soy ahora, pero tengo el presentimiento de que, todavía, tengo que descubrirlo a mis cincuenta y tres años.

—Parece sacado de una película de ciencia ficción, mamá. A mí me han pasado cosas muy raras últimamente... Tenía ganas de explicártelas, eres la única persona que puede entender toda esta locura y, realmente, ha sido toda una coincidencia habernos encontrado con lo grande que es Madrid —reconoció Cristian.

Llegó el camarero. Madre e hijo aún no habían leído el menú, pero se decantaron por lo más simple, ensalada y bistec al punto con patatas. Los mismos gustos.

—He conocido a alguien —siguió explicando el actor y observó cómo su madre lo escuchaba, como siempre, con atención y una sonrisa imborrable en su rostro que mostraba la ternura que sentía hacia su hijo—. Fue mientras hacía fotografías al Palacio de Cristal del parque del Retiro, y la forma en la que nos conocimos me sonó de algo. Le pregunté mil veces si ya nos habíamos conocido, pero ella me decía que no —recordó Cristian riendo—. Yo llevaba tiempo teniendo sueños raros y escuchando una voz que me decía «sigo aquí», aquello que te expliqué y a lo que no le diste importancia. —Patricia asintió, reflexiva—. Pensaba que me estaba volviendo loco, pero, por otro lado, recordaba historias que me explicabas y tampoco me parecía tan absurdo. Cuando nos besamos por primera vez, recordamos una vida anterior. No con claridad, claro, pero sí sabemos que tenemos relación con Roma.

—¿Sabes los nombres? —preguntó Patricia con gran interés, tal y como Cristian le había preguntado a Emma el día anterior. Cristian estaba encantado de poder confiar esa situación tan extraña a su madre, que lo entendía y, sobre todo, le creía sin tacharlo de estar loco como harían otras personas menos crédulas o más científicas, en busca de un sentido razonable a dicha situación.

—Edward y Catherine —respondió con toda seguridad.

—Edward y Catherine... —repitió Patricia, algo desconcertada e inquieta—. ¿De qué me suena?

—¿Te suena de algo?

—Sí, sí... Pero no sé de qué. Además, Roma... No... —balbuceó unos instantes.

—Intenta recordar algo —rogó Cristian.

—¡Madre mía! Edward y Catherine. No puede estar pasando —exclamó y sacó una fotografía en blanco y negro de su bolso.

—¿Qué es eso?

—Lo encontramos en la casa de Londres que te he mencionado.

Cristian observó con inquietud la fotografía. En ella, aparecía una joven con el rostro similar al de Emma, los mismos ojos verdes, los mismos pómulos bien formados, altos, la misma nariz recta y los mismos labios carnosos sobre un mentón pequeño y encantador. Llevaba puesto un vestido que dejaba ver una prominente barriga de embarazada. Su rostro se mostraba serio y triste. A su lado, un hombre bien vestido que sonreía y parecía extrañamente agradable. Detrás, dos nombres y una fecha. Cristian parecía cada vez más desconcertado ante la mirada de su madre, que sentía lo que, tal vez, había sentido Colón al descubrir América.

CAPÍTULO 13

Finales de noviembre. Roma, 1932

Los preparativos de la boda estaban muy avanzados gracias a la rapidez y buen gusto de la señora Soverinni y Diane. Catherine seguía llorando la pérdida de Lisa, pero se sentía feliz al tener a su padre cerca. Sin embargo, las peleas y miradas de desprecio entre su abuela y su madre lograban sacarla de sus casillas. Luciano había adquirido un palacete renacentista cercano a la Plaza España de Roma, donde residirían a lo largo del año y una casa solariega de estilo inglés con un jardín descomunal repleto de sauces llorones, el árbol preferido de su futura esposa, para veranear en el Valle de Aosta al lado del río Dora Baltea. Todo con la intención de que Catherine estuviera algo más contenta con el enlace, sin saber que ella valoraba las posesiones materiales como valora la moneda alguien que tiene millones de ellas.

Mientras Diane y la madre de Catherine discutían sobre cómo serían las flores, la joven y su padre, que estaban en el patio trasero de la casa, empezaron a hablar sobre el futuro de la muchacha. Él se mostraba preocupado por ella, había adelgazado mucho desde la muerte de Lisa y su rostro no mostraba la felicidad que él quisiera, aunque se sentía radiante por poder ver a su hija casada con uno de los jóvenes más importantes y prometedores de Italia. La vanidad y severidad de Charles Stevens, similares a las de su padre, habían dado paso a la comprensión y dulzura que le provocaba su hija y el trastorno que veía en ella desde la pérdida del ama de llaves, tan cercana a la joven.

—Estoy orgulloso de ti, Catherine —le decía a su hija, que seguía absorta en sus pensamientos. Le había resultado imposible olvidar a Edward, a pesar de haber pasado ya dos semanas y media desde aquel nueve de noviembre en el que vio una pequeña luz hacia una libertad y felicidad que, ahora, sentía tan lejanas—. Vas a casarte y no veo en ti a una joven feliz por haber encontrado a alguien con quien unir su vida.

—A lo mejor es porque hay alguien más —respondió Catherine, dispuesta a contarle la verdad a su padre quien, a pesar de que siempre había sido riguroso, queriendo lo mejor para ella, a veces, daba la sensación de que era la persona que más la comprendía.

—¿Alguien? ¿Te refieres a otro hombre?

—Se llama Edward, ahora mismo debe de estar en Londres. —Su padre la miraba atónito y confuso, sabedor de que, probablemente, él era el único que conocía el secreto de su hija.

—¿Quién es Edward?

—Edward Parker, de la empresa textil Parker de Londres.

—No, imposible.

—¿Cómo?

—Ese chico, a pesar de venir de una buena familia, ha tenido problemas con hijos de amigos nuestros. —Catherine lo miraba sin llegar a entender sus palabras—. Peleas callejeras. Es un chico conflictivo, a eso me refiero Catherine —prosiguió, con los ojos en blanco, mientras negaba con la cabeza—. Quítatelo de la cabeza, Luciano es lo mejor para ti, hija.

—Será… —murmuró sin mucha convicción y abrazó a su padre sin querer llevarle la contraria—. Solo quiero ser feliz. ¿Lo entiendes? —expresó con dulzura, sin darle importancia a lo que pudo haber hecho Edward en el pasado. Con ella siempre se había mostrado dulce y educado. Nada que ver con el joven del que le acababa de hablar su padre.

—Sí… Lo entiendo, hija. Lo entiendo… —susurró Charles, agradecido por la sinceridad de Catherine.

Edward caminaba sin prisa por los alrededores del Big Ben, observando las fotografías que había realizado en la Fontana Di Trevi y, sobre todo, mirando la de Catherine, sin poder olvidarla, consciente de que la gran casa de los Stevens se encontraba cerca del lugar por donde estaba paseando. Habían pasado ya dos semanas, un tiempo que se le había hecho eterno, pensando en cómo habrían transcurrido esos días si ella hubiera estado con él. «Todo sería distinto», pensó, adentrándose en un mundo paralelo e imaginario, que solo existía en su mente. Quizá hubieran adquirido una casa cercana a la Torre Victoria, desde donde se podía observar el edificio del Parlamento. No sería una casa tan lujosa como a las que Catherine estaba acostumbrada, pero sí sería acogedora y feliz, porque se tendrían el uno al otro. Imaginaba una vida con ella, una vida dichosa, lejana al sufrimiento que le había provocado la muerte de Evelyn. Deseaba encontrar a Catherine por la calle de imprevisto, oír de sus propios labios que había decidido volver a Londres para estar con él, que había escapado de la cárcel que la apresaba y la hacía desdichada en Roma, junto a una familia que, aparentemente, quería lo mejor para ella y que, sabiéndolo o no, la estaba haciendo tan desgraciada. Sus pensamientos fueron interrumpidos cuando una voz femenina saludó con un alegre «¡Hola!». Alguien le tocó el hombro con dulzura y energía. Se trataba de Rose Wimbledon, la mujer que había viajado con él desde Roma hasta Londres.

—¡Rose! —exclamó con sorpresa Edward, alegrándose de ver una cara amiga. Se habían explicado sus vidas durante el largo trayecto de vuelta a Londres. Rose era una mujer muy habladora y chismosa, pero sabía escuchar y dar buenos consejos. Siempre enérgica, se había forjado su propio destino, sin permitir que nada ni nadie irrumpiera en él. Tenía suficiente carácter como para vivir sin ningún tipo de problema en soledad, sin la ayuda de nadie, aunque le encantara relacionarse con la gente y no parara de hablar. Porque, para ella, cualquier tema de conversación servía para pasar un buen rato.

—Hola, Edward. Te esperaba en Notting Hill, pero no has aparecido en ningún momento —confesó, reconociendo su desilusión, aunque sin estar molesta.

—Lo siento, no he tenido demasiado tiempo desde que he llegado a la ciudad.

—¿Qué hacías? —preguntó y observó las fotografías con curiosidad. Edward le señaló la fotografía en la que aparecía Catherine y Rose sonrió—. Es realmente preciosa. Ahora comprendo que estés tan enamorado. Oye, ¿tomamos juntos el té?

—No, prefiero café, gracias.

Rose y Edward fueron a la cafetería más cercana. Edward pidió un café solo en taza y Rose un té de hierbas. Sin darse cuenta, ya era la hora de comer y decidieron seguir juntos y dirigirse hasta la Abadía de Westminster, donde Rose le prometió llevarlo al mejor restaurante de todo Londres. Fue acertado, a Edward le encantó el lugar y la comida, acompañada, por supuesto, de la siempre agradable y charlatana conversación de Rose sobre su pasión por el arte y la luz que irradiaba su mirada azul cuando hablaba de su galería repleta de piezas valiosas para los coleccionistas de esculturas y pinturas.

—Bueno, debo volver a la galería, esta tarde nos llega un encargo muy importante y especial —se despidió Rose y le dio un inesperado y atrevido beso en la mejilla a Edward.

—Prometo acercarme a verte.

—¡Eso espero! Hasta luego Edward, cuídate y anímate, ¿vale? Todo es como debe de ser y estoy convencida de que todo irá bien. Sé positivo. —Edward asintió a modo de promesa. «Con personas como Rose, es imposible no sonreír», musitó a la vez que se alejaba de la joven, con intención de volver a la fábrica a ver la última seda natural que les había llegado desde Francia, especial para sábanas.

Luciano y Monique eran amantes. El señor Soverinni lo sabía y estaba encantado de que su hijo supiera divertirse sin ningún tipo de compromiso con alguien a la que veía especialmente bella, pero adecuadamente poco importante como para causar problemas. Aunque la noche en que la señora Soverinni los sorprendió cuando entró en el dormitorio de su hijo, todo cambió.

—¡Luciano! —exclamó, lo que provocó un frío sudor en la frente del joven y una rapidez sorprendente de Monique al taparse con la sábana. Samantha Soverinni agarró a la joven por su larga cabellera, puesto que fue el primer lugar que logró alcanzar y, como si de un león en busca de su presa se tratara, la echó con violencia del dormitorio de su hijo, tras sus vestimentas negras y blancas de doncella. Luego, con el rostro aún desencajado y una rabia permanente en su mirada, esa que había conquistado las pantallas de cine de Nueva York y los escenarios de Broadway en cientos de ocasiones cuando era joven, se dirigió a su hijo, quien permanecía con aire desafiante, ocultando su temor hacia su madre en lo más profundo de todo su ser. La señora Soverinni aún poseía, a sus cincuenta años, la belleza inalcanzable por la que muchos hombres suspiraron y un rostro frío al que era imposible mirar cuando se enfurecía.

—¡Samantha! —dijo al fin Luciano, riendo sin ningún tipo de respeto. Su madre seguía ahí, inmóvil ante la impertinencia de su hijo—. Lo que acabas de ver es lo que ha hecho mil veces tu marido. —Por primera vez, la señora Soverinni pudo ver el lado maligno que todas las personas poseen, y el de su hijo era mucho peor que el de su propio marido, que de sobra conocía.

—Monique, mañana, ya no estará en esta casa —informó la señora Soverinni, con la intención de salir, de inmediato, de esa habitación, para evitar enfrentarse con su hijo.

—Disculpe madre... ¿He oído bien? —se burló Luciano—. Mañana, Monique estará en esta casa y, cuando me case, estará en la mía —continuó diciendo, recalcando, como si su madre fuera aún una niña de primaria, *«la mía»*. Samantha se acercó a su hijo y le propinó una bofetada tan fuerte que lo tiró de la cama, sin ropa. Luciano, sorprendido ante la fuerza insospechada de su madre, se levantó con la mano izquierda puesta en la mejilla, y se acercó corriendo hacia ella en busca de venganza. Una venganza que no pudo cumplir cuando el señor Soverinni apareció en defensa de su esposa. Luciano se quedó quieto, como un niño que ha pintado las paredes del salón, esperando una discusión con la autoridad, en este caso, su padre. Pero este no dijo nada. Se limitó a mirarlos a los dos, sabedor de lo que había pasado, y empezó a hablar con su siempre fuerte y calmada voz.

—Mañana, Monique estará en casa. Y cuando Luciano se vaya de aquí —repitió las palabras de su hijo y sonrió con malicia a su esposa—, se irá con él, para darle lo que su mujercita no podrá jamás.

La señora Soverinni, salió llorando de la habitación, pensando en lo desdichada que sería Catherine, a la que había cogido un gran aprecio. La joven le recordaba a ella cuando era joven, una chica de belleza sin igual, perfecta para volar lejos y libre de todas las riquezas que provocaban el incendio desolador del corazón. Sabía a la perfección que, cuando el corazón estalla, difícilmente pueden extinguirse las llamas imborrables por el dolor.

—Gracias padre —le dijo Luciano al señor Soverinni, del que parecía no haber heredado solo su nombre.

—No hay de qué. Pero no quiero distracciones que rompan nuestros planes, Luciano. Recuerda. Nada de distracciones. Nada de compasión. Nada de amor. Son las reglas, más te vale cumplirlas o serás desheredado.

Luciano asintió con cierta tristeza, dejando que su cuerpo se relajara en la cama mientras pensaba en Catherine. Cuando estaba con Monique, se imaginaba estar con Catherine y, cuando la besaba, su mente le jugaba la mala pasada de imaginar los labios de su prometida. La amaba, soñaba con ella, la adoraba. Y sería su esposa. Pero había tantas mentiras detrás de ese matrimonio… Mentiras provocadas por su padre. Él le impedía cumplir la promesa que le había hecho a Catherine durante la cena en la que el señor Aurelius y su padre hablaban del compromiso de la pareja. La promesa de hacerla feliz. Antes, sabía que debía cumplir la promesa del señor Soverinni.

Como siempre, las cenas en casa de los Stevens, desde la llegada de Madeleine, eran tensas. Hablaban sobre la boda de Catherine y Luciano constantemente y, por supuesto, la señora Stevens no podía estar de acuerdo en nada con su suegra. Debía llevarle la contraria en todo, ante la atenta mirada de Catherine, ya harta de esa situación y la indiferencia de Charles, que vivía en ese entorno con cierta monotonía, sin llegar a entender por qué su mujer se rebelaba contra todo y todos. O, tal vez, no quería llegar a entenderla, nunca lo había intentado.

—No comes nada, cariño —expuso con malicia Madeleine, dirigiéndose a su hija—. Quizá quieras estar espléndida con el vestido de novia, entiendo, seguramente temes tener los genes de tu abuela y tender a engordar si comes un poco más.

—No empieces —amenazó Catherine sin mirarla.

—Es verdad, cielo.

—¡Cállate! —le ordenó Catherine mirándola fijamente. Sus ojos eran exactamente iguales, aunque la expresión de Madeleine se correspondía con la de una fiera con ganas de vencer a todo y a todos, mientras la de Catherine se había vuelto cansada, triste, sin importarle, en apariencia, nada que tuviera que ver con la vida terrenal, lo que le hacía adentrarse en su propio mundo. Aurelius y Charles comían en silencio sin entrar en la disputa entre Madeleine y Catherine. Diane, acarició la pequeña mancha en forma de corazón de la mano izquierda de su nieta con afecto, para que pudiera calmarse ante las palabras necias y sin sentido de su madre.

Diane no podía olvidar el día en el que vio a su nieta con el «desconocido» y, sin embargo, no había vuelto a mencionar el tema por temor de agrandar su tristeza, que ya era inmensa. Pero, por un lado, sentía, gracias a ese vínculo especial que la estrechaba con ella, la necesidad que tenía Catherine de exteriorizar sus sentimientos, de hablar de todo lo que le había sucedido en tan poco tiempo, como para acabar de asimilarlo bien. «Pero no tiene con quién», susurró la señora Diane, más para sí misma que para la fuente del patio trasero que miraba con atención, pensativa. Decidida, atravesó el pasillo hasta llegar a la habitación de la joven, no sin antes haberse topado con Madeleine y haberle dedicado una falsa y obligada sonrisa, junto con una mirada desafiante, a la vez que deseaba las buenas noches a su hijo Charles.

Tocó a la puerta una, dos, tres veces, hasta escuchar la respuesta de Catherine, quien, mientras salía del cuarto de baño, se hacía un nudo fuerte en su bata azul celeste y se recogía el largo cabello mojado con una pinza en forma de mariposa que años atrás le había regalado su prima Juliette. Sonrió al ver a su abuela y le hizo un gesto para que se sentara junto a ella en la cama.

—El baño me ha sentado de maravilla.

—Me alegro, querida.

—¿A qué has venido abuela? —Le dio pie Catherine, para que la señora Diane soltara todo lo que llevaba dentro.

—Por la necesidad que sé que tienes de explicar algo a alguien en quien confíes. Seguramente, antes le explicabas tus cosas a Lisa, o a nadie, pero quiero que sepas que me tienes a mí, que puedes confiar en mí.

—Lo sé, abuela —declaró la joven, recordando el instante en el que se despidió de Edward ante la mirada escondida de su abuela y sabiendo que ella guardó ese secreto bajo llave, que entendió a la perfección sus sentimientos, a pesar de no poder hacer absolutamente nada. El poder lo tenía Aurelius, no ella.

—¿Necesitas hablar del muchacho de la callejuela?

—Edward, se llama Edward —le informó Catherine, abstraída, dando como respuesta afirmativa a la pregunta de su abuela—. Fueron dos días. Solo dos días para entender que él era quien estaría en mi corazón para siempre y para darle a conocer que yo era quien cumpliría su sueño de ser feliz. El día que nos viste, él partía de nuevo hacia Londres. Iba a escapar con él, pero las súplicas de Lisa me lo impidieron. No pude esconderme, fui en su busca para explicarle que no iría a Londres, que no cumpliría la promesa. Nuestra promesa. Han pasado dos semanas y parece una eternidad. En este tiempo se ha ido mi sueño, se ha ido Lisa y la inminente boda con Luciano me tiene aterrorizada —explicó, sintiendo cómo su abuela la escuchaba respetuosa y posaba la mano sobre su espalda. En un momento, comprobó que ella, en realidad, mantenía las suyas quietas, encima de sus piernas. Miró hacia atrás y no había ninguna mano que la acariciara. Sonrió al pensar que era el fantasma de Lisa quien intentaba consolarla en cierta forma desde las sombras—. Y ahora tú, abuela... —La señora Diane la miró expectante, en espera de que más palabras salieran de su boca, pero no fue así. Frunció el ceño, la miró, bajo la mirada y la volvió a mirar. Era el momento de la señora Diane—. Cuéntame tu historia. Parece ser que eres la única persona que me entiende y eso debe de ser por alguna razón, porque tú también tengas tu historia.

—Es eso... —empezó la señora Diane, mirándola con cierta timidez—. Sí, claro, las personas mayores como yo tenemos nuestra historia. No me casé con Aurelius enamorada. Ni siquiera nos conocimos aquí, en Roma, como siempre explica él. No puede evitar mentir respecto a la historia que nos une —confesó, al fin, encogiéndose de hombros—. Por eso te entiendo, querida. Solo me he enamorado dos veces en mi vida. Muy lejos de aquí, en Nueva Hampshire, mis padres tenían una casa preciosa, maravillosa... Ahora está en ruinas. Nuestro jardinero se puso enfermo, pero su responsabilidad y su maravilloso carácter lograron que fuera su hijo quien viniera a sustituirlo. Se llamaba Henry y era un chico maravilloso. Podía pasarme horas enteras viendo cómo sus fuertes manos cortaban los setos del jardín. Una tarde, hacía muchísimo frío, y le preparé yo misma un chocolate caliente. Fue el primer aviso para que mi madre estuviera pendiente de que mi relación con Henry fuera imposible. «Un simple jardinero», decía, «no es lo suficiente para una joven como tú». Los días trascurrieron y mi amistad con él aumentó hasta el punto en el que nos enamoramos. Incluso, teníamos previsto escapar de la arpía de mi madre, pero el plan no salió bien. Un día, el padre de Henry, ya recuperado, volvió y no supe nada más de su hijo.

Le pregunté por él, pero siempre negaba, haciéndome saber que, por órdenes de mi madre, no podía darme ninguna respuesta. Me sumí en una profunda depresión durante un año y medio. Solo tenía dieciocho años.

—Es muy triste —murmuró Catherine.

—Fue triste, sí —afirmó su abuela, con los ojos llorosos por el esfuerzo de recordar. Hacía tiempo que se había prometido no volver a recordar esa historia para reforzar una coraza inexistente para Catherine en esos momentos—. A los dos años, Henry se casó y tuvo tres hijos. Me enteré de que murió joven de un tumor maligno en el hígado, hace treinta años. Una lástima, fue la mejor persona que conocí. Entusiasta de la vida, generoso por muy poco que tuviera, con una sensibilidad que llegaba al alma de cualquiera. ¿Continúo? —Catherine afirmó con un guiño complaciente—. Pasó ese año y medio trágico y, en una de las fiestas que mis padres celebraban en casa, conocí a un joven y agradable Charles Heltton. Provenía de muy buena familia, poseían una casa cercana a la nuestra y tenía vagos recuerdos de haber jugado con él cuando éramos niños, ya que lo llevaron a un internado, cuando tenía diez años, en París. Era su retorno, ambos estábamos a punto de cumplir veinte años. Cuando nos miramos, sonreímos, nos gustamos desde el primer momento y fue quien me hizo olvidar mi amor por Henry. Las cicatrices habían sanado y mi madre estaba orgullosa de que, al fin, mi corazón pudiera amar a alguien merecedor de él, como lo era para ella Charles. Un sueño que podía ver completo, su hija se casaba por amor con un joven prometedor de una rica familia. No sabes las veces que he llegado a odiar la palabra prometedora.

—Te entiendo… —suspiró Catherine.

—Charles y yo nos enamoramos ese verano, en esa fiesta. Tanto sus padres como los míos hacían planes para nuestro compromiso y nuestra próxima boda, una boda en la que no había prisa, porque era segura. Nosotros estábamos ilusionados. Charles era formidable, aunque muy distinto a Henry. Su porte no era humilde, como puedes imaginar, era un chico alto, delgado y con una cara que rozaba la perfección. Parecía orgulloso y frío, pero no había nadie que supiera querer como él. Amaba a muy pocas personas, pero a las que quería les hacía sentir diferentes. Tenía esa cualidad: hacerte sentir especial. Y, durante dos años, así me hizo sentir. El día en el que estrené mi anillo de prometida, Charles tuvo un grave accidente de automóvil y murió en el acto. —Catherine se llevó las manos a la boca, lamentando la historia de su abuela. Su vida, sus recuerdos—. El entierro estaba repleto de gente. Gente a la que Charles no amaba, cuatro éramos las únicas personas a las que él llegó a querer con toda su alma. Sus padres, su hermana y yo. Seres afortunados, supongo, seres especiales. En el entierro, conocí a Aurelius Stevens. Me miraba con curiosidad y yo, entre lágrimas, lo esquivaba. Me pareció, en un principio, un joven grosero y poco atractivo. Mi madre tuvo la osadía de informarme sobre quién era ese chico curioso y descarado diciéndome que sería un gran partido para mí, ya que el destino me había arrebatado a Charles. La miré con furia, con desolación. Tres semanas después, ella murió. No lloré, no había lágrimas para una persona cruel como lo fue ella. Y volvió a venir Aurelius. Esa vez, se acercó a mí para darme el pésame y me invitó a un café. Por supuesto, me negué. Pero, al día siguiente, Aurelius vino a casa a pedirle mi mano a mi padre. ¿Te lo puedes creer? Apenas habíamos cruzado dos palabras. Él, desolado ante la muerte de su esposa y hundido ante mi depresión por la muerte de Charles, aceptó, y no pude negarme a casarme con Aurelius tres meses después. Desde luego, durante ese tiempo, nos conocimos, pero ni siquiera me caía bien. La primera noche con él fue una tortura. La siguiente, también. Pero un día, Aurelius cayó enfermo y, al desesperarme cada vez que tosía o cuando la fiebre aumentaba, llegué a entender que una parte de mí lo quería. Y hasta el día de hoy.

—La historia del abuelo es muy diferente.

—Sí, claro… Amor a primera vista, en la ciudad eterna de Roma. Una historia preciosa —rio Diane entre lágrimas—. Cuántas veces he visto el fantasma de Charles, Catherine… Cuando quise ponerle ese nombre a tu padre, Aurelius casi me mata. Pero ha sido uno de los pocos caprichos que me ha concedido a lo largo de nuestra unión matrimonial.

—¿Le quieres?

—Con el tiempo aprendí a quererlo. Pero una cosa es amar a alguien y otra es tener que aprender. El amor no se aprende, nace. Lo que yo siento por tu abuelo no es más que un cariño forjado con el tiempo, con despertar cada mañana con él, con notar su aliento cada vez que nos vamos a dormir. Sé que en estos momentos odias a Aurelius y lo entiendo, pero detrás de esa máscara de ser humano horrible, egoísta y orgulloso, se esconde un hombre tierno, astuto y bondadoso. En el fondo, sabe que te está encerrando en una prisión, Catherine, pero quiere creer que esa prisión es tu felicidad y un futuro satisfactorio y seguro para ti. Cuántas veces he pensado en cómo sería mi vida si me hubiera casado con Henry, o si Charles hubiera vivido. Pero la vida te da lecciones, te enfrentas a batallas que a veces pierdes y otras ganas. Todo sucede por alguna razón, aunque hay que encontrarle el lado positivo a ese motivo incomprensible en un principio —dijo, al fin, secándose las lágrimas y tratando de sonreír. Concentrada en su historia, Catherine no se había percatado de que las caricias en su espalda no habían cesado y un cosquilleo en su estómago le hacía darse cuenta de que algo sucedía a su alrededor, de que su abuela y ella no estaban solas en el dormitorio—. Ahora duerme, cariño. Descansa… Ya te he contado mis batallas, no hay nada más interesante que te pueda explicar. Y debo decirte que eres la única que conoce mi historia.

—Gracias por confiar en mí.

—Gracias por escucharme. Siempre va bien abrir el corazón. Ábrelo siempre que lo necesites, pero, sobre todo, ábreselo a alguien que lo merezca. Era algo que siempre decía Charles. —Cuando la señora Diane estaba a punto de salir, miró a Catherine, que seguía sentada en la cama jugando con sus pies—. Volverás a ver a Edward, Catherine. Lo sé. —La joven asintió con la cabeza y reprimió sus lágrimas para cuando su abuela ya hubiera salido por la puerta. Y así fue. Recordando sus palabras y envuelta en su propia historia, Catherine empezó a llorar sin saber que, a su lado, el espíritu de su más fiel amiga la acompañaba en silencio.

CAPÍTULO 14

Madrid, 2002

Detrás de la fotografía que Cristian aún sostenía en sus manos con recelo, se leía en inglés, con una caligrafía excelente, algo arqueada y pronunciada, escrita a pluma *«Luciano y Catherine»*, cinco de abril de 1936. Imaginó a Catherine escribiendo con fatiga y aborrecimiento esas palabras, para no olvidar la fecha de la fotografía ni que los nombres de esos dos rostros quedaran borrados por el olvido del transcurso del tiempo.

Cristian tenía muchas preguntas que hacerle a su madre, pero no sabía por dónde empezar. Fue entonces cuando Patricia decidió explicar todo ante el rostro pensativo y confuso de su hijo.

—La casa era realmente preciosa en sus tiempos, una de las mejores de la zona, con una escalinata de forma redondeada para acceder a la puerta granate de la entrada y suelo de marfil blanco en todo el piso de abajo, exceptuando algunas zonas que lo tenían de madera o baldosas grisáceas. Como es el caso de la cocina donde, se supone, era el lugar en el que más tiempo pasaban los criados de los Stevens y que ellos ni siquiera pisaban. Incluso, el buzón, ahora sin nombre, tiene el detalle de una estatua pequeña, casi minúscula, de piedra en el centro, que simula a una diosa dando un beso con la mano. Hoy en día está abandonada.

La han ocupado varios inquilinos, pero no han durado más de tres meses, esa casa tiene algo poco familiar. Por lo visto a la gente no le gusta vivir ahí. Según me han explicado los de la inmobiliaria, la dan por una casa perdida. Fue por ese motivo por el que fuimos. Los que han vivido en ese lugar no quieren explicar por qué se fueron, simplemente no se sentían bien, y, si tenían niños, lloraban a todas horas cuando antes eran alegres y enérgicos en sus otros hogares. Es como si te chupara toda la energía que llevas dentro. Cuando entramos en la casa, aún estaban los muebles y los cuadros de principios del siglo veinte, tapados con sábanas y bolsas de plástico. Los grandes ventanales se veían sucios y muchas esquinas, cubiertas de mugre. Una lástima, porque es muy luminosa. Lo extraño de la situación fue que, desde el primer instante en el que entré, a pesar de estar a oscuras, supe en todo momento hacia dónde dirigirme. Conocía dónde se ubicaban todas las estancias de la casa. Supe describir con facilidad el cuarto de los primeros propietarios de la casa, Aurelius Stevens y su mujer Diane, para luego sospechar que ese mismo cuarto fue el que ocupó uno de sus hijos, el padre de la joven de esta fotografía, con su esposa. —Cristian no podía creer lo que estaba oyendo. Las raíces de Catherine, del alma de Emma—. Pero, cuando en el mismo pasillo de la cocina, en la planta de abajo, abrí una puerta y entré en un dormitorio totalmente vacío y muy oscuro, con una ventana minúscula en comparación con las del resto de la casa, empecé a llorar sin más. Fue ahí donde encontré todas estas fotografías —explicó y sacó de su bolso algunas fotografías más, guardadas con esmero en un sobre azul—. Aún tengo que descubrir quién era esta mujer —continuó diciendo, a la vez que señalaba a una mujer de unos cincuenta años radiante y enérgica junto a una niña de unos diez años que parecía ser Catherine de pequeña.

—¿Crees que eres tú?

—Con casi total seguridad. Esta mujer era el ama de llaves de la familia y seguramente ese cuarto fue el suyo.

—¿Y había algo en la casa?

—Si te refieres a fantasmas, no. En esa casa no habitan espíritus, pero sus paredes guardan secretos que involucran a las personas que entran dentro, convirtiendo al ser más feliz en el más desdichado. Te hace infeliz, te hace llorar y te invade una sensación de soledad horrible. A pesar de todo, ¿no crees que es fantástico regresar a casa? —añadió Patricia, queriéndole dar algo de sentido del humor al asunto.

—Supongo que sí.

—¿Qué sabes de Edward?

—Muy poco... Dudo mucho que tuviera relación con esa casa. ¿Qué sabes de Catherine?

—También, muy poco. Muchos de los archivos sobre la casa de los Stevens se encuentran, misteriosamente, desaparecidos. Sé que esa chica se casó con el hombre de la fotografía y tuvieron dos gemelas en el año 36, pero, desde la muerte de él, en 1942, se pierde el rastro de Catherine. No hay archivos de defunción ni de desaparición, simplemente se esfumó.

—¿Y de las gemelas?

—Aún viven, en Annestown, una pequeña aldea de Irlanda. Tienen sesenta y seis años, Lucille y Amanda Soverinni. Dos ancianas viudas que han estado toda la vida juntas. Es imposible distinguirlas, son idénticas —comentó recordando el momento en el que las conoció—. No se parecen en absoluto a la mujer de la fotografía ni al hombre que aparece a su lado. Y deduzco que la mujer llevaba a las ancianas en su vientre cuando le hicieron la fotografía.

—¿Las has visto?

—Sí, nos desplazamos hasta la aldea. Es un lugar precioso, donde se respira paz y tranquilidad con unos montes verdes impresionantes y una playa de arena magnífica, te lo recomiendo por si quieres descansar. Toda la riqueza que tuvieron sus antepasados parece haber desaparecido. Viven en una modesta casa en lo alto de una colina de la aldea, desde donde se disfruta de unas vistas increíbles al mar. Las dos mujeres demuestran tener una salud de hierro al poder subir la cuesta hasta llegar a la casa, la cual se compone de un comedor que, a su vez, hace de cocina, junto a una gran chimenea de piedra, dos pequeñas habitaciones y un cuarto de baño muy antiguo y dejado.

—¿Y te han explicado algo de sus padres?

—No recuerdan nada en absoluto —respondió, con cierta angustia—. Una lástima, porque son las únicas herederas de la historia de los Stevens y los Soverinni, de esa unión, en apariencia, interesada, que nada bueno trajo. Pero tuvieron un accidente automovilístico cuando tenían unos treinta años. Sus maridos murieron y ellas estuvieron en coma un año. ¿Te lo puedes creer? Despertaron el mismo día, con unos minutos de diferencia. A su alrededor no había nadie, solo se tenían la una a la otra y solo se acordaban de ellas mismas. Su pasado desapareció y empezaron una nueva vida alejadas de Londres, en la aldea, viviendo del campo y de un huerto que tienen detrás de la casa, donde cultivan coles, tomates y poca cosa más para sobrevivir.

—A Emma le encantaría conocerlas —admitió Cristian, más para sí mismo que para su madre.

—Seguramente. Mientras una persona vive dos vidas, sus descendientes siguen con vida cuando ella va por la segunda. Es sorprendente. Pero es imposible, llevamos a las dos mujeres a la que fue su casa de la infancia y no recordaron absolutamente nada. Claro que no estamos seguros de si las ancianas, de niñas, llegaron a vivir en ese lugar. Se sabe que sus padres regresaron a Londres allá por el año 1935, pero no se conoce dónde vivieron, no lo pone en los archivos, o alguien ha tratado de esconder la historia. Quizá estuvieron en casa de los Stevens y, cuando nacieron las niñas, se trasladaron… No sé. Hay muchos secretos detrás de todo esto. Muchísimos, y es complicado descubrirlos.

—¿Hay algo más?

—Sí —respondió Patricia, entusiasmada por no terminar aún la historia—. En el jardín de la casa de los Stevens, en Londres, hicieron unas obras en 1991 para construir una piscina y encontraron un cadáver.

—¿Se sabe de quién es? —preguntó horrorizado Cristian.

—Secreto de sumario. No nos lo quisieron decir, así que el misterio del cadáver de la casa de los Stevens, aunque fue toda una revelación para las pocas personas que tuvieron conocimiento del suceso, se mantuvo en secreto. Los Stevens fueron una de las mejores familias de Inglaterra y aún muchas personas los recuerdan, incluso en Roma, donde Aurelius y Diane Stevens vivieron un tiempo hasta que él falleció repentinamente en 1932, por lo que no veían conveniente destapar algo tan escabroso. Ni siquiera se sabe si el cadáver era de un hombre o una mujer, pero mi intuición me dice que fue el de la joven embarazada de la fotografía. Desapareció sin dejar rastro en 1939, fecha en la que bien podría haberse enterrado el cuerpo.

—¿Y esta fotografía? —preguntó Cristian, observando una fotografía amarillenta y estropeada por el tiempo, en un escenario que él mismo tan bien conocía. La Fontana Di Trevi con una mujer distraída, mirando hacia algún lado que no era el objetivo de la cámara fotográfica de ese tiempo.

—Parece Catherine, ¿no? Pero no es del mismo tipo que las otras. Me pregunto quién la haría…

Emma llegó a casa abatida después de todo lo que le había pasado, pero con la ilusión de volver a ver a Cristian por la tarde, de cenar con él, de volver a dormir juntos, sentir el calor de sus brazos y el suave aliento en su oído. Minutos antes, se había encontrado a Alfredo en las escaleras y parecía que él quería entablar conversación, aunque ella, después de un difícil día, trató de esquivarlo con diversos gestos que él pareció no captar.

—Hola Emma, ¿qué tal? —saludó con efusividad mientras la alcanzaba y la agarraba por el brazo para que se girara y se percatara de su presencia.

—Ah... Hola, Alfredo —saludó sin interés ella, mirándolo de reojo, sin llegar a girarse del todo.

—¿Qué tal? —repitió Alfredo observándola de arriba abajo. Ese día había sustituido sus clásicos tejanos por unos pantalones negros, sus usuales zapatillas deportivas por unos zapatos negros de tacón, sus habituales camisetas por una blusa blanca que dejaba al descubierto su escote y su chaqueta de pana color beige, por una negra con grandes botones y un cinturón del mismo color rodeando su cintura.

—Bien, todo bien.

—Yo también —dijo Alfredo, que consiguió cortarle el paso a y se sitúo delante de ella—. Bueno, ha sido un día algo difícil, ya sabes cómo es la vida del abogado. Lo leí en una de tus novelas, gran investigación sobre la abogacía —comentó entusiasta. Era la primera vez que reconocía haber leído algo de su vecina y en su voz resplandecía la ilusión que siente un simple y común lector cuando habla sobre la novela con el propio escritor. Sus penetrantes ojos azules se iluminaron cuando creyó captar el interés de Emma, pero fue poco lo que le duró el entusiasmo cuando ella habló.

—Ya. —«¿Está borracho?», pensó con miedo.

—¿Ya? ¿Solo dices ya? ¿Qué ha sido de esa mujer que se me insinuaba? —preguntó, al fin. A Emma le pareció una pregunta violenta, dada la situación, y sobre todo, su tono de voz resultaba provocativo y malintencionado.

—Por favor, Alfredo, tengo ganas de llegar a casa.

—Como quieras. Te arrepentirás.

—¿Disculpa? ¿Me ha sonado a amenaza?

—Tómatelo como quieras, vecina —concluyó él con desprecio. Emma lo miró un segundo. Solo un segundo, mientras Alfredo se apartaba un mechón negro de su frente y apretaba sus finos labios, que dejaban entrever un pequeño lamento. La escena repugnó a la joven, que decidió irse a su apartamento con rapidez.

—Bien. Adiós.

Sentada en el sofá, Emma leyó y releyó algunos fragmentos de su última novela *«Vidas Paralelas»*, preguntándose cuál fue el motivo que la empujó a escribir una historia sobre la reencarnación. ¿Presentía que algo similar le sucedería a ella? ¿Creía realmente, desde que era niña, en otras vidas, en que se puede volver a nacer? ¿En que el alma nunca muere y puede trasladarse de un cuerpo a otro? Todo nace y todo muere, como las palabras. Cuando sus padres se separaron, Emma se sumergió en el interior de las historias de sus libros. En pocos meses, pasó de tener tres cuentos infantiles en su habitación a cincuenta novelas, propias de lectores universitarios. Su afición por la lectura, por las minuciosas palabras de los que ella consideraba grandes inventores del lenguaje, la adentró en el fantasioso mundo de la imaginación, gracias a unos personajes inventados con unas vidas inventadas y con unos inicios, un desarrollo y un final inventados, creados única y exclusivamente por su creador. Se imaginaba a alguien escribiendo de principio a fin un cuento que, tal vez, existía en su mente desde que tenía uso de razón, pero que solo pudo trasladar a un folio en blanco, cuando sus dedos fueron lo suficientemente hábiles para poder explicar lo que rondaba por su mente, lo que siempre había deseado. Su ilusión. ¿Y qué ilusión le quedaba a Emma?

Dejó la novela en el sofá, como aquel que deja una carta olvidada que no piensa abrir jamás por miedo a descubrir una mala noticia, y se fue a su habitación para buscar su diario personal. El sonido del tráfico de la Puerta de Alcalá que entraba en su apartamento desapareció. No había ruido. Todo era silencio. El diario de Emma era una simple libreta de anillas con folios cuadriculados, que ella misma había decorado con fotografías de diversos lugares del mundo como la Torre Eiffel de París, el Big Ben de Londres, la Sagrada Familia de Barcelona, la Estatua de la Libertad, calles de Nueva York y del centro, de donde siempre había vivido, Madrid. Lugares, exceptuando este último, donde nunca había estado, pero tenía la ilusión de poder visitar algún día. Asuntos pendientes, tal vez. Lo abrió. Miró la fecha de la última vez que había escrito en las hojas de su diario. Había sido exactamente hacía un año, cuando su agente y editor aún la valoraba y la animaba a escribir, cuando soñaba con su vecino Alfredo, que nunca mostró por ella tanto interés como lo hacía en esos momentos, cuando su mente creaba historias como churros y las plasmaba con total facilidad en las hojas en blanco de su ordenador. Con cierta duda, cogió la pluma estilográfica que le había regalado alguien que no recordaba en el día de su cumpleaños. La encontró abandonada en el rincón del teléfono. ¿Desde hacía un año? Tal vez. Empezó a escribir, entonces, todo lo que le había sucedido a lo largo de ese día. Y no solo eso, todo lo que le había ocurrido en esos cuatro días, desde el mismo momento en el que, de forma curiosa, conoció a Cristian. Su mente seguía divagando por parajes inexistentes, pensando en la forma en la que les explicaría a sus nietos el instante en el que conoció a ¿su abuelo? Sonrió como una quinceañera, negando con la cabeza por lo absurdo que le sonaban esos pensamientos en su mente, en teoría, adulta. Y cuando terminó los diez folios que rellenó con sus memorias, siempre con su letra pequeña, redonda y en extremo adherida, lo cerró con la intención de volverlo a abrir cuando volviera a pasar algo extraordinario y maravilloso como lo que estaba viviendo en esos momentos. Se tumbó en la cama con la presencia de Ñata observándola fijamente, con un rostro dulce que parecía sonreír, y ni siquiera sus sueños evitaron que todo lo que había escrito hacía unos minutos viniera a ella en forma de fantasmas. ¿Creía en realidad en los fantasmas? Sí, los fantasmas no solo viven en la imaginación, le decía una voz similar a la que hacía poco le advertía: «sigo aquí».

CAPÍTULO 15

9 de diciembre 1932, Roma

Con el transcurso de los días y la boda de Luciano y Catherine más próxima, la confianza entre la señora Diane y su nieta iba en aumento, mientras Madeleine sentía celos de su propia suegra. Arrepentida por ignorar a su propia hija durante toda la vida, intentó en varias ocasiones acercarse a ella para hablar, pero no era consciente de que ya no era capaz de entablar ningún tipo de conversación, ni si quiera con la persona a la que dio a luz. Una niña espabilada, enérgica y alegre en su infancia que, con el tiempo, se había convertido en una mujer triste y delicada a punto de casarse, tras haber pasado por una adolescencia difícil y rebelde. Madeleine sabía lo que era estar sola y atrapada. Mejor que nadie. Esas dos experiencias en su vida habían forjado un carácter difícil y especial que poca gente toleraba, incluido su esposo, con el que hacía años que no mantenía relaciones. Cuando Madeleine se miraba al espejo, sabía que seguía siendo atractiva y, cuando salía a la calle, las numerosas miradas masculinas así se lo decían. Sin embargo, no supo darle a su familia el amor que necesitaba y ya era demasiado tarde para reconocer los errores y gritar a los cuatro vientos que, a pesar de su comportamiento de «bruja», como sabía que decía la señora Diane, ella también tenía corazón. Le dolía cruzarse con su hija por los pasillos y que esta la ignorara, discutir con la señora Diane en las cenas, a pesar de reconocer que era ella quien empezaba las disputas, sentir que su marido la engañaba con mujeres más dulces y entrañables, lo que le hacía sentir en su alma el dolor de no ser amada y, a pesar de todo, también le dolía la indiferencia del señor Aurelius. Todo en ella era un dolor transformado en ironía. ¿Qué podía hacer para cambiar? Nada, absolutamente nada. Ya era demasiado tarde.

Los días transcurrían con rapidez y pesar. Catherine estaba más nerviosa a medida que se acercaba la boda, su ansiedad crecía al ver que los preparativos estaban casi finalizados. La sorpresa fue encontrar el vestido de novia que luciría el gran día en su cama, sin saber quién lo había dejado allí, esperándola. Un vestido blanco, con escote palabra de honor, cintura de avispa, diversas piedras preciosas que acababan de decorar la preciosa prenda y una larga cola que parecía no tener fin. Catherine lo miró entusiasmada por un momento, pero, al darse cuenta de que no sería Edward quien, mirándola con ternura, la estaría esperando en el altar, de que se casaría por obligación y no por amor, se sentó en el suelo y acarició el fino bajo de seda del vestido, un acto que le hizo volver, una vez más, a su realidad. Fue entonces cuando el señor Aurelius entró.
—Esa no es la cara que pone una mujer ante su vestido de novia —repuso, saludando con la mano derecha—. ¿No te gusta el vestido? —Catherine asintió con la cabeza tratando, por más que le costara, de sonreír. Tenía un nudo en la garganta que no le permitía hablar y una rabia interior que culpaba a su abuelo de todo su dolor. Catherine seguía en silencio, sin querer entablar conversación con su abuelo que, tras unos minutos, decidió irse, no sin antes observar con detenimiento el rostro de su nieta y

con vanidad el vestido de novia. La imaginaba radiante en ese día, pero algo seguía guardando de aquel chico bondadoso que fue una vez. Presentía que Catherine sería la novia más hermosa y triste que hubiera existido nunca bajo la faz de la tierra.

«Nueve de diciembre…», murmuró Catherine cuando su abuelo cerró la puerta. «Hoy, hace un mes que conocí a Edward. Hoy, hace un mes, Lisa vivía». Y una vez más, rompió en llanto, en el silencio de su dormitorio, y ante la presencia, siempre taciturna y calmada, de su fantasma.

Edward paseaba con tranquilidad por los alrededores de Kensington Gardens en compañía de Rose. Hacía una semana que había ido a visitar su galería de arte de Notting Hill, rodeado de preciosas casas victorianas. Quedó fascinado al ver las obras de arte que había en ese lugar. Cuando Rose le explicaba las técnicas utilizadas para los cuadros que a Edward le llamaban la atención, cuando hablaba de la historia de verdaderas piezas de increíble valor, sentía estar en otro mundo en el que solo existían él y la voz suave y deliciosa de la joven contándole leyendas, historias quizá fruto de la imaginación de algún artista bohemio. La amistad entre ambos iba creciendo día a día, cita a cita, café a café y, aunque Edward supiera que Rose deseaba algo más, su corazón seguía siendo de aquella joven que conoció hacía un mes en la Fontana Di Trevi. «Lancé una moneda con el deseo de volver», pensaba cada noche antes de ir a dormir, a la vez que observaba el rostro de Catherine en la única fotografía que tenía de ella y lo retenía una y otra vez en su memoria para no olvidarlo y soñar con ella. Pero el despertar se hacía duro al mirar a su lado y ver que ella no estaba allí. No lo había estado nunca y, probablemente, jamás lo haría. Con el tiempo, Edward se percató de que Catherine no estaba hecha para él. Por lo menos, no en esa vida. Con el tiempo, se dio cuenta de que su corazón intentaba amar a Rose. Con el tiempo, Edward supo que no podía engañarse a sí mismo y que, aunque sus besos fueran para otra que no fuera Catherine, en su pensamiento, en su recuerdo y en lo más profundo de su ser, siempre quedaría el amor por una única mujer: ella.

—¿Me estás escuchando? —decía riendo Rose, cada vez que veía a Edward ensimismado en sus propios pensamientos. Y, un día, cuando Rose le hizo esa pregunta, Edward acarició con dulzura las mejillas siempre sonrojadas de la joven, fijó la mirada en sus vivaces y grandes ojos azules y besó sus tiernos labios. Cuando el beso terminó, Rose lo abrazó y le susurró al oído que era lo que había deseado desde el primer momento en el que lo conoció. En aquel tren que tan alejado parecía en el tiempo. En aquel tren que alejó a Edward de su verdadero amor.

Luciano se acercó hasta la casa de los Stevens, esta vez sin sus padres, para hablar con Catherine. Lo atendió Samantha, una de las criadas de la casa que le hizo pasar hasta la sala en la que se encontraba la señora Diane y su hijo Charles tomando el té y recordando viejas batallas del pasado.

—¡Hola, Luciano! —saludó alegre la señora Diane. Charles bajó sus gafas casi hasta la punta de su prominente nariz y lo miró de arriba abajo con aceptación. Le gustaba Luciano para su hija.

—Hola. Siento molestarles. He venido a buscar a Catherine para dar una vuelta con ella. Llevarla a merendar.

—¿Dónde pensáis ir? —preguntó Charles.

—Han abierto una pastelería deliciosa aquí cerca, en la calle Corso —respondió Luciano con cordialidad.

—Muy acertado, Luciano. Muy acertado —sonrió la señora Diane mirando a Charles, desconcertada. Charles, olvidándose de su madre y de su futuro yerno, miraba por la ventana embelesado.

Parecía, a su vez, no mirar nada—. ¡Charles, vuelve! Luciano ha contestado a tu pregunta.

—Sí, sí —afirmó distraído Charles, a modo de disculpa—. Dices que a la pastelería de la calle Corso. Aquí al lado, sí. —La señora Diane rio, sabedora de que el despiste de su hijo era algo habitual en él. Le sucedía de niño y le seguía sucediendo de adulto. Esas ausencias repentinas y momentáneas siempre le habían parecido muy extrañas.

Catherine bajó al cabo de diez minutos con un vestido negro y el pelo recogido hacia atrás. La señora Diane le decía que podría haberse puesto algo más alegre, mientras que Charles la miraba y le comentaba que estaba preciosa con una mirada muy similar a la de su hija. Sus ojos lo decían todo. No eran días felices para ninguno de los dos. Charles sufría al ver a su hija infeliz y sentía no poder cancelar la boda. Un sentimiento contradictorio, dado su comportamiento anterior con su hija, cuando le presentaba a todos los jóvenes casaderos de Inglaterra con la misma intención que tenía esta vez el señor Aurelius. El señor Aurelius y el señor Soverini eran demasiado fuertes y poderosos para él. Madeleine, que pasaba por allí, saludó a Luciano e ignoró a su hija. En silencio, volvió hasta el patio trasero a seguir cuidando de las flores, una de sus aficiones preferidas con las que podía pasar horas en soledad. Quizá por eso había elegido en Londres una de las más pequeñas y oscuras habitaciones de la primera planta, para tener sus flores interiores en perfecto estado, cuidando de ellas día sí y día también. Ellas no protestaban, las flores correspondían el afecto que Madeleine les otorgaba.

Catherine y Luciano caminaron con calma hasta la calle Corso, no sin antes mencionar lo bella e impactante que resultaba la Fontana Di Trevi. Luciano le había dicho que tenía que ser maravilloso poder irse a dormir con la posibilidad de ver la Fontana de noche iluminada, desde la ventana de la habitación, mientras que Catherine había asentido con la cabeza, mirando distraída los zapatos negros que había estrenado el día que murió Lisa. Al final, llegaron a la pastelería elegida por Luciano, para entablar una agradable conversación con la que, al fin y al cabo, iba a ser su esposa dentro de dos semanas. Catherine se detuvo frente al mostrador para observar, como una niña pequeña, los pasteles diminutos de chocolate, nata y frambuesa, colocados de forma estratégica como si estuvieran bailando una danza alrededor del gran pastel de cuatro pisos y diversos colores, alegrando la vista de todo aquel que pasara por delante. La mirada de Catherine se dirigió hacia el interior y alcanzó a ver un mostrador de madera clara con más pasteles apetitosos en su interior. Mirando a Luciano y dejándose llevar por el atractivo de este, entró por la puerta de la pastelería cogida de su mano, escuchando una estridente campanilla que les daba la bienvenida ante una mujer de unos cincuenta años, vestida de blanco con un delantal gris y una amplia sonrisa que los recibía con cariño.

—Les estábamos esperando —saludó, lo que desconcertó a la inquieta Catherine—. Por favor, pasen. Tenemos esta mesa reservada para ustedes y, por supuesto, la pastelería cerrada. — Era increíble lo que el dinero podía conseguir, pensó Catherine, a la vez que veía cómo Luciano sacaba de su bolsillo un fajo de billetes y se los entregaba con disimulo a la mujer que seguía manteniendo una amplia sonrisa.

Luciano apartó con un gesto caballeroso la silla a Catherine para que pudiera sentarse. Ella seguía mirando a su alrededor. Las mesas vacías, que esa tarde no recibirían a más transeúntes deseosos de probar los pasteles de la nueva pastelería de la calle Corso, permanecían inmóviles y relucientes. Las luces se habían atenuado más de lo habitual, lo que aportaba un aire romántico al lugar. De fondo, sonaba música clásica, lenta y armoniosa, y esto le daba a la pequeña pastelería un ambiente elegante y distinguido. Luciano pidió dos tazas de té que fueron servidas por la mujer en una refinada cubertería francesa de color azul cielo nueva, que en pocas ocasiones había sido utilizada, junto con dos pasteles en miniatura de frambuesa, el sabor preferido de Catherine, según había descubierto Luciano después de un interrogatorio exhaustivo a la señora Diane hacía unos días.

—Aquí hemos encargado el pastel de nuestra boda, Catherine —confesó triunfante Luciano a la vez que le daba un sorbo al té, aún caliente y aromático.

—El del aparador de la entrada es precioso —logró decir, al fin, ella, venciendo su timidez y miedo.

—Ese será.

Catherine no tuvo más remedio que fingir gratitud ante el gesto que había tenido Luciano. Recordó la historia que le había explicado su abuela. Sus palabras exactas. «Con el tiempo, aprendí a quererle», le había dicho, refiriéndose a su esposo Aurelius.

Pero ella nunca había olvidado a su gran amor. ¿Olvidaría ella a Edward? ¿Con el tiempo aprendería a querer a Luciano? Era triste tener que aprender a querer a alguien. Verse obligado a querer, amar sin sentir, querer sin poder olvidar, querer teniendo que tomar clases diarias para poder atesorar un sentimiento difícil de entender y más complicado de enseñar, aunque sean los días quienes te lo traten de imponer.

Miró el rostro siempre sereno de Luciano. Parecía feliz con ella, pero no podía ver en su mirada complicidad, compañerismo... Ni siquiera amistad. No podía ver en él lo que vio en Edward desde el primer segundo en el que lo conoció. No podía sentir en su sonrisa la suya propia, ni en sus palabras sus mismos pensamientos. Sus corazones no estaban unidos, cada día que pasaba les acercaba más al compromiso de una boda «prometedora», mientras sus corazones se distanciaban. O, a lo mejor, era el corazón de Luciano el que intentaba acercarse al de Catherine, consciente de que el de ella, siempre con gran astucia y rapidez, no echaría el freno y daría un paso hacia atrás para evitarlo, con el intento de acercarse en la distancia y el desconocimiento hasta donde se encontrara Edward.

CAPÍTULO 16

Madrid, 2002

Cristian tenía la sensación de que algo no iba bien. Llamó a Emma, pero no obtuvo respuesta. Le dejó varios mensajes en el contestador que supuso que ella no había escuchado. Sabía que tenía el día muy ocupado por su nueva novela y que, seguramente, le habría sido imposible escaparse un minuto para devolverle la llamada. Tenía ganas de que Emma conociera a su madre, de que pudieran hablar. ¡Tenían tantas cosas que explicarse! Patricia sentía que había vivido en la misma época que su propio hijo y la que parecía ser su nueva novia, pero ella no tenía tan claro quién pudo llegar a ser, ni qué pudo relacionarla con los dos jóvenes.

—Me siento orgullosa de ti —dijo Patricia de repente, sin ton ni son, mientras paseaban tranquilamente a las seis de la tarde por el Parque del Retiro. Cristian le había estado explicando minutos antes que allí había sido donde conoció a Emma, en el Palacio de Cristal, que fue el lugar que protagonizó el sentimiento de saber que la conocía de una vida anterior. Por otro lado, le expresó a su madre la calma que ella le trasmitía, por entenderle y no tacharle de estar loco gracias a las vivencias paranormales que había conocido a lo largo de su carrera profesional.

—¿Por qué? —preguntó sonriendo Cristian.

—Porque no te has dejado llevar por la superficialidad que comporta ser una estrella de la televisión. Porque siempre te ha atraído lo sobrenatural como a mí y siempre creíste en mi trabajo. Te atraían las vivencias que yo llegaba a experimentar y, un día, incluso pensé que te dedicarías a lo mismo. Cuando me dijiste que querías ser actor y que tenías una audición, ese sueño se vio truncado, pero no me importó. Sin embargo, tenía miedo de perderte, de que cambiaras por ser conocido, por tener dinero y, al fin y al cabo, por triunfar en tu profesión. Pero me alegro de haberme equivocado y que sigas siendo el mismo chico que yo eduqué. O, por lo menos, eso traté de inculcarte —suspiró, negando con la cabeza y soltó una ronca carcajada.

—Me alegro de que pienses eso.

—¿Aún no te ha llamado Emma?

—No —respondió Cristian. Sacó el teléfono móvil de su bolsillo y vio que no había llamadas entrantes ni mensajes.

—Qué lástima. Me hubiera gustado conocerla hoy, pero he quedado con un colega para cenar. —Cuando Patricia llamaba a alguien colega significaba que había quedado con alguien que compartía su profesión. Desde un cámara hasta un redactor de sus experiencias paranormales, un reportero o un locutor de dichas vivencias como lo era ella.

—¿Hasta cuándo te quedas en Madrid?

—Hasta la semana que viene.

—Entonces tendrás tiempo de conocerla. ¿Te llamo mañana?

—Claro. Cuando quieras. Y tú, ¿hasta cuándo te quedarás? —preguntó, sabiendo la respuesta que le daría su hijo.

—No tengo fecha, aunque, a lo mejor, me vengo para dejar mi vida en Italia e instalarme aquí.

—¿Y qué harás aquí? ¿Dejarás la telenovela?

—Sí —afirmó Cristian convencido.

—Sé que tienes dinero suficiente como para retirarte, pero no puedes vivir sin trabajar.

—A lo mejor imparto clases de arte dramático, quién sabe... Siempre me ha gustado poder enseñar lo que sé a los demás.

—Estaría muy bien.

—Sí —sonrió Cristian, imaginando cómo sería su vida enseñando a los demás. No se lo había planteado hasta ese momento, en el que sabía que tenía que darle una respuesta inmediata a su madre, una mujer que no concebía la vida sin obtener respuestas claras y con un mínimo de coherencia, aunque esta última palabra no hubiera sido demasiado protagonista en su vida profesional.

Emma despertó cuando el reloj plateado de la pared con un tono azulado de fondo, marcaban las ocho y media de la tarde. Aún adormilada, miró cómo Ñata jugaba divertida con sus pies. La acarició y la cogió para tenerla aferrada a ella durante un instante. Sentía el corazón de Ñata ir a cien por hora, llena de alegría por tener las caricias del ser humano al que más quería. Cuando se le escurrió entre las manos, miró el teléfono que tenía en la mesita de noche con el cargador puesto para que la batería no se acabara. Tres mensajes en el buzón de voz y varias llamadas perdidas de Cristian. Sin ni siquiera escuchar los mensajes que le había dejado, lo llamó. Él, sonriendo, pero con una pizca de preocupación en la voz, le dijo que estaba en la cafetería de debajo de casa de Emma y esta le dijo que en seguida bajaba. Cambió su camisa blanca arrugada por una camiseta de cuello alto azul, dobló con sumo cuidado sus pantalones negros y los dejó por sus inseparables tejanos, para, poco después, hacer un nudo perfecto a sus zapatillas deportivas. Llenó de agua el cuenco de Ñata, tranquilizada al ver que aún tenía comida. La acarició y le prometió volver antes de que pudiera darse cuenta. Bajó corriendo por las escaleras hasta ser de nuevo sorprendida por su vecino. Aquel que una vez le pareció atractivo y agradable y que, en ese momento, y tras el altercado de unas horas antes, se había vuelto inquietante y desagradable.

—¿Dónde vas? —le preguntó, impidiéndole el paso. Emma lo miró enfurecida, con ademán de apartarle el brazo de la barandilla de la escalera para poder seguir bajándolas sin contratiempo alguno.

—¿Y a ti qué te importa?

—Me importa, me importa —dijo Alfredo, a la vez que abría de par en par los ojos.

—Quítate de en medio —protestó Emma impaciente, sin querer demostrarle la desconfianza que le provocaba.

—Ten cuidado con ese tío. No me parece alguien de fiar.

—¿Cómo?

—El tío con el que estabas el otro día en la portería. —Emma sabía que le estaba hablando de Cristian, pero no le haría el favor de hacerle saber el nombre de aquel al que él llamaba despectivamente «tío».

—No te metas donde no te llaman, Alfredo —repuso, tratando de quitarle importancia al asunto.

—Me meto porque me importas, Emma. —Con estas palabras, Emma sintió el miedo de una mirada obsesiva, una voz que temblaba con violencia y unas manos inquietas que querían tocarle la cara. La voz de Adela con la puerta de su casa entreabierta preguntando qué era lo que estaba pasando, le permitió bajar rápidamente por las escaleras, mientras Alfredo se quedaba en el umbral de la puerta siguiendo cada uno de los peldaños que habían pisado los pies de su vecina.

Sin pensarlo dos veces, Alfredo subió las escaleras como alma que lleva el diablo y se dirigió al apartamento de Emma, esquivando la mirada de su vecina Adela, quien solía estar pendiente siempre de todo lo que acontecía en el edificio. No pensó en Ñata, que vigilaba tras la puerta al sentir que había alguien que no era su dueña buscando la oportunidad de entrar en el apartamento. A Alfredo, entonces, con rápidos movimientos de cabeza y mirando a todas partes, se le ocurrió la idea de mirar en la lámpara enganchada en la esquina de la pared del vestíbulo. Allí había un rincón en el que Emma podría dejar unas llaves de recambio, y así fue. Con cuidado, para que la luz de la bombilla no le quemara la mano, logró alcanzar una llave que abría la puerta del apartamento de la mujer en la que no podía dejar de pensar desde el momento en el que la vio junto con aquel joven en la portería. Al verla coquetear con él descaradamente, sintió celos y rabia, desesperación. Quería gritar a los cuatro vientos que Emma era suya. Únicamente suya. Tampoco le preocupaba que el vecino indiscreto del apartamento de enfrente lo pillara. Por lo que él sabía, había dejado el apartamento hacía un año para irse a vivir a un pueblo de Salamanca y no lo había alquilado. Pocas eran las ocasiones en las que se le había visto volver. Con un rápido movimiento, logró abrir la puerta y, ante la atenta y desconcertada mirada de Ñata, entró en el apartamento de Emma como si estuviera en su propia casa. Acarició a la perra, que pareció quedar conforme con la visita de su vecino, al que conocía de hacía tiempo.

Alfredo aspiró durante un instante el aroma de su vecina y se percató de la atención que le dedicaba Ñata, como si fuera capaz de absorber la fragancia para no desprenderse jamás de ella. Miró por todos los rincones del apartamento sin perturbar el orden que se hallaba en él. Por último, acabó sentado en la cama donde dormía Emma, consciente de que no podía entretenerse demasiado por si ella volvía. Y allí la vio. La libreta de anillas que Emma había dejado en su mesita de noche y donde había escrito hacía unas horas todo lo que le estaba sucediendo. «¿Hablará de mí en este diario?», se preguntó a sí mismo con curiosidad y cierta esperanza, a la vez que pasaba con movimientos pausados cada hoja. Observó con detenimiento algunas de las fotografías que forraban el exterior del diario de Emma y sonrió imaginando cómo sería ir con ella a esos lugares y lo felices que podrían ser juntos. Tras esas fugaces ensoñaciones, miró a Ñata, que seguía detrás de él. Cogió con seguridad el diario y salió por la puerta tan rápido como había entrado, con sumo cuidado de darle una vuelta al cerrojo, tal y como estaba, y poner la llave en su lugar para que su intromisión no fuera descubierta. Miró a ambos lados del corto pasillo, rebufó una vez más al ver la moqueta verde que cubría los pasillos del edificio y entró de nuevo a su apartamento, algo más grande que el de Emma y con la diferencia de que él, en vez de patio trasero, tenía un balcón diminuto en lugar de ventanas en su salón, con vistas a la puerta de Alcalá. Se sentó en su sillón de cuero negro, rodeado de altos estantes blancos repletos de libros, se sirvió una copa de vodka con hielo y se dispuso a leer tranquilamente lo que había sido, era y deseaba en su propia vida, Emma.

Era la primera vez que Emma se sentía más segura en la calle que subiendo las escaleras del propio edificio donde vivía para llegar a su apartamento. Lo único que la tranquilizaba, era que, a la vuelta, iría con Cristian, pero le preocupaba tener un tercer encuentro de las mismas características que los dos últimos en un mismo día con Alfredo. Entró en la cafetería donde solía desayunar tantas veces sola y allí vio a Cristian ensimismado en unas viejas fotografías, dando lentos sorbos a su refresco de limón.

Sin que él aún se diera cuenta de su presencia, Emma pidió en la barra a Luis un cortado con la leche muy caliente y se sentó al lado del joven. Cuando él levantó la vista de la fotografía, sonrió aliviado al ver a Emma y la besó en los labios.

—Qué frío hace —dijo Emma, que agradeció el rápido servicio de su cortado con leche caliente a Luis.

—No te localizaba, estaba preocupado.

—No ha ido demasiado bien el día. Me he peleado con mi editor y, por el momento, no publicaré esta novela. Por si eso fuera poco, me he encontrado con mi madre. —Emma ya le había explicado a Cristian la mala relación que tenía con su progenitora y las principales características de ella—. Y su nuevo novio. Como siempre, ha intentado dejarme con la palabra en la boca, pero por lo menos esta vez no lo ha conseguido. Y cuando llegué a casa me quedé dormida hasta ahora —narró con rapidez Emma, para no tener que dar más explicaciones al respecto, ni tener que volver a mencionar el día que había tenido. No le apetecía hablar de lo que había sucedido, quería cambiar de ambiente, de conversación, simplemente quería estar con quien se sentía bien, con Cristian.

—Vaya, lo siento... Tenía muchas ganas de enseñarte esto. —Cristian le dio las fotografías que le había entregado su madre ese mediodía, sin explicar nada. Sabía que Emma no necesitaba hablar mucho más. Parecía cansada y sus ojos verdes rasgados se veían, esta vez, algo hinchados. Quizá de llorar, quizá de dormir demasiado.

Emma miró las fotografías como aquellos piratas conocidos por las fábulas que cuentan los abuelos, amantes de las batallas del pasado, que encuentran un tesoro en una isla desierta. Con una pizca de ilusión, otra de desconcierto y un gran halo de misterio alrededor de lo que podría estar pasándole por la cabeza, Cristian no dejó ni un segundo de contemplar la reacción que le provocaba cada una de las fotografías. Cuando vio la de Catherine y Luciano, señaló la tripa de la joven y pareció que iba a decir algo, pero, por lo contrario, decidió callar y seguir observando hasta que Cristian, algo desesperado, arqueó las cejas deseando que se manifestara.

—Bien.

—No era lo que esperaba escuchar —reconoció Cristian, algo desilusionado.

—Supongo que esta soy yo. Y esta también. —Sonrió mientras señalaba la fotografía del perfil de Catherine en la Fontana Di Trevi—. Ahí fue donde nos conocimos y esta fotografía me la hiciste sin que yo me diera cuenta. Sería la que mirabas para recordarme, cuando te fuiste a Londres y yo no pude seguirte porque me casé con él —explicó entonces, con su dedo puesto en Luciano. Cristian estaba perplejo de todo lo que podía haber llegado a recordar Emma en un instante, sin saber si había tenido algún sueño revelador o porque en algún recoveco de su mente, que aún viviera en el pasado, de repente, tras ver las imágenes, hubiera despertado.

—¿Cómo recuerdas todo esto? Yo no llego a saber tanto. —Avergonzado, Cristian cogió la fotografía en la que aparecía Catherine sola en la Fontana y, se admitió a sí mismo que, sin duda, se trataba de una fotografía que ayudaba a recordar a alguien amado que se encontraba lejos.

—Los sueños desvelan todo. Solo hay que estar atento. Aunque no te puedo decir que recordara estar embarazada como en la fotografía —suspiró con cierto desaliento—. ¿De dónde has sacado esto?

Cristian le explicó el encuentro con su madre, la profesión que ejercía ella y el último lugar donde había estado, Londres. En la anterior casa de los Stevens, cercana a la Abadía de Westminster, de Catherine. Emma escuchó con especial atención el apartado en el que le contaba que había tenido gemelas, el detalle de que ninguna de las dos tuviera parecido con el señor de la fotografía que acompañaba a una joven Catherine triste y embarazada, el accidente de ambas con sus respectivas parejas y el aislamiento de las ancianas en una casa de Irlanda, con un paisaje verde paradisíaco alrededor.

—¿Tengo dos hijas? Mayores que yo —objetó Emma riendo—. Qué curioso.

—Bueno, las tuvo Catherine, sí.

—Qué lástima lo del accidente. Pensar que solo se tienen la una a la otra... tengo que ir a verlas.

—¿Qué?

—Vamos a Irlanda. Quiero ir a ver a Lucille y Amanda. Quizá así recuerden algo de su pasado. —Cristian acababa de conocer el lado impulsivo de Emma, quien, a su vez, tenía la necesidad de encontrarse con pruebas físicas de lo que pudo haber sido su anterior existencia.

—Emma, tú ya no eres Catherine ni yo Edward. Nuestra vida pasada forma parte de eso, de una vida que ya pasó y no podemos vivir de ella. Tenemos una nueva, una nueva oportunidad.

—Mi alma es la misma que la de Catherine. Somos dos personas en una. Quiero ir a Irlanda y descubrir lo que pasó.

—Muy bien. Iremos a Irlanda —asintió Cristian y tomó con suavidad la mano de Emma.

—Y, por supuesto, quiero conocer a tu madre.

—Tal vez ya la conozcas —comentó Cristian, con la intención de darle a sus palabras un tono misterioso y revelador.

—Tal vez...

CAPÍTULO 17

20 de diciembre de 1932, Roma
La Boda (1ª Parte)

El dormitorio que los señores Soverinni habían asignado para que fuera el de Catherine, junto todos los preparativos relacionados con ella el día de su boda, estaba repleto de mujeres charlatanas y nerviosas que esperaban dar lo mejor de sí mismas para que la joven prometida estuviera radiante. La señora Diane y Madeleine permanecían en silencio mientras asentían con la cabeza y sonreían, sentadas en dos sillas a la suficiente distancia como para que no pudieran discutir. Mientras Fridda Sanguinetti se encargaba del peinado de Catherine, la señora Winifred, que había venido desde Londres especialmente para la ocasión, revisaba los últimos detalles del fascinante vestido de la novia. Martha Malchiodi, preparaba con esmero los cosméticos y el maquillaje en tonalidades color tierra y la fragancia que llevaría ese día tan especial. Catherine se limitaba a pronunciar frases cortas como: «Está bien», «Estoy cómoda», «Gracias», «Sí», «No», «¿Qué tal, abuela?».

En el jardín, los diez jardineros contratados para el día, ultimaban los detalles de los arbustos y diseñaban formas perfectas de auténticas rosas y corazones. El banquete estaba listo y lleno de camareros preparados para servir a los invitados. Los cocineros trabajaban sin descanso entre los fogones, preparando un sinfín de platos deliciosos. Las flores, colocadas en las mesas del jardín, esperaban ser admiradas y recibir elogios de los invitados. El cura ensayaba su discurso ante la atenta mirada de la señora Soverinni y los protagonistas masculinos de la boda fumaban puros en un salón. Allí se encontraba el señor Aurelius junto a sus hijos Charles, Steven y el yerno de este último, Roger, marido de la prima de Catherine, Juliette, quien, a su vez, se encontraba charlando animadamente con su madre Lily sobre las propiedades que había adquirido Roger en los últimos meses en Irlanda y lo deseosa que estaba de tener hijos con él.

Las criadas de los Soverinni revoloteaban por la cocina y la casa con la confianza de que todo estuviera listo y en orden, incluida Monique, la amante de Luciano, que paseaba por el pasillo en el que se encontraba la habitación del joven, esta vez con su padre en el interior, hablando con él. Monique pudo escuchar los planes que tenían más allá de un enlace por amor, lo que le alegró en el fondo al presentir que, quizá, el corazón de Luciano le perteneciera.

Mientras Luciano se aseguraba de que su traje no tuviera ni un solo frunce, su padre lo miraba, sintiéndose orgulloso de él.

—Mírate —celebraba el señor Soverinni, una y otra vez—. ¿Quién nos lo iba a decir? Al fin llegó el día.

Y, efectivamente, llegó el día. Llegó el momento. Llegó la hora. A las doce del mediodía los invitados, vestidos con sus mejores galas, entraban en el inmenso jardín de los Soverinni con majestuosidad y salían con elegancia de sus coches, siempre con ayuda de sus chóferes quienes, con cordialidad y paciencia,

les abrían las puertas. Desde un elegante Wikov 40, hasta los
míticos Cadillac de última generación; a otros más modernos
como el Cadillac descapotable serie 452D, pasando por el Alfa
Romeo de 1930, conducido con soberbia por el propio dueño
y los que estaban de moda como el Chrysler Deluxe serie 8 de
1931 o el Stutz DV—32 sedán, uno de los preferidos del señor
Aurelius, entre otros.

Todos los invitados parecían marionetas mirando hacia
arriba, admirando las formas de los arbustos, elogiando las flores
y la decoración y saludándose los unos a los otros. A las doce y
cuarto del mediodía, los trescientos invitados estaban sentados
en las cómodas sillas cubiertas de terciopelo rosa pálido que se
les había asignado. El pianista ejercitaba sus dedos con la mayor
de las devociones en un rincón discreto para dejar que la melodía
del piano volara libre y entonara la marcha nupcial. La caseta
blanca, situada en el centro, frente a un pequeño escalón ovalado
de piedra de marfil, se hallaba decorada con pétalos de rosas, rojas
y blancas, y orquídeas a su alrededor, justo donde esperaba el
cura con su inseparable libro abierto en una página amarillenta
y una sonrisa que rozaba la perfección. Los orgullosos padrinos,
Charles y la señora Soverinni, se situaron a ambos lados de la
caseta, mientras que el resto de la familia se habían colocado
en primera fila, deseosos por ver empezar el enlace. El señor
Aurelius le susurraba palabras a su esposa, mientras Madeleine
no podía dejar de mirar a todos los lados impaciente, sin poder
descifrar lo que se decían sus suegros.

A las doce y veinticinco del mediodía, la señora Soverinni
aparecía elegante y hermosa, como siempre, ataviada con un
vestido de raso azul oscuro y una pamela a juego ante la admiración
de todos los hombres y los cuchicheos a los que tan acostumbrada
estaba de las mujeres. Sonreía mientras sujetaba el brazo de su
hijo que se limitaba a mirar al frente. No pensaba en nada, dejó

su mente en blanco esperando dar el sí quiero a la mujer que amaba, sin olvidar las palabras despiadadas de su padre con la intención de acabar con la familia Stevens.

A las doce y media, haciéndose de rogar como mandaba la tradición, llegó al fin Catherine, cogida del brazo de su padre, entre los aplausos de la gente que la miraban embobados a la vez que se decían los unos a los otros que era la novia más bella que habían tenido ocasión de ver. Pero el interior de Catherine temblaba de miedo al ver a Luciano. Trató de imaginar otro rostro, el de Edward, pero esta vez no lo consiguió. Y cuando, parecía que iba a desfallecer, apareció Lisa al otro lado de su padre para reconfortarla. Catherine la miró un instante y pudo llegar incluso a sonreír. «Todo irá bien, pequeña», le susurró su fantasma. El espíritu de la mujer que mejor la había entendido. «Estás preciosa», le decía. Su fantasma se quedó escondido en un rincón, cerca del piano, cuando Catherine llegó al lado de Luciano y abandonó el brazo de su padre, que se apartó con discreción, mirando a su esposa. Luciano no supo explicar la mirada sin alma que le dedicó la que, en pocos minutos, sería al fin su esposa. Sus ojos verdes se mostraban vidriosos y, aunque parecían mirar, no veían absolutamente nada. El cura empezó a hablar sobre el amor, el matrimonio, la fidelidad y, sobre todo, lo relacionado con lo que sería a partir de ese momento, la vida de los dos jóvenes. Al cabo de unos minutos, los expectantes invitados se emocionaban al escuchar el «Sí quiero» de Luciano y Catherine, cuando se entregaron las alianzas brillantes de enorme valor y se dieron el beso corto de compromiso. A la una del mediodía, ambos habían pasado de ser dos completos desconocidos a marido y mujer.

La mañana del veinte de diciembre en Hampstead Heath, Edward se levantó a las nueve de la mañana con un gran dolor en su corazón. Sabía que algo le había pasado a Catherine. No sabía cómo explicarlo, pero presentía que ella no estaba bien. Cuando miró al otro lado de la cama y vio a Rose profundamente dormida, en seguida se sintió culpable al ser tan querido por esa mujer y estar pensando en otra. Pero no lo podía evitar. En el fondo, sabía que Rose era consciente del amor que él sentía por Catherine y, sin embargo, parecía no importarle. Lo amaba sin esperar nada a cambio, ni siquiera que él la amara también.

Salió a la terraza que había en lo alto de la casa, enfundado en su bata de color verde y se sentó en el frío banco de madera, mirando el cielo gris londinense, desde donde podía observar la cúpula de la catedral de San Pablo, finalizada en el año 1710. Deseó morir. Se echó las manos a la cara y volvió a invadirle, una vez más, una profunda tristeza que no podía explicar. Ni siquiera sentía el frío de la mañana invernal de diciembre. Volvió a la habitación sin hacer ruido para no despertar a Rose, cogió del armario un pantalón marrón, una camisa blanca y sus cómodos zapatos negros, y fue a cambiarse a la habitación de invitados. Se lavó la cara, se peinó y se afeitó la barba de tres días. Minutos después, se dirigió a la planta de abajo a buscar el abrigo para ir a la fábrica textil a controlar, desde su despacho, el trabajo de los obreros. Allí encontró, como era habitual a su padre. Con su libro de cuentas concentrado en los números, que habían disminuido notablemente en los últimos meses.

—Como sigamos así, tendremos que cerrar la fábrica. Más de doscientas familias a la calle. —Eran las palabras que Edward más temía que dijera su padre y, aun así, las que más se repetían desde que había vuelto de Roma. Nada parecía ir bien.

—No te preocupes. Saldremos adelante —le respondió Edward con palabras monótonas que parecían quedarse en el aire e intentaban no desaparecer de una atmósfera que el joven cargaba de dolor cada vez que llegaba.

—Tienes mala cara, hijo. ¿Qué ha sucedido?

¿Cómo explicarle a su padre que la mujer que dormía con él desde hacía unas semanas no significaba nada para él? ¿Cómo explicarle a su padre que esa mujer servía para generar la visión de la que realmente estaba en su corazón? ¿Cómo explicarle que algo en él le decía que Catherine no estaba bien? No lo entendería. Edward sonrió negando con la cabeza y se fue al bar a tomar un café con la intención no pensar, la intención de no existir.

Rose apareció en el bar sabedora de que Edward, como casi cada mañana, estaría allí. Divertida, lo regañó por no haberla despertado, pero, enseguida, se dio cuenta de que estaba abatido. Rose solía decirle las mismas palabras que Evelyn: «Si tú estás triste yo también lo estoy». Por ese motivo, sentía estar traicionando también la memoria de Evelyn por la similitud que tenía con Rose en muchos aspectos. Edward calló la dicharachera boca de Rose diciéndole que le dolía la cabeza y que ya pasaría. La respuesta pareció aliviar a la mujer, que se despidió con un tierno beso para ir a trabajar a Notting Hill y volvió a dejar solo al joven. Cerró los ojos un instante, sin hacer caso de la preocupación del camarero por su estado, y, entonces, pudo ver a Catherine pidiéndole ayuda; suplicándole que no la olvidara y deseando volver a reencontrarse. En ese instante, supo que Catherine ya era mujer de otro hombre y su alma se rompió en mil pedazos.

CAPÍTULO 18

Madrid, 2002

Emma y Cristian caminaban hasta el centro de Atocha, donde habían quedado con Patricia. A medida que él iba explicándole el carácter aventurero y divertido de su madre, Emma sentía aún más curiosidad por conocerla. Algo en su interior le decía que así debía ser. Cuando llegaron a la calle Dromen, repleta de gente con bufandas y abrigos pasando por allí a causa de la fría mañana que había despertado en Madrid, vieron que Patricia aún no se había presentado. Cristian rio al recordar lo impuntual que solía ser siempre su madre. «Solo espero que no se haya olvidado», pensó, recordando aquella vez en el colegio, cuando Patricia se olvidó de ir a buscarlo después de las clases de fútbol. «Una madre desastrosa», siguió diciéndose a sí mismo.

—Vamos a tomar un café —sugirió Cristian y señaló la terraza del bar de al lado, animada por músicos callejeros, que prometía con publicidad en el cartel de la entrada hacer los churros más buenos de todo Madrid. Emma asintió con una sonrisa.

Ambos pidieron un café con leche caliente y cuatro churros, dos para cada uno. Mientras se entretenían viendo el humo que desprendía la leche caliente del café, Patricia llegó sofocada y pidiendo disculpas por la tardanza de veinte minutos, a pesar de alojarse en un hotel cercano. Cristian las presentó, se saludaron con dos besos y, cuando la mano de Patricia rozó el hombro de Emma, sucedió. Emma la vio. Patricia, también.

—No puede ser —dijo de repente Emma.

—No sé qué decir… —comentó Patricia, algo confundida—. Vaya… has cambiado muy poco. ¿Tienes idea de si fui la mujer de la fotografía?

—Sé que fuiste alguien importante —espetó Emma, sorprendida—. En mi mente me vienen imágenes de alguien más mayor. —Fue entonces cuando Patricia sacó de su bolso la fotografía de la pequeña Catherine y Lisa cogidas de la mano con una sonrisa en sus rostros frente a la puerta de la casa londinense.

—Desde luego, mis genes en esta vida no son los mismos que en la anterior. Curiosamente tú eres idéntica, pero yo no. Suele pasar —explicó Patricia con calma refiriéndose a la que fue el ama de llaves de la casa Stevens—. Necesito un café.

Emma estaba sorprendida, pero Patricia aún más. Confundida, fue hasta la barra a pedir un café solo y se sintió estúpida por temer todo lo que estaba sucediendo. Temer algo que conocía, temer algo que pensaba que solo les sucedía a los demás. Pero esta vez, le estaba sucediendo a ella, era su realidad. «Esa mujer creía en otras vidas. Ahora lo sé», se dijo a sí misma sonriendo. No era de extrañar que ella, esa vez, fuera quien investigara todos esos fenómenos por la curiosidad que su alma había sentido siempre por esas situaciones. Y estaba destinada a vivirlo en primera persona. «Calma, calma…», se decía. «Calma… todo irá bien». Intentaba tranquilizarse como si una vocecilla interior fuera la que dominara la situación, pero, de repente, el movimiento ajetreado de los camareros, el bullicio de la gente que merodeaba impaciente por pedir lo que quería tomar y el sonido de la cafetera desaparecieron. Todo estaba oscuro, hasta que, en el fondo de una puerta, vio una luz y una anciana dando su último suspiro con gran pesar y lágrimas en sus ojos bailando entre las curvas de un pálido rostro abatido. Un rostro muy diferente al de la mujer de la fotografía, a las puertas de la muerte con todo su pesar.

Cuando Patricia volvió, se sentó al lado de su hijo conmovida por las imágenes que acababa de ver. Al fin pudo sentir lo que habían sentido diversos testimonios que habían vivido fenómenos paranormales y a los que, a veces, no llegaba a entender o, incluso, a creer, a pesar de saber que había «algo» más allá del conocimiento del ser humano que podía existir. «Que no veas algo no significa que no exista», le había dicho una vez uno de los testimonios que había jurado una y mil veces haber visto el espíritu de su difunta hija fallecida en un accidente de tráfico. Sonrió, no pudo hacer más que eso. Sus cuerdas vocales no le dejaban pronunciar palabra. Bebió un sorbo de café y volvió a sonreír ante el desconcierto de su hijo, poco acostumbrado a verla en silencio, y la atención que Emma prestaba en ella.

—Tu fantasma —logró decir Patricia al fin, con cierto aire de resignación—. Explícame lo que recuerdes. —Cruzó sus largos y delgados dedos como si estuviera rezando, en busca de alguna explicación o algún recuerdo de quien le decía que, por un tiempo, ella misma había sido su fiel ama de llaves para convertirse, tras su muerte, en su fantasma, en una especie de ángel de la guarda.

—Solo recuerdo que Catherine siempre estaba acompañada por una mujer. Hasta que ella murió. Después, solo recuerdo que Catherine siempre tuvo la compañía su espíritu, incluso, que hablaba a escondidas con ella.

—¿Realmente crees que fui un fantasma? —La pregunta de Patricia adoptó un tono de desprecio que en absoluto quiso dar. Al darse cuenta de la reacción de Emma, volvió a sonreír. Nunca se había sentido tan ridícula.

—Sí. Algo me dice que eras tú. Pero no lo sé con certeza. Lo siento.

—Iremos recordando —prometió Patricia, tranquilizándola como si fuera un testigo más. Pero era el testigo de su propia historia—. Poco a poco, Emma.

—Emma quiere ir a Irlanda a conocer a las que fueron las hijas de Catherine —comentó Cristian, que vio el desconcierto y la incomodidad que había provocado la conversación entre las dos mujeres más importantes de su vida.

—Debo decirte que las dos mujeres sufren amnesia, ¿lo sabes?

—Sí, lo sé. Me lo comentó Cristian —respondió con educación Emma.

—Bien, sabiendo eso... sí, las podemos ir a ver. A lo mejor, al verte recuerdan algo. Desde luego, eres idéntica a la mujer de la fotografía, es decir, a Catherine. No todos tienen la suerte de recordar quienes fueron, ¿sabes? Vosotros teníais que conoceros. Es algo desconcertante, pero a la vez hermoso. Os felicito. —Cristian asintió con la cabeza, complaciente por las palabras de su madre y Emma sin saber qué decir, miró hacia el Princesa Sofía, cuyos cristales resplandecían con el débil sol que aparecía entre las nubes oscuras del cielo de Madrid—. Yo misma me encargaré de sacar los billetes hacia Irlanda. Tengo un viejo amigo dueño de una agencia de viajes en Madrid, así que nos hará un buen precio con hotel incluido. ¿Cuándo tenéis previsto iros?

—No lo habíamos pensado —respondió su hijo, en busca de una respuesta en la cara de Emma.

—La semana que viene.

—De acuerdo, aplazaré unas cuantas cosas. Creo que merece la pena —señaló Patricia, y se puso a escribir algo en una hoja llena de apuntes y garabatos—. Ahora, si me disculpáis, tengo cosas que hacer. Emma, ha sido un placer. Te llamo, Cristian.

Dentro de un rato os daré la información del vuelo y todo eso, ¿vale? —Les dio dos besos a cada uno y se fue corriendo.

Tras un silencio, quizá demasiado prolongado, Cristian observó cierta preocupación y duda en Emma. Tenía la cualidad de mostrar con su expresiva mirada su estado de ánimo, incluso, sus más íntimos pensamientos, que dejaban de ser secretos al reflejarse en sus gestos.

—¿Qué pasa?

—Tengo mis dudas, Cristian.

—¿De qué?

—¿Tu madre era realmente el ama de llaves de Catherine?

—Eso yo no lo sé —respondió de forma simpática, encogiéndose de hombros —. Creía que estabas convencida de que sí.

—Fue alguien, lo sé... alguien importante para Catherine, pero, aun así, aunque intento ubicarla y siento que fue realmente ella, no sabría decirlo con seguridad.

—Ella está segura.

—¿De veras lo crees? No creo que esté tan segura. A veces, eso precisamente es lo que nos hace creer en cosas que realmente no son y, por lo tanto, equivocarnos.

Y con ese pensamiento se levantaron dispuestos a dar uno de sus paseos por Madrid, algo que se había convertido en una sana costumbre con la que ambos se sentían cómodos y unidos. Pero Emma estaba inquieta sin poder evitar hacerse la pregunta que le producía ese estado. «¿Por qué las abandonó?» «¿Qué fue lo que le obligó a Catherine a abandonar a sus pequeñas?».

CAPÍTULO 19

20 de diciembre de 1932, Roma
La Boda (2ª Parte)

Tras la ceremonia, Luciano hablaba animadamente con sus familiares y amigos. Catherine se dispuso a dar vueltas por los grandes jardines observando todo cuanto había a su alrededor, admirando cada detalle y riendo al ver a algunos invitados con una copa de más del excelente cava que los camareros con sus bandejas iban sirviendo. Pero algo imprevisible le llamó la atención. Divisó entre las mesas a una mujer vestida por completo de negro, con una amplia pamela del mismo color que impedía ver con claridad lo que parecía un rostro pálido de mediana edad. Catherine la siguió con disimulo con la esperanza de ver con quién hablaba, hacia dónde se dirigía, pero esa mujer no se comunicaba con nadie, parecía como si en el mundo solo la pudiera ver ella, como si volara ausente entre la multitud de personas que allí se congregaban. Pasó desapercibida durante al menos la media hora que Catherine la observó, hasta que la señora Diane entabló conversación con su nieta, para admirar su vestido de novia y agradecida por la mañana calurosa de diciembre que estaban teniendo en Roma.

—¡Imagínate que hubiera llovido! —exclamó la señora Diane con sorna—. Una boda con lluvia... Dicen que da mala suerte, ¡hubiera sido un fracaso! —rio, intentando animar a su nieta.

—Sí, abuela. —Cuando Catherine giró la cabeza, perdió de vista a la mujer vestida de negro—. Abuela, ¿quién es…? —Enmudeció de repente al no verla. Miró hacia todos los lados desesperada y vio a su abuelo beber de una copa donde minutos antes había estado esa mujer, mientras charlaba con un viejo amigo. Sintió un nudo en el estómago al ver que el gran señor Aurelius se desplomaba en el suelo ante la mirada de sorpresa y expectación de todos los invitados, que no daban crédito a lo que estaban viendo. Se oyó un grito. Solo un grito doloroso y agudo. La señora Diane abrió los ojos como platos y se quedó inmovilizada frente a Catherine, a quien cogió de los brazos para no caer. Todos miraban al señor Aurelius, tendido en el suelo, hasta que alguien al fin reaccionó.

—¡Soy médico! Tranquilos, soy médico —anunció un señor de cabello rubio y gafas redondas, cuyo vidrio agrandaba sus ojos verdes, mientras corría hacia el gran cuerpo abatido del abuelo de Catherine.

La joven intentó acercarse junto a su abuela, a la vez que el padre de Catherine permanecía a los pies del suyo con lágrimas en los ojos. El médico observó el rostro pálido del señor Aurelius. Sus labios se habían tornado morados y sus ojos, aún abiertos e hinchados, mostraban el terror de la muerte aproximándose. Le tomó pulso, y nada.

—Está muerto —comunicó, mirando hacia arriba y viendo los rostros desencajados de sus dos hijos. Segundos después, la señora Diane se desmayó y la llevaron de inmediato hacia su dormitorio para reposar tras el fatídico e inesperado accidente, en compañía del doctor y las criadas.

Luciano se llevó a Catherine, incapaz de llorar por la repentina muerte de su abuelo el mismo día de su boda, por la incredulidad de lo que había ocurrido. La llevó, casi corriendo, para evitar que nadie se acercara a ella, hacia lo que llamaban *«su rincón»*, alejados de todos. Él le acarició el rostro, ella tenía la mirada fija en otro lugar, seguía ausente y conmovida. Estaba en shock.

—La vi... ¡Pude haberlo evitado, maldita sea! —se lamentó con alarmante desesperación, una y otra vez rozando el histerismo.

—¿A quién viste?

—A la mujer que ha envenenado a mi abuelo. —Tras esa respuesta, Luciano enmudeció. Los planes de su padre habían salido tal y como tenían previsto, pero se les había escapado un detalle. Le mujer que envenenó la copa del señor Aurelius no era invisible, no era un fantasma. Ir vestida de negro solo causó que alguien tan observador como Catherine se fijara en ella.

—No digas tonterías... Ha sido un infarto —intentó aclarar Luciano, tratando de sonar convincente.

—¡No! ¡Lo han matado! —insistió Catherine. Miró fijamente la mirada perdida y extraña del que era su marido. Soltó con brusquedad su mano y manifestó, una vez más, lo que su cabeza y su corazón le decían—. Déjame, quiero estar sola.

—Como quieras.

Cuando Luciano salió, se encontró con su padre que había escuchado la conversación. Lo cogió del brazo lo más fuerte que pudo y le dedicó unas palabras amenazadoras a modo de consejo.

—No permitas jamás que esa mujer te domine como lo acaba de hacer ahora. Jamás. A partir de este momento, va a ser una muerta de hambre y va a ser ella quien te necesite a ti. No tú a ella. ¿Entendido?

—¿No has pensado en que Aurelius tiene hijos? Lo habrás podido matar a él, pero no podrás matarlos a todos. La gran fortuna y propiedades ahora son de su esposa e hijos, todavía no puedes hacer nada. —El señor Soverinni empezó a reír con maldad.

—Tiempo al tiempo, hijo. Tiempo al tiempo. Tengo preparadas unas cuantas sorpresas para tu mujer. Y mucho antes de lo que tú esperas.

Catherine seguía sentada en el laberinto repleto de rosales. Solo repetía el nombre de la fiel ama de llaves, con la esperanza de ver su fantasma una vez más. Y allí, frente a ella, Lisa contestó.

—La he visto… Yo la he visto —seguía diciendo Catherine. Cuando Lisa intentó tocar su cabello, la joven sintió una paz indescriptible en su interior—. Gracias por seguir a mi lado.

—Cuando morimos, tratamos de cuidar a quienes quisimos. Hasta que… —sabía que no podía explicarle mucho más. Catherine veía cómo a través de los ojos de Lisa transmitía ternura, paz; la misma que tenía en vida.

—¿Me estoy volviendo loca?

—No, cielo. Estoy aquí.

—La he visto, he visto cómo esa mujer ha envenenado la copa de mi abuelo.

—El gran Aurelius —El fantasma de Lisa se quedó pensativo un instante—. Han sido ellos.

—¿Quiénes?

—No te lo puedo decir. Ahora no. Pero ten cuidado Catherine, van a ir a por ti y a por toda tu familia. Todos vuestros bienes, vuestra fortuna, va a desaparecer tal y como vino. De un día para otro, en el momento menos esperado.

—Si te veo a ti, ¿por qué no veo al abuelo?

—Aurelius está en otro lugar.

—Dime quiénes han sido Lisa, dímelo —suplicó Catherine llorando.

—Siento mucho que el día más feliz de una persona haya resultado ser una tragedia. Aunque tú y yo sabemos que una boda obligada, como lo ha sido esta, no conlleva felicidad. Edward está bien, Catherine. No te olvida.

—Lo necesito.

—Lo sé. Ten paciencia, lo volverás a ver. Él sigue amándote.

—¿Cómo lo sabes? —Lisa sonrió—. ¿Tampoco me lo puedes explicar?

—Cuida de tu abuela. Y cuida de ti misma. Yo seguiré aquí y vendré siempre que me necesites. Solo tienes que llamarme, Catherine. Observa la mancha que tienes en tu mano izquierda, seguimos en tu corazón.

A Catherine no le dio tiempo a pestañear cuando Lisa desapareció. Su interior sabía de quién no tenía que fiarse. De los Soverinni. ¿Habrían sido ellos realmente? ¿Habían preparado la boda y engatusado al señor Aurelius? ¿Lo único que querrían era su fortuna y propiedades? Miró su pequeña mancha de nacimiento, como le había dicho el fantasma de Lisa. Un pequeño corazón que le recordaba que las personas que la habían amado en vida no desaparecían del todo cuando tenían que irse de su lado. Le recordaba a los días vividos con Edward, le aseguraba en un susurro que él, de una manera o de otra, seguía con ella desde la distancia.

Al cabo de unos minutos, Catherine oyó unos pasos rápidos fuera del barullo que habían formado los invitados tras el «escándalo de la boda de Luciano Soverinni y Catherine Stevens, a partir de ese momento, Catherine Soverinni»; tal y como la empezarían a llamar.

Miró por encima de los setos y vio a su madre desorientada. Madeleine parecía perdida y, sobre todo, lo que menos le apetecía era estar presente cuando los servicios fúnebres se llevaran el cadáver del que fue su suegro. Charles se había mostrado indiferente hacia ella. Madeleine lloraba de impotencia y rabia al oír de los labios de su propio esposo que se fuera, que le dejara estar con su madre, que algo así era lo que ella estaba esperando desde hacía tiempo. Catherine se acercó hasta ella y la abrazó ante su sorpresa. A las dos les unía el dolor en esos momentos y, al fin, la joven entendió que su madre también tenía corazón. «Lo siento, lo siento…» repetía una y otra vez Madeleine. Catherine trató de calmarla llevándola hasta el rincón. En un principio, la mujer observó el bonito jardín y miró a su hija como nunca antes lo había hecho.

—Sé que estamos en peligro, Catherine —le susurró. De su voz solo salía lamento y desesperación. Apenas podía respirar—. Tienes que venir a Londres con nosotros lo antes posible, Roma no es segura para ninguno de nosotros. —Sin dejar hablar a su hija, que casi no podía reaccionar ante las palabras de su madre, Madeleine siguió hablando—. Sé quién lo hizo.

—¿Quién fue?

—Espera… mantente en silencio —advirtió Madeleine, al escuchar unos pasos que se aproximaban hacia ellas. El señor Soverinni las sorprendió e, intentando reprimir una vez más su maldad, intentó que su tono fuera amable y compasivo.

—Señoras, las están buscando. —Madeleine le hizo un gesto a Catherine que esta no supo entender y ambas fueron tras el señor Soverinni. El chófer las esperaba para ir a casa, donde se encontraba la familia velando ante el cadáver del señor Aurelius.

Lo que empezó como un día radiante de sol y feliz para la mayor parte de los Stevens por la boda de la más rebelde de los nietos de Aurelius y Diane, acabó en tragedia. Nadie podía creer que era el cuerpo del gran Aurelius el que yacía muerto en uno de los dormitorios de invitados donde decidieron iniciar el doloroso e inesperado velatorio. El despacho desolado, que avisaba con estar polvoriento dentro de unos días por el abandono de su propietario, permanecía vacío, así como todas las estancias de la casa que perdían vida sin la figura del gran patriarca. La señora Diane seguía inconsciente en su dormitorio y, tanto el doctor como sus hijos, temían por su estado de salud. «Ha sido un impacto muy fuerte para la señora Diane», advirtió el doctor. «Cuando despierte, déjenla que recuerde y acompáñenla con tranquilidad en su dolor», aconsejó.

A lo largo de la noche, fueron muchos los conocidos y amigos los que fueron a visitar el cadáver del Señor Aurelius, antes de que este fuera enterrado en el panteón familiar que tenían a las afueras de Roma y donde también reposaba el cuerpo de algunos antepasados que se habían retirado a la ciudad cuando envejecieron. Madeleine no tuvo ocasión de volver a hablar con Catherine en toda la noche a causa de las idas y venidas de la gente que lloraba la muerte del señor Aurelius. La joven no podía dejar de pensar en las palabras de Lisa y de su madre, que la habían trastornado aún más si cabe. A las once de la noche y, por sorpresa, recibieron la visita de Luciano, que decía venir para llevarse consigo a Catherine.

—No, Luciano, quiero estar con mi familia —replicó Catherine. Luciano se mostró firme ante la decisión de ir a la casa que había comprado para empezar su nueva vida como marido y mujer.

—Eres mi esposa y harás lo que yo diga. —Tras estas palabras, Charles intervino en defensa de su hija, pero nada pudo hacer por ella. Luciano era inteligente y tenía respuesta para todo. El chófer estaba esperando en la entrada y, a las once y media, fueron hasta Plaza España, donde el nuevo palacete renacentista, les esperaba.

Cuando Catherine entró por la puerta, sintió una punzada leve en el corazón. La casa estaba a oscuras, nadie les esperaba. «Las sirvientas ya duermen», le había avisado Luciano haciendo el menor ruido posible. «Mañana te enseñaré la casa, hay mucho por recorrer», confirmó orgulloso, por la amplitud de la propiedad.

Subieron las amplias escaleras enmoquetadas de un color verdoso que a Catherine horrorizó y giraron hacia la izquierda por el pasillo que les conduciría a su dormitorio. Catherine se quedó quieta ante la atenta mirada de su esposo que parecía desnudarla con la mirada. El deseo de él era irrefrenable mientras ella, aún consternada por el triste acontecimiento de la muerte de su abuelo, se tumbó abatida en la cama esperando a que Luciano, hiciera lo que quisiera con ella. Pero no sucedió nada. Luciano ni siquiera la tocó. Le mostró un par de camisones que había comprado la señora Soverinni para ella y que estaban colgados de manera impecable en el armario de madera blanca del dormitorio. Eligió el rosa pálido y se durmió enseguida, ante la perseverante e inquieta mirada del que ya era su marido.

CAPÍTULO 20

Roma, 1932

21 de diciembre

A las siete de la mañana, Catherine despertó. Se fijó en las grandes dimensiones de su dormitorio pensando que la noche anterior le había parecido más pequeño. Tenía una puerta cristalera que llevaba hacia un pequeño balcón repleto de flores, las llamadas *Begonia Péndula* de vivos colores blancos y rosas. Eran las que más destacaban por encima de las otras.

El suelo era de madera y la decoración muy similar a la que había visto en casa de los Soverinni. Luciano ya no estaba en la cama, así que decidió ponerse un vestido desconocido para ella de color negro que había en el armario. «Han pensado en todo», se dijo a sí misma con angustia. Cuando abrió la puerta se encontró a sí misma en un laberinto. En su propia casa. Las paredes estaban recubiertas de papel granate y las puertas, cerradas todas ellas, conducían a diversas estancias de la casa: varias habitaciones y dos grandes despachos cuyas vistas daban al jardín interior.

Recorrió el inmenso pasillo hasta llegar a las escaleras que la noche anterior había subido junto a Luciano a oscuras. La planta baja era más luminosa que la de arriba. A la izquierda, se encontraba un gran arco recubierto de madera de roble oscura, que conducía a un amplio salón de sillones verdes, colocados

174

de manera estratégica para que, desde ambos lados, se pudiera disfrutar del fuego de la enorme chimenea de piedra que le aportaba al lugar un aire acogedor. A la derecha, pudo ver el gran comedor con una mesa alargada, donde se encontraba Luciano almorzando. Este le dedicó una amplia sonrisa, le deseó los buenos días y la invitó a que se sentara a su lado. Un zumo de naranja junto a unas tostadas con mermelada de frambuesa la estaban esperando.

—No tengo apetito —declaró ella.

—El almuerzo es la comida más importante del día y, en casa de los Soverinni, una obligación. —Con estas palabras, Catherine no tuvo otro remedio que callar y comer con desgana lo que se le había presentado de manera tan cuidadosa.

Luciano cogió la campanilla dorada que tenía a su izquierda. Una melodía estridente y molesta salió de ella y, de inmediato, el servicio se presentó ante Catherine.

Monique, Graciela y María eran las jóvenes criadas. Robert era el chófer y Anne, el ama de llaves, cuya expresión era decidida y dicharachera, a pesar de contar con cincuenta años y toda una vida de servicio para los Soverinni. «Encantada», dijo complaciente Catherine.

Cuando estos marcharon, Catherine entabló conversación con Luciano.

—¿Has dormido bien?

—Sí. A las diez es el entierro de mi abuelo.

—Lo sé, por eso he madrugado. Saldremos de aquí a las ocho, dentro de media hora, querida. Siento mucho lo que ha sucedido, pero Aurelius era mayor y...

—Lo sé, lo sé... —Se prometió a sí misma no confiar en él. No volver a repetirle que lo habían asesinado—. Quiero volver a Londres. Con mi familia.

—Catherine, sabes que eso no es posible. Todos mis negocios se encuentran aquí y, por supuesto, no tienes nada que hacer en Londres. Tu vida ahora está en Roma, conmigo.

Luciano intentaba seguir transmitiendo calma y educación en sus palabras, pero el pensamiento de Catherine enturbiaba todo su ser. Sabía que tendría complicaciones con ella y, por lo tanto, con su padre, que no admitía un gesto de debilidad por su parte en ningún momento, bajo ningún concepto. A pesar de lo sucedido. A pesar del sufrimiento de su propia esposa, de Catherine.

La joven tenía ganas de gritar, de tirarse al vacío. Si hubiera huido con Edward, si hubiera escapado, las cosas serían muy distintas. No podía evitar sentir cierto recelo ante lo absurdo que era pensar lo que podría haber hecho y no hizo. Se ausentaba unos instantes de la realidad y volvía con más sufrimiento aún si cabe, siempre acompañada de un mal presentimiento que parecía no querer abandonarla ni en la situación tan difícil con la que iba a encontrarse minutos después en el entierro de su abuelo. Recordaba el terror en los ojos de su madre, que intentaba decirle algo sin éxito y la tristeza en la mirada sin vida de su fantasma, rodeada de misterios sin poder desvelar una verdad que, de todas formas, Catherine ya conocía.

A las ocho y media, el joven matrimonio se presentaba en el ambiente afligido de la casa de los Stevens. La señora Diane algo más recuperada, abrazó a su nieta sin dejar de repetir que aún no podía creer lo sucedido. Madeleine miraba con desconfianza a Luciano y con desolación a una Catherine vestida completamente de negro y el rostro deshecho. Charles y su hermano Steven conversaban con pesadez sobre su viaje a Londres y el papeleo que se les venía encima tras la muerte de su padre.

A las nueve, el coche fúnebre seguido del de la familia y amigos más allegados, se dirigía hacia el panteón familiar para darle el último adiós al señor Aurelius. La misa fue corta, cerca de doscientas personas se congregaron en la despedida. Charles y la señora Diane hablaron sobre el señor Aurelius en el funeral para sacar a relucir solo las buenas cualidades del fallecido. A las diez y media, con puntualidad, el señor Aurelius estaba bajo tierra, con una inscripción en letras doradas en las que señalaba: «Fue fácil quererte. Olvidarte será imposible. Tu esposa, hijos y nietas».

Los Soverinni ocuparon un lugar protagonista en el funeral. Cuando el señor Soverinni y su hijo pudieron apartarse de la muchedumbre, empezaron a tramar el próximo plan.

—Por lo que tengo entendido, la señora Diane se va a Londres con Charles. Dos coches los llevarán hasta el tren.

—Sí, padre —respondió obediente Luciano.

—La pregunta es… ¿Llegarán a su destino?

—¿Cómo? —Luciano se escandalizó al ver la sonrisa maquiavélica de su padre. La conocía demasiado bien.

—Dos coches de camino a la estación de tren explotan. La única superviviente de la familia Stevens es Catherine, la señora de Luciano Soverinni. Como si lo estuviera viendo impreso en los periódicos.

—Padre, no… —titubeó antes de hablar. El miedo hacia su padre no le hizo pronunciar palabra. No pensó jamás que fuera capaz de pensar un plan tan retorcido.

—No… Sigue, por favor. ¿Qué ibas a decir, Luciano?

—No puedes hacer eso.

—Claro que puedo. Yo puedo hacer lo que quiera, Luciano. Y no lo olvides, tú también.

La señora Diane se despedía de su nieta esa noche con lágrimas en los ojos. Las puertas de la gran casa de los Stevens cerraban sus puertas para siempre. Quizá nadie vería nunca más la Fontana Di Trevi al anochecer desde la cama. El rincón donde disfrutaba la señora Diane de una tarde con sus amigas no volvería a absorber la fragancia del té inglés. La cocina no prepararía nunca más manjares exquisitos ni la sala de reunión recibiría a grandes hombres de negocios con puros en sus bocas y una copa de ron en sus gruesas manos. Las paredes de la casa de los Stevens se quedaban vacías, silenciosas, solitarias. A la espera de la visita de alguien que volviera a darle la luz y la vida que un día tuvo.

A la mañana siguiente, los Stevens partirían hasta Londres, tal y como había hecho Edward hacía más de un mes. La señora Diane, Charles y Madeleine, Steven, Lily y su prima Juliette, junto a su marido Roger y sus dos chóferes. Les acompañaría el mayordomo, siempre fiel a la familia Stevens, Henry. Todos estaban tristes y, sobre todo, Madeleine, ensimismada en sus propios pensamientos, como si le hubieran absorbido lo más valioso de su ser. Quería advertir a su hija, pero algo se lo impedía. Sabía que iban a morir.

—Quiero ir con vosotros abuela —se lamentaba Catherine en un susurro, que se escapaba lentamente por su débil voz.

—Cariño, no puede ser... Tienes que quedarte con tu marido. Esto no era lo previsto cielo, lo sé, pero...

—Abuela, estoy sola. Completamente sola.

Cuando llegó a casa esa misma tarde, se sentó en uno de los despachos. Investigó sus cajones y encontró una caja repleta de papeles en blanco y varias plumas estilográficas de colores grises y negros. Cogió una con los bordes plateados y empezó a escribirle una carta a Edward. «*Querido Edward...*», empezó. Le explicó todo lo sucedido, su boda, su estado anímico. Cuánto lo echaba de menos, las ganas de volver a Londres y verlo. Que no la olvidara. Prometía escapar de esa prisión para regresar y estar a su lado. Promesas que iban recorriendo el papel en blanco y, para finalizar, una lágrima esperanzada. Cogió un sobre, copió la dirección de la tarjeta que le había entregado Edward el día en el que se fue a Londres y le colocó un sello que también tenía a mano. Eran las seis de la tarde y, sin que nadie la viera, salió de casa para introducir ella misma la carta en el buzón más cercano. Confiaba en que nadie la hubiera visto, pero, cuando entró de nuevo, Luciano la esperaba. Recordó esa vez en la que pasó la tarde con Edward y Lisa la esperó en la entrada de casa. Qué lejano quedaba todo aquello y, sin embargo, que próximo en los días. El tiempo pasaba con lentitud, demasiado despacio.

CAPÍTULO 21

Madrid, 2002

Emma y Cristian fueron hasta casa donde les esperaba una Ñata más nerviosa de lo normal. Emma entró en su dormitorio para ponerse algo cómodo y, al salir, notó que faltaba algo. «¿Dónde está mi diario?» Sabía que lo había dejado en la mesita de noche, junto al cargador del teléfono móvil, y ya no estaba. Buscó debajo de la cama y no lo encontró. En todos los rincones de la habitación, en la estantería del comedor, y el diario seguía desaparecido.

—¿Qué buscas? —preguntó Cristian con curiosidad.

—Nada, es una tontería...

Sin embargo, a Emma le preocupó. Era ordenada por naturaleza y tenía el control total sobre dónde colocaba sus efectos personales. Le preocupaba en qué manos pudieran acabar y, por eso, había aprendido a tenerlo todo bien colocado. «Donde tiene que estar», decía siempre. Solo había dos opciones: que al diario le hubieran salido patas y se hubiera ido corriendo o que alguien hubiera entrado en el apartamento mientras ella no estaba y lo cogiera, lo que le haría poseer, en ese caso, sus secretos más íntimos. En verdad, la segunda opción era mucho más evidente y peligrosa. Le horrorizaba la idea de que un extraño pudiera leer sus pensamientos plasmados en su diario personal. Le aterraba suponer quién lo había hecho, le asustaba preguntarse el motivo.

Al cabo de unos minutos, Patricia llamó para informar a su hijo que había sacado los billetes hacia Irlanda para dentro de dos días. «¿Dos días?», se impresionó Cristian por la rapidez de todo el asunto. Emma estaba contenta e ilusionada por el viaje y se olvidó momentáneamente de su diario desaparecido. Sabía que, de una manera u otra, volvería a recordar, aunque le daba cierto reparo la reacción que pudieran tener las dos ancianas, las que fueron hijas de Catherine. Seguía interrogándose a sí misma sobre qué sería lo que le ocurriría para abandonar a sus dos hijas. No podía encontrar respuesta, no la tenía. Cuando le invadía la duda, Cristian la abrazaba y la acunaba como si fuera una niña desalentada en busca de consuelo. No podía ser más perfecto.

Alfredo seguía sentado en su cómodo sillón inspeccionando el contenido del diario de Emma, ensimismado en cada palabra escrita con esmero para ser entendida.

Las páginas que hablaban sobre él lo entusiasmaron, pero la esperanza se vio truncada cuando el mismo día en el que robó el diario, Emma había escrito el amor que sentía por Cristian, el hombre que vio con ella en el portal del edificio. Sin embargo, la historia no era tan simple como «chico conoce a chica y se enamoran». Había algo más allá que Emma intentaba dejar plasmado en cada página. Alfredo tuvo que leerlo tres veces para llegar a la conclusión. «¿Reencarnación?» Se puso a reír, por un instante, de lo descabellada que le parecía la idea de lo sucedido. No obstante, esa misma mañana indagó en casos de reencarnación que habían sido verificados y totalmente justificados hasta convencerse a sí mismo de que era muy probable que Emma estuviera diciendo la verdad en su diario. Que realmente Emma fuera Catherine, la mujer de la que hablaba, en una vida anterior. ¿Y Cristian? Edward. Cuatro nombres, dos personas. Tras acabar de leer las diversas páginas del diario de Emma, meditó unos segundos con el sonido del teléfono de fondo al que no hizo caso, dejando que saltara el contestador automático.

Era su psicólogo, le recordaba su cita de las seis. A las cinco salió de casa a tomar un poco el aire antes de asistir a la consulta. Se encontró con Adela, que le regañó por sus modales del otro día con Emma. Prefirió seguir su camino sin tan siquiera contestar. «No merece la pena gastar saliva con una vieja chalada como usted», algo que no se atrevió a decir en esos momentos, pero que le hubiera encantado. Desde la otra acera, miró durante unos instantes la ventana de Emma. No estaba sola, otra sombra aparecía sentada en el sofá. ¿O volvía a ser su imaginación jugándole una mala pasada?

La rabia volvió a apoderarse de él, por lo que decidió ir antes de hora a la consulta de Ignacio. Esperó quince minutos antes de entrar. Ignacio lo recibió como siempre, sentado en su sillón giratorio de cuero beige, frente a su escritorio de vidrio, que sostenía encima un ordenador portátil blanco y un par de marcos con fotografías familiares. A los dos lados de la ventana, dos palmeras de plástico le daban vida a los estantes oscuros llenos de libros sobre psicología y sociología, dos temas de los que Ignacio era un experto. La confianza que los dos hombres tenían entre ellos era máxima. Alfredo iba a su consulta desde que tenía cinco años y el psicólogo siempre le había demostrado que podía confiar en él. Tras el saludo, Alfredo se sentó en el diván, siempre dispuesto para acomodar a los pacientes, y empezó a explicarle con sinceridad su obsesión por la vecina. Después de diez minutos, Ignacio lo miró fijamente, con la intención de advertirle y hacerle recordar su pasado.

—Alfredo, el trastorno que te diagnostiqué desde el primer día que viniste a mi consulta ha reaparecido y... —Ignacio era un hombre mayor. Su familia siempre le recordaba que había llegado el momento de jubilarse, pero se sentía frustrado al no haber podido ayudar desde el principio a Alfredo. Necesitaba saber que podía recuperarse del todo.

—Patología obsesiva-compulsiva —afirmó, consciente de su enfermedad, y se llevó un dedo a los labios, como hacía siempre que le preocupaba o incluso le llegaba a trastornar un tema. Ese tema en concreto.

—Recuerda lo que sucedió cuando saliste de... —Iba a pronunciar el lugar, pero nunca lo llegaba a hacer, era demasiado duro para Alfredo—. ¿Recuerdas aquella chica de la universidad? ¿cómo se llamaba? —Permaneció en silencio unos segundos hasta que recordó—: ¡Lucía! —exclamó el psicólogo, realizando un círculo en sus apuntes—. Tu obsesión por ella te llevó a encerrarla en el lavabo para poder estar con ella y tocarla. Luego, llegó Silvia. Acoso. La vigilabas desde cualquier rincón escondido, le enviabas cartas, le...

—¡Basta! —estalló Alfredo, tapándose la cara—. No quiero que vuelva a suceder, pero...

—Está sucediendo, Alfredo.

—Emma es importante para mí. Es diferente a las otras mujeres, de verdad. La quiero. ¿Sabes lo que decía en su diario? Que estaba loca por mí.

—Pero actualmente no, acéptalo. Es la realidad, Alfredo.

—Eso no es todo, Ignacio.

Cuando Alfredo le explicó lo que había leído en el diario de Emma, ante la preocupación del psicólogo al saber que su paciente había infringido la ley entrando en casa de su vecina, siguió apuntando cosas nuevas en sus apuntes. «Reencarnación», una palabra que escribió una y mil veces casi sin darse cuenta.

—¿Me estás diciendo que esa chica está experimentando recuerdos de una vida pasada, Alfredo?

—Sí, lo peor de todo es que yo pertenecí a esa vida pasada, Ignacio. Y ahora lo estoy pagando.

CAPÍTULO 22

Irlanda, 2002
Reencuentro con el pasado (1ª parte)

Cristian, Emma y Patricia llegaron al aeropuerto de Dublín a las dos y media del mediodía. Alquilaron un coche y, como era la hora de comer, decidieron ir a la ciudad que quedaba a diez kilómetros del aeropuerto, antes de dirigirse hasta Annestown, donde visitarían a las dos ancianas que ya habían sido informadas de la visita de la esotérica.

—Conduzco yo —se ofreció la madre de Cristian, al tener práctica conduciendo por la izquierda. Emma y Cristian no se vieron capaces aún.

Decidieron detenerse a comer en el Bangkok Café, situado en la zona de O'Connell, en la calle Parnell 106. Su decoración viva y alegre enseguida les entusiasmó y les hizo olvidar la fatiga del viaje. La camarera los dirigió hasta la mesa que Patricia había reservado con anterioridad, nada más llegar al aeropuerto de Dublín, apartada del bullicio y donde los tres disfrutaron de platos típicos de Irlanda como el faisán relleno de castañas, el típico «*Guisado Irlandés*» y el «*Bacon and Cabagge*» para Emma, preparado con codillo de jamón y col.

—Primero tendremos que ir hasta Waterford, que está a unas doce millas de Annestown —informaba Patricia, mirando el

185

mapa concentrada—. Lo mejor será que nos alojemos en Waterford y mañana, a primera hora, vayamos a visitarlas. Las llamaré para informarles del cambio de planes. Suelen acostarse muy temprano, sobre las siete de la tarde, y para eso quedan tres horas así que...

—Será mejor —añadió Cristian y cogió la mano de Emma, que parecía estar nerviosa. Patricia sonrió ante la escena del par de tortolitos que tenía delante, suspirando por volver a encontrar a alguien del que pudiera recibir tales mimos. Desde la muerte de su marido, se vio aún más inmersa en su trabajo y se prometió que no volvería a enamorarse, pero habían pasado siete años y la soledad, a menudo, dolía.

Llegaron a Waterford sobre las seis de la tarde y decidieron alojarse en el hotel Best Western Granville mientras admiraban las vistas al mar y el lujoso restaurante. Sin embargo, Patricia quedó horrorizada por los tonos salmón que tenía su habitación. Mientras tanto, Emma y Cristian dejaban sus pertenencias en el bonito dormitorio que les había tocado y se conformaron con su exquisita decoración.

—Qué espanto de habitación, qué cursilería... —iba diciendo Patricia, mientras bajaba por las cómodas escaleras enmoquetadas de manera clásica. A medida que lo hacía, se iba mirando en los grandes y elegantes espejos que la recibían en cada descansillo hasta llegar al bar del hotel, clásico irlandés, con madera oscura reluciente, techo de color amarillento y varios cuadros de paisajes irlandeses. Encontró allí a Emma y Cristian conversando animados, sentados en dos taburetes con reposa espaldas en frente de la amplia barra—. Qué clásico es este hotel —saludó Patricia. El camarero la miró con atención, admirando su belleza, y ella le pidió en su perfecto inglés un *Martini*—. ¿Qué? Es típico de aquí —rio Patricia, al ver la cara de desaprobación de su hijo que tomaba con tranquilidad un té.

Siguieron mirando las fotografías que tenían de Lisa y Catherine a la vez que conversaban, imaginando un pasado a través de las imágenes que tenían delante. Cuanto más miraba el rostro de la mujer, menos convencida estaba Patricia de haber sido ella la fiel ama de llaves de la familia Stevens hasta su muerte. Pero, entonces, ¿quién llegó a ser? ¿Por qué le pareció ver a la anciana morir mientras esperaba turno en el bar de la calle Dromen de Atocha? ¿Tenía algún sentido?

El camarero no pudo aguantar más y, tras mirar con disimulo una fotografía en la que aparecía un hombre con un coche, delante una mujer con una niña pequeña, empezó a hablarles sin perder su corrección.

—Ese hombre de ahí era mi abuelo. —Patricia, Emma y Cristian lo miraron con asombro esperando que el camarero, de unos cuarenta años y cara de bonachón, quizá a causa de sus ojos azules caídos, labios finos que ocultaban una dentadura alineada y un mentón delicado, más común en mujeres que en hombres, les diera más información—. Se llamaba Henry, trabajó como mayordomo de la familia Stevens desde 1918, cuando era un chiquillo de dieciocho años.

—¿Qué más nos puedes decir...? —preguntó Patricia, con la intención de averiguar el nombre del camarero, a la vez que sacaba la libreta de apuntes, que nunca faltaba en su bolso.

—Henry —rio. Estaba orgulloso de que le hubieran puesto el nombre de su abuelo, el padre de su padre—. Roseville, Henry Roseville —repitió con una amplia sonrisa—. Encantado. Os puedo explicar cosas que mi padre me contaba de pequeño. Henry fue el mayordomo del señor Aurelius y la señora Diane Stevens, hasta que ellos se fueron a Roma y pasó un tiempo trabajando para uno de los hijos del señor Aurelius, que se quedó en esa misma casa. Una de las familias más poderosas de Londres en esos años. Vivían cerca de la Abadía de Westminster y tuvieron tres hijos,

Charles, Kate, que murió con diecisiete años y... Lo siento, no recuerdo el otro nombre —se disculpó maldiciendo su despiste—. Mi padre siempre me hablaba de la lástima que sentía Henry hacia la hija que tuvo Charles, que se casó con la que llamaba la «despiadada Madeleine».

—¿Cómo se llamaba su hija? —preguntó impaciente Emma, para comprobar que el camarero estaba hablando de la mujer que un día ella pudo ser.

—Catherine Stevens. Hay muchas leyendas entorno a la joven. La llevaron a Roma con sus abuelos, a una casa, situada justo en la Fontana Di Trevi, que ahora está compuesta por varios apartamentos. Catherine se casó a los veinte años con Luciano Soverinni, pero en el día de su boda murió el señor Aurelius. Algunos dicen que fue una muerte natural, otros, que lo envenenaron —siguió explicando, adquiriendo en su tono suave un ápice de misterio—. Nunca se supo, pero dos días después, cuando los padres y demás familia de Catherine, cuyo apellido había pasado de ser Stevens a Soverinni, se trasladaban de nuevo a Londres, incluida la señora Diane y mi abuelo, los coches explotaron. Murieron todos, salvo milagrosamente mi abuelo y la señora Diane, que regresó a Roma y se quedó con Catherine y su marido. Mi abuelo, que era el mayordomo del difunto Charles Stevens, se convirtió en el nuevo mayordomo de la casa de los Soverinni *«hijos»*, tal y como se les empezó a llamar desde que Catherine se quedó huérfana. Disculpen, ahora vuelvo. —Fue a atender a otros turistas, franceses a simple vista, y, mientras tanto, Patricia veía como Emma bajaba su mirada e intentaba recordar todo lo que estaba explicándoles el camarero. «¿Asesinados? ¿Los padres de Catherine fueron asesinados?»—. Ya estoy —anunció Henry, sonriendo y volviendo a inclinarse hacia ellos para seguir explicándoles lo que su padre le había contado tantas veces—. A principios de 1935, Catherine, su marido y su abuela, volvieron a Londres; puesto que los padres de Luciano querían iniciar una nueva vida fuera de Roma, donde habían tenido unos problemas financieros por lo visto. Seguían siendo una de las familias más ricas de Inglaterra. Mi abuelo siempre explicaba que Catherine en Londres era feliz, pero que su marido la intentaba retener en casa. Los rumores apuntan a que Catherine tenía un amante, pero nunca se llegó a saber quién era. En 1936, quedó embarazada tras varios intentos con Luciano y nacieron dos niñas, otro misterio. Según mis propias conclusiones, esas niñas no eran de Luciano, algo que a él lo atormentaba. Pero mi abuelo abandonó la casa para irse con su mujer, mi abuela, un año antes. En ese mismo año nació mi padre y también murió la señora Diane, que no pudo ver a sus bisnietas. Sin embargo —continuó diciendo, ante la expectación de sus tres clientes, que ya temían que la historia terminara en 1936—, mi abuelo siguió en contacto con Anne, el ama de llaves. Esta, le explicaba que Catherine estaba feliz al esperar a su retoño y que, desde la muerte de la señora Diane, todo había cambiado mucho. Catherine, por fin, parecía ser la dueña y señora de todo, pues dejó a Luciano en un segundo lugar. Aun así, siguieron viviendo bajo el mismo techo hasta tener a las niñas, pero Catherine salía con frecuencia y Luciano, por lo que decía la gente, estaba cada vez más solo y amargado. Una mala esposa, según las habladurías. En 1939, el padre de Luciano murió, justo un año después que su esposa y, ese mismo año, cuando las niñas tenían tres años, Catherine desapareció sin dejar rastro. A partir de ahí, poca cosa sé más. Mi abuelo falleció en 1972 y no volví a saber nada de la familia. Pero la leyenda cuenta que Luciano se volvió loco y asesinó a su mujer y al amante de ella. Después los enterró Dios sabe dónde… Arruinó la fortuna de sus padres y la de los Stevens, que pertenecía a las niñas y, desesperado, en 1942 se pegó un tiro en la cabeza. Otra leyenda cuenta que Catherine se fugó con su amante, por lo que se la tachó de mala madre, y que está enterrada con otro nombre en alguna aldea de Irlanda, junto al hombre con el que llegó a tener más hijos. Se llegaron a decir barbaridades, pero solo ellos saben la verdad. Ahora, si me disculpan, debo volver al trabajo.

—Perdone... ¿Qué sucedió con las niñas? —volvió a preguntar angustiada Emma.

—Las niñas se quedaron con una de las criadas. Creo que se llamaba Monique. Fue ella quien las cuidó hasta que ambas se casaron.

—Muchísimas gracias —dijo Cristian y pagó la cuenta con una suculenta propina que el camarero agradeció con una sonrisa.

Patricia miró sus apuntes. Cristian y Emma quedaron aterrorizados ante lo que pudieron vivir en su otra vida. ¿Luciano les asesinó a los dos? ¿Se escaparon juntos y llegaron, incluso, a tener más hijos? ¿Qué era verdad y qué era mentira?

—¿No recordáis nada de lo que ha explicado Henry? —les preguntó Patricia.

—Algo me ha resultado familiar. Pero sobre el final... no, no recuerdo nada —explicó a modo de disculpa Emma, mirando la expresión comprensiva de Cristian, que seguía acariciando su mano para tranquilizarla.

—Monique... Quizá con todo esto, les hagamos recordar algo a las que fueron hijas de Catherine. Tenemos una historia explicada por el nieto de alguien que estuvo dentro de su vida. Sin embargo, parece ser que Edward pasa tan desapercibido en esta historia... Como si nunca hubiera existido.

—¿Y si el cadáver que encontraron en la casa era de Edward? —preguntó Cristian.

—¿Y el de Catherine? ¿Por qué enterró a los dos cuerpos separados?, en caso de que sea cierta la historia de que Luciano los asesinó. ¿Dónde está el otro cuerpo? Es complicado saber la verdad de algo que sucedió hace tantos años, pero, en cualquier caso, seguro que Luciano hubiera preferido tener el cuerpo de su mujer en casa antes que el de un desconocido —declaró Patricia con pesar—. Chicos, id a dar un paseo por la playa. Me quedaré aquí, revisando la historia.

—¿No vienes? —preguntó Cristian.

—Me temo que no. Necesito estar sola, pensar... Saber quién fui realmente dentro de todo esto.

—¿No estás segura de haber sido Lisa, verdad? —dijo Emma complaciente, escudriñándola con la mirada.

—No, realmente, no. Venga chicos, la atracción de Waterford está en sus playas, las aguas cristalinas, sus paisajes... No os lo perdáis.

Cuando Emma y Cristian se fueron, Patricia miró al camarero que, la miraba con atención, extrañado. Volvió a acercarse a ella para decirle lo que parecía ser una de las pocas cosas que no les había confesado.

—Discúlpeme de nuevo, pero tiene cierto aire a...

CAPÍTULO 23

23 de diciembre de 1932, Roma

El periódico *Il Tevere* de Roma y el británico *The Independent News* informaban en primera página, el 23 de diciembre de 1932, del fallecimiento de la familia Stevens a causa de los explosivos que estallaron en los tres automóviles en los que viajaban, delante del Arco de Constantino, en la Via del Cerchi. Al lado de la noticia, aparecían los nombres con los retratos de cada uno de los fallecidos. Charles Stevens y su esposa Madeleine, Austin Stevens y su esposa Lily junto a la hija de ambos, Juliette, y su esposo Roger Sommers, más los tres chóferes que conducían los vehículos. Milagrosamente, la señora Diane Stevens y el mayordomo de la familia, Henry Roseville resultaron ilesos del grave accidente, y no se produjeron apenas daños materiales en el lugar ni se cobró la vida de algún viandante que tuviera la desgracia de pasar por allí en esos momentos.

Esa mañana, Catherine se había levantado tarde. Cuando bajó al comedor, vio enrarecida la casa. Su esposo miraba al suelo constantemente, incapaz de mirarla a los ojos, y sus padres la estaban esperando desde primera hora de la mañana, para comunicarle la fatídica noticia solo dos días después de la muerte de su abuelo. Empezó hablando el señor Soverinni, al que

192

acompañaba su esposa, aún con lágrimas en los ojos. Catherine no podía creer lo que estaba oyendo hasta que vio la noticia en el periódico *Il Tevere*. Cayó de repente al suelo, sujetada por la señora Soverinni que compartía con ella sus lágrimas y dolor. Luciano miraba a su padre con temor, pensando en cómo era posible que una persona fuera capaz de cometer semejante atrocidad. Sin embargo, el señor Soverinni, de apariencia serena, permanecía quieto, expectante a la reacción de Catherine. El plan no había funcionado del todo bien. La señora Diane había sobrevivido de milagro y era dueña de todas las fortunas de los Stevens, tanto la de su marido, como la de sus propios hijos.

—¿Dónde está mi abuela? —preguntó Catherine, con gran esfuerzo.

—En el hospital. Nuestro chófer va de camino a buscarla. A ella y al mayordomo, que se quedará con nosotros a trabajar —le informó su esposo, mirándola con ternura.

—Si me disculpáis… —comentó Catherine, aún con lágrimas en los ojos—. Me voy al dormitorio. Quiero estar sola —concluyó, intentando sacar fuerzas para caminar. Le temblaban las piernas, le dolía el corazón, solo quería gritar con todas sus fuerzas, dejar que el alma saliera de su cuerpo atormentado por su propia existencia. Volar muy lejos de donde se encontraba, hasta donde la muerte no existiera y las lágrimas fueran solo fruto de su imaginación.

La señora Samantha la miró una vez más con compasión, mientras Luciano no sabía qué hacer o qué decir para consolarla. «Prometí hacerla feliz…», se dijo a sí mismo «… y, sin embargo, he sido el causante de todas sus desgracias», continuó pensando, mirando con rabia a su propio padre, que, a su vez, observaba con detenimiento las fotografías de los fallecidos con una risita nerviosa en su interior, que trataba de no sacar a relucir.

Catherine, en vez de ir a su dormitorio, decidió encerrarse con llave en el despacho. Allí, se tumbó en el frío suelo y deseó morir como lo habían hecho sus padres, su prima, sus tíos, su abuelo. Todos asesinados. Todos. Su madre le había advertido, conocía algo que ella aún ni siquiera sospechaba. Algo que no tuvo tiempo de decirle. A pesar de todo, seguía estando la señora Diane, su abuela. ¿Cómo estaría ella? ¿Soportaría la pérdida de sus dos hijos? Una pérdida brutal, un accidente trágico. Las lágrimas volvían a asomarse por sus ojos y, en el momento menos esperado, volvió Lisa.

—¿Por qué no me avisaste? ¿Por qué, Lisa?

—No puedo cambiar el transcurso del destino, pequeña. —El fantasma de Lisa permanecía puro, irradiaba luz, magia.

—¿Dónde están?

—Con Aurelius.

—¿Qué quiere decir eso?

—Todos te mandan besos. Están bien y han perdonado a quien les hizo eso. Madeleine te pide perdón. Dice que encontrará la manera de volver a estar contigo.

—¿Quién les hizo eso?

—No puedo... No puedo.

—¡Lisa, por favor! —La luz de Lisa se fue apagando hasta volver a desaparecer. Dos golpes en la puerta hicieron que Catherine volviera a la realidad—. ¿Sí?

—Catherine, quería saber si estabas bien. Te he oído gritar —habló con timidez Luciano, al otro lado de la puerta. Catherine no pudo reaccionar a tiempo, ni siquiera se había dado cuenta del grito que ella misma había acabado de emitir. No era dueña de su voz, de sus gestos. No era dueña de sí misma.

La joven le dejó pasar y Luciano se unió a ella en un cálido abrazo y le susurró al oído cuánto sentía las desgracias que estaban ocurriendo y que, ahora, debía ser fuerte por su abuela, que se encontraba en un estado preocupante, pues corría en riesgo su salud mental. Catherine asintió y obedeció a lo que le decía su marido, ya que creía que tenía razón, que, aunque no tuviera fuerzas en ese momento para afrontar la situación, debía sacarlas de donde pudiese para transmitírselas a su abuela, testigo de la explosión, con sus dos hijos en el interior de los coches calcinándose en vida. Resultaba insoportable imaginar a su familia morir de esa manera. Era demasiado doloroso como para crear en su mente las imágenes de la realidad, las imágenes de la muerte llevándose de la manera más perversa a sus seres queridos.

La señora Diane llegó a casa de los Soverinni *«hijos»*, como se les empezó a llamar tras el fallecimiento de los padres de Catherine, del brazo de Henry, que la sujetaba para que la mujer, debilitada y trastornada, no cayera. Cuando vio a su nieta, creyó morir.

—¡Catherine! —gritó. Catherine se acercó a ella y se fundieron en un abrazo ante la atenta y triste mirada del mayordomo. Monique les informó de que les había preparado el té, que pasaran a la salita que habían acomodado para que estuvieran las dos mujeres tranquilas. Pero la señora Diane decidió ir a su habitación a descansar sin poder pronunciar palabra. Tenía frío, heridas en su pálido y viejo rostro. Había envejecido veinte años en dos días y Catherine, en vez de encontrarse con la mujer elegante y sofisticada que estaba acostumbrada a ver, vio a una anciana débil con ganas de irse con sus hijos y su esposo fallecidos, asesinados.

Aunque los señores Soverinni insistieron en quedarse, Catherine sugirió que se marcharan a su propia casa. No los necesitaban.

—Pero, querida... —intentó decir Samantha.

—Preferiría que se fueran, por favor. Mi abuela necesita reposo y cuanta menos gente vea en casa, mejor —trató de explicar con tranquilidad Catherine.

El señor Soverinni salió por la puerta de la casa de su hijo algo indignado, con la preocupación y la intuición de que Catherine sabía que las muertes habían sido provocadas por él.

La muchacha tomó el té con Henry, que le explicó todo lo que había sucedido, tal y como ella se lo había pedido. Sentía que estaba preparada para oír su testimonio por muy doloroso que pudiera ser.

—Todo parecía ir bien. Sucedió todo tan rápido... —empezó explicando, con muecas de dolor, aún trastornado por lo ocurrido—. Un instante, nada más. El primer coche estalló, se partió en pedazos. Dos segundos después, el segundo hizo lo mismo. Consciente de que el tercero, donde íbamos la señora Diane, tu prima, su esposo y yo, también explotaría, agarré a tu abuela, que permanecía sentada a mi lado sin reaccionar, paralizada, abrí la puerta rápido y saltamos a la calle. Allí, tirados en el suelo, lo vimos estallar también. Prendieron fuego en cuestión de cuatro segundos, señorita. Será una imagen que nunca podré borrar de mi memoria.

—Gracias por reaccionar tan rápido, Henry. Si mi abuela no hubiera vivido, seguramente yo no lo hubiera podido soportar.

—No sé de dónde está sacando tanto coraje, señorita... señora Catherine —corrigió Henry, bajando la mirada. Tenía unos cuantos cortes superficiales en su rostro, pero, en esos momentos, no era el dolor físico lo que le provocaba el sufrimiento.

—Debo vengar estas muertes, Henry —confesó Catherine, mirando los ojos pequeños y astutos del mayordomo—. Debo ser más fuerte que nunca. Por mi abuela, por mi familia.

—¿Quién cree que ha podido ser?

—Sin duda —dijo mientras miraba alrededor de la salita e intentó bajar la voz—, los Soverinni.

Luciano escuchaba detrás de la puerta cómo su mujer explicaba al mayordomo lo que creía. Las muertes provocadas por el señor Soverinni con el fin de quedarse con todas las posesiones materiales de su familia, debido al enlace de la única superviviente Stevens con su hijo. Tras escuchar estas palabras, Luciano se puso a temblar. Inmediatamente, contactó con su padre para comunicarle que Catherine estaba al corriente de todo. Lo sabía todo y quería venganza. Su padre rio de manera escandalosa y le dijo que no se preocupara, que esa joven arrogante era el menor de sus problemas. «No le hagas daño», le suplicó su hijo. «Según, Luciano... Según...», le respondió su padre con frialdad.

Luciano fue en busca de Monique por todas las estancias de la casa. Ella, como siempre, dispuesta, se acercó a él y, una vez más, sin que nadie lo sospechara, se acostaron. Fue rápido. A Catherine ni siquiera le dio tiempo de advertir que los ruidos que salían en su propia habitación eran los de su marido y su amante.

Edward se detuvo ante la sede de Scotland Yard, leyendo casi sin pestañear la noticia que informaba el *The Independent News* sobre la muerte de los Stevens. Se calmó al no ver la fotografía de Catherine quien, según informaba el diario, había pasado de ser una Stevens a una Soverinni. Una vez más, se derrumbó. Desde ese momento, ni siquiera quiso saber nada de Rose, la mujer con la que había compartido tan buenos momentos a lo largo de esos días y de la que fue alejándose hasta no tener noticias de ella. Poco le importó. El fin de año de 1932 se presentó triste y solitario para Edward, tras la muerte de su padre de un infarto repentino por el disgusto de ver su fábrica textil cerrada. Textiles Parker había pasado, junto a su dueño, a mejor vida.

Edward llevaba una vida de ermitaño en Hampstead Heath, donde tenía su casa. No sabía cómo podría seguir manteniendo su hogar, puesto que, aunque tuviera dinero ahorrado de la herencia de su padre y la venta del terreno de la fábrica, sabía que algún día se le acabaría. Pero, al ver las fotografías realizadas en Roma, surgió la idea de colaborar con algún periódico de Inglaterra como fotógrafo. Finalmente, tras mucho buscar, encontró su sitio en la redacción del *Daily Herald*, donde se le propuso vender las fotografías que tenía de sus viajes y colaborar con ellos como redactor. La tarde del nueve de enero, justo cuando hacía dos meses que había conocido a Catherine, fue hasta la antigua fábrica abandonada. En cierta forma para despedirse de lo que había sido la vida de su padre. En el terreno construirían próximamente viviendas y, aunque la mayoría del edificio estuviera derrocado, aún permanecía el buzón intacto. Lo abrió, más por costumbre que por estar esperando algo y, sin esperarlo, vio una carta. La abrió. Su mirada se iluminó, era de Catherine. Recordó el instante en el que, en su despedida, le había dado la tarjeta con la dirección de la fábrica, donde ella prometió ir desde el mismo instante en el que volviera a pisar Londres. Esbozó una sonrisa imaginando ese momento que en dos meses no había llegado.

Querido Edward:

Deseo que, a la llegada de esta carta, te encuentres bien. Solo pienso en ti y en el momento en el que nos conocimos, pero las cosas han cambiado terriblemente.

El motivo por el que me tuve que quedar en Roma fue por la enfermedad del ama de llaves que llevaba toda la vida con la familia y era como una segunda madre para mí. Lisa, al final, murió. Mis abuelos, por entonces, empezaron a preparar citas con los Soverinni hasta conseguir su propósito. Ayer fue el día de mi boda, Edward, y el día en el que mi abuelo murió. Edward, sé que estoy en peligro, mi abuelo ha sido asesinado y solo Dios sabe qué más tienen preparado. Tengo miedo, pero me protege tu recuerdo y el deseo de volverte a encontrar. Cuántas veces he pensado cómo sería mi vida si hubiera huido contigo… pero, en seguida me doy cuenta de que no merece la pena pensar en lo que podría haber sido y no fue. Te conozco poco Edward, pero sé que te quiero. Menos conozco a mi marido y sé que no lo deseo ni lo llegaré a desear jamás. Ven a buscarme, Edward. Por favor, ven a buscarme.

Besos con amor,
Catherine

Edward tocó con su dedo la parte húmeda en la que parecía haber caído una lágrima encima del papel amarillento. Era una lágrima de Catherine. «Ven a buscarme, Edward. Por favor, ven a buscarme…», su voz resonó en su cabeza una y otra vez. En el remitente, una dirección proveniente de la zona de Plaza España de Roma. La carta fue escrita un día antes de la explosión. Catherine tenía razón, estaba en peligro, pero ¿qué podía hacer él para salvarla?

CAPÍTULO 24

Irlanda, 2002
Reencuentro con el pasado (2ª parte)

Cristian y Emma dejaron, al final, a Patricia en el hotel, para ir hasta el famoso y cercano castillo Lismore, situado en la histórica ciudad con el mismo nombre. Quedaron maravillados con las vistas panorámicas que el lugar les ofrecía. Desde el Valle Blackwater, hasta las colinas boscosas de las imponentes y majestuosas Montañas Knockmealdown.

Intentaron visitar la sala de exposiciones Waterford Cristal, pero habían cerrado a las cinco de la tarde, así que terminaron su paseo en la playa cercana al hotel, con la intención de evadirse del triste pasado de Edward y Catherine, para adentrarse en la belleza del presente. En el paisaje del eterno mar, en su historia actual. En el anochecer eterno para unos enamorados que no quieren ver el tiempo pasar.

—¿No haces fotografías del paisaje? —le preguntó Emma, sonriendo alegremente.

—Me temo que no conoces tan bien el lugar para indicarme cuál es la perspectiva perfecta —respondió Cristian, guiñándole un ojo y recordando el momento en el que se conocieron en el Palacio de Cristal—. Me intriga saber si llegaremos a conocernos en otra vida más.

—Vete tú a saber…

—Estoy convencido de que, ahora, nuestra historia podrá ser posible, Emma. No tenemos prohibiciones ni tantas dificultades como las tuvieron Edward y Catherine.

—Supongo que dejamos asuntos pendientes.

—Si en esta vida no nos los dejamos…

—Pasaremos de curso.

—¿Cómo?

—Una vez escuché en un documental de la televisión que la vida era como un curso escolar. Si te queda algo pendiente, repites y, si no, pasas al siguiente nivel.

—Y repetir de curso es volver a nacer.

—Y pasar al siguiente nivel es algo que no conocemos, supongo.

Se sentaron a descansar mientras contemplaban el cielo oscuro y el paisaje irlandés que se les presentaba delante y desearon que la vida de Catherine y Edward no hubiera sido tan dura y macabra como la que les había explicado el camarero del hotel.

Henry le comentó a Patricia que su turno ya acababa, que iría a su casa a tan solo dos calles del hotel a buscar una fotografía que debía ver.

—Vuelvo en media hora. Espéreme aquí, por favor —le prometió el agradable camarero, que parecía dispuesto a ayudar a Patricia fuera lo que fuera que estuviera buscando sobre la familia Stevens.

Al cabo de media hora exacta y con puntualidad, Henry llegaba de nuevo al bar del hotel con una carpeta en su mano.

—Mire esta fotografía. Mírela bien —le aconsejó.

Patricia observó una amplia familia situada en un jardín. La fotografía era en blanco y negro y, al estar algo estropeada por el paso del tiempo, no se distinguían demasiado bien los rostros de los presentes. Había en ella tres hombres, uno de ellos más mayor, supuestamente el señor Aurelius, tres mujeres y dos jóvenes, una de ellas, Catherine, mucho más sonriente que en las que ella tenía. Henry, al percatarse de que Patricia no veía lo que él había visto, decidió mostrarle la página de un diario antiguo de Roma llamado *Il Tevere*, algo desmejorado también por el inevitable paso del tiempo, con los bordes de las hojas rotas.

—¿Sabe algo de italiano? —le preguntó Henry con amabilidad. Patricia asintió con la cabeza—. Mire a esta mujer entonces.

—Madeleine Stevens... —leyó Patricia y se asustó por el parecido que tenía ella con esa mujer de ojos claros y vivaces, una nariz recta y bien proporcionada, así como un mentón pequeño, pero bien marcado, al igual que su prominente mandíbula.

—Era la madre de Catherine, la esposa de Charles. Dicen de ella que fue una bruja. Su parecido con ella es más que razonable, ¿no le parece? Mire, le he hecho una fotocopia para que se la pueda quedar. Mi abuelo lo guardaba todo y ya ve... De algo tenía que servir. Ahora, si me disculpa, me voy.

—Oiga, muchísimas gracias por todo, Henry. Mañana nos iremos a primera hora de la mañana, supongo que no nos veremos —le dijo Patricia mostrándose muy agradecida por la ayuda que les había brindado el camarero sin esperar nada a cambio y sin hacer preguntas al respecto. En todo momento, con total discreción.

—Encantado de conocerla, señora, y, busquen lo que busquen, espero que tengan suerte.

—Gracias.

Durante diez minutos, Patricia miró la fotografía fijamente, con un tercer Martini en su mano, de la que fue Madeleine Stevens, intentando ver algo en su mirada, en su rostro arrogante, frío, calculador... Una mirada dura que te podía penetrar con solo observarla un instante. Patricia era consciente de que no tenía nada que ver la coincidencia física de una persona para que resultara ser la misma que vivió en otro tiempo. De hecho, había estado presente en casos en los que una mujer había sido hombre en su otra vida y a la inversa, y también se podía no tener nada en común físicamente con la persona que se fue en el pasado. Pero, en este caso, la pista era evidente. Tanto ella como Emma poseían casi por completo el físico de quienes fueron en su otra vida.

Esperaba con ansia a que su hijo y Emma regresaran de nuevo al bar para ir hasta el restaurante del hotel con vistas a la playa a cenar y mostrarle su pequeño descubrimiento a Emma. Y, por un momento, cayó en la cuenta, en lo más importante de todo, en lo que ni siquiera había pensado. Ella fue la madre de Catherine.

Emma y Cristian llegaron al bar donde seguía Patricia, a las ocho de la tarde, dispuestos a cenar. Vieron a la mujer ensimismada en algo y, cuando se acercaron, lo descubrieron. La página del diario italiano, que databa la fecha del 23 de diciembre de 1932, hablaba de la muerte de los Stevens en una explosión de automóvil, de la muerte de Aurelius dos días antes y la boda de la huérfana Catherine con fotografías de los fallecidos y sus nombres debajo de ellas. Se quedaron impresionados al ver a Madeleine, que no había aparecido en ninguna de las fotografías que Patricia había encontrado en la antigua casa familiar de los Stevens, por lo que comprendieron la cierta emoción que sentía al saber que, en realidad, perteneció a esa historia, que fue ella la madre de Catherine. Por entonces, ninguno de los tres conocía la promesa de Madeleine trasmitida por Lisa a Catherine «... te lo compensaré». Había llegado el momento. Emma y Patricia se abrazaron mientras Cristian seguía mirando las fotografías de los que fueron la familia de Emma en su vida pasada. Él, en verdad, no llegó a conocer a ninguna de esas personas, él, realmente, no fue nada en la historia de cada uno de ellos. Absorto en sus propios pensamientos, se dio cuenta de que, en esa historia, en las vidas de Edward y Catherine, la protagonista indiscutible era ella, mientras él fue la persona que más quiso «el personaje principal».

Cenaron con tranquilidad, a la vez que planeaban la mañana siguiente. Se levantarían a las ocho y se dirigirían hasta Annestown cuando acabaran de almorzar, donde las dos ancianas los esperaban a las nueve de la mañana, aproximadamente. Decían estar ilusionadas con la visita y con ganas de conocer a Emma, a pesar de no entender del todo la segunda visita de Patricia. Las ancianas habían quedado encantadas con la amabilidad de ella, fascinadas por la profesión que ejercía, pero sin llegar a entender del todo qué era lo que hacían en su casa. Ni siquiera se enteraban demasiado bien de lo que le estaban hablando. Normal, teniendo en cuenta su persistente amnesia. No recordaban absolutamente nada de su pasado, solo vieron unas cuantas fotografías viejas con sus padres y una muy especial de un primer plano de Catherine, que Patricia había encontrado en uno de los viejos cajones de la casa de Londres perteneciente a la familia Stevens. De todas maneras, tanto Lucille, más reservada, como Amanda, que había adoptado el papel de anfitriona, estaban felices con las visitas. Les gustaba preparar el té para los invitados y romper su solitaria rutina en la que pasaban meses sin hablar con nadie. No eran demasiado sociables, pero sí agradables y encantadoras.

La noche para Patricia en su habitación color «rosita», tal y como ella la había empezado a llamar con burla, fue larga. Hasta las cinco de la madrugada no pudo conciliar el sueño, mientras Cristian y Emma durmieron profundamente sin despegarse el uno del otro. A las ocho se encontraban almorzando en el buffet libre del hotel, como siempre, maldiciendo la impuntualidad de Patricia.

—Siempre hace lo mismo. Le cuesta dormirse y, cuando lo hace, no hay quien la levante —comenzó a rechistar Cristian.

—Bueno, a todos nos ha pasado alguna vez —comentó Emma con paciencia, mientras untaba mermelada en su tostada y daba un sorbo a su café con leche caliente.

—Pero a ella le pasa cada día.

A las nueve, Patricia se despertaba con ojeras por las pocas horas que había dormido. Sin mirar el reloj, fue al lavabo de la habitación. Se miró en el espejo y arrancó con unas pinzas una cana que asomaba por su corto cabello teñido de pelirrojo. Se lavó los dientes y aplicó crema hidratante con sumo cuidado por su rostro. Cuando al fin se le ocurrió mirar el reloj, dio un grito, pensando en el enfado que tendría su hijo por su siempre inoportuna impuntualidad. Se puso unos tejanos y su «camiseta de trabajo», de un color verde desgastado. Se ató rápido las deportivas y, con la maleta, bajó corriendo ante la mirada escandalizada de los que paseaban tranquilos por las instalaciones del hotel. «Qué finos ellos. ¿Es que nunca han tenido prisa?», musitaba Patricia, mirándolos de reojo.

—Lo siento, lo siento… —se disculpó Patricia, al ver a Cristian mirando el reloj con impaciencia.

—Venga, almuerza un poco —propuso él con los ojos en blanco.

—No pasa nada, Patricia —dijo entonces Emma, y le dio un golpecito en el hombro a Cristian.

—Los irlandeses valoran muchísimo la puntualidad. Las dos ancianas ya nos estarán esperando y mira cómo estamos aún. ¡Las nueve y media! —dijo a modo de disculpa Patricia.

—Dirás cómo estás tú. Nosotros ya hemos almorzado y tenemos las maletas listas —rechistó Cristian riendo.

Después de que Patricia almorzara, cogieron el coche dirección a Annestown. En el rostro de los tres pasajeros se podía ver ilusión y, a la vez, un matiz de pánico. Sobre todo, en Emma y Patricia, ya que Lucille y Amanda fueron hijas de Catherine y, a su vez, nietas de Madeleine, aunque esta última no las hubiera llegado a conocer. Emma y Patricia ya no eran ellas. Sus genes y su sangre no eran los mismos que los de las dos ancianas gemelas, pero les unía un pasado que recordaban más ellas mismas que quienes aún estaban en la vida a la que habían pertenecido.

Efectivamente Amanda y Lucille no recordaban nada.

—El paisaje es precioso —comentó Cristian, cuando pasaban por la costa de Ballyhack—. Sería una maravilla vivir aquí —siguió diciendo, con el ánimo de romper el silencio y animar el tenso ambiente que se había creado.

A Emma, mientras tanto, se le ocurrió preguntarle a Patricia si las dos ancianas tenían más fotografías, pero ella le respondió que, en el momento en el que se lo preguntó, no sabían dónde estaban.

—Les suele ocurrir, no recuerdan dónde han puesto las cosas. Por su amnesia y por la edad. No han tenido una vida fácil —lamentó Patricia.

Al fin llegaron a Annestown, a las diez y diez de la mañana. Cuando pasaban por el encantador pueblo, Emma y Cristian no pudieron evitar mirar hacia el Castillo Dunhill, situado sobre una roca, justo encima del río. Un paisaje encantador y tranquilo, como si el tiempo no hubiera pasado para sus habitantes. En un instante, dejaron atrás el pueblo para adentrarse en un camino de tierra estrecho que llevaba a varias casas alejadas y situadas a cierta distancia la una de la otra. Patricia se detuvo enfrente de la casa más modesta, hecha con piedra de granito. Tenía una sola planta y en las dos ventanas de madera oscura se podían observar unas divertidas petunias lilas bien cuidadas. El porche, aunque sencillo, resultaba acogedor, con una antigua silla balancín y una mesa donde las dos ancianas solían tomar una refrescante limonada en las tardes de verano.

Los tres bajaron del coche. Los nervios se podían observar en cada uno de sus movimientos. Miraban con gran curiosidad hacia todas partes, incluso Patricia, que se fijaba en detalles que le habían pasado desapercibidos la primera vez que se topó con el lugar. Vieron el buzón donde ponía con letra escrita a mano «Amanda Dutroux y Lucille Smith», por lo que supusieron que serían los apellidos de sus esposos fallecidos. Patricia se fijó en las cortinitas nuevas que habían adquirido para las ventanas y la indiscreta puerta desde donde se podía ver el interior: un pequeño recibidor. Sonrió al recordar que fue ella quien les aconsejó a las ancianas que compraran unas cortinas para sentirse más cómodas y así hicieron, pensó, al cabo de pocos días. Cuando tocaron a la puerta, una de las dos ancianas fue a abrir casi de inmediato y, con una amplia sonrisa de oreja a oreja, les invitó a pasar.

—Os estábamos esperando —comentó con amabilidad, ejerciendo de anfitriona. Se trataba, por tanto, de Amanda. El aroma a café inundaba la cocina, que se encontraba situada a la izquierda. En seguida vieron que también habían servido zumo y había pan en la tostadora. Lucille estaba sentada en el salón situado a la derecha, con una chimenea flanqueada por dos estanterías de libros, antiguos muebles de arce y dos cómodos sillones tapizados de colores vivos y alegres, así como la alfombra, tejida a mano—. Lucille no tiene un buen día —se disculpó Amanda.

CAPÍTULO 25

Enero 1935, Roma

Tres años después...

Como ya era costumbre, cada vez que el reloj de la pared del salón marcaba las siete de la tarde, Catherine tenía una cita con su diario personal, con la intención de que su vida no quedara en el olvido, con la intención de plasmar en cada hoja en blanco sus sentimientos y sueños. Tenía veintitrés años y los intentos con Luciano por tener hijos se habían esfumado en esos tres años de matrimonio. Seguían viviendo en su mansión de Plaza España y pasaban veranos tranquilos en la gran casa solariega de estilo inglés que Luciano había comprado antes de la boda en la preciosa zona del Valle Aosta, con el deseo de haber podido ver sus jardines repletos de vivarachos niños jugando. Pero todo eso terminó pronto. La noche anterior, Luciano le había insinuado a Catherine sus intenciones de trasladarse a vivir a Londres por unos graves problemas empresariales de su padre. La joven tenía esperanzas de volver a ver a Edward, pero temía que para él solo fuera una sombra del pasado. «¿Recibiría la carta?», se preguntaba cada noche. «Y de ser así, ¿por qué no volvió?». Le venían a la mente mil historias. «En realidad, no le interesé. ¿Le habrá pasado algo? ¿Se habrá casado?».

Muchas veces la duda de no saber nada del que fue el gran amor de su vida le hacía sentir más desdichada de lo que realmente era estando casada con un hombre al que, a pesar del tiempo, no lograba amar como le sucedió a la señora Diane con el señor Aurelius. Tres años y un mes desde la muerte de su abuelo, desde la muerte de sus padres. Lo peor de todo era que el miedo se apoderó de ella, lo que causó que dejara atrás su sed de venganza hacia el señor Soverinni, que los venía a visitar cada domingo para hacer grandes cenas en casa. Sabía que todo lo había planeado él, sabía que esa mujer vestida de negro en su boda, que envenenó la copa de su abuelo, la había enviado el señor Soverinni. Lo sabía. Y, solo a veces, cuando la rabia y la impotencia se adueñaban de todo su ser, le dirigía una mirada de desprecio que él parecía ignorar.

—Querida. —La voz de la señora Diane, sonaba al otro lado de la puerta del dormitorio de Catherine.

—Pasa, abuela —la invitó y se levantó rápidamente de su escritorio, a la vez que cerraba el diario, para recibir a la persona que más quería.

—Siento molestarte, sé que es tu hora —confesó, guiñando un ojo—. Pero tengo la necesidad de hablar.

Eran muchas las ocasiones en las que la señora Diane interrumpía alguna cotidianidad de su nieta para conversar. Por necesidad, por afecto, por nostalgia, le gustaba recordar la época en la que sus hijos, sus nueras y su marido estaban vivos. Incluso disfrutaba rememorando las disputas con Madeleine, por mucho que la detestara. No quería aceptar que ahora todos estaban muertos. El fatídico día del accidente, lo borró de su mente para volver a un pasado que ya no existía.

—No pasa nada. Dime, ¿de qué quieres hablar? —La señora Diane se sentó a los pies de la cama y se miró los pies. Se encogió de hombros, como si realmente no quisiera mencionar palabra, como si únicamente lo que hubiera ido a buscar era compañía. Se sentía muy sola en esa gran casa.

—He escuchado por la calle que el padre de Luciano tiene problemas. La gente no habla bien de él. ¿Qué ha pasado?

Catherine la miró con ternura. ¿Cómo era posible que no sospechara nada? ¿Cómo era posible que no relacionara la muerte de sus seres queridos con el señor Soverinni? La coincidencia de unir las familias, la posibilidad de que el señor Soverinni hubiera tenido de quedarse con todo lo que llevara el apellido Stevens, a causa de las muertes provocadas. Compadecía a la señora Soverinni, siempre tan sinceramente atenta y amable, sin saber que estaba casada con un asesino. Poderoso, pero asesino. Respiraba tranquila al creer, por otro lado, que el hombre con el que dormía cada noche no tenía culpa de nada, que tenía buen corazón y la quería. Por lo menos se lo había demostrado durante esos tres años. Sí era cierto que no la dejaba ni a sol ni a sombra, que la mayoría de las veces, por no decir siempre, ella no tenía voz ni voto en ningún asunto, pero la trataba como a una princesa.

—Ayer Luciano me insinuó volver a Londres, abuela —confesó Catherine sin poder evitar sonreír, ilusionada ante la mirada sorprendida y entusiasta de la señora Diane.

—¿Volvemos a casa?

—Espero que sí. Debe de estar llena de polvo... Lleva tanto tiempo desocupada... —suspiró Catherine, recordando su dormitorio. Las estancias principales de la casa, decoradas con el buen gusto que siempre había tenido su madre. Y, sobre todo, aquel cuarto que parecía invisible ante los ojos de los demás y, sin embargo, tan importante para Madeleine: el cuarto de las flores. Los pasillos rebosantes de luz y esplendor así como la cocina en la que Lisa solía pasarse tardes enteras preparando las mejores galletas del mundo. El buzón que ella misma había elegido en compañía de su padre cuando era pequeña, recordando, en ese mismo instante, la figura de piedra situada en él, que simulaba un beso en el aire.

—¿Iremos todos?

—Creo que los señores Soverinni no tendrán otro remedio, pero, en ese caso, quiero que compren otra propiedad.

—¿Por qué odias al señor Soverinni, Catherine? —Era la primera vez que la señora Diane le hacía esa pregunta tan directa a su nieta, pero la tenía en la cabeza constantemente—. Él siempre es agradable con nosotras. Nos ha cuidado, protegido... Como lo hacía tu abuelo, ¿recuerdas? Siempre hacía lo posible por llevarnos hacia el camino que a él le pareciera correcto. Dominante, sí, pero bueno.

Catherine respiró tranquila al ver que su abuela no esperaba respuesta a su pregunta. Había hecho una comparación entre dos hombres que, en el fondo, nada tenían que ver y, ante eso, intentó sonreír de nuevo para que su abuela no tuviera preocupación alguna. Nada quedaba de aquella mujer que fue una vez. La señora Diane se había convertido en un ser indefenso. Incluso, podría decirse que insegura dentro de cuatro paredes que no sentía como suyas. Apartó de su vida a sus amigas. Las horas del té habían terminado y las sustituyó por largos paseos solitarios en los que su mente aún vagaba por tiempos mejores de juventud, por los momentos compartidos con sus hijos, por aquellos segundos en los que el señor Aurelius pudo hacerla feliz.

En la otra estancia de la casa, la escena era muy diferente. En ella no había comprensión y mucho menos afecto por parte de Luciano. Monique lo miraba con ternura y a la vez temor antes de confesarle algo que la había aterrado. Esperaba un hijo de Luciano. Su rostro no era el que había conocido. En los últimos años se había vuelto amargado e infeliz, tal vez por estar casado con alguien que no lo amaba. Y él lo sabía. Se consumía poco a poco, se le había apagado la luz y la expresividad de sus ojos azules, que se habían vuelto tristes y desesperados en ocasiones. Cuando se acostaba con su mujer y él intentaba abrazarla, acercarse a ella, mostrarle su afecto, notaba la indiferencia de Catherine, su aburrimiento. Ella no lo quería.

—Monique, no tengo el día. Cuéntame, qué pasa —dijo con impaciencia Luciano, entrelazando sus dedos.

—Luciano... estoy embarazada. —La reacción de Luciano no se hizo esperar. No dijo nada, pero sus ojos denotaron sorpresa e indignación.

—¿Me estás diciendo que llevo tres años intentando tener descendencia con mi mujer sin haberlo conseguido y que tú vas a tener un hijo mío? —Monique afirmó con la cabeza. Luciano hizo una mueca de desprecio. El doctor le había informado hacía un año que era él el culpable de no poder concebir hijos con su esposa, por lo que el desconcierto era mayor en esos momentos—. Monique, ¿con quién más te has acostado?

—Con nadie más que contigo.

—¡Eso es mentira! —exclamó enfurecido, lo que provocó en Monique, de nuevo, el miedo inicial antes de confesarle su embarazo—. Yo no puedo tener hijos —su furia cambió de repente, para convertirse en una carcajada sarcástica y enloquecida. Por primera vez, vio que era igual que su padre. Darse cuenta de eso, le desesperó aún más.

—Luciano, espero un hijo tuyo —volvió a repetir con firmeza la criada, intentando calmar a Luciano.

—No, Monique. Vas a abortar un hijo supuestamente mío.

Al cabo de diez minutos, Monique tenía una cita con el doctor Masseti para abortar esa misma noche con total discreción en una pequeña sala clandestina, iluminada por una deprimente bombilla. Ella no puso impedimento, pero sus ojos joviales, llenos

212

de vida, empezaron a parecerse a los de Catherine. Apenados en todo momento, dejaron de tener vida. El doctor Masseti le explicó a Luciano que había perdido toda esperanza de tener hijos con su mujer. Que, si bien podría haber engendrado un único hijo, las esperanzas por haber podido tener más, se habían esfumado para siempre. Había perdido una oportunidad, derrochada con la que no era su mujer. Luciano ocultó su rostro con sus fuertes manos y, por primera vez en muchos años, lloró como un niño pequeño, derrumbado ante el doctor Masseti. Con la conciencia intranquila, llamó a su padre explicándole lo que había hecho. El señor Soverinni le felicitó, había hecho lo correcto. Ningún Soverinni había tenido un hijo bastardo y él no iba a cometer ese error. Esa noche apenas pudo conciliar el sueño. Su conciencia le culpaba de la muerte de los Stevens. Esa misma noche, había provocado la muerte del que podría haber sido su único hijo. Su única oportunidad de haber tenido descendencia. Pronto, cambiarían de vida, se trasladarían a Londres y presentía que perdería a Catherine para siempre. Allí, ella tenía el poder. Y realmente, no se equivocaba.

CAPÍTULO 26

Marzo de 1935, Londres

Por fin en casa

Catherine y la señora Diane paseaban felizmente por las orillas del río Támesis sin creer del todo que, al fin, estuvieran en Londres. Por fin en casa. Charlaron largo rato sobre la pena que sentían de haber tenido que despedirse de Henry, el mayordomo. Decidió ese mismo año tener su propia vida en su propia casa con la mujer de la que se había enamorado. Estaban felices por él, pero lo echarían de menos.

Por otro lado, la alegría de la señora Diane no coincidía con la de Catherine, que la mañana anterior se había dirigido hasta la dirección indicada por la tarjeta que le dio Edward. Allí no se encontraba ya la fábrica textil Parker, se enteró minutos después que habían cerrado por problemas económicos a finales de 1932 y se encontró con bloques de pisos donde residían londinenses de la alta sociedad. La desilusión se apoderó de ella y volvió a casa sin tener ganas de cenar ni de hablar con nadie. La esperanza que había albergado su corazón se había hundido. Pasó, por un momento, una nube gris que dejó caer un gran chaparrón en forma de lágrimas. Le había hecho una promesa, había ido a la dirección donde volverían a encontrarse, pero tres años son quizá demasiados para que las cosas siguieran igual.

Fue doloroso el momento por esperar algo que no encontró: el edificio en el que tendría que haber estado Edward, el amor de su vida. ¿Habría recibido entonces la carta? ¿La llegó a leer? Bajó la cabeza y siguió andando, convencida de que no habría tenido oportunidad de descubrir la carta en un buzón ya inexistente.

Luciano, como siempre, con una pizca de temor, le preguntó qué le ocurría, ese mismo día. Ella no supo responder. Lo miró un instante y negó con la cabeza, para encerrarse una vez más en sí misma. Pero ahora estaba en Londres. Tenía que encontrar a Edward, tenía que estar con él. Estaba muy mal visto por la sociedad las inmensas ganas que ella tenía de ser amada por alguien que, en realidad, no le pertenecía, pero ¿y que más daba? ¿Qué más daba si solo así podía saber lo que era la felicidad y la ansiada libertad? Una felicidad que le arrebataron cuando le impusieron casarse con Luciano. Una felicidad que dejó de existir cuando su propio suegro fue el culpable de la muerte de su familia.

—No puedes creer las ganas que tenía de pasear por aquí. No quiero volver nunca más a Roma, Catherine. Londres es mi lugar —dijo la señora Diane, interrumpiendo los apesadumbrados pensamientos de su nieta.

—Lo sé, abuela.

—¿Eres feliz? —Catherine se encogió de hombros. Su abuela la obligó a detenerse para observar toda la belleza que tenía ante ella. El gran río Támesis, repleto de barquitas con gente feliz en su interior—. Sé que aún culpas a tu abuelo por estar casada con Luciano, hija, pero... —expresó la señora Diane, mirando al horizonte.

—No culpo al abuelo. Culpo a las circunstancias y a esta sociedad.

—Escúchame, querida. Nunca te arrepientas de ser una Stevens. Hasta el día de tu muerte, debes estar orgullosa de haber pertenecido a nuestra familia —aconsejó la señora Diane, adivinando los pensamientos de su nieta.

—Sí, abuela. —Obediente, Catherine sonrió y cogió el brazo de su abuela para seguir con el silencioso y tranquilo paseo hasta la hora de regreso a casa, muy cerca de la Abadía de Westmister.

Monique y Luciano seguían siendo amantes sin que nadie sospechara nada. Pero Monique no tenía la misma alegría desde aquella noche en la que él la obligó a abortar, lo que conllevó a que se esfumara, así, la esperanza de tener descendencia junto a su esposa, sin atreverse a confesarle que no podían tener hijos por su culpa, que, como hombre, no valía para nada. Así era como se sentía. Sus padres habían adquirido una casa cercana a la suya, al lado de la Sede de Scotland Yard, donde pudieron refugiarse y olvidar las habladurías que habían corrido como la pólvora sobre el Señor Soverinni en Roma. Era culpable de haber estafado a tres de los banqueros más importantes de la ciudad una suma importante de dinero. Pero todo había pasado, la culpa desaparecía a medida que pasaban las horas, los días. Gracias a la distancia que los protegía de todo el deshonor y la mala fama que el señor Soverinni se había buscado en Roma.

Los señores Soverinni aprendieron a amar Londres, a acostumbrarse a sus paisajes, sus calles y sus gentes, hasta tal punto de no querer volver a Italia nunca más. Así se lo expresó el señor Soverinni a su hijo. Pero, una tarde en la que Luciano fue a visitarlo, salió de nuevo la inevitable conversación sobre la muerte provocada de los Stevens, algo común desde que estaban en la ciudad.

—¿No siente arrepentimiento, padre? —le preguntó Luciano, queriendo encontrar una respuesta solidaria que nunca tendría. Este se sentía una marioneta al lado de la fuerte e imponente figura de su padre, que sabía dirigir con astucia a las personas que lo rodeaban por donde se le antojara.

—¿Arrepentimiento por qué, Luciano? Con la mayoría de los Stevens muertos, hemos logrado más que si hubieran vivido. Propiedades en Londres y Francia, pertenecientes a Charles, ahora son de tu esposa, tuyas. Y la señora Diane está delicada de salud, me temo que no durará mucho tiempo. —Su sonrisa maquiavélica volvió a surgir previsible de sus finos labios—. Los Soverinni nunca nos arrepentimos de nada. Ni siquiera de haber matado. Dime, Luciano, ¿tú serías capaz de matar?

Con esa pregunta en el aire, Luciano se quedó blanco como la pared que se cernía ante él, repleta de cuadros con imágenes de antepasados. Antepasados con una mirada penetrante como la de su padre, con una seriedad y codicia correspondiente a la maldad. Sí, era capaz de matar. Cuántas veces había pensado en asfixiar con sus propias manos a su esposa cuando esta lo ignoraba o lo repudiaba cuando él quería hacer el amor. Cuántas veces había imaginado su muerte lenta y agonizante, al saber que ella jamás lo amaría como él la amaba a ella. ¿Cuántas veces? Desde el primer minuto en el que los declararon marido y mujer.

Habían pasado tres años y dos meses desde que Edward recibió la carta de Catherine suplicándole desesperadamente que la fuera a buscar. Muchas habían sido las ocasiones en las que, sentado en su sillón tapizado del salón, en su casa de Hampstead Heath, había imaginado el momento en el que Catherine escribió esa nota pensando solo en él. Y las veces que había rememorado el instante en el que se conocieron y lo breve de su apasionada historia. Demasiado breve, demasiado fugaz. Como un sueño. La infinidad de veces que, tumbado en su fría y solitaria cama, contemplando la noche desde la ventana, había recreado la escena en la que él volvía a Roma a buscar a Catherine y, así, salvarla de todo el mal que la estaba rodeando. Lo que retiraba, de esa manera, la tristeza de su vida, para convertirla en auténtica felicidad junto a él. Pero no le fue posible. El temor lo invadió para luego convertirse en preocupación por lo que ella pudiera pensar de él. No quería que pensara que la había borrado de su vida, porque no había sido así. No pasaba un segundo de cada día en el que en su mente no se dibujara, de nuevo, el bello rostro de Catherine. No pasaba un solo día en el que no observara, con detenimiento y una sonrisa en su rostro, la fotografía que de manera imprevista, sacó de una distraída Catherine en la Fontana Di Trevi, el día que la conoció. ¿Pero cómo volver a verla? El destino había sido traidor. Pero aún quedaba un resquicio de esperanza. Lo descubrió una fría mañana en la que el cielo amenazante no dejó pasar los rayos del sol y los convertía en un destello débil y ensombrecido por los nubarrones que se presentaban.

Edward salió a fotografiar El Palacio de Buckingham a las cuatro de la tarde, por motivo de un artículo que iba a publicar el Daily Herald sobre el lugar. Le apasionaba su trabajo. Con gusto salía a la calle a fotografiar lo que el director, Arthur Henderson, le pedía e, igual de satisfecho, permanecía en la redacción escribiendo, empleo por el que había sido contratado desde un principio en el periódico. Esto le había permitido ahorrar el dinero que había heredado de su padre, puesto que gastaba únicamente lo que ganaba en el Daily Herald. No era demasiado, pero sí lo suficiente para vivir en buenas condiciones. Como siempre, se detuvo frente a la casa de los Stevens, atraído por la elegante entrada de escalinata redondeada y su inconfundible puerta granate, abandonada desde la trágica explosión de los tres coches que llevaban a la familia en Roma. Pero fue ese día en el que se percató de que la entrada no estaba como siempre. En la jardinera habían vuelto a florecer rosas rojas y, por el ventanal izquierdo que ocultaba el interior con unas cortinas de seda blanca de la desaparecida fábrica textil de su padre, asomaba una débil luz. Un pensamiento negativo le vino a la cabeza y pensó que, tal vez, la casa se había puesto en venta y una nueva familia se había instalado recientemente en ella. Pero, al cabo de cinco minutos, ese pensamiento desapareció para ver cómo la luz volvía a su vida. Catherine salía por la puerta de su casa con calma, mirando con preocupación el cielo nublado, dudando quizá de si debería volver al interior para coger un paraguas. Estaba preciosa, tal y como la recordaba. Poco había cambiado desde la última vez que la vio. Su rostro seguía inmaculadamente puro, aunque la expresividad de su mirada ya no era la de una joven rebelde con ansias de exprimir la vida al máximo, sino más bien la de una mujer sumisa y resignada. Había cortado su larga melena rubia ondulada a la altura de la barbilla con unas bonitas ondulaciones en las puntas que le otorgaban una inevitable madurez. Y, al fin, ella lo vio. Edward seguía observándola en silencio. Pudo ver en los intensos ojos verdes de Catherine cómo se asomaba el repentino asombro por el encuentro inesperado y, a su vez, tan deseado. Tenía ganas de correr hacia él para abrazarlo, pero al contrario de lo que hizo años atrás, frenó su impulso pensando en que Luciano estaba en el interior de la vivienda y podía verla. Le hizo un gesto con la mano para que Edward fuera caminando con disimulo como si de dos desconocidos se trataran y, así, lo hicieron por las ajetreadas calles londinenses durante diez minutos. Uno detrás del otro con la cabeza baja, escondiendo una amplia sonrisa pícara como la que les había devuelto la vida. Cuando ya estuvieron lo suficientemente lejos de la zona en la que podían ser vistos y, por lo tanto, convertirse en presas de las habladurías, se detuvieron para volver a mirarse, esta vez cara a cara.

—Te recuerdo diferente, Edward —suspiró Catherine, observando el rostro que tanto había anhelado y necesitado en esos tres años tan difíciles. Él sonrió. Su sonrisa era triste, había desaparecido el espíritu aventurero que había conocido una vez, pero no habían cambiado sus finas y, a la vez, duras manos, que sostenían su inseparable cámara fotográfica. Cuando lo conoció, la barba de Edward estaba cuidadosamente afeitada, mientras que, esta vez, parecía que la cuchilla de afeitar se le había resistido desde hacía días. Cuatro arrugas asomaban por sus ojos castaños de forma almendrada, que habían perdido su fortaleza y de su cabello ya no aparecía ningún mechón encantador como cuando le conoció. Él se adentró de nuevo en la profunda mirada verde de Catherine y fue como aquella primera vez; volvió a sentir que estaban hechos el uno para el otro—. Te escribí una carta... —siguió diciendo la joven, algo avergonzada.

—La leí por casualidad. La fábrica cerró en esa época. Fui a darle un último adiós y la encontré en el buzón. Siento no haberte ido a buscar, Catherine. Me enteré de todo lo que pasó en los periódicos, yo... —Cuando Edward agachó, sin poderlo evitar, la cabeza, Catherine le cogió la mano y sonrió—. Sé que estás casada. —Al decir esto, las lágrimas volvieron a azotar a la muchacha, puesto que veía que el amor de su vida se escapaba de nuevo.

—Edward, no amo a mi marido. Te amé a ti desde el primer momento en el que te vi y durante estos tres malditos años no he logrado olvidarte. No sabes cuántas veces he deseado verte en la Fontana Di Trevi de nuevo, fotografiando todo cuanto había a tu alrededor. Las veces que he soñado con volver a estar a tu lado... y, ahora, estoy aquí, contigo. Sin haberlo esperado. Como en mis sueños. No quiero volverte a perder. —Edward volvió a sonreír ante la franqueza de las palabras de Catherine y asintió.

—Nunca te olvidé. —Fue entonces cuando sacó de su bolsillo la fotografía que Catherine nunca supo que él tenía. Y cuando la vio, se fundieron en un abrazo que los convirtió, una vez más, en un solo ser.

Edward decidió fotografiar el Palacio de Buckingham a la mañana siguiente para poder pasar el día con Catherine. El plazo de entrega era de cinco días, por lo que tampoco tenía prisa alguna. Se dirigieron hasta la zona en la que él vivía, donde sabían que nadie conocido podría ver a Catherine con otro hombre que no fuera Luciano. Pasearon por las avenidas frondosas de Hampstead Heath y por los paseos serpenteantes del lugar, que conducían a tiendas y restaurantes, observándolo todo a cada paso que daban, como artistas extravagantes que retrataban de manera sigilosa el paisaje que veían.

—Cómo quisiera ser uno de ellos… —le comentó Catherine a Edward nostálgica—. Libre, poder expresar el arte como quisiera —continuó explicando, dándole a entender a su acompañante que era una aficionada a la pintura, algo que él no conocía hasta ese momento.

Observaron con pasión durante unos minutos la arquitectura modernista del edificio Isokon, construido cinco años atrás, para adentrarse más adelante por los estrechos senderos del frondoso bosque de Hampstead Heath, repletos de zarzas y moras silvestres que Catherine iba degustando. Finalmente, decidieron sentarse frente al lago, a la sombra de un árbol para evitar los aún débiles destellos del sol que, sin embargo, molestaban a la vista.

—¿Tenías algo qué hacer esta tarde? —preguntó Edward tras haberse olvidado por un momento de que Catherine era una mujer casada.

—En realidad, solo iba a pasear. A veces, siento que la casa se me cae encima, sin tener nada que hacer. Normalmente, salgo con mi abuela, pero hoy ella prefirió descansar. Ha sido toda una casualidad afortunada, Edward.

—Eres una mujer casada... —repitió él con preocupación.

—Corrijo, soy una mujer infelizmente casada. —Quiso reír. Pero incluso eso se le resistió, a la hora de hablar con ironía sobre su matrimonio.

—De nuevo siento mucho que... —Catherine no le dejó continuar, posó su dedo índice en los labios de él y, a continuación, surgió un silencioso beso que duró una eternidad, mientras el lago oscurecía a medida que iba pasando el tiempo y el cielo avisaba de que, pronto, Londres se dejaría empapar por el encanto de la noche, una fría noche.

—Ahora estoy aquí, contigo, al fin. Eso es lo único que importa, Edward. Hay algo que nos une, algo demasiado fuerte como para poderlo detener. Si no, el tiempo hubiera causado el olvido y no ha sido así. Edward, eres hombre de pocas palabras. Por favor, dime lo que piensas —rogó Catherine.

—Pienso lo mismo que tú, pero también tengo los pies en el suelo y creo que lo que estamos haciendo es peligroso. Si, como bien dices, piensas que el señor Soverinni provocó la muerte de tu abuelo y de tus padres, se trata de una familia peligrosa. Solo Dios sabe qué haría tu marido si supiera que le eres infiel.

—Pero tenemos que arriesgarnos. Cuántas veces me he arrepentido por no haber huido contigo. Si lo hubiera hecho, ahora estaríamos juntos, tal vez hubiéramos formado una familia, tal vez...

—Por mucho que a mí me hubiera gustado, Catherine, no sirve de nada pensar en qué hubiera sucedido si hubiéramos actuado de otra forma.

—Tienes razón, Edward. Pero estamos a tiempo. Estamos a tiempo de estar juntos, de ser felices. Creo que nos lo merecemos. Es lo justo. Ya no quiero pensar en las consecuencias, quiero pensar en el presente y mirar con esperanza hacia el futuro. Hemos sido dos almas cruzando ríos paralelos, pero al fin volvemos a estar en el mismo punto. Como si no hubiera pasado el tiempo.

—De acuerdo, Catherine. Estoy contigo —dicho esto, Edward la volvió a besar, esta vez con más intensidad, pensando en sus palabras sinceras. Eso no estaba bien, pero tal vez fuera lo justo. Lo justo para los dos y su bonita historia de amor.

A las ocho de la tarde, Edward acompañó a Catherine hasta una calle cercana de su casa, sin peligro de ser vistos. Aquella escena les recordó su despedida en aquella callejuela de Roma, pero no mencionaron el asunto para no volver a abrir viejas heridas. El pasado era algo que había caído en el olvido, así como las desgracias. Solo pensaban en su historia, en ellos mismos y en lo mucho que se querían, como si fueran dos adolescentes locos y enamorados que no pensaban en la realidad que les acechaba. Ambos merecían por, unos instantes, salir de su dura rutina diaria y de las malas pasadas que les había jugado el destino. Ambos merecían saber lo que era amar. Y juntos lo habían descubierto en poco tiempo. Ahora tenían toda una vida por delante.

—Mañana, a las cuatro, en el lago —le prometió Catherine.

—Allí te esperaré —se despidió Edward, con un beso fugaz y volvió hasta Hampstead Heath, en compañía de una luna que trataba de luchar contra los persistentes nubarrones de la noche londinense.

Cuando Catherine entró por la puerta de casa, Luciano la esperaba con cara de pocos amigos. Cierta angustia se escondía detrás de su mirada clara, que con el tiempo se había forjado la fama de ser dura y temible, como la de su propio padre.

—Estaba preocupado por ti, Catherine —expuso Luciano, intentando calmar el tono de su voz, ya de por sí enfurecido—. ¿Se puede saber dónde diablos estabas?

—He ido a dar un paseo y se me ha pasado la hora. Tenía tantas ganas de volver a Londres que... —Pero Luciano ya no la miraba. De espaldas a ella, le comentó con frialdad que la estaban esperando para cenar.

La escena no podía ser más vergonzosa para Catherine. Los señores Soverinni la miraron ansiosos por empezar a cenar y su abuela parecía una extraña al lado de esa gente. Luciano se sentó y, tras él, Catherine, silenciosa, empezó a cortar el filete de ternera que tenía sobre la cubertería francesa del siglo XV, soñando una vez más con volver a estar entre los brazos de Edward a espaldas de su marido.

CAPÍTULO 27

Irlanda, 2002
Reencuentro con el pasado (3ª parte)

Amanda les invitó a pasar a la pequeña cocina para tomar café. Patricia se lo agradeció comentándole a la anciana que era el mejor café que había probado y, en realidad, así lo pensaba de verdad por el aroma intenso que desprendía y que seguía envolviendo la cocina tan bien organizada y limpia. Emma miraba con curiosidad a la que fue en otra vida su hija, ahora convertida en una adorable anciana de sesenta y seis años que aparentaba más edad, con el cabello cano recogido con un sencillo moño. Sus ojos eran de un castaño claro que cambiaba de color según la luz. Tenían una familiar forma almendrada que le aportaba una gran vitalidad en su expresión, siempre con una sonrisa en sus finos labios repletos, como el resto de la piel extremadamente blanca de su rostro, de arrugas provocadas por el paso tiempo.

—Olvidarse de las cosas produce una gran tranquilidad. Lucille ha estado recordando cosas estos días, ha tenido sueños que la han inquietado. Yo prefiero seguir sin recordar —comentó Amanda con pausa.

—¿A qué se refiere? —preguntó Patricia, y dio un lento sorbo a su apetitoso café.

—El doctor dice que puede pasar. De un día para otro, puedes olvidarlo todo a causa de un accidente como el que tuvimos y, con los años, puedes volver a recordar tu vida con total nitidez. Lucille no quiere hablar conmigo del tema, pero sé que ha vuelto al pasado y está más en él que aquí —trató de explicar, a la vez que negaba con la cabeza. Un gesto por el que Emma sonrió, al saber que era muy típico de Cristian. Fue entonces cuando él entendió que esas dos ancianas no fueron hijas de Luciano. Fueron sus hijas, las hijas de Edward.

—¿Y usted, Amanda? ¿Sigue sin recordar nada? —volvió a interrogar Patricia, intentando no incomodar a la anciana.

—¿Yo? —Empezó a reír irónica—. No recuerdo absolutamente nada. Mi vida empezó de nuevo desde que mi marido y mi cuñado murieron. Solo recuerdo mis días con mi hermana en esta casa. Nada más. Y soy feliz, ¿sabe? Ahora dígame, Patricia, ¿por qué ha vuelto? Recuerdo que visitó una casa en Londres, ¿cierto? La casa donde supuestamente viví con mis padres.

—Sí y... —Antes de continuar, Patricia vio cómo Lucille se acercaba a ellos como si de un fantasma se tratase. Lentamente, sin hacer ruido ni siquiera con cada paso que daba, sin ninguna expresividad en su rostro, idéntico al de Amanda, como dos gotas de agua. La anciana miró con terror a Emma, mostró unas viejas fotografías que llevaba consigo e intentó señalarla con su largo dedo índice, pero apenas tenía fuerzas si quiera para hablar.

—Lucille, ¿qué es lo que ocurre? —preguntó su hermana preocupada, observando la consternación que parecía haberle provocado la visita de los tres invitados.

—Ella. Es ella, Amanda, ¿no la recuerdas? —trató de responder, al fin, Lucille.

—¿Quién es ella?

—Mamá. —Tras decir esto, Lucille sonrió y se dejó caer al suelo. Cristian fue rápidamente hacia la anciana para tratar de que esta abriera los ojos. Cuando ella lo miró, Cristian sintió un súbito golpe en su corazón que le gritaba a los cuatro vientos el sufrimiento que esas dos mujeres habían provocado en su vida anterior. Dos hijas a las que no podía ver, dos hijas que no llegaron a conocer a su padre. A Edward. A él.

—Lo siento... —se disculpó Lucille, aún con el susto en su rostro y se sentó con ayuda de Cristian en la silla colocada al lado de la de su hermana—. No sé lo que me ha pasado.

—Lucille, ha dicho que esta mujer es su madre —le recordó Patricia, buscando en la mujer más información.

—¿Eso he dicho? —el rostro de los tres invitados se desencajó por completo. Lucille parecía no recordar lo que había sucedido segundos antes—. He tenido sueños, sueños extraños en los que salía ella. —De nuevo señaló a Emma. Lucille negó con la cabeza, como si tratara de borrar alguna imagen desagradable de su recuerdo—. Estaba muerta.

—Lucille... —suspiró Amanda—. ¿Llamo al doctor?

—No. Estoy bien, Amanda. Estoy bien. Recuerdo a mamá contándonos cuentos, arropándonos con las mantas para que no pasáramos frío por las noches, enseñándonos a pintar hasta que nuestras ropas quedaban sucias... Hasta que, un día, desapareció. Nuestro padre dijo que nos había abandonado, pero sé que no fue así. Luego, él también murió y nos quedamos con Monique. ¿No lo recuerdas Amanda? —En el tono de Lucille, se podía sentir la amargura de los años, de los recuerdos, de todo lo vivido una vez y el dolor que le había causado en su más tierna infancia la desaparición de su madre—. Anoche descubrí que mamá fue asesinada.

—¿Quién la asesinó, Lucille? —preguntó Emma, mostrándose dulce y calmada.

—Dígame, por favor, cómo se llama. —Emma le dijo su nombre. Lucille pareció quedar conforme, pero la sonrisa desapareció inmediatamente para responder a la pregunta que le había formulado—. Papá. Fue papá. Una noche, mamá llegó tarde, como siempre. Más adelante me enteré de que las malas lenguas decían que tenía un amante y que nosotras no éramos hijas de Luciano, sino de él. —Esta vez, Lucille señaló a Cristian ante la sorpresa de todos—. Escuché que alguien paseaba por el jardín muy despacio, como si llevara algo pesado en sus brazos. Eran los pasos de papá. En mi cabeza solo había gritos y sangre. Mucha sangre… ¡Un disparo! —exclamó empezando a llorar—. Después de eso, sentí una respiración a mi lado, la ventana se abrió y la cortina empezó a bailar. Sabía que mamá se había ido para siempre. Pero ahora, Amanda, ha vuelto. ¿No la ves? ¿No la reconoces? —Amanda miró de nuevo a Emma y negó tristemente con la cabeza. Sabía que lo que explicaba su hermana era verdad. En algún recoveco de su memoria tenía esas visiones, pero todavía no sabía si eran ciertas o habían nacido por todo lo que estaba explicando con tanto dolor su hermana.

—Lucille… —dijo Emma. Sabía que era la voz de Catherine la que salía de ella—. Siento mucho todo lo que os pasó, todo lo que tuvisteis que vivir. Vuestra madre no os abandonó, os quería muchísimo, lo erais todo para ella y… —Lucille, sin dejar que Emma continuara hablando, le mostró otra de las fotografías que tenía. Esta, metida en el bolsillo de su chaqueta de lana verde. Era Edward. Cristian miró la fotografía con atención.

—Murió por él —añadió Lucille mirando a Cristian—. Pero ¿sabes? Me alegro de que hayáis tenido otra oportunidad. De todas maneras, tened cuidado, el mal os sigue acechando.

—¿El mal? —preguntó Patricia. Y de nuevo la anciana, señaló el rostro de Luciano.

—Sigue aquí —susurró—. Sigue aquí…

Amanda hizo un gesto que les dio a entender a los tres invitados que era el momento de irse. Su hermana no estaba bien, por momentos parecía que se iba a desmayar. Todo lo que estaba explicando y, por lo tanto, recordando, le dolía con tal intensidad que parecía que las palabras pudieran matarla en un instante.

—Si necesita cualquier cosa, Amanda, estaremos aquí un par de días más —se ofreció Patricia, sin poder dejar de mirar a la trastocada Lucille.

Amanda observó desde la ventana cómo el coche se alejaba lentamente y con cuidado, al pasar por el camino repleto de matorrales. Lucille seguía temblando, pero esta vez repitiendo cosas extrañas.

—Sigue aquí, sigue aquí... —continuaba diciendo, una y otra vez. Amanda parecía aterrorizada al no entender qué era lo que estaba sucediendo. ¿A qué se refería exactamente? ¿Se trataba de una broma? ¿Su madre había vuelto a nacer? ¿Era esa mujer? Las preguntas del pasado dejaron de existir. Pero había muchas preguntas en el presente, algo que a Amanda no le había ocurrido hasta ese momento en su plácida existencia junto a su hermana.

—Explícame qué pasa, Lucille. Pero, tranquilízate.

—Ella... Están aquí por una razón. Pero él... Él sigue aquí, con nosotros —Lucille apenas podía enlazar una palabra con la otra. Sus pensamientos y las imágenes que constantemente pasaban frente a sus viejos y cansados ojos eran demasiado rápidos para sus palabras, que apenas lograban salir por su boca.

—Venga, acuéstate y descansa —le aconsejó Amanda, mientras le arropaba con un chal que había encontrado en la silla barnizada del pasillo. Era una silla especial. Una de las pocas posesiones que tenían de la casa de la Abadía de Westminster, donde vivieron con sus padres. Se dio cuenta de que Emma la había mirado con especial atención cuando entró en la casa.

Lucille no puso impedimento alguno para volver a la cama. Amanda se sentó en la silla de la cocina, cerró los ojos y deseó volver a recordar el rostro de su madre, la ternura con la que las miraba, esos cuentos que les narraba cada noche, su sonrisa, su voz, su alegría y su tristeza. Mentía siempre que decía algo respecto al recuerdo del pasado. No quería sufrir y, por eso, se permitía el lujo de decir que vivía mejor sin recordar. Pero no, no era cierto. Quería saber lo que había vivido, la tragedia que les acompañó a lo largo del camino, por mucho daño que pudiera provocarles. En cierta forma, envidiaba a su hermana, pero, por otro lado, le preocupaba la locura que la estaba alcanzando, algo que desde luego no quería para ella. «Mejor así», se dijo. «Mejor sin recordar», añadió estallando en lágrimas de dolor por saber que, en el fondo, se estaba auto convenciendo para negar algo que, en realidad, sí deseaba.

—Pobre mujer —dijo Patricia, expresando una verdadera tristeza por la anciana, mientras recorrían la carretera costera de Annestown.

Localizaron un pequeño hostal en el que entraron y poco les costó reservar dos habitaciones, una individual y otra de matrimonio para Emma y Cristian, que seguían callados y ausentes en sus propios pensamientos desde que vieron a Lucille en ese estado.

—Venga, chicos, animaos, que parecéis un par de momias —intentó animarles Patricia riendo. Ella también se había disgustado, aunque no era lo mismo. Ella no llegó a conocer a «sus nietas», falleció en aquella explosión años atrás. Sus sentimientos estaban más lejos de las ancianas de lo que podían estarlo los de Emma y Cristian. Cada vez que pensaba en la muerte que tuvo Madeleine, se le ponían los pelos de punta y no podía evitar hacer una mueca de desagrado. Pero, cuando veía a su hijo, en seguida se le pasaba. «Es una nueva vida», se decía. «Y, esta vez, abandonaré el mundo en mi camita a los noventa y tantos», intentaba convencerse—. Venga, chicos, vamos a tomar un café. Mañana volveremos a ver cómo está Lucille, seguro que se encontrará mucho mejor.

Fueron a tomar un café con la agradable y fría brisa de la costa, en una terraza con vistas al mar. El cielo de Annestown estaba anocheciendo y, sin embargo, Emma se notaba cada vez más despierta, sin apetecerle en absoluto ir a dormir. «Mañana será otro día», se decía a sí misma para poder evitar el dolor de cabeza que tenía. Pensaba en Ñata y su alegría inocente, la alegría que sentían personas por no recordar su pasado, aunque se tratara de una vida anterior no correspondiente con exactitud a lo que la gente actual entendía como un «pasado». Como le sucedía a Amanda, deseosa en el fondo de saber y despreocupada al hablar de no recordar el sufrimiento de lo sucedido. Nada parecía tener sentido en ciertos momentos, pero sabía que lo que estaba pasando era real. Más real que las florecientes rosas en primavera o el anochecer tardío del verano.

Después del café, cenaron en el pequeño, pero cómodo restaurante del hostal. Apenas había gente. Luego, Emma y Cristian fueron a dar un romántico paseo a orillas del mar. Patricia decidió ir a su habitación a leer uno de esos libros de historias sobrenaturales que tanto le entusiasmaban y prefirió que la pareja se quedara sola y meditara sobre todo lo que les estaba sucediendo. Disfrutaba al pensar que eran afortunados, que no todo el mundo puede revivir lo que hace tanto tiempo el alma, hoy encerrada en otro cuerpo, vivió. Lo que la mayoría de las almas olvidan para dedicarse plenamente al cuerpo que les aprisiona en otra existencia. Ella, quizá, no podía recordar tanto, pero tenía la esperanza de poder recuperar el tiempo perdido. Esa era su misión, no recordar su pasado como debía hacerlo Emma y Cristian para poder vivir felices en el presente, sin viejas heridas que les marcasen. Sabía que Madeleine no había sido una buena persona y, mucho menos, una buena madre con Catherine. Ahora, tenía una oportunidad con Emma. Ella le prometió volver en boca del fantasma de Lisa, el ama de llaves, y así había sido.

Emma y Cristian daban pasos lentos, pero seguros sobre la fría arena. Sujetaban sus zapatillas deportivas en la mano, mientras sentían el frío de la arena bajo sus pies descalzos. Era una sensación agradable. En el horizonte que compartían, un amplio y oscuro mar eterno, decorado con la luz de la luna, más grande de lo habitual, que resplandecía única y especial como el momento que estaban viviendo. En el fondo, todo tenía relación. Emma no dejaba de mirar a Cristian mientras se encogía de frío y se cobijaba con una sola mano en su chaqueta gris de lana. A menudo, hacía que su brazo chocara enérgicamente con el de Cristian, y este volvía a abrazarla mientras los pensamientos de ambos aumentaban con cada silencio prolongado solo lo necesario. La imaginación desbordante, a la vez, provocaba en ellos imágenes que bien pudieron existir en la vida de Edward y Catherine.

—Cuando volviste a Londres... —La voz de Cristian pareció salir de la nada. Parecía no ser la de él, pero, a pesar de eso, Emma lo escuchaba con atención. Sabía que hablaba la voz de Edward, del recuerdo, la voz de su alma—. Edward fue el hombre más feliz del mundo y, a la vez, el más triste, por saber que Catherine estaba casada, que no podía ser completamente de él. —Hacía lo posible por no hablar de ellos, por seguir mencionando los nombres olvidados, los nombres que pasaron a la historia hacía años. Los de Edward y Catherine.

—Pero ella tuvo dos hijas de él, de Edward. Esas dos mujeres son fruto de ese amor prohibido y secreto.

—No creo que fuera secreto para siempre, Emma. El marido de Catherine los asesinó al descubrirlo todo. O, quizá, lo sabía desde hacía tiempo y no lo pudo soportar más. —Emma lloró al escuchar esas palabras. Lloró y tembló de miedo al recordar las últimas palabras de Lucille. «Él sigue aquí.» Cristian adivinó sus pensamientos—. ¿Crees que ese hombre sigue aquí? ¿Que él también ha vuelto a nacer? —Emma asintió.

En su rostro se veía preocupación y desconfianza, pensando en que Luciano podría haberse convertido en cualquiera, incluso en una persona cercana a la que veía cada día. Una persona con la que se encontraba en cada esquina, una persona que veía el mismo sol que ella y se iba a dormir, prácticamente, a la misma hora. Una persona que bien podría haber entrado en su apartamento y cogido su diario. Una persona atormentada por un alma errante del pasado, que volvía al presente para repetir la historia. Su historia.

CAPÍTULO 28

Londres, 1935

Cuando acabaron de cenar, fue un alivio para Catherine que Luciano se encerrara en el despacho a trabajar hasta las tantas de la madrugada, como ya la tenía acostumbrada desde hacía varios meses. Algo parecía inquietarle, pero nunca osó preguntárselo. Luciano era muy reservado en cuanto a su vida profesional, compartida solo con su padre y en la que Catherine preveía negocios sucios que los habían hecho escapar de Roma. Tampoco quería conocer qué era lo que habían hecho. Sabía que no jugaban limpio, no era el estilo del señor Soverinni y tampoco, por lo tanto, el de su esposo. Habían conseguido una fortuna y comodidad social a base de estafar y calumniar a personas honradas de alto nivel adquisitivo. No quería tener nada que ver con eso, no quería verse metida en ese callejón sin salida. Lo único que deseaba era seguir ignorando lo que su esposo y el señor Soverinni se traían entre manos.

La señora Diane perseguía a su nieta con la mirada, adivinando el único pensamiento que invadía la mente de la joven.

—¿Lo has visto? —preguntó la señora Diane, en la puerta del dormitorio de Catherine.

Parecía impaciente, como si tuviera prisa por saber la respuesta. Como si le fuera la vida en ello. Catherine se acordó de las tardes junto a su madre. Es curioso lo que ocurre cuando una persona fallece. En vida la quieres, porque es sangre de tu sangre, pero no por todo lo que pueda aportarte. Sin embargo, cuando muere, recuerdas instantes vividos que ni siquiera tenías presentes cuando la persona aún estaba contigo. Así se sintió Catherine en su niñez: ignorada por su madre, que parecía amar más su jardín que a su propia hija. A veces, Catherine se detenía frente a las flores más hermosas, esperando con nerviosismo que su madre le dijera palabras amables que toda niña necesita. Esas palabras mágicas que nunca llegaban. Preguntas infantiles que nunca tuvieron respuesta, juegos que Catherine proponía con ilusión y su madre negaba con la cabeza, poniendo como excusa estar muy ocupada con cualquier sandez. Entendía la impaciencia y la necesidad de su abuela por saber la verdad. Ella se sentía así cuando quería saber si su madre la quería y Madeleine nunca le respondía.

—Entra. —Catherine la recibió con una sonrisa—. Sí, lo he visto. —La escena les hacía volver al pasado. Ambas sentadas en la cama, conversando sobre el verdadero amor—. Ha sido casualidad, destino, llámalo como quieras, pero...

—Sabías que en uno de esos paseos lo encontrarías, Catherine. Londres es grande, pero tu fe es, aún, más poderosa.

—Puede ser. Fue salir por la puerta y verlo. Con su cámara fotográfica, como si nada hubiera cambiado. Como si el tiempo no hubiera pasado. Hemos pasado la tarde juntos.

—Estás jugando con fuego.

—Lo sé.

—Hija, haz lo que debas hacer. Pero ten presente las consecuencias que todo esto puede conllevar. A veces, el corazón engaña a la razón y no por eso nos equivocamos, pero un error puede ser tan grave que puede llevarnos a un trágico final.

—¿Qué estás intentando decirme, abuela?

—A lo largo de este tiempo, me he dado cuenta de que los Soverinni son peligrosos, querida. No son buenas personas, el poder es lo principal para ellos. El poder y la buena reputación, algo que perdieron en Italia y quieren lograr aquí. Si Luciano se entera de que tienes un romance con otro hombre, no quiero ni llegar a imaginar qué sería capaz de hacer.

La señora Diane tenía razón.

El miedo volvió a apoderarse de Catherine como un huracán imprevisible que afecta a los más desprevenidos y vulnerables.

—Cielo, me voy a dormir. No pienses más y descansa —se despidió la señora Diane, que al fin parecía haber despertado de un largo sueño, dándose cuenta de quiénes eran realmente las personas con las que convivía. Catherine se dio cuenta desde el mismo instante en el que vio a su abuelo muerto en el suelo el día de su boda. Era algo que costaba asimilar, pero la señora Diane había parecido recuperar la fuerza que la había caracterizado años atrás y perdió, de esta forma, la ingenuidad que había poseído durante los últimos tres años.

—Sí —asintió Catherine y besó la mejilla de su abuela con preocupación.

Dormir fue un reto para Catherine, hasta que vino Luciano a las tres de la madrugada. Se acostó junto a ella e intentó abrazarla, pero ella quiso sumirse en un profundo sueño que, al fin, después de tantas vueltas en la gran cama, logró. Ese era su amor por Luciano. Un amor que jamás había despertado, un amor ficticio que, a veces, se hacía el dormido. Su amor por Edward era pasional, mágico y no entendía de preguntas ni respuestas, no sabía de poder ni de buena reputación. Era un amor sincero y puro, que nació con una sola mirada, de forma natural. Nadie lo impuso, todos lo prohibieron.

Cuando Catherine despertó miró al otro lado de la cama en la que ya no estaba Luciano. Fue un alivio no encontrarlo. Odiaba ver cómo la observaba mientras se quitaba el camisón para ponerse uno de sus bonitos y elegantes vestidos. Era una mirada vacía que le provocaba desconfianza e inseguridad. Una mirada sin alma que parecía odiarla por no quererle como él tanto la quería. Le confundían los pensamientos que pudiera tener cuando la miraba, a veces de manera lasciva. Otras veces, pensativo, incluso ausente. Y, en la mayoría de ocasiones, desafiante, con esos ojos azules penetrantes, que tanto temor le habían provocado desde la muerte de su familia. Temor y rabia.

Ese día era especial. El sol resplandecía en Londres y la invitaba a pasar un día al aire libre. Quizá en el campo rodeada de árboles y flores silvestres que le harían respirar el ambiente puro de la libertad en un entorno privilegiado, con Edward. Solo con él.

Por primera vez, desde el fallecimiento de su familia, se puso el vestido rojo con un lazo negro en la cintura, que tanto adoraba años atrás. Se arregló el cabello y se maquilló, atreviéndose, por primera vez, a pintarse los labios con el carmín rojo olvidado. Quería estar resplandeciente. Se miró en el espejo del tocador y, tras dedicarse a sí misma unas cuantas carantoñas en la privacidad de su dormitorio, pudo ver a una Catherine diferente, gracias al fuerte color en sus labios. Le gustaba la feminidad y, a la vez, la elegancia que le aportaba a su fino rostro, pues destacaba aún más el color verde de sus ojos. Ese carmín le dio la vida. Cuando bajó, se encontró a su abuela almorzando y se sentó con ella a la espera de que Monique le sirviera un zumo de naranja y una tostada.

—¿Cómo has dormido, abuela?

—Estupendamente bien, cariño. —La señora Diane miraba con curiosidad a Catherine. Quería decirle lo hermosa que estaba con ese vestido que hacía tanto tiempo no se ponía, pero se entristeció al pensar que fue un regalo de Charles, su hijo. ¡Cuánto lo echaba de menos! Se dio cuenta del carmín rojo que había usado. Una risita nerviosa apareció en su interior. Era el labial que ella le había regalado cuando Catherine cumplió los dieciocho años. Jamás había estado en los labios de su nieta hasta esa mañana. La primera vez que Catherine se aplicaba carmín rojo, toda una celebración para la anciana, por ser el color que le había hecho destacar desde su juventud—. ¿Y tú?

—Bien, bien... He dormido poco, pero bien —admitió Catherine, a la vez que le agradecía a Monique, con un distendido gesto, el desayuno que había acabado de servir la joven francesa.

—¿A qué hora has quedado con Edward? —más que una pregunta, las palabras de la señora Diane sonaron como un susurro débil y acusador.

—A las cuatro.

—Bien, deberás pensar en tu coartada.

—¿Coartada?

—Sí, para que no sospechen nada extraño, Catherine. —La señora Diane se detuvo unos instantes a pensar y abrió de manera exagerada los ojos—. Diré que has quedado con una amiga de la infancia, qué sé yo... ¿Recuerdas a Mary Wemming?

—Mary... —Catherine recordó a aquella niña pelirroja llena de pecas y ojos verdes vivarachos, que siempre estaba llena de preguntas, a menudo sin respuestas, ni siquiera por parte de los adultos que, a menudo se quedaban sin palabras. ¿Qué habría sido de ella? Tal vez habría formado una familia como siempre había querido. Dos niñas y un varón, cuyos nombres estaban decididos desde que Mary tenía cinco años. Era su sueño. Catherine deseó que lo hubiera cumplido—. Di lo que creas conveniente. No comeré aquí.

—¿Comerás a las cuatro? ¿Tan tarde? —se escandalizó una vez más la señora Diane. La risita nerviosa volvió inesperadamente a su interior.

—Ya veremos.

—De acuerdo, Catherine. Pero no creo que mis excusas ayuden a la despreocupación de Luciano. Si ayer le hubieras visto la cara… Estaba realmente preocupado. Confuso y preocupado —advirtió la señora Diane, dando muestra de uno de sus tics más comunes, el de darle vueltas irritada, sobre su dedo, al anillo de casada.

—Entiendo. No te preocupes, abuela. ¿Dónde está Luciano?

—Tenía una reunión en casa de sus padres. Vendrá tarde, quizá a la hora de cenar.

—Perfecto.

—Catherine, por favor, ten cuidado. Si hace años fue Lisa la que te rogó que no huyeras, hoy soy yo quien te lo pide. No sabría qué hacer sin ti.

—No, abuela, no huiré. Es una promesa. —Tras estas palabras, la señora Diane se cubrió la cara con sus envejecidas manos, pero la voz de su nieta la tranquilizaba. Ella no la abandonaría jamás. Y, de nuevo, su fantasma acudió a su lado para acariciarle la espalda como aquella noche en la que la señora Diane le abrió su corazón a su nieta, cuando el señor Aurelius aún vivía. Hacía tiempo que Lisa no daba señales de existencia alguna, pero esta vez la necesitaba y ella siempre estaba allí cuando lo creía necesario. Había pasado el tiempo, Catherine era una persona distinta, pero seguía siendo aquella niña en busca de unos brazos en los que arroparse y sentirse protegida. En busca de unas palabras que calmaran el dolor que, inevitablemente, aún llevaba con pesadez sobre sus espaldas.

—Gracias... —dijo al fin la señora Diane tras una larga pausa que acrecentó la inquietud de Catherine hacia Luciano. Si él se enteraba de que tenía un amante, la mataría. Si su padre había sido capaz de matar por la fortuna de los Stevens, su hijo era capaz de matar por amor. Romanticismo le llamarían algunos. Lástima y temor era lo que ella sentía en esos momentos.

Esa misma mañana, Catherine se adueñó de los objetos que habían formado parte de la vida de las personas que ya no estaban a su lado. Recorrió las estancias de la casa en busca de algo que le hiciera aspirar el suave aroma de su madre o aquello que más podría haber usado su padre cuando aún vivía. Ellos ya no estaban, pero sí quedaban los objetos que habían usado cuando estaban vivos. Aquellas pertenencias que habían deseado, soñado, amado y que todavía tenían algo de ellos: su esencia. Estos provocaban que, en cierta manera, sus padres aún estuvieran vivos, a su lado. La agenda repleta de anotaciones del señor Charles permanecía intacta en uno de los cajones de su anterior despacho. Mientras Catherine ojeaba entretenida cada proyecto, se dio cuenta de que había fechas que su padre no pudo vivir y, por tanto, anotaciones que no había podido cumplir. La muerte inesperada le separó de todo lo que amaba, de todo lo que le quedaba aún por hacer. En el tocador de Madeleine, aún estaba intacto su perfume. La estaba esperando, como si de un momento a otro volviera a estar en la piel de su propietaria. Las flores preferidas de su madre estaban muertas como ella. Nadie en esa casa cuidaría con tanta devoción de las petunias, las margaritas, las rosas o el jazmín. Cada día tenía la necesidad de ir hasta su antiguo dormitorio a recordar viejos instantes de adolescencia y a comprobar que el diario y las fotografías que Lisa dejó en vida estuvieran en el cajón donde los había dejado. Era doloroso ver un objeto que fue de alguien importante y que ya no se encontraba a su lado. La esencia de lo que fue importante para los que ya no estaban. Dolía percibir un olor en el ambiente que, en realidad, había dejado de existir. Resultaba más doloroso aún recordar. Por eso, Catherine prefería mantener algunas puertas y cajones cerrados bajo llave. Para así no tener que compartir sus recuerdos con nadie. A menudo, era mejor recordar el pasado en soledad.

Al final, Catherine comió con su abuela en casa y, a las tres de la tarde, se dirigió hasta el lago de Hampstead Heath, donde la esperaría Edward con su inseparable cámara fotográfica. Durante el camino, Catherine se topó con viejas conocidas de toda la vida por su familia a las que esquivó con sutileza y observó el paisaje por el que había paseado la tarde anterior con el joven con especial atención. Su vida volvía a funcionar, pero no del todo. Se había convertido en una de esas mujeres a las que tanto odió una vez. Se había convertido en su propia madre, una mujer que jamás amó a su marido, pero se sentía peor persona. Ella engañaba a su marido, sin embargo, su vocecilla interior la aliviaba al reconocer que era por amor. Y todo mereció la pena cuando alcanzó a ver a Edward, entretenido fotografiando el lago de Hampstead Heath en todo su esplendor. El sol resplandeciente iluminaba el agua que lucía con un brillo especial, el brillo que había adquirido de repente su mirada desde que volvió a verlo. Sin saludar, Catherine se agachó y tocó el hombro del fotógrafo y, cuando este se giró con una sonrisa, se fundieron en un tierno beso.

—¿Qué has hecho hoy? —preguntó Catherine, mientras se sentaba con delicadeza a su lado.

—Te vas a ensuciar el vestido —rio Edward—. He estado fotografiando el Palacio de Buckingham. Un trabajo para el periódico. ¿Te ha costado mucho venir hasta aquí?

—No. Luciano está en casa de sus padres. —Edward asintió—. ¿Me haces unas fotografías?

Durante más de media hora, la cámara de Edward no dejó de trabajar, fotografiando las mejores poses de modelo de

Catherine, a la vez que él le prometía que saldría preciosa, tras un paisaje de fondo idílico. El tiempo pasó volando hasta que, al fin, decidieron ir a casa de Edward, a tan solo cinco minutos del parque. Catherine observó la gran entrada y la fachada de piedra grisácea algo descuidada. Aunque humilde, aún daba paso a la imaginación para saber que, en otro tiempo, el edificio estuvo bien considerado en la zona. Subieron las escaleras para llegar al piso de arriba y, mientras Edward abría la puerta con dificultad sonriendo y diciendo que le pasaba siempre, Catherine no podía dejar de observar con incredulidad que, al fin, se encontraba con quien quería estar. Entraron en el amplio piso del joven. Ella observó una decoración algo recargada y masculina, pero, aún y así, acogedora. El salón hacía a su vez de despacho gracias a una gran mesa repleta de folios escritos. A su alrededor, altos estantes merecían ser admirados por la cantidad de libros polvorientos que Edward había acumulado con devoción a lo largo de todos esos años.

—Los he leído todos —declaró orgulloso.

El sofá, de un color verdoso, invitaba a la reflexión frente a un gran ventanal desde donde se podía contemplar los tejados, habitados por gatos delgaduchos y escurridizos. Detrás de todo el desorden inicial, se encontraba una pulcra cocina de grandes dimensiones que aún olía al café de la mañana y, a un lado, las escaleras que llevaban al rincón más íntimo: el dormitorio, con una maravillosa terraza algo descuidada, desde donde podía observarse con claridad la cúpula de la Catedral de San Pablo, un lugar que Edward contemplaba embelesado cuando necesitaba pensar sobre algún asunto importante. Como lo había hecho en vida el señor Aurelius frente al Arco de Constantino en Roma, imitando, así, a sus antepasados.

Volvieron a sonreír y, sin mencionar palabra, se dejaron llevar una vez más por el deseo y el amor que les unía. Fueron hasta el dormitorio de Edward y, allí, en la oscuridad, se fundieron por primera vez en un solo ser. Habían pasado tres años y cinco tormentosos meses desde aquel afortunado día en el que sus vidas se cruzaron en la Fontana Di Trevi. Después de aquella vez en la que se enamoraron y el destino les separó para depararles, en esos mismos momentos, la sorpresa más feliz de sus vidas: su unión. Durante dos horas que parecieron segundos, sus cuerpos desnudos se quedaron quietos y abrazados en la cama de Edward, mientras sus ojos no podían dejar de contemplarse con dulzura, entre besos y caricias.

Hablaron durante un rato del trabajo de Edward en el Daily Herald. A Catherine le pareció un trabajo brillante e interesante, y lo envidiaba por tener la oportunidad de escribir y ser descubierto por cientos de lectores.

—¿De qué te gustaría trabajar, Catherine? —preguntó Edward.

—Escritora… Sería mi sueño. Escribir y ser leída. Plasmar mis sentimientos, experiencias, historias ficticias, imaginarias… y poder así llegar al alma de quien lo lea.

—Buena elección. A mí me hubiera gustado ser actor —confesó Edward, mirando hacia el techo como si estuviera soñando despierto—. Me hubiera encantado ser Boris Karloff en Frankenstein o cualquiera de los hermanos Marx en Sopa de Ganso. Groucho… con Groucho me conformaría —admitió riendo—. Pero, sin duda alguna, admiro a Fred Astaire, verlo bailar me trasmite una magia indescriptible.

—No me lo digas. Te hubiera encantado ser Fred Astaire en *Dancing Lady*.

—Sin dudarlo —siguió riendo Edward—. Y si me preguntas el motivo… Poder dar vida a otra persona diferente a mí y hacérselo creer al espectador. Es algo que me apasiona.

—Siempre estás a tiempo, Fred Astaire —replicó Catherine con complicidad.

A las once de la noche, Catherine bajó de la nube que compartía con Edward. Al percatarse de la hora que era, dio un agudo y corto chillido, y se levantó de inmediato con intención de volver a casa. Le costó esfuerzo vestirse. Su cuerpo menudo temblaba, mientras Edward, aún estirado en la cama la observaba. Viendo el temblor y nerviosismo de la joven, se levantó y le ayudó a ponerse los zapatos, como si de una niña pequeña y asustada se tratase.

—No puedo volver —dijo Catherine, tapándose la cara.

—No vuelvas.

—Hice una promesa, Edward. No puedo dejar sola a mi abuela. Suficiente ha sufrido en estos años. Es como aquel que le toca vivir la vida eterna y ve morir a todos sus seres queridos. Perdió a su marido y a sus hijos de un día para otro. Ha sido valiente y ahora yo...

—Ella sabe lo nuestro —afirmó Edward, seguro de la respuesta de Catherine que asintió al mismo tiempo—. ¿Está de acuerdo?

—Sí. Me ve feliz y eso le hace feliz a ella, pero... ¡Dios mío! Son las once de la noche. Luciano me va a matar.

—No, Catherine... Debes estar donde quieras estar —declaró con rotundidad, sin poder evitar golpear con el puño la pared—. La pregunta que te hago es: ¿Dónde quieres estar?

—Contigo —respondió ella con lágrimas en los ojos.

—Quédate.

Catherine lo miró una vez más. Sabía que, después de esa noche, podrían ser días o incluso meses los que tardaría en volver a verlo si regresaba a casa. Sabía que Luciano estaría, a partir de ese momento, encima de ella constantemente. No la dejaría respirar. Pero, si se quedaba, rompería la promesa que le había hecho ese mismo día a su abuela, igual que la promesa que le hizo a Lisa hace años, antes de que ella falleciese.

Edward lo intuía y, de nuevo, con una mirada repleta de ternura, le suplicó que se quedara. Él le haría feliz y cuidaría de ella. ¿Qué importaba si desaparecían del mapa? Solo eran felices si se tenían el uno al otro, pero recordó la vez anterior. Catherine no aceptó la locura de huir con él tras conocerlo desde hacía solo tres días. Tampoco lo haría ahora.

—Te quiero, Edward.

—Te acompaño, no puedes ir sola a estas horas.

—Sí —dijo Catherine sin fuerzas, abatida y entre sus brazos, besándolo una vez más.

Cuando estuvieron cerca de la casa de la joven, las luces de los coches de policía y los llantos de la señora Diane eran todo cuanto se veía y se oía en la calle principal. Catherine se asustó. Le dio un último beso a Edward, que escapó corriendo hacia la dirección contraria.

Cuando entró por la puerta, Luciano la esperaba con los brazos cruzados. Su cara mostraba la preocupación de alguien que teme perder a la persona que más quiere para siempre. La señora Diane abrazó a su nieta sin cesar de llorar. La policía sonrió aliviada y, a la vez, con malicia, para añadir después un comentario dirigido a Luciano que decía algo así como que a una mujer no se le podía dejar la cuerda tan larga. Tras ello, la preocupación de Luciano desapareció para transformarse en furia. Una furia con la que aprendería a convivir durante el resto de su vida.

CAPÍTULO 29

Irlanda, 2002

Reencuentro con el pasado (4ª parte)

Cuando al día siguiente Cristian se despertó, vio a Emma sentada en el sillón situado frente a la ventana de la habitación del hostal, contemplando en silencio con una taza de café en su mano el paisaje que tenía delante. Posiblemente llevaba horas sentada allí, concentrada en un único punto fijo.

—¿Tienes frío? —le preguntó, al percatarse de que Cristian ya se había despertado y cerró la ventana.

—No. Estás muy guapa por la mañana.

—No mientas —respondió Emma, arreglándose rápido el cabello despeinado—. Mañana por la mañana nos vamos y, en realidad, no hemos sacado nada en claro.

—Hemos visto a Lucille y a Amanda, Emma. Es lo mejor que nos ha podido pasar.

—Sí. Ha sido increíble, pero, si lo piensas bien, es muy raro. ¿Realmente fueron las hijas de Catherine y Edward?

—¿No lo sentiste? —Emma asintió con la cabeza—. Pues no necesitas más pruebas. En este caso, el corazón es el que manda.

A las diez de la mañana fueron al bar a buscar a Patricia pero no estaba allí almorzando. Tampoco se había quedado dormida en la habitación. La encontraron, minutos después, paseando tranquila por la playa.

—¡Vaya, por Dios! Ya era hora de que os levantarais, llevo paseando por la playa dos horas.

—No exageres —rio Cristian—. ¿Qué piensas hacer hoy?

—Vamos a ver cómo se encuentra Lucille. ¿Os parece?

Media hora después, volvían a estar en la cocina de la encantadora casa de Lucille y Amanda. Esta vez, el ambiente era más relajado. No se escondía el misterio tras las cuatro paredes y tampoco había cabida para el dolor. Lucille resplandecía y se mostraba alegre y cariñosa con sus invitados. Amanda parecía feliz de ver a su hermana recuperada tras el mal rato que le hizo pasar el día anterior. Lo único que no había cambiado era el aroma a café y tostadas.

—Me encuentro mucho mejor —explicó Lucille, con una sonrisa encantadora que recordaba mucho a la de Emma—, pero eso no quiere decir que no haya recuerdos que me hayan atormentado y me estén torturando día a día. Sé quiénes sois y por qué habéis venido. —Fue el momento en el que todos miraron a Lucille impactados—. ¿Cómo me dijiste que te llamabas, querida? —le preguntó a Emma, que reía sin saber por qué, después de escuchar cómo la anciana la había llamado *querida*.

—Emma.

—No, Catherine. ¿Lo ves? Os he demostrado que sé por qué estáis aquí.

—¿Qué estás diciendo, Lucille? —preguntó Amanda que seguía sin entender la situación.

—Ellos lo sabían. Mi madre solía decirme que, cuando alguien no ha sido feliz en una vida, seguro merecerá una segunda oportunidad en la siguiente. Y, por lo que veo, así ha sido. Os habéis encontrado.

—Espera, Lucille. —La detuvo Amanda escandalizada—. ¿Estás insinuando que estos dos jóvenes fueron nuestros padres en otra vida?

—No estoy insinuando nada, Amanda. Lo estoy afirmando —respondió con serenidad, sin dejar de mirar a Emma—. Tras la desaparición de nuestra madre y la muerte de nuestro supuesto padre, nos cuidó Monique, que era el ama de llaves de la casa. Vivimos una buena temporada en la de la Abadía de Westminster, hasta que la escasa fortuna de nuestros padres se agotó. Nuestro supuesto padre... —volvió a repetir, recalcando la palabra «supuesto», mientras dirigía su mirada a Cristian—, acabó con la fortuna de los Stevens y con la suya propia. Fue entonces cuando Monique, que no podía cargar con los cuantiosos gastos que suponía la casa, adquirió un modesto piso en un barrio marginal de Aylsbury. Allí vivimos hasta los diecisiete años, que fue cuando Monique murió de un repentino ataque al corazón. Simplemente una noche se fue a dormir y no despertó. Siempre fue muy buena con nosotras, creo que llegó a considerarnos como si fuéramos sus propias hijas. Al fin y al cabo, la poca familia que le quedaba en Francia falleció joven, por lo que estaba sola en el mundo, igual que nosotras. Y eso nos unía. —Lucille miró cómo por las sonrojadas mejillas de su hermana, corrían lágrimas—. Conocimos a nuestros respectivos maridos en un baile. No volvimos a separarnos de ellos, pero aquel fatídico accidente arruinó nuestras vidas. Yo estaba embarazada y, además de padecer una amnesia que actualmente viene y va, perdí al bebé que llevaba dentro. Esta es la historia de vuestras hijas, Emma y...

—Cristian —se apresuró a decir Cristian.

—O Edward —aclaró Lucille riendo—. Estas son todas las fotografías que tengo. Mi madre las guardaba en el que fue su dormitorio cuando era adolescente, en la casa de la Abadía de Westminster. Monique se las llevó consigo para que no se perdieran. También tengo un par de diarios, pero no sé dónde los guardé. Y, ahora, decidme vosotros lo que ocurrió de verdad con nuestros padres. Porque solo vosotros lo sabéis, ¿verdad?

—Lucille, a veces es mejor no remover el pasado, seguir sin saber sobre algún hecho ocurrido —la intentó tranquilizar Patricia.

—Solo respóndeme. Luciano asesinó a mis padres. ¿Verdad? —Los tres invitados asintieron con la cabeza esperando algún llanto por parte de Lucille. Pero no lo hubo. Amanda seguía en silencio, contemplando a su hermana sin entender por qué Lucille podía recordar y ella seguía con esa niebla espesa en su mente que no le permitía ni siquiera inmortalizar la mirada de su madre o los gestos afectuosos de su esposo, el señor Dutroux, o su infancia vivida en la Abadía de Westminster.

—Lo sabía. Siempre lo supe. Una noche, mi madre se despidió de mí presintiendo lo que sucedería. La noche en la que Luciano mató a mis padres, sentí su caricia en mi mejilla. Luego, la ventana se abrió y me quedé quieta, observando cómo la cortina danzaba a causa del aire.

—Se encontró un cuerpo en el jardín de la casa. —le explicó Patricia—. Aunque no han dado demasiadas explicaciones. No se sabe si es de...

—De mi madre. Seguro que es el de ella. Seguramente, porque era lo más importante para Luciano y la quería tener, en cierta manera, cerca. Ha sido un placer veros, de verdad. Somos ancianas, no sabemos cuándo... —Las palabras de Lucille se iban entorpeciendo a medida que avanzaba la conversación—. Es especial. Gracias por haber venido.

Dicho esto, los invitados dieron por sentado que Lucille no tenía nada más que explicarles. Parecía cansada, cansada del recuerdo. Emma abrazó a Lucille, luego a Amanda. Fue como una segunda despedida. Pero la sonrisa en sus rostros mostró la dulzura de quien se despide de alguien sabiendo que, algún día, volverán a encontrarse en el camino.

—Me prometiste que volverías y que siempre estarías conmigo. Como siempre, cumpliste tu promesa —le susurró Lucille a Emma, sin que nadie más se enterara. Ella sonrió con lágrimas en sus ojos y le expresó cuánto la quiso y cuánto amor había todavía en ella hacia Lucille y Amanda.

Cristian, sin embargo, las miró conmovido, volviendo a pensar en lo injusto que fue para Edward no haber podido conocer a sus dos hijas. No pudo mantener conversaciones infantiles con sus pequeñas, ni responder a sus inquietas preguntas. Posiblemente, jamás las hubiera podido distinguir. Pero él las había visto. Sabía que no solo había vuelto para volver a estar con Catherine, había regresado para poder ver, al fin, de cerca, a las que, en otra vida, fueron sangre de su sangre.

El camino hacia Dublín para coger allí el avión con destino a Madrid fue duro. Se hizo por momentos insoportablemente largo. Ninguno de los tres osó hablar durante todo el trayecto. Se hallaban demasiado inmersos en sus pensamientos. Patricia seguía sin llegar a creer que su alma hubiera pertenecido a la de Madeleine, la propia madre de Catherine. A medida que iba pasando el tiempo, miraba por el retrovisor a Emma, encogida en su chaquetón gris, tapándose la boca con la bufanda de lana negra y pensando en las últimas palabras de Lucille. Mientras tanto, Cristian, en la parte delantera junto a su madre, trataba de olvidar lo que pudo sucederle a Edward. Se le ponían los pelos de punta cada vez que pensaba en el lugar donde pudo acabar su cadáver. El cadáver del cuerpo que hace años le perteneció a su alma. La realidad de lo ocurrido, los hechos verídicos y no lo que parecía correr por su mente sin ton ni son o lo que las habladurías de la gente habían convertido en leyendas que podían ser ciertas o no.

CAPÍTULO 30

Madrid, 2002

De vuelta a Madrid

El reencuentro entre Ñata y Emma fue emotivo y a la vez chispeante. Cristian se reía al ver la emoción que Ñata sentía al volver a ver, después de cuatro días, a su dueña, como si hubiera pasado una eternidad. Decidieron recorrer, una vez más, el Parque del Retiro y los alrededores del Palacio de Cristal.

Todo había terminado. Todo. Ya no tenían que saber nada más, nada que investigar, nada que sospechar tras haber conocido parte de su vida pasada, sus hijas. Prometieron mantener el contacto con las ancianas a través de cartas postales, por lo que antes de emprender el paseo, fueron al estanco a comprar una postal con el Palacio de Cristal como protagonista y les desearon buenos deseos para estas próximas navidades y el año nuevo que estaba al caer. Por otro lado, Patricia se despidió entre sonrisas y discretas lágrimas de la pareja. Volvía a Barcelona con la tranquilidad de haber descubierto quién fue. Su deseo en cierta forma, se había visto cumplido. Había investigado su propia historia. Por primera vez, la vida de los demás había quedado, por unos días, en un segundo plano. Volverían a hablar del tema, pero quizá más adelante. Cristian y Emma habían decidido vivir el presente sin temor a lo que pudo suceder en la vida de

Catherine y Edward. Una tragedia que preferían olvidar, para que no irrumpiera negativamente en sus vidas presentes, en ellos mismos. Para no dañar más sus almas, ya con suficientes heridas por las marcas del pasado.

En el apartamento oscuro y frío de Alfredo todo había cambiado en los cuatro días en los que Emma había estado ausente. Sabía que su vecina se había ido de viaje con el hombre del portal. Pasó las tardes enteras sentado en su sillón, aspirando el poco aroma que quedaba de Emma en su diario, en el que leyó mil veces lo que había escrito, hasta llegar al punto de poder recitarlo de memoria. Hablaría con ella y, si no entraba en razón, volvería a un momento que, en algún lugar de su mente, creía haber vivido. Una obsesión, un engaño, un fracaso… una muerte. No sabía lo que significaban sus visiones, la vocecilla interior que le decía: «Mátala. Si no es para ti, no va a ser para nadie más». Pero sabía que esa no era la solución. Aunque su psicólogo le había dejado varios mensajes en su contestador, preocupado ante la falta de noticias de uno de los pacientes a los que consideraba amigo. Alfredo prefería seguir en soledad con sus perturbados pensamientos y esos sueños que no le dejaban descansar con tranquilidad. En ellos aparecía él en otro tiempo, en otro lugar, asesinando a Emma y al hombre del portal. No lograba recordar los nombres con los que les llamaba, pero sí los aullidos, la rabia y el dolor con los que los pronunciaba. A menudo, se presentaba en sus sueños un gran hombre que le provocaba temor y una mujer que le llegaba a producir tristeza. Nada parecía tener sentido para él, pero, por otro lado, sí sabía que aquellas visiones tenían algún sentido. Y tarde o temprano lo iba a descubrir.

Ni siquiera había vuelto a trabajar. El bufete de abogados para el que trabajaba ya conocía las constantes ausencias de

Alfredo. Imaginaban que estaría encargándose de algún caso externo importante, que diera prestigio a la empresa por solo tener a uno de los mejores abogados de Madrid con ellos. Nada más lejos de la realidad. Esta vez, Alfredo sabía que no volvería.

Esa mañana, le pareció volver a oír los ladridos de Ñata y la voz de Emma distorsionada a causa de la lejanía. Sabía que había vuelto y era su oportunidad. Subió hasta tres veces en la fría, pero soleada tarde de Madrid, al piso de su vecina. Nadie contestó, había salido. El mero hecho de imaginársela con el «hombre del portal» le producía una sensación molesta y dolorosa que, gracias a esos sueños, le resultaba familiar. La idea era descabellada, pero ¿y si en cierta forma era verdad? Y si muchas de las historias o leyendas urbanas, como él prefería llamarlas, que en la mayoría de las ocasiones le había parecido farsas, ¿se habían vuelto realidad convirtiéndolo a él en uno de sus protagonistas? ¿Sería cierto que existía la reencarnación? La reencarnación con todas sus letras, en toda su amplia y desconcertante explicación. Necesitaba hablar con alguien, pero al igual que le pasó alguna vez hace muchos años, o incluso demasiados como para recordarlos, estaba completamente solo.

Rozó con las yemas de sus dedos la escopeta de caza que guardaba en una cuidada vitrina de madera de pino en el despacho. La miró con fijeza, como si fuera a cobrar vida de un momento a otro. Los gritos de su padre volvieron a sonar en su mente, amenazándolo con pegarle con esa misma escopeta que hoy permanecía en su despacho quieta, intacta, como si siempre hubiera estado ahí, como si nunca le hubiera temido, como si jamás hubiera sido el objeto con el que su padre, cuando él era niño, lo atormentaba. Una sonrisa maliciosa salió de sus labios. De nuevo, la obsesión. De nuevo, la calma. De nuevo, el razonamiento y pensar, con sumo cuidado, lo que su alma ya tenía previsto, pero su mente temía. De nuevo el dolor, la muerte, la sangre…

el silencio. Un silencio oscuro en su cabeza, que despejaba todos los sonidos inquietos que revoloteaban como los mosquitos en verano. Un silencio que solo volvió a perturbarle cuando oyó el inconfundible ruido de la llave de su vecina. La puerta se abrió en un inofensivo crujido y, de un suave portazo, se cerró. Emma no estaba sola.

—La postal que le hemos enviado a Lucille y a Amanda seguro que les encanta. Es una forma de que sepan que no las olvidaremos —comentó entusiasmada Emma, en lo que se dirigía hacia la nevera para ver qué podía preparar para cenar—. ¿Tortilla de patatas? ¡Seguro que no has probado ninguna mejor que la mía! En Italia eso no se estila, ¿verdad?

—Emma, sé que hemos quedado en no volver a hablar del pasado, pero hay algo que sigue inquietándome. —La tarde con Ñata había hecho que Cristian perdiera el miedo a los perros. La acariciaba constantemente mientras ella se dejaba mimar, tumbada junto a él en el sofá.

—Dime.

—¿De verdad Catherine y Edward fueron asesinados?

—Eso parece, Cristian —respondió Emma, con signos evidentes de agotamiento en su rostro. Estaba cansada de tener la misma conversación una y otra vez.

—¿Crees que nos espera el mismo destino? —De nuevo, el temor le sorprendió a Emma, que por momentos se había olvidado del tema. «Sigue aquí», fue lo que les dijo Lucille. ¿Y si, en realidad, les estaba advirtiendo del peligro? Aquellas palabras fueron lo que ella escuchaba antes de saber que Cristian perteneció a su vida pasada, aunque en un dulce y para nada temible tono. Ahora, eso había cambiado. ¿Quién seguía ahí a parte de ellos dos?

—No —respondió Emma tras unos segundos, tratando de sonreír con serenidad—. Claro que no. Hay muchas diferencias entre Catherine y yo y Edward y tú. Para empezar —comentó y se sentó al lado de Cristian, mientras acariciaba a Ñata—, yo no estoy casada, no hay ningún hombre posesivo y lunático a nuestro alrededor como, por lo visto, lo fue Luciano, que tenga algo que reprocharnos y, por tanto, darle pie a matarnos. Punto número dos...

—Emma —la interrumpió Cristian—, si algo pasa...

—No.

—Escúchame —Emma asintió—. He visto algo esta tarde.

—¿Por eso has empezado a estar tan raro?

—Quizá. He visto sombras y luego silencio... He visto una escultura, parecía la Estatua de la Libertad, y una cámara fotográfica. Si algo pasa ahora, en esta vida, habrá una tercera, Emma.

—¿En Nueva York?

—Eso me ha parecido. Aparecía la Estatua de la Libertad, el río Hudson... Pase lo que pase, cualquier nueve de noviembre, de cualquier año, recordaremos que tenemos una cita. Para volvernos a encontrar, para tener otra oportunidad.

El miedo se apoderó de Emma que, sin quererlo, pensó en su madre a la que tanto detestaba y en su hermana, con la que parecía tener una deuda pendiente. En su padre, al que hacía años que no veía y ni siquiera sabía si lo quería o si el rencor por tantos años de despreocupación y ausencia había desaparecido o seguía con ella. Pensaba en cosas insignificantes como el amanecer o el anochecer, como cualquier verano que al igual que viene con tantas ganas por todo el mundo, se va. Como aquella lluvia que cae durante minutos y, cuando menos lo esperas, se vuelve a esfumar, dando paso a un sol radiante.

—Puede que tengamos una tercera oportunidad, pero puede que esta segunda que tenemos hoy y ahora —dijo Emma, recalcando el hoy y ahora con énfasis y entusiasmo—, no acabe mal.

—Emma, si acabara bien, no tendría que haber una tercera ocasión. Y la hay. Gracias a toda esta locura confío en lo que veo. Sé que va a pasar algo.

CAPÍTULO 31

Agosto de 1935, Londres

El verano dio paso a días radiantes y soleados en Londres, mientras las noches, seguían siendo frías. Noches desconocidas para Catherine, siempre encerrada en casa. Desde aquella noche en la que llegó tarde, desde aquel día, no pudo volver a ver a Edward. Solo a veces, lo imaginaba en la calle observando la ventana de su dormitorio, espiándola tras el cristal y sonriendo de manera cómplice como si fuera la única forma de no olvidar su rostro. A menudo, cuando la visión del rostro de Edward mirándola parecía tan real que podía casi bajar a la calle y abrazarlo, este se esfumaba como por arte de magia. Por eso, un día llegó a la conclusión de que se trataba de su imaginación jugándole una mala pasada para ver esa situación en su vida real. Su alma ansiaba volver a dormir entre los brazos de Edward, poder acariciar su piel y besar sus labios.

Los días con Luciano se habían hecho insoportables. Sus padres estaban constantemente en casa, desde las diez de la mañana hasta la hora de cenar y la señora Diane parecía cada vez más vieja, sumida en una profunda depresión y malestar general, por lo que había días en los que ni siquiera lograba levantarse de la cama. La fuerza que tenía meses atrás se había vuelto a esfumar. Parecía más indefensa que nunca.

El único consuelo que tenía Catherine era Lisa, su fantasma. A veces, se preguntaba si todo el mundo tendría el suyo propio. Ese que vela por ti día y noche, te protege contra toda adversidad y charla contigo cuando necesitas la compañía de su luz y bondad. Deseaba que fuera así. Todas las personas tenían derecho a tener su propio fantasma protector.

—No puedo más… —le dijo una vez Catherine. Aunque lo había pensado, nunca había salido de sus labios esa frase desesperante y ansiosa de libertad.

—La señora Diane no está bien, Catherine. Pronto vendrá con nosotros. Será entonces cuando encuentres lo que siempre has estado buscando —explicó Lisa con cierto tono misterioso, algo que se había vuelto habitual en ella y que a Catherine no le hacía demasiada gracia.

—¿Cómo? La abuela…

—Su corazón ha envejecido, Catherine. El sufrimiento a lo largo de estos años y la pérdida de sus seres queridos la han destrozado. Ha vivido estos años por ti, pero no puede más. —Catherine no sabía cómo reaccionar. Por un lado, la pérdida de su abuela y, por el otro, ganar la libertad, ganar la lucha que había iniciado su abuelo Aurelius. Arriesgarlo todo por amor.

—Es demasiado arriesgado, Lisa.

—Confía en mí. Todo irá bien, pequeña —la calmó Lisa, mientras acariciaba su cabello.

—La abuela… —suspiró Catherine—. Voy a verla. A ver qué tal está. Quizá debería pasar más tiempo con ella, ¿no? —Lisa no respondió. Asintió con la cabeza, acompañando al gesto de una sonrisa triste y generosa para irse una vez más. Como en todas las otras ocasiones.

Catherine caminó con sigilo por los largos pasillos de su casa. Se entretuvo contemplando la pequeña habitación en la que su madre, Madeleine, solía tener las plantas más delicadas que no toleraban los rayos del sol. Contempló la oscuridad y la soledad del cuarto, antes inundado de plantas preciosas. Pocas eran las veces que pudo compartir con su madre la afición que ella sí sentía por las flores. Pero ya no la recordaba con rencor, ni siquiera quería acordarse del desprecio y el poco cariño que le dio cuando era una niña. Lisa le prometió que Madeleine volvería con ella, recuperaría el tiempo perdido, algo que significaba, en cierta manera, que allí donde estuviera se había arrepentido. Quizá si hubiera vivido más, hubieran llegado a ser madre e hija de verdad, incluso amigas, pero era demasiado tarde como para pensar en eso.

Al llegar a la puerta del cuarto de su abuela, tuvo la misma sensación que sintió al entrar en el cuarto de Lisa cuando estaba a punto de morir. La angustia y la paz que producía una muerte lenta y dulce a la vez. La pérdida de otro ser querido. Entró sin hacer ruido. Poco quedaba ya de la mujer hermosa y jovial que había sido la señora Diane Stevens. Dormía profundamente, no había restos de maquillaje en su rostro, con lo que las arrugas eran más visibles, así como una piel pálida y unos labios extremadamente finos e incoloros. Catherine se sentó a su lado, le cogió la mano y le besó en la frente. Fue entonces, cuando la señora Diane despertó.

—Querida, me tengo que ir. Lisa ha venido a decírmelo... Y dicen que, cuando ves a los muertos, significa que estás a punto de pasar al otro lado —le explicó su abuela, aún adormecida.

—¿Qué crees que hay al otro lado?

—Paz. No habrá sufrimiento, ni ira, ni rencor. Todo será paz. Tengo ganas de irme, Catherine. Tengo ganas de descansar. —Catherine, en un intento por no derramar una sola lágrima, abrazó a su abuela que le respondió con el mismo afecto—.

Cuando me vaya, vete con Edward, Catherine. Mereces ser feliz y no quedarte encerrada en estas cuatro paredes. Estoy segura de que tu abuelo, esté donde esté, se habrá arrepentido de sus actos, de la preparación de tu boda con los Soverinni. Ha destrozado a la familia, poco queda ya de nosotros. —La joven no podía hablar. Se debatía entre ese nudo en la garganta que apenas le dejaba respirar y las lágrimas contenidas por no hacer sufrir más a su abuela—. En ese cajón hay unos papeles que he firmado, Catherine. Te hacen dueña de todas las posesiones de tu abuelo, de tu padre y de tu tío. Todo esto es tuyo y podrás expulsar de la casa a Luciano y a quién se te antoje. Tú tendrás el poder.

—Abuela, sabes que…

—No, Catherine. Las habladurías de la gente ya dan igual. No importa que te separes de tu marido, eso ya no importa. Toda la vida nos ha importado y afectado lo que la gente dijera sobre nosotros y eso ha provocado la infelicidad de muchos miembros de nuestra familia. Tu madre, por ejemplo. No amaba a Charles y, aunque me duela, reconozco que hizo un sacrificio enorme por no separarse de él y permanecer, en cierto modo, contigo. Ahora es cuando sé que nunca la llegamos a entender. Sé feliz, Catherine. Haz lo que te dicte el corazón y, sobre todo, haz que las muertes de Aurelius, tus padres, tus tíos, la prima Juliette y su esposo, sean vengadas. Recuérdalo, tú tienes el poder.

—Abuela, por favor…

—Escúchame. Coge esos papeles y fírmalos. —Catherine abrió el segundo cajón de la mesilla de noche y allí encontró el montón de papeles de los que hablaba su abuela. En silencio, los firmó ante la atenta mirada de Diane, que asentía con la cabeza y sonreía tranquila, confiando en que todo saldría bien—. Hace un mes —continuó diciendo, con más esfuerzo que hacía unos minutos—, fui al despacho del abogado Spencer. Lo tiene todo bajo control y te ayudará. Es un buen abogado, no permite los sobornos y es fiel, no tendrás problemas con él. Ahí tienes la dirección, su despacho está junto a la Catedral de San Pablo. Catherine… eres la única superviviente del naufragio.

—No… —Catherine estalló en llanto. Le fallaron las fuerzas y el nudo que sentía en la garganta explotó. De nuevo, abrazó a su abuela, algo que, una vez más, la volvía a reconfortar.

—No me queda mucho, querida. Guarda esos papeles, guárdalos muy bien y, cuando muera, ve a ver inmediatamente al señor Spencer. Él sabrá lo que tiene qué hacer. Voy a dormir un rato si no te importa… —Catherine sabía que su abuela no volvería a despertar.

—Te quiero —concluyó y besó la mejilla fría de la anciana que, sonriendo, volvió a sumirse en un profundo sueño del que, como Catherine preveía, no volvería a despertar.

Edward se encerraba en la redacción del periódico todas las mañanas. Su aspecto triste y sombrío se traducía, cada día, en las burlas de sus enérgicos compañeros que, tras un tiempo invitándolo a tomar unas cervezas a un pub irlandés que había acabado de abrir sus puertas en la zona de Covent Garden, desistieron y lo dejaron cada tarde en su escritorio, solo. A veces, recorría las calles de Londres para fotografiar eventos o lugares que tenían relación con un suceso y, cuando lo hacía, pensaba en la última tarde que pasó con Catherine. Al revelar las fotografías que le había hecho junto al lago de Hampstead Heath, era como si de pronto se hubiera vuelto a enamorar. La sensación de mirar el rostro que tanto amaba por las noches lo reconfortaba, pero despertarse sin tener a Catherine a su lado volvía a amargarle. Su vida era aburrida, triste y solitaria. En muchos momentos, pensó que ni siquiera merecía la pena vivir. No tenía amigos, porque no los había buscado o, en el caso de los compañeros de la redacción, no los había aceptado. Aunque las mujeres jóvenes y casaderas lo miraban de reojo cuando pasaba por su lado, ninguna de ellas le importaba y, a veces, veía el rostro de Catherine en cualquier mujer hermosa. Pero la noche del veinte de agosto, cuando llegó a casa, su buzón no solo contenía la correspondencia de las incómodas facturas del banco. Había algo más. La letra de Catherine, su nombre, su dirección. Con ansia, abrió la carta mientras subía las escaleras y, casi sin esperar, frente a la puerta, cada vez más difícil de abrir, leyó el contenido del escrito.

Querido Edward:

Mi abuela ha fallecido y, aunque siento una gran tristeza, me consuela el saber que al fin se ha reunido con los que más quiso en vida. Me lo dijo la tarde anterior a su muerte, tenía ganas de morir, estaba cansada. Hoy he ido al despacho de mi abogado, el señor Spencer. Luciano ni siquiera se ha enterado de mi ausencia. Al fin he podido salir de casa y, a pesar de que he estado a punto de ir a verte, el riesgo no me lo ha permitido. Aunque tengo miedo, sé que todo va a salir bien. Mi abuela dejó todos los papeles arreglados para que las posesiones de mis antepasados no corrieran riesgos a cargo de los Soverinni y puedo decir que, en cierta forma, soy libre. Tengo el poder de echar a mi propio marido de casa, pero le tengo miedo. Sé que puede cometer cualquier tontería. Te quiero Edward, en todos estos meses no he podido dejar de pensar en ti. Cuando esta carta llegue a tus manos, espero que sigas sintiendo lo mismo que yo, a pesar del tiempo, de los impedimentos y el sufrimiento. Te quiero y nunca podré dejarlo de hacer. El día veinticinco de agosto tiene que ser especial. Calculo que días antes habrás recibido mi carta y, por lo tanto, ese día te espero a las doce del mediodía en el lago. En nuestro segundo lugar después de la Fontana Di Trevi. Trae mis fotografías, me encantaría verlas.

Con amor,

Catherine Stevens

Edward sonrió al ver el apellido Stevens en la carta. Catherine ya no se consideraba una Soverinni. Nunca lo había sentido así. El veinticinco de agosto sería, efectivamente, un día especial. El reencuentro y, quizá, una vida juntos por siempre.

La mañana siguiente, la redacción respiraba un aire diferente. La alegría y buena presencia de Edward sorprendió a sus compañeros, que esa tarde sí volvieron a invitarle a una cerveza al pub irlandés. Edward aceptó y les hizo reír como nunca, pues desconocían el sentido del humor del que pensaban era un huraño extraño.

Catherine se sentía extrañamente feliz. Sabía que su carta había llegado a manos de Edward y se había acercado el momento de hablar con Luciano. Al no verlo en su despacho como creía, abrió todas las puertas de los dormitorios de la parte de arriba sin encontrarlo. Fue entonces cuando una vocecilla interior le decía «abajo, debe de estar abajo». Vivir en una casa grande la había ayudado a no tener la obligación de encontrarse en todo momento con su marido, pero aquello parecía ser una desventaja en esos momentos. Abrió todas las puertas de la planta de abajo sin éxito. Su osadía al abrir las puertas de los dormitorios de los criados provocó el encuentro entre la traición y la excusa perfecta para ser feliz.

Al abrir la puerta del dormitorio de Monique, encontró el cuerpo sudoroso y esbelto de ella, encima del de su marido haciendo el amor. Luciano miró a Catherine atemorizado, aun cuando su rostro mostraba signos evidentes de placer. Monique parecía aterrorizada y dio un grito fugaz que se quedó por siempre entre esas cuatro paredes.

—Lo debí de suponer —dijo con calma Catherine, tras unos minutos incómodos que parecieron eternos, observando la imagen que tenía frente a ella. La pareja no había movido un dedo, ni siquiera había pestañeado. Sabía que era su momento. Lisa estaba allí y su abuela, estuviera donde estuviera, daba gracias a la torpeza de Luciano durante todos esos años—. ¡Fuera de mi casa! ¡Los dos! —gritó Catherine. Luciano se levantó, apartó con brusquedad a la que había sido su amante durante tantos años y la dejó en la cama desnuda mientras cogía para sí mismo las sábanas blancas.

—Catherine, por favor, escúchame...

—No hay nada que escuchar, Luciano. Esta noche abandonarás la casa junto a Monique.

—¡Catherine! Soy el hombre de la casa. —Las palabras de Luciano intentaban parecer amenazantes, pero lo único que consiguieron fue una sonrisa irónica de Catherine.

—El hombre de la casa por el que mi familia está muerta. —La voz fría de su esposa hizo que a Luciano se le helara la sangre por un momento y su cuerpo quedara paralizado ante el rostro boquiabierto de Monique.

—¿Qué estás diciendo?

—Luciano, todo esto es mío. Por mucho hombre de la casa que puedas ser, quien manda soy yo y te ordeno a ti y a tu amante —dijo mirando con desprecio a Monique—, qué os vayáis inmediatamente de aquí.

Al cabo de tres horas, Luciano salía por la puerta sin pronunciar palabra. Detrás de él iba Monique, que aún asustada, miraba cómo Catherine la observaba desde la entrada de la casa con una sonrisa de alivio. Monique lo sabía, le había hecho un gran favor y, en parte, se alegraba por ella misma y por Catherine. Todo estaba yendo como debía ir, ¿o no? ¿Aún le esperaba algo más a la única Stevens? No importaba. Dio vueltas por toda la casa como una niña que recorre el bosque con curiosidad y, sin poder esperar al veinticinco de agosto, llamó al chófer para que la llevara hasta Hampstead Heath y poder reunirse al fin con Edward.

El trayecto se le hizo eterno, aunque la simpatía de Tom, el chófer, hizo que el instante fuera ameno gracias a una entretenida conversación sobre los paisajes irlandeses.

—No hace falta que me esperes, Tom. Me quedaré aquí —le avisó Catherine. Tom sonrió al ver por primera vez un brillo que él aún desconocía en los ojos de la joven. Un brillo que nunca había tenido ocasión de observar en el tiempo que llevaba trabajando para la familia.

Catherine subió impaciente las escaleras del edificio, al encontrarse con la puerta de la entrada rota y abierta. Esperó una, dos... tres horas a Edward, que aún no había llegado a casa. Ya eran las once y media de la noche y Catherine empezaba a tener sueño cuando, de pronto, apareció. Edward parecía más contento de lo habitual, con una copa de más, algo que a Catherine no pareció importarle cuando se levantó de la escalera y lo abrazó con efusividad mientras le susurraba al oído repetidas veces «Ya está.»

Entraron en casa y Catherine miró a Edward riendo.

—¡Estás borracho!

—No es verdad.

—Claro que sí. ¿Dónde has estado?

—Los compañeros de la redacción. Hemos ido a un pub irlandés nuevo y sí, he tomado alguna cerveza, pero...

—Me encantaría que me llevaras a ese pub irlandés —
Edward entonces la miró, olvidando por unos instantes que iba
un poco ebrio.

—Estás diciendo que…

—¡Qué soy libre! —exclamó Catherine, saltando y
abrazándolo, hasta acabar tendidos en la cama de Edward, riendo
como locos.

Esa noche, volvieron a hacer el amor. Pero algo había
cambiado. Desde ese momento, nada volvería a ser como antes.

Esa noche Catherine y Edward se fundieron en un solo ser
para dar paso, nueve meses más tarde, a dos niñas idénticas. El
fruto de su amor y de todos esos años separados injustamente.
Las reglas parecían haber cambiado, nadie le decía a Catherine
lo que más le convenía y lo que no. Al fin, su deseo se había
cumplido. A pesar de la existencia de unos papeles en los que
decía que aún era mujer de Luciano Soverinni, era libre y dueña
de su vida, de sus propios sueños y de su corazón, aunque eso le
había costado la muerte y el dolor de una familia entera.

Cuando Luciano entró junto a Monique en casa de sus
padres repleto de maletas y casi con lágrimas en los ojos, la
señora Soverinni lo recibió con un rostro que parecía decir «lo
suponía». El señor Manfredo lo miraba con cierta amargura y
aversión. Sin que su madre pudiera decir nada, se encerró en su
despacho junto a su hijo, que temía en esos momentos lo peor.
Una bofetada hubiera sido el mejor de sus males, antes de tener
que escuchar los reproches de un Manfredo Soverinni furioso y
decepcionado.

—Me avergüenzo de tenerte como hijo, Luciano. ¡Todo
lo que he tenido que hacer por ti! ¡Todo! He asesinado para
que pudieras tener una de las mayores fortunas del país y ahora

resulta que tu estúpida esposa no ha llegado a ser tan tonta. El estúpido has sido tú dejándote ver con esa zorra.

—Padre... —intentó decir Luciano sin éxito alguno.

—Esas dos mujeres tenían la situación más controlada de lo que pudiéramos haber esperado, pero has sido tan imbécil de haberte dejado pillar con esa puta mal nacida. ¡Ni siquiera has sido capaz de darle hijos a tu esposa! Eres un inútil —zanjó el señor Soverinni, sin hacer caso de las lágrimas que recorrían por primera vez las mejillas de su hijo. El despacho permaneció en silencio, mientras Luciano sabía que su padre, con los dedos entrecruzados bajo su barbilla, ideaba un plan.

—¿Qué estás pensando?

—¡Cállate!

Pero todo parecía estar planeado. Sin hablar, el señor Manfredo llevó a su hijo hasta el dormitorio en el que permanecería esa noche y se dirigió hasta la sala donde aún estaba la señora Samantha ofreciéndole una taza de té caliente a una asustada y tímida Monique.

—¡Fuera de aquí! —bramó, como siempre inflexible, dirigiéndose a la criada.

—Manfredo, por favor. Esta niña está asustada, no puedes echarla así —suplicó su esposa protegiendo a Monique, que miraba una vez más con terror en sus ojos al padre de Luciano.

—Claro que puedo. Esta niña ha provocado la desgracia de esta casa. Como te vuelva a ver una sola vez más... —dijo el señor Soverinni y agarró con fuerza el delgado brazo de la joven, para obligarla a levantarse del sillón—, te juro que te mataré.

Instantes después y, ante el susto de la señora Soverinni viendo la agresividad de su marido, Monique y su única maleta se quedaban en la calle. Con una mirada furiosa, la que fue una de las actrices más bellas de los escenarios de Nueva York, le hizo entender a su esposo que esa noche ni se le pasara por la cabeza ir al dormitorio principal que compartían.

El señor Soverinni volvió a encerrarse en su despacho para acabar de atar cabos. Sabía que Catherine quería librarse de su marido y había encontrado la ocasión perfecta al descubrirlo con Monique. Manfredo Soverinni sospechó, en ese preciso instante, que Catherine tenía un amante, o eso recordó tras unas palabras olvidadas y desapercibidas del señor Aurelius cuando planeaban la boda entre los dos jóvenes. La había subestimado. Ella no era tan tonta cómo para no saber que las muertes continuadas de sus familiares habían sido obra de él. De los Soverinni. Temió el odio que pudiera sentir Catherine hacia ellos y el poder que ahora tenía tras la muerte de su abuela. Pero se prometió a sí mismo no temer, jamás había temido a nada ni a nadie y no sería ahora cuando lo hiciera. No por esa jovencita. La mañana siguiente sería clave para culpar a otros de su propia infracción; para usar su arma más letal, la de la convicción. Para volver al terreno del que nunca debió salir por un despiste del único hijo que había tenido.

CAPÍTULO 32

Diciembre del 2002, Madrid

El primer día de diciembre había llegado a las calles de Madrid. Emma sonrió al ver a Cristian aún dormido y decidió no despertarlo. Le dejó una romántica nota en su almohada, puso el arnés a Ñata y se fueron a buscar el pan. Quizá también iría a tomar un café o esperaría a que Cristian se despertara para ir con él. Buscó su diario personal, aún sin aparecer, y buscó alguna respuesta en el rostro inquieto e inocente de Ñata, deseosa por salir de casa y poder relacionarse y jugar con otros perros o correr tras las palomas. El diario seguía extraviado por más que buscara en todos los rincones del apartamento desde hacía días.

Mientras Emma bajaba por las escaleras del edificio, se encontró con su mayor temor. Aquel que había sido durante años su vecino encantador, atractivo y por el que llegó a ilusionarse una vez hoy era su peor pesadilla. ¿Lo fue para Catherine? Algo en su interior le decía que sí. «Sigue aquí», «Es él...» manifestó la vocecita de su interior, sin que Alfredo se percatara de sus temores.

—¿Dónde va mi bella vecina?

—A buscar el pan —respondió Emma, tratando de mantener la calma. Como si no pasara nada, como si ella no sospechara que Alfredo no llevaba nada bueno consigo.

—Me gustaría invitarte a cenar, Emma. Como en los viejos tiempos.

—Lo siento, pero no.

—Estás con ese… —Alfredo se dio cuenta de que insultando al hombre que parecía amar su vecina no conseguiría nada. Solo asustarla más de lo que ya parecía.

—Sí.

—¿Dónde has estado estos días?

—¡Déjame en paz! —exclamó al fin Emma, a la vez que le propinaba un codazo e intentaba bajar con normalidad por las escaleras. Lo que no esperaba era que Alfredo, de rápidos reflejos desde su adolescencia, la cogiera por el brazo con fuerza. Apenas a dos centímetros de su cara, Emma tuvo que enfrentarse a las palabras que sonaban como ronquidos amenazantes llenos de rencor y con ganas de venganza por lo que una vez quizá fue y no pudo ser, no pudo ser y fue.

—No vuelvas a ignorarme o volverás a arrepentirte. —«¿Volverás a arrepentirte? ¿Volverás?», se preguntó Emma, sin permitir que su rostro manifestara el miedo y la tristeza que reflejaba su alma.

Cuando al fin pudo salir a la calle con una Ñata más tranquila de lo habitual, supo con exactitud qué era lo que le había querido decir Cristian la noche anterior. Quizá habría una tercera oportunidad. Quizá en esta segunda, Alfredo «volvería» a no permitírselo. Un escalofrío recorrió su cuerpo y, con pasos lentos, pero intentando ser firmes, dio la vuelta a la manzana con Ñata y subió con rapidez por las escaleras del bloque, para volver al apartamento en el que Cristian ya estaba despierto en el cuarto de baño y a punto de darse una ducha. Cuando llegó, dejó a Ñata en el patio y fue con Cristian para abrazarlo. Él, sorprendido, sonrió.

—¿A qué viene esta efusividad por la mañana? —Pero ella no contestó.

Tampoco sonreía ni era feliz. Sentía lo que había sentido Cristian, podía verlo. Podía percibir que algo malo estaba a punto de suceder y, sin embargo, no quiso decirle nada para no que no desapareciera la magia que les envolvía en esos momentos. Porque, tal y como hablaron, lo importante era el «hoy», el «presente». Lo que pudiera suceder en el futuro tampoco importaba, así como lo que había sucedido en el pasado.

Fueron a tomar un café y dejaron a Ñata en casa. Emma suspiró aliviada al bajar por las escaleras de la mano de Cristian, sin haberse encontrado por el camino a Alfredo. Pero, de nuevo, la preocupación llegó a la vida de la pareja cuando estaban tranquilos en la cafetería en la que habían decidido entrar. Patricia, agobiada, llamaba a su hijo para advertirlo de que algo malo podía ocurrir.

—Pero ¿qué pasa? —preguntó Cristian, intentando no darle importancia a lo que le estaba tratando de decir su madre con cierto nerviosismo, que provocaba que no se entendieran bien sus entrecortadas palabras.

—He soñado que morías. Que alguien te mataba. Cuando Lucille decía que seguía aquí, se refería a Luciano. Lo sé, lo presiento.

—Mamá, tranquila... —Hizo una pausa, tratando de respirar con normalidad—. También lo presentí ayer, fue algo muy raro. De hecho, todo es raro, es una locura, como una vez te dije. No va a pasar nada, son sueños, presentimientos, y no tiene por qué ser verdad.

—Cristian, estoy muy intranquila. Por favor, ten cuidado.

—Tendré cuidado.

—Iré a Madrid en cuanto me sea posible. Te quiero.

—Lo sé. Yo también mamá —le correspondió Cristian, a punto de reír.

Su madre nunca le había dicho que le quería, aunque siempre se lo demostró con hechos. Sabía cuánto le costaba pronunciar esas palabras desde que su marido murió y lo fácil que le había parecido, en esa ocasión, decírsela a su hijo.

Cristian se quedó mirando el teléfono móvil por unos instantes, como si el aparato fuese a cobrar vida de un momento a otro, ante la atenta mirada interrogante de Emma.

—Me ha dicho que tiene un mal presentimiento —explicó serio, a la vez que se frotaba el ojo derecho—. Nada, lo pasado, pasado está, ¿vale? No quiero hablar del tema. No va a pasar nada. Estamos seguros —intentó autoconvencerse.

Emma quería decirle que sabía, o al menos presentía, que su propio vecino era el que fue su asesino en otra vida, y pensó en lo que podía ser lo mejor para los dos. Huir, desaparecer de Madrid unos días. Así, tal vez la obsesión de Alfredo desaparecería y podría llevar su vida con total normalidad.

—Vamos a Barcelona. El día que nos conocimos te comenté que no conocía la ciudad. Vamos unos días a descansar y, cuando volvamos, pensaremos en lo que tenemos que hacer. Quizá deberíamos cambiar de casa y buscar trabajo. Ahora los dos estamos en paro. Bueno, ni siquiera eso —dijo Emma con el mayor sentido del humor que pudo.

—Está bien. Podríamos ir a Barcelona. Me gustaría pasear por las Ramblas contigo, observar la inacabada Sagrada Familia, caminar por Plaza Cataluña... hasta llegar a la Catedral y fotografiarla enseñándote la mejor perspectiva para que tengas una foto perfecta —sonrió Cristian, a la vez que acariciaba el sedoso cabello de Emma—. Pero, por si acaso, no olvides lo que te dije ayer.

—La estatua de la Libertad. Una tercera oportunidad. Un nueve de noviembre —respondió Emma, haciendo cortas pausas como si se hubiera convertido en un telegrama—. Lo sé, no lo podré olvidar, aunque ni siquiera lo recuerde. Allí estaré, cada nueve de noviembre por si apareces.

—Así me quedo más tranquilo.

—Vale, pero no tienes por qué preocuparte de nada —lo animó Emma, con un gesto cariñoso. Aunque era ella la que temblaba de miedo por dentro y se preocupaba de los malos augurios que habían tenido desde que volvieron de Irlanda—. Por cierto, tengo pensada una nueva novela.

—¿Sí? ¿Y la anterior?

—No me trae demasiados buenos recuerdos. Quizá mi editor tuviera razón y, aunque no comparto su conducta, ya es hora de cambiar de temas, de historias, cambiar de registro. Cuando volvamos de Barcelona me pondré a ello.

—Fantástico.

—¿Y tú qué harás?

—Quiero abrir una escuela de interpretación en Madrid. En mis paseos vi algún local en venta y con lo que tengo ahorrado podría montar el negocio de mis sueños. No sé, enseñar a jóvenes talentos a desarrollar su pasión artística.

—También es una idea fantástica. Nos espera un buen futuro, Cristian —dijo a modo de promesa Emma, sin estar demasiado convencida de sus propias palabras.

Y, entre sueños y deseos, volvieron a casa para salir al cabo de dos horas e ir a comer a un buen restaurante del centro de Madrid. Caminaron, sin soltarse la mano, un largo recorrido por sus calles hasta las nueve de la noche, pero cuando volvieron al edificio, una sorpresa les esperaba. Frente a ellos, Alfredo silencioso y distante les hizo temer lo peor. Llevaba una reluciente escopeta en la mano, como si hubiera estado esperando

274

ese momento toda la tarde y se hubiera encargado de que el arma con la que pensaba asesinar a los enamorados estuviera lista para la ocasión.

—Subid al piso. Yo os sigo. No intentéis hacer ninguna tontería, si no, no tendré inconveniente en disparar.

Amenazó Alfredo con una voz ronca y susurrante. Emma miró a Cristian sabiendo que había llegado demasiado pronto el instante que tenían destinado desde que nacieron. La joven abrió con sutileza la puerta para no alterar a Ñata que, sin embargo, ladraba de manera histérica. Alfredo con un movimiento rápido, la encerró en el cuarto de baño y ordenó a Cristian y a Emma que se sentaran en el sofá. Obedientes, así lo hicieron, mirándose desconcertados, recordando la magia con la que habían vivido esta vida y tal vez en la anterior. Queriendo pensar solo en lo que vendría en la próxima. En realidad, la maldad no tiene fin. El rostro de Alfredo era un claro ejemplo.

—Os voy a contar la historia de... —empezó a narrar Alfredo con tranquilidad, sin soltar la escopeta.

CAPÍTULO 33

Londres, 1935

Edward era consciente de la suerte que tenía al despertar junto a Catherine al fin. Durante media hora le acarició el cabello y su perfecto rostro, esperando que todas las mañanas fueran como esa. Quietas, tranquilas... felices. Era sábado, por lo que no tenía la obligación de ir a la redacción. Podía pasarse las horas, los minutos, los segundos, contemplando el bello y sereno rostro de la joven que, al fin, resplandecía lleno de felicidad a su lado. Pensó en el precio que había tenido que pagar Catherine. Perdió a toda su familia por culpa de un matrimonio que no eligió y, hoy, sin embargo, esas circunstancias eran su dicha, su libertad. No quiso pensar más en los años ausentes que había pasado sin ella, ni siquiera quería pensar ya en Evelyn, su amor del pasado, un amor que le deseó lo mejor en la vida. Y sabía que lo mejor era Catherine, su otra mitad. Atrapado en sus pensamientos, se dio cuenta de que ella ya había abierto los ojos y lo miraba sonriendo.

—Has roncado —le dijo insinuante.

—Yo no ronco —rio Edward.

—Sí lo haces. —Entre risas y juegos infantiles, pasaron el resto de la mañana abrazados, sin moverse de la cama.

Era idílico, pasional. Nunca habían sido tan felices ni habían estado tan despreocupados como en esos momentos. Al fin podían decir de verdad que conocían la felicidad, una palabra que para ellos significaba estar juntos.

—Quizá valoras más estar conmigo porque durante años no has podido hacerlo —le dijo Catherine al oído una vez.

—Estás equivocada —contestó Edward—. Te valoro por quién eres y por cómo eres, porque eres el amor de mi vida. Por cómo me haces sentir cuando estoy contigo.

Ante eso, Catherine no pudo más que sonreír y besarlo de nuevo. En las horas que estuvieron despiertos en la cama, no hubo segundo en el que sus labios no se besaran y sus manos no dejaran de acariciarse, como si fuera lo único que necesitaban para vivir. Y, en cierto modo, así era. Se necesitaban el uno al otro, como el aire para respirar.

El señor Soverinni se acercó a las nueve de la mañana a casa de Catherine. La anterior casa de su hijo. «Maldito imbécil», se dijo a sí mismo con respecto a Luciano, cada vez que pensaba en lo sucedido.

—La señorita salió anoche. No ha vuelto por aquí. ¿Le digo algo, señor Soverinni? —le informó el ama de llaves, una mujer menuda de aspecto agradable y siempre impecable llamada Anne.

—No, me pasaré después. Gracias.

El señor Soverinni repitió la misma acción a las diez, a las once, a las doce y a la una del mediodía. Siempre la misma respuesta. «La señorita Catherine todavía no ha vuelto». Catherine tenía un amante, incluso antes de que su hijo empezara su relación furtiva con Monique, y seguro que estaba con ese hombre. Estuvieran donde estuvieran, se encontrarían juntos.

Sintió que su plan se desmoronaba por completo, pero pensaba seguir insistiendo.

—Volveré por la noche —le dijo por último a Anne que, con amabilidad, le cerró la puerta y se despidió de él.

—Hasta luego, señor Soverinni.

Mientras Catherine y Edward miraban embelesados las fotografías que él le había hecho la última tarde que pasaron juntos en el lago de Hampstead Heath, ella le hizo una pregunta que le hizo pensar.

—¿Puede haber alguien más feliz que nosotros en estos momentos, Edward?

Su padre siempre solía decir que la felicidad llega tras el sufrimiento, que el reconocimiento viene tras el sacrificio y solo el destino es el que está por encima de nosotros. Podía haber alguien más feliz que ellos, pero la palabra felicidad, en esos momentos, rezumaba por todos los poros de su piel. Negó con la cabeza y, de nuevo, la besó. La imagen de los dos tortolitos era idílica y así lo veía la gente cuando decidieron pasear de nuevo por los alrededores del parque sin ocultar su relación. Daban las cuatro de la tarde, cuando una sombra se posó detrás de ellos. Miraron hacia detrás y allí estaba él, como si siempre hubiera estado tras ellos, observándolos. Edward miró durante un instante a Catherine y, por primera vez, pudo ver el terror en sus ojos. Un terror que no se definiría con la expresión propia de temer algo, en apariencia, insignificante, sino un terror de los de verdad, de esos que calan hondo en los seres humanos. Catherine se levantó, intentando ocultar su miedo sin demasiado éxito. Sabía que, si hablaba, le temblaría la voz, así que optó por callar y esperar a que el gran señor Manfredo Soverinni empezara a hablar.

—Catherine, me temo que estás en un error. No vengo a regañarte —explicó pausadamente el señor Soverinni—, pero sé que tu abuelo estaría muy disgustado si viera hasta dónde hemos llegado.

—¿Mi abuelo disgustado? ¡Mi abuelo estará removiéndose en su tumba por lo que le hiciste a él, por lo que nos hiciste a todos! Eres un asesino. —Catherine clavó su mirada en la del señor Manfredo, que la observaba con asombro. Mientras tanto, Edward intentó calmarla cogiéndola suavemente por el brazo, para que se apartara un poco del que supuso, era todavía su suegro.

—Catherine, estás muy equivocada. No fui yo quien asesinó a tu abuelo ni fui quien hizo estallar los coches en los que iba tu familia. Debes creerme. Sospecho que, durante todo este tiempo, ha sido esto lo que has pensado y, por eso, jamás hemos podido llevarnos bien. Es una lástima, porque con quien deberías estar enfadada es con el Gobierno italiano. A ellos no les interesaba que tus abuelos permanecieran en Roma al ser una de las familias más poderosas de Londres y al arrebatar propiedades a los italianos de mejor clase social. —El señor Soverinni sonrió, sabiendo que sus palabras le habían hecho pensar a Catherine en esa posibilidad. Al fin y al cabo, era bastante razonable, pero, una vez más, se equivocó.

—Quiero pruebas. Pruebas que confirmen todo lo que usted me está diciendo. ¿Sabe lo grave que es culpar al Gobierno de algo que aún pienso que hizo usted? —replicó Catherine, aún más enfadada que antes.

—Desafortunadamente no las tengo, querida. Son asuntos demasiado confidenciales como para tener pruebas de ello. La dirección del propio Gobierno se encarga personalmente de que no quede ninguna huella, de que nadie sospeche de ellos.

Catherine, cabizbaja, empezó a pensar. ¿Y si realmente la familia Soverinni no era tan mala como ella creía? ¿Y si debía darles otra oportunidad? Acoger en su casa a Luciano con la condición de que no volvieran a dormir juntos y que su papel de marido y mujer, aunque siguiera existiendo para el mundo exterior, para ellos dos estuviera muerto.

—Por favor, Catherine —siguió diciendo el señor Soverinni—, es una humillación para Luciano y para nosotros ver cómo lo has echado de tu casa. Estoy en unos asuntos muy importantes de negocios y me temo que con el currículum sentimental de mi hijo y las habladurías de la gente no voy a poder cerrar un contrato millonario. Sería nuestra ruina. Por favor, Catherine. Nunca le hicimos ningún mal a tu familia, deja que Luciano siga en tu casa. Te prometo que no le diré nada de...

—No le importa cómo se llama —lo interrumpió con brusquedad Catherine, mirando a Edward. Tras reflexionar un rato, decidió hablar—. Está bien, señor Soverinni. Luciano y Monique volverán a casa, pero puede olvidarse de mí. Haré lo que me venga en gana, saldré y volveré de casa sin que nadie me de represalias de lo que hago o dejo de hacer. Solo con eso, Luciano podrá volver esta misma noche.

—Eso está hecho. Aunque debo advertirle de que eché anoche a Monique de casa. Ella ha sido la ruina de vuestro matrimonio.

—Déjese de ruinas, señor Soverinni. Le puedo asegurar que Monique no ha sido la ruina de nadie —respondió, esperando poder encontrar a la muchacha para que pudiera volver a casa.

—Está bien, está bien... En fin, me tengo que ir. Esta noche Luciano volverá. Le explicaré todas las condiciones y le aseguro que no habrá problema alguno.

—Dígame una cosa. ¿Cómo sabía que estaba aquí?

—Pura intuición. Es uno de los lugares más románticos de Londres. ¿No le parece, Catherine? —expresó, con cierta ironía en su tono de voz—. Si me disculpan, nos veremos. Adiós.

Lo cierto fue que el señor Soverinni mandó la noche anterior a un detective escocés llamado Thomas Browling para que siguiera los pasos de Catherine. Se escandalizó cuando llegó la llamada del detective, advirtiéndole que había pasado la noche entera fuera de casa y que lo más seguro era que estuviera en un lugar romántico como bien podía ser el parque de Hampstead Heath, cercano a la casa del amante de la joven. «Un detective perspicaz», pensó el señor Manfredo, quien le prometió una jugosa recompensa en forma de billetes, si seguía investigando más sobre el pasado y el presente del hombre con el que se había fugado la esposa de su hijo.

Cuando el señor Soverinni se fue, Catherine tuvo que apoyarse en el árbol más cercano para no caer al suelo. Edward la sujetó, diciéndole que no pasaba nada. Él aceptaba las condiciones que ella había puesto y, mientras no se alejara de él, nada malo podría suceder.

—Siento que te he fallado, Edward. A ti y a mi familia. ¿Realmente fue el gobierno italiano quién los mató? ¡Es una locura! Tengo mis dudas Edward, pero me temo que, si no dejo entrar de nuevo a Luciano en mi vida, algo malo podría sucederme como le sucedió a mi familia. Sé que parezco una niña inocente, pero creo que, pareciéndolo, podré evitar otra desgracia.

—Se cansarán. Tu marido se cansará de estar en tu casa y buscará una nueva vida. Mientras tanto, puedes quedarte conmigo el tiempo que haga falta.

—Lo sé, Edward. Gracias.

Edward no quiso inmiscuirse en si el señor Soverinni había dicho la verdad o no, aunque si había mentido, su mentira era demasiado peligrosa, incluso para él. Se trataba del asesinato de nueve personas, incluidos los chóferes de los automóviles. Era un asunto agrio y a la vez confuso. ¿Podría haber estado equivocada Catherine todos estos años? ¿Podría el señor Soverinni no saber la verdad sobre las muertes de los Stevens y poner como excusa al mismísimo Gobierno? Edward sabía que a Catherine el asunto se le escapaba de las manos y decidió no volver a hablar de ello, algo que ella parecía haber decidido al mismo tiempo también. No valía la pena. Todo volvería a la normalidad. Con Luciano en casa, pero con la libertad que tanto anheló desde siempre.

A las nueve de la noche, Luciano entró en casa como si nada hubiera pasado. Su padre le había explicado la conversación que había tenido con Catherine advirtiéndole de que, efectivamente, tenía un amante.

—No puede ser... —musitó Luciano acongojado, observando el exterior desde los ventanales del despacho de su padre.

—Puedes hacerte a la idea de que, por tu torpeza, será ella quien mande en esa casa, pero, por tu bien, debes volver.

—¿Qué puedo hacer?

—Ya no puedes hacer absolutamente nada. Vive ahí, pareced un matrimonio feliz y adinerado. Solo te pido eso.

—¿Te ha dicho algo sobre su familia?

—Se ha creído que fue el gobierno italiano. Maldita estúpida... —La carcajada del señor Soverinni resonó por toda la casa. Su esposa seguía sin dirigirle la palabra, pero era algo que a él no le importaba.

—¿Le has dicho eso? —preguntó con inocencia Luciano, a la vez que abría los ojos de par en par.

—Claro. Es inocente, ingenua y no demasiado inteligente, Luciano. Es mejor que siga viviendo en la mentira con un individuo del tres al cuarto que jamás llegará ni a la suela de los zapatos de esta familia.

—Pero ama a otro, padre...

—No quiero sentimentalismos, Luciano. Entrarás en esa casa con una amplia sonrisa y engatusarás a Catherine para que de nuevo sea tuya.

—Nunca ha sido mía, padre —reconoció Luciano con tristeza.

—Lo lograrás. Si no lo consigues, seré yo quien se interponga y, entonces, el único que saldrá mal parado serás tú.

Luciano no tenía mal corazón, pero sabía que el solo hecho de imaginar con otro hombre a la mujer que amó desde el principio, le podría hacer enloquecer y cometer cualquier acto atroz. Su padre jamás le enseñó lo que significaba el respeto, el aprecio o el amor. Cualidades que su madre poseía, pero que la firmeza y autoridad de su padre no permitieron que ella jamás le mostrase.

Cuando a las ocho de la tarde Catherine volvía a casa dando un paseo, mirando hacia todas partes con el único fin de poder ver a Monique, su deseo se cumplió. Se encontraba sentada en la acera, bajo el gran Big Ben, a pocos metros de la casa de los Stevens, como de nuevo Catherine decidió inscribir en el buzón. Su cabello estaba sucio y, cabizbaja, miraba unas cuantas monedas sobre la palma de su sucia mano derecha. Catherine jamás había visto a una mujer tan triste como le pareció Monique en esos instantes. Se acercó a ella y, agachándose, le dedicó una amplia sonrisa saludándola. Monique levantó la mirada incrédula, incapaz de imaginar el acto de generosidad que Catherine estaba a punto de hacer.

—Vuelve a casa, Monique.

—Pero señora...

—Luciano vuelve esta noche, pero yo no quiero estar con él, ¿sabes? En realidad, nunca quise estarlo. Tú lo quieres, lo veo en tus ojos.

—Pero señora, yo... —Monique balbuceaba. Estaba hambrienta y apenas podía pronunciar palabra.

—Venga, debes de tener hambre. Vamos Monique, levántate.

Con ayuda de Catherine, Monique se levantó y cogió su maleta sonriendo aliviada, consciente de la suerte que había tenido. Desde ese momento, pensó que el gesto de generosidad y altruismo que había tenido Catherine hacia ella debía ser devuelto. Ella estaría con Catherine cuando hiciera falta, cuando más lo necesitara. Era una promesa que jamás se atrevió a mencionar, pero estaba en su mente y eso, según su padre, fallecido diez años atrás, era lo más importante. Solía decir con su voz ronca y un perfecto acento francés que las palabras sirven de poco cuando los hechos son invisibles, que lo importante estaba en la mente, que no olvidara jamás esas palabras aprendidas con las decepciones del tiempo.

Al llegar a casa, Monique cenó de manera abundante y generosa, y Catherine le ofreció de nuevo su dormitorio, en el que la joven francesa concilió el sueño rápidamente después de haber pasado la noche anterior durmiendo en la calle.

Pero, cuando de nuevo vio entrar a Luciano por la puerta, la felicidad de Catherine por haber encontrado a Monique se deshizo en segundos. Luciano la miró e hizo un gesto amable queriéndole agradecer la comprensión que había tenido con su padre, pero ella, ignorándolo, ni siquiera le dio tiempo a decirle todo lo que le quería explicar. Ordenó a Anne que lo llevara hasta el dormitorio de invitados, en la otra punta del pasillo de su dormitorio, donde Luciano podría dejar sus cosas y dormir. La impotencia e inseguridad que sintió él pudo traspasar en forma de llanto hasta el mismo dormitorio de Catherine. En el fondo, sentía la pena de alguien que realmente la quería sin ser correspondido. Recordó la primera conversación que mantuvo con Luciano en los grandes jardines de la mansión Soverinni, cercana al Vaticano en Roma. Recordó el momento en el que lo conoció, cuando incluso le cayó bien y pensaba en olvidar a Edward, para lograr enamorarse de él. Aunque no hubieran pasado demasiados años, parecía que hacía una eternidad de todo aquello por la cantidad de cosas que habían sucedido y la realidad era solo una. Cuánto habían cambiado.

Aunque Catherine se sintiera más poderosa que nunca, sabía que no podía evitar tropezarse con Luciano. Así fue a la hora del almuerzo, cuando a las ocho de la mañana caminaba tranquilamente por los pasillos en dirección al comedor, donde estaban su vaso de zumo y sus tostadas preparadas. Como todas las mañanas desde que había fallecido la señora Diane, miraba la silla, ahora vacía, como si de un momento a otro la anciana fuese a aparecer radiante como antaño esperando su desayuno, la comida que más solía disfrutar durante los últimos años en compañía de su nieta. «Ella está bien», le decía su voz interior apaciguando la pena de la joven que, pensativa, vio cómo ese hueco de la silla, ese día, lo ocupaba Luciano.

—Permíteme que te diga que tú, en esta casa, almuerzas, comes y cenas en la cocina. Si no te parece bien, ya sabes dónde está la puerta —ordenó tajante Catherine, viendo cómo la leve sonrisa de Luciano se iba esfumando por momentos.

—Pero, Catherine, ayer intenté disculparme, no puedes comportarte así conmigo.

—¿No puedo? ¿Me vas a decir lo que puedo o no puedo hacer tú? Si estás aquí es gracias a tu padre, nada más. Pero no quiero ni verte, ¿me has entendido? —La aparente frialdad de Catherine trastornó los planes de Luciano, que veía a cada milésima de segundo que pasaba, cómo su todavía esposa lo rechazaba para siempre. No había ninguna posibilidad de volver a ver la afabilidad de Catherine. Eso se había convertido en un comportamiento del pasado y lo vio en su mirada. Sus ojos verdes ya no eran sumisos, ni siquiera tristes. Estaba frente a una mujer renovada y feliz, con un brillo en la mirada y una seguridad en la postura de su siempre delgado cuerpo que no tenía hacía unos años cuando se casó con él. Sintió ganas de darle una bofetada, pero sabía que, si lo hacía, su padre lo rechazaría para siempre.

—¿Cómo se llama? —preguntó Luciano al fin, mirando la media tostada que aún le quedaba para terminar el desayuno.

—Edward Parker.

—Y supongo que no puedo hacer nada contra él.

—No.

Luciano y Catherine estuvieron compartiendo el techo de la misma casa durante cuatro días sin verse. Aunque uno de los principales motivos era por Catherine, que no pasaba demasiado tiempo entre esas paredes que durante tanto tiempo la tuvieron acorralada. Pasaba los días inmensamente feliz con Edward, conociendo sus pequeñas manías, la totalidad de sus gestos y palabras, el gran fondo que tenía su corazón. Sabiendo que era esa persona la que le daba lo que el corazón no borraría jamás. Podían estar hablando horas y horas sin cansarse de su mutua compañía. A veces, había silencios, pero los cubrían con tiernos besos y abrazos. Los primeros días, hacían el amor a todas horas. Las horas y los días lograron que el amor que sentían pasara a una fase menos fogosa, en la que el cariño, el respeto y la amistad era lo primordial. Edward continuaba yendo a la redacción del periódico, pero con una jornada más reducida para poder disfrutar de lo que siempre había deseado, de Catherine. El día en el que Edward le informó de que se había comprado una pequeña casa a tan solo dos manzanas de la de «Los Stevens», la alegría de la joven aumentó y declaró que sería ella quien lo ayudaría a decorar la casa y a pintar sus paredes si hacía falta. Edward se reía de ella, viéndola poco capaz de coger una brocha. Durante dos días, estuvo inmerso en la venta de su piso del que le costó despedirse. Allí era donde había pasado los momentos más duros debido a la distancia que lo había separado de Catherine y los instantes más dulces con Rose. ¿Qué habría sido de ella? Sintió no haberla querido como mereció, fue una de las personas que mejor se portó con él cuando lo necesitó. Sin pedir nada a cambio. Pero se cansó y, como las aves que vuelan alto cuando saben que el lugar donde están ya no les pertenece, Rose hizo lo propio.

—Es una casa muy bonita —reconoció Catherine, entrando en el pequeño comedor—. Muy acogedora. Al lado de la chimenea, podríamos poner una estantería con todos tus libros de...

Pero Edward no la dejó continuar. La agarró y, con facilidad, subió a Catherine hasta el dormitorio donde había un simple colchón gastado en el que, una vez más, dieron rienda suelta a su pasión.

Los días pasaron con cierta normalidad. Para Catherine, estar en casa de Edward era más normal que estar en la suya propia y tener que tropezarse con Luciano. Entre él y Monique parecía no haber absolutamente nada. Luciano se negó en rotundo a ser servido por la joven francesa, a la que ignoraba y no dirigía la palabra desde aquella noche en la que su padre la echó de casa. A menudo, él iba a visitar a sus padres, cerca de la Sede de Scotland Yard. La señora Soverinni seguía distante con su esposo, al que consideraba una rata infame como le confesó a su ama de llaves, la única persona en la que confiaba desde la noche en la que su marido echó a la «pobre niña asustada», tal y como definió a Monique cuando explicaba la situación.

—La gente no sabe absolutamente nada de lo que se cuece en casa de Catherine —comentaba orgulloso Manfredo, sentado como siempre en el sillón de su despacho ante la atenta y atemorizada mirada de su hijo, por lo imprevisible de sus palabras. A Luciano le dolía oír, en boca de su padre, la derrota que significaba llamar «casa de Catherine», cuando después de ser «casa de los Stevens», pasó también a ser su hogar. Parecía no quedarle nada—. Piensan de vosotros que sois una pareja feliz y, en ocasiones, me encuentro con halagos y felicitaciones para ti. Debe continuar así. —Luciano asintió para no llevarle la contraria, pero no podía más. No podía con esa situación. Mientras su padre hablaba, su mente pensaba en otras cosas, concentrándose en palabras que no llegaban a tener significado ni relación las unas con las otras, pero le venía bien para huir por un momento de la realidad a la que debía enfrentarse.

CAPÍTULO 34

28 de septiembre de 1935, Londres

La primera mañana en la que Catherine se levantó precipitadamente hacia el cuarto de baño con arcadas supo que estaba embarazada. Vomitó hasta tres veces seguidas, hasta que no quedó nada en su estómago por devolver. Con dificultad, pero con una luminosa sonrisa, intentó incorporarse para lavarse los dientes, la cara y peinarse. Aún con su amplio camisón de color azul celeste, fue hasta el armario ropero para coger uno de sus trajes. «El verde», pensó. «Color de la esperanza».

Durante ese mes, había llegado a entablar conversación con Luciano, porque en el fondo, le daba lástima. A él se le notaba en cada gesto y en cada mirada lo enamorado que seguía de ella, y le permitía salir y entrar de casa a su antojo. Era la condición y Luciano la estaba cumpliendo. Poco podía hacer, pero el mero hecho de que no la tratara como años anteriores, prohibiéndole ir a la mismísima panadería a comprar algún pastel recién hecho sola, la aliviaba y le hacía sentir que habían llegado tiempos mejores. Sin desayunar, recorrió las dos manzanas que le separaban de casa de Edward, pensando en que, tal vez, sería ella quien lo despertara. Pero verlo cuidar las pocas flores que había en la entrada del jardín la alegró.

—¡Madrugador! Solo son las ocho de la mañana —saludó Catherine, con su costumbre diaria de mirar hacia todos los lados para no ser reconocida. Era lo único que le molestaba, el fingir hacia los demás, por el señor Soverinni, que su boda con Luciano fue un éxito y que era de él de quien estaba enamorada.

—Sí, no podía dormir más. Dentro de una hora debo ir a la redacción. Entremos —dijo Edward, cogiendo las herramientas que había en el suelo y abriéndole con cortesía la puerta a Catherine.

—Tengo que darte una buena noticia. —Edward la miraba impaciente por saber de qué se trataba. Como un niño que espera con ansia el caramelo que le ofrece su abuelo por las buenas notas que ha sacado en el colegio—. Estoy embarazada. —El pensamiento de Edward se desvió por instantes del lugar en el que se encontraba, con una mezcla de alegría y otra de decepción, al saber que, a ojos de la gente, el retoño que esperaba Catherine jamás sería reconocido como suyo. Así se lo quería expresar, pero, en ese momento, al ver el rostro iluminado y esperanzado de la joven, no pudo hacerlo.

—Catherine...

—Sé lo que estás pensando. Este bebé es tuyo y, ante los demás, parecerá que es de Luciano, pero sabes que te pertenece y tendrás todo el derecho a ejercer como padre.

—¿Por qué no vienes a vivir conmigo, Catherine? No lo entiendo. ¿Qué más da lo que diga la gente?

—Edward, lo he pensado mil veces. Pero no puedo abandonar mi casa. Por mi familia, no puedo. Por otro lado, el señor Soverinni tiene razón, no podemos vivir del sueño que hemos tenido durante años.

—¿A qué sueño te refieres?

—Soñábamos con escapar, con estar juntos para siempre. Es bonito, pero la realidad es que soy una mujer casada y, aunque nunca me importara lo que dijeran de mí, ahora que tengo una personita aquí dentro… —explicó, acariciando su aún invisible tripa—. Pienso que lo mejor para el bebé es dejarlo todo tal y como está. Espero que lo entiendas. —Ni siquiera Catherine podía creer sus palabras. Incluso su abuela le había dicho que no pensara en lo que dijera la gente, que huyera con Edward, que fuera feliz, pero lo que le dijo Edward aquella tarde en Roma, cuando casi eran unos desconocidos, había resultado cierto y evidente dadas las circunstancias: «Los Stevens tienen fama de ser muy responsables». Tal vez sí. Responsabilidad, cobardía… no lo sabía ni ella misma—. No quiero que hablen mal de alguien que aún no ha nacido y que viva con las habladurías de la gente toda su vida. No quiero que le hablen mal de mí.

—Lo entiendo, Catherine —pareció conformarse Edward, asintiendo lentamente con la cabeza—. Todo seguirá como hasta ahora, entonces —comentó, a pesar de no acabarlo de entender del todo.

Catherine había dejado de ser aquella muchacha rebelde con ansias de libertad que conoció en el pasado, para convertirse, a lo mejor desde esa misma mañana, en una mujer madura y responsable a la que, al igual que su abuela o su madre, le importaba lo que la gente pudiera decir y pensar de ella.

CAPÍTULO 35

Madrid, 2002

...Un niño de tres años escondido en el armario de su habitación. —El rostro de Alfredo se volvió triste y desesperado, alzando la voz en cada palabra que pronunciaba al empezar a explicar su historia—. Escuchando gritos y golpes que su padre le propinaba a su madre, solo porque la cena que había preparado no era de su agrado o porque el escote de sus camisas era demasiado generoso. Cualquier excusa valía cuando él llegaba a casa borracho. Hasta que, al cabo de diez años, cuando ese niño tenía trece, presenció la muerte lenta y dolorosa de su madre sin poderlo evitar. Con esta misma escopeta, mi madre falleció en un mes de diciembre como este. Quise matar a mi padre, pero me miró y llevó su dedo a sus labios queriéndome decir «silencio.» Corrí como nunca lo había hecho sin rumbo fijo, escuchando en mi cabeza el grito de mi madre, la carcajada de mi padre, el disparo... Viendo toda esa sangre, reviviendo, una y otra vez, la escena que había acabado de presenciar. Cuando volví, cinco coches de policía estaban en el portal, una ambulancia y multitud de gente llorando, llevándose la mano a la boca, expresando en sus rostros y en su mirada el terror que estaban observando. Como si fuera un espectáculo, una película de cine —siguió explicando, con una repentina risa satírica—. En esa película de terror, la protagonista era mi madre manchando de sangre la sábana que cubría su cuerpo estirado en la camilla.

Cristian y Emma se miraron desconcertados, preguntándose a dónde les llevaría esa situación. Emma se tocó inconscientemente la barriga y, desde ese momento, y a pesar de ser temprano, sabía que ahí dentro había alguien deseando descubrir una vida que, en esos momentos, observando la escopeta que Alfredo agarraba con fuerza, dudaba que pudiera tener.

—Al cabo de dos días, encontraron a mi padre muerto de un disparo en la cabeza y sujetando esta misma escopeta en un descampado de Alcalá de Henares. Se había suicidado. Esto que veis —comentó, como si estuviera sujetando un triunfo—, mató a mi madre y a mi padre. Después de aquello, me fui a vivir con mis tíos, que tenían un hijo de mi edad. Duré dos meses con ellos, alegaron que era un chico problemático y que solo le estaba causando problemas psicológicos a mi primo. Luego, decidieron que los problemas psicológicos los tenía yo. Estaba trastornado y padecía de una especie de obsesión por cosas o personas, pequeños detalles, importantes. En el reformatorio, le prometí a mi mejor amigo que algún día llegaría a ser alguien importante. Abogado o algo así. Mi amigo Ricardo, se sentiría orgulloso de mí. Conseguí, con los pocos ahorros que tenían mis padres en el banco, estudiar derecho. Se me daba bien estudiar. Por cierto, si preguntáis por Ricardo, se ahorcó al año de estar en el reformatorio, eso fue lo que consiguieron con él. Así le ayudaron… empujándolo al suicidio.

Alfredo hablaba cada vez con más desgana, como si le agotara enormemente hablar de su vida y no supiera enlazar con corrección sus palabras. Cristian y Emma continuaban en silencio escuchando las desgracias de Alfredo y asustándose cada vez más por la gesticulación extraña de su rostro.

—Seguí yendo al psicólogo. Lo dejé hace unos días. Me llama, pero no le hago caso, no me sirve para nada. Y sí, estoy enfermo. Supongo que la obsesión es una palabra que nunca ha huido de mi mente por mucho que la gente lo quisiera arreglar o por mucho que nadie sospechara nada de lo que sucede por aquí —explicó, señalando su frente, repleta de sudor—. Tú te enamoraste de mí, Emma y lo estabas hasta que lo conociste a él. ¿Hace cuánto? ¿Un mes? ¡Eso no es amor! Leí tu diario, Emma. Me querías a mí.

Emma negó con la cabeza y Cristian, aunque quería sonreír para complacerla, con la intención de expresarle que no pasaba nada, no podía. La situación no se lo permitía.

—El caso de todo esto es... ¿Cómo dos personas se enamoran desde un primer momento? Y... —Ya no le temblaba la voz. Parecía saber mejor que nunca, lo que quería decir—. ¿Quién fui yo? En mis sueños te llamo, Emma, pero no eres tú. En mis sueños te veo con él, pero no es él. En mis sueños os asesino a los dos, pero no soy yo el asesino. ¿Podéis explicármelo? ¿Existe la reencarnación?

—Sigo aquí —le recordó Emma, mirándolo fijamente; viendo cómo Alfredo, por primera vez en esos angustiosos minutos, se mostraba inquieto por el presente y no por recordar el pasado.

—Así que es eso...

—¿Qué es, Alfredo? —preguntó Emma, intentando levantarse del sofá, para acercarse a él y tranquilizarlo. Alfredo, sin embargo, con un gesto despectivo y sin hablar, hizo que volviera a sentarse en el sofá en silencio.

—No estoy loco. Vosotros también lo sabéis, vosotros también estabais en mi mundo. Lo sabía, tenía vuestra imagen grabada desde que nací y, aunque desapareciera durante unos años, siempre estuvo ahí, escondida, esperando el momento de volver a aparecer. De salir a la luz. Me trataste muy mal, me engañaste, me despreciaste... Y lo que es peor: ¿qué fue de las niñas?

—Se quedaron con Monique. Aún viven, en Irlanda. Tienen sesenta y seis años —le comentó Emma, intentando mantener una conversación normal. Aunque nada de lo que estaba pasando ahí era normal.

—Sí... Monique. Una gran amante, ¿sabes? —Empezó a reír como si estuviera recordando una anécdota pasajera—. Gasté mi única oportunidad de ser padre con ella. El mismo día que me dijo que estaba embarazada, abortó. —Un capítulo que Emma y Cristian no conocían de la triste vida de la mujer que había cuidado de las hijas de Catherine y Edward—. Siento el daño que os hice, pero fue mi padre quien me obligó —siguió explicando, cambiando repentinamente de tema. Emma y Cristian sabían perfectamente quién estaba hablando a través de Alfredo. Él había desaparecido, Luciano había vuelto—. Esperé a que las niñas tuvieran la edad suficiente para que pudieran recordarte. Pero no lo pude evitar, no lo pude evitar, no lo pude evitar... —repitió durante cinco minutos seguidos. Parecía volver a derrumbarse. Sus mejillas no solo estaban inundadas del sudor de su frente. Ahora, también, se habían inundado de lágrimas.

CAPÍTULO 36

Abril de 1936, Londres

Cuando Catherine salía a la calle en busca de Edward, no podía esquivar a los conocidos que se acercaban a ella para felicitarla por su estado. Su barriga había aumentado considerablemente en poco tiempo, algo normal teniendo en cuenta que el doctor le había informado hacía un mes de que esperaba dos bebés. Catherine tenía el presentimiento de que serían dos dulces niñas. Así se lo decía a Edward.

—Son dulces y tranquilas. Apenas dan patadas ni complicaciones por las noches —explicaba risueña.

 Pero esas felicitaciones iban destinadas a Luciano, no a Edward, el verdadero padre de las criaturas. Eso a Catherine, le dolía en el alma.

—«Luciano debe de estar contentísimo».

—«Luciano debe de estar orgulloso».

—«¿Vienen dos? ¡Oh, cielo santo! Luciano debe de sentirse el hombre más afortunado del mundo.»

Y, mientras tanto, veía cómo a Edward se le agotaban las fuerzas, las ganas de vivir al saber que sus hijos jamás podrían estar con él. Parecía no conformarse solo con ella, ahora quería más. Lo entendía, ella también quería una familia sólida y unida.

Que sus bebés estuvieran con su verdadero padre, con Edward, pero las circunstancias seguían sin permitirles estar juntos.

—Espero que no hagas tonterías, Catherine —la amenazaba Luciano—. Los bebés no van a poder ver a Edward y él no podrá verlos a él.

—¿Qué vas a hacer para impedirlo? —preguntaba Catherine, intentando hacer méritos para cohibirlo. A pesar de no ser su estilo, a pesar de saber que era algo que no se le daba bien.

—Os mataré. —La seguridad de Luciano y la aparente sinceridad consumían a Catherine, que atemorizada, agachaba la cabeza y se acariciaba su prominente barriga.

«Os mataré», la temida palabra pronunciada con frialdad por el que era su marido le hizo perder el poder que creyó tener cuando falleció su abuela. Sabía que Luciano sería capaz de matarla. A ella y a Edward, incluso a los bebés. Capaz de todo para poseer lo que creía que era suyo. ¿El gobierno italiano? Se dio cuenta de lo estúpida que fue creyendo las palabras del señor Soverinni. Eran unos asesinos y, serían capaces de cualquier cosa para conseguir lo que realmente querían. Su fortuna y cuantiosos bienes materiales.

Al explicarle a Edward lo que Luciano le había dicho, este, en vez de buscar venganza, en lugar de repetir una vez más que huyeran, pareció rendirse. Se encogió de hombros y se limitó a decir que pasara lo que tuviera que pasar. Aunque, por dentro, una especie de furia le gritara que fuera él quien amenazara a Luciano hasta acabar con él.

—¿Cómo va a terminar esta historia, Edward?

—Acabará como queramos que acabe. Pero nada bien. Nos estamos rindiendo y, con esto, temo decir que nuestro amor, aquel que nos hizo brillar una vez, se está apagando.

—No digas eso. Nos queremos. Esperamos dos bebés.

—No, Catherine. Tú esperas dos bebés. Sabes perfectamente que nunca formaré parte de la vida de ellos, o ellas. Da igual. Quiero que estés bien, quiero que seas feliz. —Hizo una breve pausa, como si estuviera midiendo las palabras que ya estaban dentro de su mente—. Me rindo —finalizó con tristeza.

Después de estas palabras, Catherine estuvo varias semanas sin hablar con Edward, sin ir a visitarle. Seguía manteniendo conversaciones extrañas con Luciano que iniciaba él. La buscaba compulsivamente por todas las estancias de la casa hasta encontrarla. La retaba y la amenazaba, la maltrataba psicológicamente, pero siempre obtenía la misma respuesta. «No te amo Luciano. Por más que me amenaces, no lograrás terminar con mi historia». La historia era la de Edward. Él jamás había existido. Pero el redactor, a su vez, se sentía como si le tocara ahora a él apartarse de la vida de Catherine. No poder reconocer a los dos bebés que llevaba dentro, que los dos retoños no se apellidaran Parker y en la historia pasaran a ser los hijos de Luciano Soverinni amargaron su existencia. No serían sus hijos, eso no es lo que dirían los papeles. Eso le dolía en el alma, aunque no lo quisiera reconocer ante Catherine. No le quería provocar más dolor. Sabía que ella sufría igual o más que él respecto al tema. Pero el tiempo pasaba demasiado rápido y parecía ser muy tarde para solucionar los problemas. Aquella felicidad inicial pareció ser ficticia. La llegada de sus dos hijos era la realidad del amor que sentían el uno por el otro, un amor imposible. Lo fue desde el principio, pero la juventud les hizo vivir en esa irrealidad que parecía desaparecer por momentos.

En casa de los Soverinni, sabían que los bebés que esperaba Catherine eran del «amante». La señora Soverinni, aún resentida con su marido después de todos esos meses, intentaba calmar la ira de su esposo cuando pensaba en el tema o sus amigos y compañeros de negocios le felicitaban pensando que sería él el abuelo. Fueron ocho meses duros para el patriarca de los Soverinni, que acabó estallando frente a su hijo cuando una mañana, como casi siempre, fue a visitarles y a hablar de un negocio que compartían.

—Entra —le ordenó el señor Soverinni a su hijo, con su ya normal severidad. Se sentó pausadamente, como si estuviera meditando el orden exacto de sus palabras—. Se nos ha escapado de las manos. Todo, absolutamente todo.

—Padre, he amenazado a Catherine. Esos bebés estarán a salvo, su padre no llegará a conocerlos.

—¿Cómo estás tan seguro? Catherine se ha apoderado de todas las posesiones de su familia, sospecho que no cree en la mentira que le expliqué sobre el asesinato de su familia y, desde que falleció Diane, se ha creído dueña y señora de todo. Ha cambiado. No es la niña insegura que se dejaba dominar cuando te casaste con ella.

—Padre, le repito que la he amenazado —sonrió triunfal Luciano, sabiendo que, por primera vez, su padre se sentiría orgulloso de él.

—¿Cómo?

—Le he dicho que los mataría si, por cualquier circunstancia, ese hombre ve a sus hijos.

—Definitivamente, eres idiota Luciano —replicó el señor Soverinni sin sobresaltarse. Luciano no lo entendió y su sonrisa volvió a desaparecer—. Pero lo harás.

—¿Qué?

—Da igual que Catherine te haga caso o no, Luciano. No sé si estaré para verlo, pero ,por compasión, cuando sus hijos sean lo suficiente inteligentes como para recordarla, mátala. A ella y a su amante. Serás el hombre más poderoso del país. —La mente de Luciano empezó a imaginar el instante de la muerte de su esposa y «el amante», el innombrable que tanto sufrimiento le había provocado en los últimos meses—. Pongamos... tres años.

—Tres años —repitió Luciano, que seguía imaginando sangre, asesinato, muerte. Muerte. Muerte por venganza, por engaño, por infidelidad, por poder. Su mente empezó desde ese momento a obsesionarse, a prepararlo todo inconscientemente.

—Promételo.

—Se lo prometo, padre. —La mirada de Luciano, desde ese momento, cambió y se transformó en la que siempre había temido. En la del mismísimo señor Soverinni.

Al cabo de un rato, Luciano salió de la casa sin despedirse de su madre que, a pesar de llamarlo hasta en cinco ocasiones, no obtuvo respuesta. ¿Podía alguien morir de pena? Así lo pensaba la señora Soverinni derrumbada, sabiendo que se confundió hace años, cuando decidió dejar de lado los escenarios de Broadway, para casarse enamorada del gran Manfredo Soverinni. Recordó el momento en el que lo conoció, aquel instante en el que se enamoraron. Fue un flechazo. Pero las promesas de hacerla feliz, pasara lo que pasara, no se habían cumplido. A la joven actriz neoyorquina, que brillaba con luz propia en los escenarios, se le había apagado la luz para siempre.

Edward volvió a cambiar de casa en los días en los que Catherine no fue a visitarle. Le dolía vivir a tan solo dos manzanas de ella y sus dos futuros hijos, sin poder verlos. Triste y abatido, trabajando más horas en la redacción y volviendo a ignorar a sus compañeros de trabajo, se trasladó a una bonita casa, de nuevo al norte de Londres, en la zona que más le gustaba y en la que mejor se sentía. Esta vez, su casa, desde el dormitorio situado en la planta de arriba, tenía vistas al lago de Hampstead Heath, donde había pasado los mejores momentos de su vida con Catherine. Esos momentos a los que había llamado «*Instantes de irrealidad*». Incluso había escrito un artículo en el Daily Herald con permiso de Arthur, que hablaba de los jóvenes londinenses que soñaban con una vida inexistente, fruto de su imaginación, que podía llevarles a grandes alegrías y también a grandes decepciones. Fue acogido con gran éxito entre los lectores, pero no logró rellenar el vacío que Edward sentía. Lo sabía. Algo en él presentía que nunca formaría parte de esos dos bebés que Catherine llevaba en su vientre y que, pronto, vendrían al mundo entre aplausos de la alta sociedad y la ausencia de su verdadero padre. Una lástima, teniendo en cuenta lo que les quería Edward.

CAPÍTULO 37

25 de mayo de 1936, Londres

A las cinco de la madrugada, cuando Catherine dormía, sintió la necesidad de despertar y levantarse. A las cinco y cuarto de la madrugada, rompía aguas en su dormitorio, justo donde solía sentarse para hablar con su abuela. Pensó en ella y en los que ya no estaban y, después de mucho tiempo sin saber nada del «otro lado», apareció Lisa con una sonrisa. No habló. Solo miró con orgullo a la que fue por tanto tiempo su pequeña y, tan pronto como vino, la mala costumbre que tenía de desaparecer de inmediato no se hizo de rogar. Lisa volvió a esfumarse una vez más.

Catherine salió del dormitorio en camisón y corrió como pudo hasta la planta de abajo para que Anne y Monique, que dormían en sus dormitorios, despertaran y la acompañaran al hospital Royal Marsden, situado en la zona de Chelsea. Había decidido días antes dar a luz en un hospital en lugar de llamar a Charlize Helton, la comadrona que la ayudó a ella misma a venir al mundo entre agua caliente y paños. Ya habían pasado veinticuatro años de eso y, aunque lo habitual era llegar al mundo en casa, gracias a una experimentada comadrona, Catherine decidió tener a sus retoños en el hospital, algo muy moderno para la época, al alcance de pocos privilegiados económicamente poderosos. Luciano, que padecía de insomnio desde hacía dos semanas, se vistió enseguida y, aunque quiso ir al hospital con Catherine, ella se lo negó.

—Para guardar las apariencias vendrás mañana. Hoy no —le espetó, con rostro cansado, intentando respirar con normalidad. Le dolía, le dolía muchísimo. Agudas punzadas constantes en su vientre apenas la dejaban respirar. Solo pensaba en Edward y en cómo le gustaría que él, el padre de sus hijos que ya querían salir y vivir en el exterior, estuviera con ella en esos momentos.

Al verse en la camilla rodeada de enfermeras que la ayudaban a llevar mejor los intensos y agudos dolores de parto, volvió a pensar en Edward, en sus padres, su abuela... en la última sonrisa que le había dedicado su fantasma, Lisa. Estaban allí, con ella, aliviando su dolor, tanto físico como espiritual. Faltaba Edward, su mano, su sonrisa, la delicadeza de sus caricias y la ternura de sus palabras acompañándola en un momento tan importante como el que estaba viviendo. Y se sentía sola. Completamente sola.

A las nueve y media de la mañana, venían al mundo las preciosas Lucille y Amanda. Un parto complicado que, según el doctor Williams, Catherine supo llevar mejor que ninguna otra mujer que hubiera visto dar a luz a dos bebés a la vez. Una de las enfermeras, la más mayor, limpió a las gemelas y, de inmediato, se las entregó a Catherine que, entre lágrimas, les dio la bienvenida al mundo. Le pareció la experiencia más gratificante que había vivido en su vida. Al tener a sus dos pequeñas entre sus brazos, una a cada lado, el sentimiento de soledad que había tenido antes, desapareció para dar paso a la gran satisfacción de ver los ojos entrecerrados de sus niñas. Eran preciosas. Le pareció algo mágico dar vida en un instante a dos seres humanos idénticos. «Seréis bellísimas», les dijo con ternura y empezó a llorar, a la vez que se prometía sí misma que Edward las vería algún día. Pronto, esperaba.

Monique entró, observando la escena con simpatía y recordando aquella trágica noche en la que abortó el bebé que esperaba de Luciano. El momento más doloroso de su vida, el tener que desprenderse del ser que más hubiera querido. Del ser que más quiso sin haberle visto la carita.

—Señora Catherine —saludó Monique.

—Entra, Monique. Son preciosas, ¿verdad? —sonrió Catherine. Una sonrisa fugaz, que desapareció al ver las lágrimas de Monique.

—¿Puedo hacer algo por usted? —preguntó de pronto Monique, restándole importancia a sus lágrimas con un gesto que indicaba que eran causa de la emoción del nacimiento de las niñas.

—Monique... si algo me pasara... a mí y al padre de las pequeñas, que bien sabes, no es Luciano, me gustaría que cuidaras de ellas —le rogó Catherine, a punto de compartir el llanto con la joven. Monique asintió.

—Sí, señora. Tengo tanto que agradecerle que...

—No, Monique... No digas eso. Sé que les darías todo tu amor, que serías una madre para ellas. Una buena madre. Por eso, si sucede algo...

—No sucederá nada señora. Pero le doy mi palabra de que, si algo ocurriese, a estas niñas no les faltará jamás mi cariño.

—Gracias. Mira, ella es Amanda y la que ya se ha dormido, Lucille.

—Son preciosas.

—Sí, preciosas. Unas princesas...

Cuando al cabo de una semana Catherine salió del hospital con las niñas para volver a su hogar, lo primero que hizo fue dejarlas al cuidado de Monique e ir a casa de Edward, pero al tocar a la puerta no fue Edward quien la recibió. Desconcertada, Catherine miró el rostro anciano del hombre que, sonriendo, la había saludado reconociéndola como una Stevens y le preguntó qué había sido del anterior inquilino. Poco sabía el hombre, ya que las gestiones las había llevado su hijo.

Fue corriendo a casa para estar al lado de sus hijas, implorando un milagro para volver a ver a Edward. El desconcierto no la dejaba pensar con claridad y lo primero que había pensado era que le había sucedido algo malo. ¿Y si Luciano le había hecho algo? ¿Lo había amenazado y no tuvo más remedio que huir? Esta vez sin ella, pero sus preocupaciones desaparecieron cuando, de nuevo, con una brillante sonrisa, apareció su fantasma que, en vez de mirarla a ella, posó su mirada en las dos pequeñas que dormían plácidamente en sus respectivas cunas.

—¿Dónde está, Lisa? —preguntó Catherine desesperada mientras acariciaba la suave carita de Lucille.

—Cerca. Ve al lago y, desde allí, observa una terraza. La única que verás. Ahí es donde se encuentra Edward. Son bellísimas, Catherine —comentó Lisa, mirando a Lucille y Amanda—. Se parecen a Edward… muchísimo. —Catherine asintió—. No estés triste, pequeña. Has hecho lo más hermoso que puede hacer una mujer: dar vida. Has dado a luz a dos personitas que han venido al mundo gracias a un amor verdadero, y poca gente tiene esa suerte en vida. No temas. Sigo aquí.

Y sin dejar que Catherine preguntara o dijera nada, desapareció. ¿Cuándo volvería? Anteriormente, su fantasma aparecía día sí día también pero, desde hacía tiempo, su presencia era menos frecuente y cada vez más efímera. ¿Cuál era el motivo? La necesitaba más que nunca.

De nuevo, volvió a salir de casa sin impedimento alguno por parte de Luciano que, aunque se encontraba en alguna de las estancias, no había dado señales de vida desde que Catherine llegó a casa con sus hijas. Apenas vio a las pequeñas y no mostró signo alguno de afecto hacia ellas. Era lógico. No eran sus hijas. Él no podía formar una familia, era estéril, y eso seguía consumiéndole por dentro, haciéndole sentir inferior al resto de hombres. Inferior a Edward, que poseía el corazón de Catherine para siempre. Algo que él no logró conseguir.

Cuando llegó al lago de Hampstead Heath,en efecto, vio una única terraza con forma redondeada repleta de tulipanes blancos alrededor de la barandilla de piedra. Tulipanes blancos, la flor preferida de Catherine. No cabía duda alguna, ahí vivía Edward. Recorrió con rapidez el sendero desde el lago hasta la calle donde se encontraba la terraza y, por tanto, la casa en la que seguramente vivía el redactor. Miró durante un instante hacia arriba para asegurarse de que en verdad esa era la casa que veía desde el lago. Tenía una única entrada y, aunque posiblemente era una de las casas más antiguas de la zona, era la que mejor cuidada y conservada estaba. Tenía dos ventanas al lado de la entrada, desde donde no se podía ver nada por culpa de unas tupidas cortinas. Parecía tener un jardín o un patio interior en la zona trasera. Sin duda alguna, sus dimensiones eran mayores que la anterior vivienda de Edward. Después de meditarlo, se decidió a tocar el timbre. De él salió una breve melodía de estilo clásico y, en dos minutos, Edward abrió la puerta con una manopla en su mano. Sorprendido, apenas pudo mencionar palabra e invitó a entrar con un gesto agradable a Catherine. Se quedó gratamente sorprendida por la decoración de la casa, más femenina que sus dos anteriores hogares, como si allí viviera una mujer.

—Estaba preparando unas galletas —comentó Edward, sonriendo con tristeza.

—Seguro que están riquísimas. —Era algo que le gustaba de Edward. No era como los demás hombres. Cuidaba del jardín e, incluso, cocinaba, algo que a Luciano no se le hubiera ocurrido jamás.

—Sí, bueno… saldrán dentro de diez minutos del horno por si las quieres probar. —Tras una pausa, Edward bajó la mirada—. ¿Cómo están las niñas?

—¿Cómo sabes que son niñas?

—Y tú, ¿cómo sabías que vivía aquí? —bromeó Edward—. Pura intuición. Siempre decías que eran niñas.

—Sí. Se llaman Lucille y Amanda. Me encantaría que las conocieras Edward, pero…

—Los nombres son muy bonitos. No pasa nada, Catherine. Solo espero que algún día puedas hablarles de mí.

—¿Algún día?

—Ha pasado un tiempo desde que no nos hemos visto. Para mí, mucho. Y me cansé de esperarte, Catherine. Estoy viviendo con una mujer. —Para Catherine, ese momento fue como si le clavaran veinte espadas en el corazón. Hizo un gesto extraño y trató de sonreír. En su mirada parecía decir un «ya lo sabía». ¿Por qué su fantasma no la avisó? ¿Por qué no podía haber continuado todo como antes?

—Me enfadé contigo, Edward. Me sentí furiosa. Te rendiste, pero ahora entiendo que la culpable fui yo. Sin quererlo, me rendí primero. Ha sido mi derrota, no puedo decir más. Espero que seas feliz, Edward… Porque te lo mereces.

—Catherine, hace años que esperé un momento, un instante como el que vivimos el año anterior. Juntos, sin problemas y sin impedimentos, pero cuando te quedaste embarazada, cuando me contabas las amenazas de Luciano, vi que los problemas e impedimentos, en realidad, nunca habían desaparecido. No vale la pena sufrir, ninguno de los dos lo merecemos.

—Edward, no olvides nunca lo que te voy a decir. Por alguna extraña razón, nuestras almas están conectadas y lo van a estar siempre. Una eternidad. Y, aunque pase el tiempo, aunque no nos veamos físicamente, seguiremos conectados de alguna manera. Aún me amas y quieres a esas dos niñas sin conocerlas. Llegará el día en el que las conocerás, sé que llegará el día en el que podamos volver a estar juntos. No amas a esa mujer y, en el fondo, siento compasión por ella.

—Catherine, te equivocas. Amo a Rose. —Tras estas palabras, Catherine salió de casa sin impedimento alguno por parte de Edward, con lágrimas que él no alcanzó a ver.

¿Así terminaba todo? ¿Era eso lo que tenía que pasar? ¿Era por eso que su fantasma le había dicho que no se preocupara por nada? Se fijó en todas las mujeres que paseaban tranquilamente por la calle. Rose podía ser una de ellas. La mujer de cabello pelirrojo y divertidas pecas en su sonrosado rostro, que se detuvo a ver la pintura que estaba creando el artista del paseo. Rose podía ser la joven rubia algo entradita en carnes que miraba el reloj de la torre con impaciencia. Esa mujer podía ser la que, sonriendo, compró un par de manzanas en la frutería. Cualquier mujer, podía ser la que compartía su vida con Edward, el padre de sus hijas, el amor de su vida.

Tristemente volvió a casa y se encontró, una vez más, a Luciano en la puerta. Cruzaron una mirada y, sin decir nada, volvió con sus pequeñas. Así sería su vida, dedicada en cuerpo y alma a Lucille y Amanda. Explicándoles cuentos por las noches, abrazándolas cuando lo necesitaran, riñéndolas cuando hicieran alguna trastada, conversando con ellas sobre cualquier tema, explicándoles lo maravillosas que fueron aquellas personas de su familia que ya no estaban, recordándoles, en ocasiones, los momentos vividos con Edward, su verdadero padre. Pero lo cierto era que las pequeñas no entendían lo que Catherine les decía. Había pasado demasiado tiempo como para que ellas imaginaran que su verdadero padre no era Luciano.

CAPÍTULO 38

Octubre de 1938, Londres

Había pasado un mes desde que la señora Samantha Soverinni falleció de un repentino infarto al corazón mientras tomaba tranquilamente el té en compañía de la novela romántica *Orgullo y Prejuicio* de Jane Austen, publicada en 1813. La señora Soverinni había vivido ese mismo momento y recorrido cada página de *Orgullo y prejuicio* hasta en quince ocasiones. Cuando a punto estaba de terminarla una vez más, sus dedos se deslizaron por las ya conocidas palabras, para no volver a tener movimiento nunca más. Parecía dormida, cuando una de las sirvientas la encontró. Era como si por fin pudiera descansar en paz después de dos años tormentosos provocados por su marido. El señor Soverinni ni siquiera lloró. En el entierro no acudió demasiada gente, pero la que había, sintió de verdad su muerte.

Lucille y Amanda habían crecido, pareciéndose cada vez más a Edward. De Catherine habían adoptado sus gestos. No hablaban demasiado bien, a menudo balbuceaban sin que se les entendieran las palabras, pero adoraban que su madre les leyera cada noche antes de ir a dormir. Tenían dos años y cinco meses. Lo mejor para ellas era ver la figura paterna que necesitaban en Luciano, aunque él se mostrara siempre extraño y ausente, distante y enfadado, triste en el fondo y siempre ocupado.

Catherine no volvió a ver a su fantasma y tampoco supo más de Edward. La noche del veinticinco de mayo, cuando sus pequeñas cumplieron dos años, fue hasta Hampstead Heath y pudo ver la terraza de Edward aún con los tulipanes blancos cuidados y resplandecientes. La luz tenue y romántica se encendió y vio salir al redactor acompañado de una mujer rubia a la que apenas pudo ver el rostro desde la distancia. Solo vio que eran felices y que él, con la mirada perdida en el lago, se desvivía por corresponder a su acompañante todos los gestos de afecto que ella le profería. Esa imagen la recordaría cada noche antes de conciliar el sueño y cada mañana al despertar, lo que la mataría un poquito más por dentro, mientras disfrutaba de las risas y la alegría de sus pequeñas, las miradas vivarachas que le dedicaban y sus ansias por aprender y disfrutar, que tenían a todas horas.

Edward, por su lado, poseía un calendario secreto en el que iba contando los días que pasaban sin ver a Catherine. También sabía que sus hijas tendrían ya dos años y cinco meses. ¿Cómo serían? ¿Qué comportamiento tendrían? ¿Catherine les hablaría de él? ¿Les contaría cuentos por las noches? Trataba de imaginar el rostro de sus dos pequeñas. Bellas como Catherine, de ojos verdes curiosos y gestos dulces y delicados. Pero todo estaba en su pensamiento. Dos rostros infantiles que nunca había visto, mitificados en el que aún amaba. El encuentro con Rose en el mes de abril de 1936, había sido toda una sorpresa para ambos. Fueron a tomar un café y Edward le explicó toda su historia, excepto que Catherine esperaba dos bebés de él. Sentía que la engañaba y ella sabía que Edward le ocultaba algo, pero nunca se lo preguntó. No le quiso imponer nada, solo estar a su lado y hacerlo feliz, por lo que abandonó Notting Hill e, incluso, la galería de arte que tanto amó. Habían pasado dos años y Rose sabía que Edward había aprendido a quererla, pero no a amarla. En su corazón, aún existía la luz radiante de Catherine y él lo sabía. «Nuestras almas están conectadas y lo van a estar siempre», una frase que Edward jamás pudo olvidar, maldiciéndose mil veces por haberla mentido diciéndole que amaba a Rose. Ella era su compañera, su amiga, su confidente, pero no su razón de vivir. Aún tenía la esperanza por las noches, en brazos de Rose, de poder estar algún día con Catherine y sus dos pequeñas, Lucille y Amanda, Amanda y Lucille. ¿Cómo olvidar esos nombres? ¿Cómo recordar dos rostros que jamás había visto? ¿Cómo amar con toda su alma a dos personas que no había conocido?

CAPÍTULO 39

Madrid,2002

«No lo pude evitar», seguía repitiendo el alma de Luciano desconsolada. Emma entendió que Alfredo había vivido atormentado por el crimen que cometió en su vida anterior y su infancia marcada por unos sucesos que, aunque su cerebro no recordara, su espíritu no olvidó jamás. El mal volvió a él de una forma muy macabra, con la muerte de sus padres. Ñata seguía ladrando, esta vez con más debilidad desde el cuarto de baño. Era el único sonido que podían escuchar. ¿Por qué nadie tocaba al timbre quejándose de que los ladridos le molestaban? Seguramente nadie se enteraría jamás de lo que estaban viviendo. Como si estuvieran dentro de una película de terror, como si Cristian y Emma estuvieran teniendo la peor pesadilla de sus vidas. En el momento en el que Cristian cogió la mano de Emma, ella supo que todo acabaría ahí. Cuando Alfredo acabara de contar su historia con la voz de Luciano en su interior, ambos morirían. Serían noticia durante veinte días en los telediarios «Macabro asesinato de una pareja, en un apartamento de la Plaza de la Independencia en Madrid» y marcaría la existencia de Patricia hasta el fin de sus días. ¡Patricia! Ella lo sabía, lo presentía. ¿Y su madre? ¿Su hermana? ¿Cómo se sentirían cuando supieran que había sido asesinada? ¿Su padre se llegaría a enterar algún día desde el otro lado del charco? Multitud de preguntas sin respuesta agolpaban la cabeza de Emma, cada vez más atormentada por lo previsible que parecía el final de la situación en la que se encontraban. Catherine y Edward podrían haber sido felices y, si lo hubieran sido, nada de esto estaría ocurriendo en estos momentos. Emma y Cristian no habrían vuelto a nacer, a vivir. Hubieran pasado de nivel. Pero lo cierto es que era injusto el escaso mes que habían podido compartir. Solo un mes. Nada comparable con los años que les fueron brindados a Catherine y Edward. ¿Qué pasaría la próxima vez? Emma no olvidaba las palabras de Cristian. «Un nueve de noviembre, de cualquier año, estaré con mi cámara fotográfica en la estatua de la libertad». Y ella estaría allí para indicarle la perspectiva perfecta desde donde lanzar la fotografía del monumento. Fontana di Trevi, Palacio de Cristal, Estatua de la Libertad. Tres lugares importantes, tres nueve de noviembre de tres años distintos. La historia de dos almas agotadas por el fin trágico de sus días. ¿Hasta cuándo? ¿Hasta cuándo?

CAPÍTULO 40

9 de noviembre de 1938, Londres

Esa mañana, Catherine decidió pasear por Hampsteath Heath. Se sentó a orillas del lago y empezó, como solía hacer desde hacía tiempo, a rememorar tiempos mejores. Realmente no sabía si alguna época pasada había sido mejor. Ahora tenía a sus dos pequeñas y eso le hacía sonreír cada mañana. No recordaba cómo era su vida sin ellas, pero no tenía a Edward y, sin embargo, seguía pensando en él, como si aferrarse a su recuerdo le permitiese tenerlo cerca por siempre.

Solo el sonido de unos pasos que se aproximaban con lentitud hacia ella pudieron hacerla despertar. Era él.

—Por alguna extraña razón, nuestras almas van a estar conectadas y lo van a estar siempre. —Oyó que le decía una voz—. Hoy hace seis años que nos conocimos y, sin embargo, seguimos sin poder estar juntos. —Catherine se levantó y le ofreció su mano para que él la estrechara. En vez de eso, se encontró con un súbito y repentino beso en los labios.

—¿Cómo estás, Edward?

—No del todo bien, pero venir hasta aquí un nueve de noviembre ha sido lo mejor que he podido hacer después de tanto tiempo.

—Hemos tenido el mismo pensamiento.

—Sí, creo que sí.

—Sigues...

—Sí, sigo viviendo con Rose. —Tras una pausa en la que Edward pareció reflexionar, volvió a mirar fijamente a los ojos de Catherine. En ellos, de nuevo, pudo ver lo perdida que se encontraba en esos momentos, como cuando la conoció—. Te mentí Catherine. Aunque sí he aprendido a quererla, nunca he estado enamorado de ella. Y por más que lo hubiera intentado, nunca hubiera dejado de estarlo de ti.

—Eso es algo que ya sabía, Edward, aunque al principio me lo creyera. Les hablo de ti a las niñas cada noche y, aunque creo que no lo entienden todavía, conocen nuestra historia.

—¿Creen que Luciano es su padre? —preguntó Edward, temeroso de la respuesta, aunque ya la sabía. Catherine asintió.

—Pero tengo la intuición de que saben que algo no encaja —añadió, con lo que pudo romper con la seriedad que la pregunta implicaba.

Pasaron la mañana juntos hasta la hora de la despedida, en la que quedaron en volverse a ver la tarde siguiente. Era como si Rose y Luciano hubieran desaparecido de nuevo para que el mundo solo girara alrededor ellos dos. Así sería. Hasta el final.

Cuando Edward llegó a casa, se encontró a Rose en la puerta con sus maletas.

—De nuevo me equivoqué, Edward. —Era una despedida. Rose lloraba desconsolada, pero era fuerte y lo superaría—. Por lo menos, esta vez, puedo despedirme y saber que jamás volveré a encontrarme contigo.

—Rose, lo siento. No puedo decir nada más.

—No hace falta, Edward. Suerte.

Edward observó cómo Rose se alejaba para siempre de él. Incluso cuando su figura desapareció, siguió observando el lugar por donde había girado, como si, de pronto, volviera a aparecer. Pero no sería así. Se encerró en casa y empezó a escribir un artículo para el periódico, que debía estar listo para la mañana siguiente a primera hora.

CAPÍTULO 41

25 de mayo de 1939, Londres

—¡Tres años mamá, tres años! —repetía Amanda, dando saltos en la cama de Catherine, en la que ella aún dormía. Lucille era más tranquila e introvertida, por lo que prefirió quedarse en un rincón riéndose de su hermana. Catherine la cogió en brazos y le dio un beso en la mejilla.

—¡Madre mía qué grandes sois! ¡Tres años! —reía Catherine.

Luciano miraba desde el umbral de la puerta la divertida escena, aunque a él no le hiciera gracia. Sabía que Catherine volvía a verse con Edward desde hacía tiempo, esta vez, a escondidas sin que ni siquiera él lo supiera. El miedo que le provocaba la huida de Catherine con el padre de sus hijas hacía que supiera con exactitud lo que tenía qué hacer. Aunque aún era pronto. «Calma» se decía. «Paciencia», seguía diciéndose. El tiempo pasaría y, si ella no era feliz con él, no lo sería con Edward ni con nadie.

La tarta de cumpleaños de Amanda y Lucille estaba preparada en el salón. Globos y cometas colgaban de los altos techos y la chimenea estaba rodeada de grandes regalos envueltos con papeles y lazos de vivos colores, como si estuvieran en fechas navideñas y Papá Noel hubiera dejado su huella en casa. Edward sabía que era el cumpleaños de sus dos hijas y, aunque solo

317

pudiera verlas por primera vez desde lejos, debido a la presencia de Luciano, se conformaba con saber que eran felices al lado de su madre en su tercer cumpleaños. Sabía que a las seis de la tarde, niños y conocidos estarían celebrando el acontecimiento en el salón principal de la casa, cuyo gran ventanal daba al exterior. Tal y como había quedado con Catherine, para poder observar desde fuera la fiesta, correría las cortinas para que así pudiera ser. Sin impedimentos. A las seis y media, Edward miraba desde la calle por primera vez a sus dos hijas. En el momento en el que las vio, supo que podía estar contemplándolas una eternidad. Lucían una melena larga y ondulada como la de Catherine, de color castaño claro como la de él. Sus ojos eran pequeños y almendrados y, aunque no supo distinguir el color, intuyó que eran oscuros. No se los había imaginado así. Nunca hubiera creído que se parecieran tanto a él. A conjunto, sus boquitas también eran pequeñas y delicadas. Mientras una chillaba y reía, la otra, más tranquila, la miraba sonriendo. La más alocada debía de ser Amanda, mientras que la niña más tímida sería Lucille. Catherine le había estado explicando las cualidades de cada una de ellas. Sabía que a Amanda le encantaba mirarse al espejo horas y horas, elegir sus propios vestidos y los cuentos que Catherine les contaría antes de ir a dormir. Tenía un carácter fuerte e, incluso, a veces dominante respecto a su hermana. Lucille era todo lo contrario. Tímida y sensible, no le gustaban los espejos y tampoco hablar con la gente. Vivía en su propio mundo interior, en el que le encantaba encerrarse y soñar, y permitía que muy poca gente pudiera entrar. Al fin, Catherine le dirigió una mirada y sonrió. Su rostro manifestaba: «te prometí que algún día las verías». Pero lo peor estaba por llegar. Cuando Edward y Catherine se estaban mirando fijamente desde el otro lado del cristal del ventanal, Luciano cogió con dureza el brazo de ella y la llevó hasta el pasillo, enfrente de la puerta de la cocina.

—¿Qué demonios está haciendo ese aquí?

—Ese, como tú le llamas, es el padre de mis hijas y merece verlas. Aunque sea tras el cristal. Cumplí la promesa, la gente piensa que esas dos niñas son tuyas, ¿qué más quieres, Luciano?

—¡A ti! Te quiero a ti, maldita sea. —Luciano se dio cuenta de que gritó demasiado, justo cuando en el salón parecía haber más silencio que minutos antes. De pronto, apareció Anne con un rostro acongojado, teñido de temor. Luciano la miró desconcertado.

—Señores, perdonen... El señor Soverinni... yo... —murmuró Anne, sin poder pronunciar una frase seguida con cierto orden lógico.

—¿Qué ha pasado, Anne? —preguntó Catherine.

—Perdonen, yo...

—¡Anne! —gritó Luciano, mirando hacia el salón. Lucille y Amanda estaban cogidas de la mano protegiéndose la una a la otra, mirando a Luciano. Les daba miedo ese hombre. Ese hombre no podía ser su padre.

—Su padre acaba de fallecer —pudo decir al final Anne, mirando al suelo.

Luciano corrió hacia la pequeña sala en la que el cuerpo de su padre yacía muerto. Tal y como encontraron a su madre un año antes. Sentado en el sofá con una copa de brandy en su mano y un puro que se iba consumiendo poco a poco en el cenicero, el señor Soverinni permanecía pálido, quieto, callado... muerto. El alarido de Luciano sonó en toda la casa, lo que produjo un gran impacto entre todos los asistentes, incluidos los niños. A Catherine le vinieron imágenes del fallecimiento de su abuelo en su boda. Parecía volver a repetirse la historia, el momento, una celebración, una muerte.

Monique escuchó el largo y desesperado grito de Luciano desde la calma que reinaba en la cocina. Hace años, fue ella quien se vio obligada, por órdenes del señor Soverinni, a envenenar la copa de cava del señor Aurelius Stevens para provocar así su muerte. Sintiéndose culpable por lo sucedido y eternamente agradecida con Catherine, llevaba pensando en ese momento desde que el señor Soverinni la echó de su casa y la dejó en la calle. Fue tarea fácil. El señor Soverinni, como siempre soberbio, le había pedido una copa de brandy. No dudó ni un segundo en introducirle el veneno que, instantes después, le produciría la muerte. Llevaba en secreto su amor por Luciano y, por una vez en su vida, después de tantos años de angustia, se sintió aliviada. Sabía que, al fin, había hecho las paces consigo misma. Corrió hacia el salón para llevarse a las gemelas y así evitarles pasar un mal trago a tan temprana edad. Catherine, aún temblaba por lo ocurrido, pero tuvo tiempo de agradecer a Monique el gesto que tuvo al llevarse a las pequeñas lejos de ahí. Los invitados se fueron en silencio de la casa, ignorando las preguntas que les hacían los niños. «¿Por qué nos vamos ya?», «¿Por qué ese señor ha gritado?», «¿Se ha ido al cielo alguien?».

—Luciano, ya está... —intentó calmarle Catherine, apartando a Luciano del señor Soverinni. Por más que lo intentó, no pudo. Luciano seguía aferrado al cuerpo sin vida de su padre, sujetando la copa de brandy que se estaba bebiendo y observando, con incredulidad, cómo el puro que instantes antes estaba fumando el señor Soverinni se iba consumiendo poco a poco sin ser disfrutado.

Los servicios funerarios vinieron al cabo de una hora y se llevaron el cuerpo sin vida del señor Soverinni, que sería enterrado al día siguiente, a las doce del mediodía, en la parte Oeste del cementerio de Highgate al lado de la tumba de su esposa. Sin autopsia que revelara que Manfredo Soverinni había sido envenenado, dieron por sentado que su fallecimiento se había producido a causa de un repentino paro cardiaco como le había sucedido a su mujer años antes. Al concluir la ceremonia,

Catherine recorrió los estrechos senderos arbolados y floridos del cementerio, observando los distintos estilos y ornamentos de las tumbas, hasta llegar a las lápidas que llevaban el nombre de sus seres queridos. A pesar de que ninguna de las lápidas, excepto la de la señora Diane, tuviera en su interior el cuerpo de los fallecidos al ser calcinados por la explosión, Catherine continuaba llorándolos como si estuvieran allí. Faltaba la del señor Aurelius, que se encontraba en el cementerio Protestante de Roma y Lisa, al oeste de Londres, en el cementerio de Brompton, junto a la que había sido su familia.

Los días fueron pasando sin más. Luciano pasaba el día encerrado en su despacho sin querer hablar con nadie. Sin querer saber nada del mundo exterior. Monique le dejaba en la puerta la bandeja del desayuno, la comida y la cena, pero raras veces salía para cogerla y comer. Aunque la preocupación por el estado de salud de Luciano era evidente, nadie osaba entrar. Ni la mismísima Catherine, que se pasaba el día jugando con sus pequeñas o viéndose con Edward a escondidas.

—Creo que es el momento, Edward. Luciano se pasa los días encerrado en el despacho sin querer saber nada de nada ni de nadie. Creo que, por fin, podemos ser felices, vivir en familia con nuestras dos pequeñas como siempre hemos querido —le dijo Catherine, aún estirada en la amplia cama que Edward tenía en su dormitorio. Alzando un poco la cabeza, podía ver por el ventanal que daba a la terraza el lago de Hampstead Heath. Allí quería vivir, con Lucille, Amanda y Edward.

—¿Estás segura?

—Completamente.

A la una del mediodía, la extraña visita de un hombre cuya indumentaria extravagante podía vislumbrarse con claridad por una gabardina color marrón claro, típica en un detective privado, vino a visitar a Luciano. Anne tocó a la puerta del despacho informando al Soverinni sobre la visita que tenía y él, con voz ronca, le invitó a entrar. Su primer contacto humano después de días sin hablar en persona con nadie.

—¿Qué ha averiguado? —preguntó serio Luciano, cada vez más parecido a su padre.

—Siguen viéndose, señor. Planean escapar con sus dos hijas —le informó el detective Thomas Browling, que tiempo atrás había trabajado con el señor Manfredo.

—De acuerdo. Gracias señor Browling, es todo cuanto quería saber. Aquí tiene su dinero, puede irse.

Cuando el detective cerró la puerta tras él, Luciano abrió el tercer cajón de su escritorio. Lo miró fijamente durante cinco minutos, hasta que la voz de su padre apareció amenazante en su cabeza diciéndole: «Cógela, cógela». Luciano agarró la pistola, una poderosa arma de doble acción con un calibre de siete con sesenta y cinco milímetros, que miró durante instantes con gran admiración. «Te lo prometí, padre... Tres años. Morirán», susurró Luciano, recordando las amenazas y órdenes constantes que su padre le daba. Y, ahora, pensaban huir. Abandonarlo, formar su propia familia, dejarlo solo. Él impediría esa felicidad y solo había una forma. Acabar con ellos.

CAPÍTULO 42

Junio de 1939, Londres

El final de un sueño

Catherine y Edward habían quedado la calurosa noche del doce de junio de 1938, para ir a cenar por la zona de Stoke Newington, al este de Londres. Se vieron frente al restaurante, en Church Street. Como siempre, el chófer le preguntó a Catherine si hacía falta que la esperara y ella, con una sonrisa, dijo que no. Había dejado a Lucille y Amanda profundamente dormidas tras haberles narrado uno de sus cuentos preferidos, *Peter Pan*. Y se había despedido de ellas con un beso en la frente que las niñas jamás olvidarían a la mañana siguiente. Ni siquiera en sueños, donde aparecía su madre protegiéndolas de todas las pesadillas que la noche y la oscuridad les pudiera ocasionar.

—Señora Catherine —la interrumpió el chófer, mirando hacia atrás—. Debo avisarle de un automóvil negro nos ha estado siguiendo durante todo el trayecto.

—Habrá sido una coincidencia —rio Catherine sin darle la menor importancia. Aunque el rostro del chófer mostraba preocupación. La risa de Catherine desapareció en una milésima de segundo al volver a ver a su fantasma, sentada detrás del chofer asintiendo tristemente, como si algo le impidiese hablar como hacía siempre. Algo malo sucedería. Lo presentía. Estaba allí.

—Por si acaso, tenga cuidado.

—Gracias. Buenas noches —se despidió Catherine, tratando de olvidar el momento. Aquello que su mente le advertía y su corazón quería evitar. La tragedia.

La cena fue exquisita, en una mesa reservada en uno de los rincones más íntimos y románticos del restaurante. De fondo se oía con claridad la Sinfonía Fantástica de Héctor Berlioz, la sinfonía número cuatro de Gustav Mahler, el Adagio de Tomás Albinoni o Tocata y Fuga del magistral Johann Sebastian Bach, a cargo de una pequeña orquesta conformada por cuatro hombres de mediana edad muy parecidos entre ellos, situados en el salón central del restaurante.

—Has hecho una muy buena elección —le dijo Catherine sonriendo.

—Me alegra que te haya gustado. Catherine, tengo ganas de ver a mis hijas.

—No te preocupes, Edward. No solo las verás, sino que pronto estarás con ellas. Viviremos todos juntos, será lo que siempre habíamos soñado. —Por un momento, Catherine quiso contarle algo que Edward desconocía. Las apariciones de su fantasma, sus advertencias, ayuda y consuelo a lo largo de todos estos años. Y, sobre todo, el rostro apenado de Lisa, como si algo trágico fuera a ocurrir en poco tiempo, pero no se atrevió. ¿Y si pensaba que estaba loca?

—Desde el primer minuto en el que nos vimos —confirmó Edward, cogiendo la mano de Catherine y observando una vez más la original mancha en forma de corazón, que incluso en la distancia no pudo olvidar nunca.

—Sí —afirmó Catherine con seguridad.

Salieron del restaurante para ir a dar un paseo por el pequeño Parque Victoria. Prácticamente estaban solos. La oscuridad les acompañaba, envueltos en una noche estrellada con una grandiosa y espectacular luna como protagonista, que contemplaron sentados en un banco. El silencio acompañaba a la pareja. Tanto en la mente de Catherine como en la de Edward solo había un pensamiento: la conversación que habían tenido durante la cena, la quimera de poder, al fin, vivir junto a sus hijas. Edward aún no había tenido ocasión de haberse acercado a ellas y se había conformado con verlas desde la distancia una sola vez. Ya no habría cristales ni ventanas de por medio. Había llegado el momento de ejercer el papel que le había pertenecido desde que nacieron. De ser al fin su padre y que ellas lo consideraran como tal, para olvidar el rostro siempre ausente y distante de Luciano.

Luciano había estado observando a la pareja desde el momento en el que Catherine bajó del coche y entró en el restaurante donde Edward la esperaba sonriendo. ¡Cuántas veces maldijo esa sonrisa durante la hora y media en la que la pareja cenaba tranquilamente en el interior del local! Pero había llegado el momento. Catherine y Edward salieron cogidos de la mano en dirección al solitario Parque Victoria. Permanecían tranquilos y silenciosos, sentados en un banco. Al fin, Luciano se decidió. Bajó del coche, llevando consigo la pistola en el interior de su chaqueta y se escondió, en primer lugar, detrás de uno de los altos y fuertes árboles del parque, hasta acabar, al final, delante de Catherine y Edward que lo miraron atónitos y confusos.
—¿Qué haces aquí? —preguntó Catherine, empezando a sospechar lo peor. Era la primera vez que Edward tenía tan próximo a Luciano y no pudo evitar sentir un escalofrío recorrer su cuerpo. No podía hablar. Solo miraba a Catherine con el temor que alguien siente cuando sabe que está a punto de perder lo que más quiere—. ¿Les has hecho algo a las niñas? —volvió a preguntar ella, esta vez aterrorizada ante el presagio de que algo malo podría

suceder. Los ojos de su fantasma volvieron a encontrarse con los de ella, pero parecía ser demasiado tarde para escapar de lo que estaba a punto de suceder. Luciano no estaba bien. Vio en su rostro la maldad y, en su mirada, los ojos del señor Soverinni irradiando locura.

—A las niñas no les ha pasado nada. Hablo del futuro, Catherine.

Y sin que nada ni nadie lo pudiera remediar, Luciano sacó la pistola de su chaqueta y disparó con rapidez a Edward una bala mortal directa al corazón.

Catherine no pudo reaccionar hasta que cayó con pesadez en sus brazos. Él, agonizante, sabiendo que de un momento a otro iba a morir, miró a Catherine por última vez con lágrimas en los ojos. Solo con esa mirada, pudo decirle lo mucho que la amaba, lo mucho que significaron todos y cada uno de los momentos vividos a su lado. Lo mucho que sentía no haber podido cumplir el sueño que les unía, pero había merecido la pena venir a este mundo solo por estar junto a ella. Después de eso, oscuridad, muerte, desolación... sueños rotos. Catherine gritó, pero nadie la alcanzó a escuchar, mientras Luciano reía. Se le había ido por completo la cabeza, sus ojos enfurecidos hablaban por él.

Pasaron unos segundos eternos para Catherine, que mientras veía el cadáver ensangrentado del que había sido el gran amor de su vida, en frente se encontraba Luciano mirando fijamente la escena. Quería escapar, pero algo la retenía. En su interior, la venganza, la tristeza, sus hijas... venían a su mente historias del pasado, del presente y solo imágenes, fruto de su imaginación, de un futuro que podría haber sido y no fue. Exteriormente, las lágrimas la delataban. Luciano había destrozado su vida en un segundo.

—Mátame. Ahora me toca a mí.

Madrid, 2002

—Cumplí mi promesa. Queríais huir y no podía permitirlo. Primero te maté a ti Edward. Un disparo al corazón que acabó con tu vida, pero a ti... La voz de mi padre sonaba en mi cabeza, me decía «Dispara, dispara», pero no podía. Te quería demasiado, no podía imaginar mi vida sin ti. Me obligaste. Me insultaste, me dijiste que nunca me habías amado y ni muerta lo harías. Preferías morir y estar a su lado que vivir y estar conmigo. ¿Se le puede decir algo peor a alguien? Fuiste cruel, Catherine, y pagaste por ello.

Londres, 1939

—Luciano, prefiero estar muerta y poder estar con él que vivir cien años estando a tu lado. —Las palabras de Catherine, inundadas de lágrimas, sonaron frías y distantes—. Todo ha sido inútil, ¿lo ves? ¡Todo!

Luciano disparó. Primero al brazo y luego al estómago. Fue tan inesperado como doloroso, pues sintió que su piel reventaba en una llamarada. Dos minutos, el sufrimiento solo duró dos minutos y, aunque las lágrimas de Catherine seguían corriendo por sus mejillas, sus ojos se cerraron para siempre. El banco estaba repleto de sangre. Luciano contempló la escena que había marcado su vida durante minutos, esta vez, sin la mirada de Catherine. No quedaba nada. Limpió con sumo cuidado los restos de sangre hasta dejar la zona limpia. Corrió hacia el coche y lo condujo hasta la entrada del parque, tomando precauciones para que nadie lo viera. Eran las dos de la madrugada y no había ni un alma por la calle. Las luces de los edificios estaban apagadas y los locales cerrados. Primero un cuerpo, el de Edward. Después, Catherine. Los trasportó desde el banco hasta el maletero del coche con gran destreza, como si de dos sacos de patatas se tratara. Sabía lo que iba a hacer con ellos, todo estaba planeado en su enajenada mente.

Condujo hasta Hampstead Heath, pensando en que le haría un favor al amante de su esposa dejándolo en el lugar que tanto había significado para los dos. Envolvió el cuerpo del hombre que le había destrozado la vida en una bolsa de plástico y, junto a él, fue corriendo hasta la profundidad del lago hasta hundir su cuerpo. Se había asegurado de que el cuerpo no flotara gracias a grandes y pesadas rocas que había encontrado en el camino y que ató con gran habilidad en las muñecas y tobillos del cadáver. Con Catherine, todo fue más arriesgado. Corrió a casa y cavó una tumba en el jardín sin saber que Monique lo observaba desde su habitación. No estaba sorprendida, sabía lo que Luciano tenía pensado hacer desde que murió su padre, pero, en realidad, nunca imaginó que ese momento se convirtiera en algo que ella pudiera ver con sus propios ojos. Como si llevara una muñeca de trapo en brazos, Luciano lanzó el cadáver de Catherine en el hueco que tanto le había costado cavar en el jardín y, con lágrimas en los ojos, predicando una especie de oración, lo enterró hasta volver a poner la hierba encima de él al mismo nivel que el resto de suelo.

Luego, se fue al dormitorio que había compartido con Catherine. Se metió en la bañera para lograr quitarse de encima toda la suciedad, la sangre y el sudor que corría por su piel. Metió la ropa y la pistola en una gran bolsa que ocultaría en la caja fuerte escondida en su despacho, y exhausto, se quedó dormido. Sin remordimientos.

A la mañana siguiente, el ambiente estaba enrarecido y, aunque Monique no dijo nada de lo que sabía a nadie, nunca pudo mirar fijamente a los ojos absortos de Luciano. La gente creyó que Catherine y su amante huyeron y abandonaron a las niñas, y, aunque por un lado Monique se sintiera culpable al dejar fluir la leyenda de la que fue la mejor mujer que conoció, creyó estar haciendo lo que debía. Por el bien de las niñas que, con el tiempo, dejaron de preguntar por su madre.

El cinco de febrero de 1942, un sonoro disparo hizo temblar los cimientos de lo que una vez fue la feliz y rica casa de los Stevens. Luciano Soverinni se había suicidado. No quedaban riquezas ni posesiones. Ni siquiera la casa del fallecido señor Aurelius pertenecía a Lucille y Amanda Soverinni. Luciano había acabado con toda la fortuna y bienes materiales que tanto ansió junto a su padre poseer. Monique se vio obligada a llevarse a las pequeñas hasta un humilde barrio de la zona de Aylsbury y darles le mejor educación que pudo, hasta que crecieron y encontraron con quien compartir su vida. Pensó en dejarles un diario escrito con toda la verdad sobre su familia, sobre su historia, sobre ellas mismas. Pero no le dio tiempo. Murió una noche mientras dormía de un repentino infarto al corazón, como le había sucedido a su madre y su padre a una temprana edad.

Lucille conoció a un apuesto economista llamado William Smith, a la vez que su hermana Amanda empezaba a festejar con el apuesto bombero Karl Dutroux, de padres alemanes. Se casaron y vivieron cómodamente en el barrio de Chelsea. Fueron tiempos felices hasta que un trágico accidente de automóvil se llevó consigo a William y a Karl, y dejó a las dos hermanas en un coma profundo del que despertarían tiempo después sin recordar nada de su pasado, lo que las alejaría de todas las riquezas que habían tenido una vez, para vivir una vida humilde en común separadas del resto del mundo en una pequeña casa en Annestown. Solo les quedaba una cosa: un par de diarios de dos mujeres que no recordaban y diversas fotografías antiguas que les inmortalizaban los rostros de aquellas personas que, una vez, fueron parte de sus vidas.

Dicen que, cuando estás a punto de morir, ves una sucesión de imágenes de toda tu vida. Catherine vio a su familia, a su abuela

330

Diane, a Lisa, a sus preciosas hijas y a él… a Edward, el gran amor de su vida. En ningún momento vio a Luciano, el responsable de su muerte y su desdicha. Durante los últimos segundos de su vida, Catherine se preguntó qué fue lo que vio Edward antes de morir y hacia dónde se habría ido él.

Su espíritu, aún en el parque y sin ver el alma de Edward, vio una luz resplandeciente, mágica y atrayente a la que sabía que tenía que ir, como años atrás lo habían hecho sus seres queridos. Pero antes, debía hacer algo. Despedirse de sus hijas como había hecho Lisa con ella. Sabía que sería algo que Lucille y Amanda recordarían con el paso de los años, aunque aún fueran muy pequeñas y que las reconfortaría cada vez que pensaran en ello. Sabía que estarían bien, confiaba en que Monique las cuidara. Quizá no tendrían todas las riquezas del mundo, pero tendrían amor y ella, desde algún recoveco del universo, las vería crecer y las protegería. Acarició sus rostros infantiles, abrió la ventana del dormitorio de las pequeñas e hizo bailar a las cortinas al son de una música invisible e imaginaria. Las niñas lo vieron, lo sintieron, y supieron que mamá había abandonado este mundo.

Un palacio de cristal, una nueva vida, un viejo amor. Tardaría en llegar, pero, al igual que todo lo que nos pertenece, lo haría.

CAPÍTULO 43

Madrid, 2002

Cristian se levantó del sofá. Tenía que intentar hacer algo. ¿Por qué Edward no se defendió? ¿Por qué se rindió tan fácilmente? Él no lo permitiría, tenían que salvarse, tenían que vivir. Debía ser un final feliz.

—Ni se te ocurra moverte. —La voz de Luciano se mezcló con la de Alfredo. No quedaban lágrimas, solo el sudor de su frente les recordaba el nerviosismo y la tensión que las cuatro paredes del apartamento de Emma estaban viviendo.

Todo sucedió muy rápido. Emma veía cómo Alfredo y Cristian se enzarzaban en un altercado peligroso, cuyo protagonista era una escopeta cargada que amenazaba con matar a uno de los dos. Emma se tapó la cara, paralizada en el sofá sin poder mirar, sin poder hablar, sin poder moverse. Solo deseaba que esta vez saliera bien. De nuevo, la mirada de su fantasma apareció, como había venido hacía años cuando la tragedia se desató, para avisar a Catherine. Negó con la cabeza con tristeza y desapareció ante la estupefacta contemplación de Emma, que jamás había podido ver el semblante de Lisa en persona, aunque se tratara de un fantasma.

Un disparo. Solo uno, no hizo falta más. Cristian cayó al suelo y, de inmediato, Emma corrió a su lado.

—No olvides la tercera oportunidad, Emma… —Cristian cerró de nuevo los ojos a la vez que un amplio charco de sangre comenzaba a extenderse en el suelo. Ñata volvía a ladrar desde el lavabo. Luciano volvía a reír. Emma volvería a morir.

—Supongo que me toca a mí, ¿no?

Alfredo negó con la cabeza y, con un desagradable gesto, se introdujo el cañón en la boca y disparó. Cayó al suelo, junto al cadáver de Cristian y salpicó de sangre las paredes del apartamento, alcanzando a Emma. La joven quedó paralizada por un momento sin saber cómo reaccionar. A un lado, el cadáver de la persona a la que había querido, incluso antes de nacer. Al otro, el cuerpo del ser más repulsivo que había odiado, incluso antes de venir al mundo. Sus lágrimas, caídas al suelo, se mezclaban con la sangre de Cristian que, una vez más, descansaba en paz. ¿Por qué le había tocado a ella esta vez quedarse aquí? ¿Continuar viviendo? Se tocó el vientre con delicadeza. Ese era el motivo, aún no había dado a luz al retoño que tenía en su interior. Con la fuerza que un día caracterizó a Catherine, Emma cogió el teléfono y llamó a la policía para explicarles el tormentoso suceso que había acabado de vivir y rogarles que acudieran al apartamento lo antes posible.

Mientras esperaba la llegada de los servicios policiales, marcó el número de teléfono de Patricia para darle la fatídica noticia. Al otro lado del hilo telefónico, el llanto de Patricia era inconsolable. Le dijo que intentaría estar en Madrid a primera hora de la mañana. Al cabo de diez minutos, un par de agentes de mediana edad acudieron al apartamento y escucharon con atención a Emma, que explicaba lo que había pasado apenas una hora antes, con lágrimas en los ojos y sin poder evitar el tembleque de su voz.

Los policías no daban crédito a lo que estaban viendo, admirando la valentía de Emma, la única testigo de la muerte de los dos jóvenes tumbados en el suelo ensangrentado. Quizá el crimen más atroz que, en los años ejerciendo su profesión, habían tenido ocasión de ver. Los temibles ojos de Alfredo aún estaban abiertos, lo que le otorgaba signos evidentes de la maldad que ocultaba su interior, ya sin vida. La investigación policial en el apartamento no duró demasiado, apenas unos minutos para comprobar que lo que les había contado la joven era verdad. El arma de Alfredo había acabado con la vida de Cristian, que tratando de sobrevivir junto a Emma, inició un violento altercado. Escasos minutos después, era el asesino el que se había llevado la misma escopeta a la boca, suicidándose al instante, sin dudarlo ni un momento. El forcejeo de los dos hombres antes de morir era evidente, así como la posición de la escopeta para acabar con la vida de ambos. Se llevaron los dos cuerpos cubiertos en bolsas negras, ante la expectación de la multitud de ciudadanos que observaban lo ocurrido en la calle o desde los balcones, a pesar de ser la una de la madrugada. Hasta el lugar, también había acudido la prensa haciéndose eco , de inmediato, del grave suceso. Emma intentaba esquivar las cámaras y a los periodistas que la acechaban, en compañía de dos agentes que parecían sostenerla en pie. De fondo, aún podía escuchar los gritos de Adela y los ladridos de Ñata a la que habían sacado del lavabo para llevarla al patio trasero del apartamento. Su teléfono móvil no paraba de sonar y, por un momento, vio la Puerta de Alcalá sin nadie que la fotografiara o contemplara. Tampoco hacían ruido los coches que transitaban sin problemas por la zona, aunque habían cortado la Plaza de la Independencia por lo ocurrido en su apartamento. Lo que Emma siempre creyó que le pasaba a los demás, ahora le estaba ocurriendo a ella. Solo hacía unas horas que paseaba tranquilamente por esa calle junto a Cristian. Y, ahora, él iba de camino hasta el anatómico forense de Madrid. Solo, completamente solo, como sola se encontraba ella. No volvería a subir nunca más a su apartamento. Pediría a alguien que se encargara de recoger su ropa y efectos personales y se iría a otro lugar, lejos de esa casa. Lejos del lugar que pudiera traerle recuerdos del peor momento de su vida.

Lloraba desconsolada en una fría y triste sala de espera del tanatorio, mientras esperaba a Patricia que, seguramente, ya habría podido coger un avión hacia Madrid. No sabía cuánto tiempo había pasado, calculaba que tres o cuatro horas. Una eternidad.

—Señorita —la saludó una voz de mujer suave y firme desde el umbral de la puerta de la sala de espera. Emma la miró, esperando que la mujer, de unos cincuenta años, continuara hablando—. Será mejor que se vaya a casa. Son las tres de la madrugada. No es un buen lugar para quedarse a estas horas. —Emma no supo qué decir. ¿Volver a casa? Ella ya no tenía una—. En todo caso, llame a algún familiar... —continuó diciendo la mujer, tratando de ocultar el error de su sugerencia. Sabía por lo que había pasado esa joven y tenía una cara tan triste... Los ojos, aún llorosos, se le habían inflamado considerablemente y unas ojeras delataban el deplorable estado de cansancio en el que se encontraba.

—Sí, muchas gracias —dijo entonces Emma, cogiendo su teléfono móvil, a la vez que se levantaba de la butaca en la que había estado sentada por lo menos dos horas.

Un nuevo día

A las ocho de la mañana, Emma seguía paseando por las calles de Madrid sin rumbo fijo, viendo cómo el cielo amanecía mientras se dejaba deslumbrar por un tímido sol. Como si nada hubiera ocurrido, el mundo continuaba girando a su alrededor. La vida continuaba. Un nuevo día volvía a despertar.

Había pensado en llamar a su hermana o a su madre, pero no se había atrevido. Aún no se sentía preparada para explicar, en resumen, todo lo que había ocurrido, aunque se enterarían por la prensa. Eran dos mujeres siempre pendientes de la información de la actualidad, que veían por televisión o leían en los periódicos cada mañana mientras almorzaban. Y allí se encontraba ella, en primera página de todos los diarios del quiosco. Una fotografía en el centro de cada periódico, de grandes dimensiones, en la que aparecía acompañada de los dos policías que llegaron primero a su apartamento, agarrándola, como si fuera a desmayarse de un momento a otro por el gran impacto de lo ocurrido. Se detuvo delante de un quiosco ante la atenta mirada del dependiente que, sin duda alguna, la había reconocido. Observaba los titulares en silencio mientras su rostro continuaba delatando la tristeza y el cansancio generado por una noche entera sin dormir.

«Asesinato en un apartamento de la Plaza Independencia».

«La escritora Emma Costa, sana y salva».

«Múltiple y macabro hallazgo de dos cuerpos sin vida en un apartamento de Madrid».

Le empezó a doler la cabeza, solo podía pensar en Cristian y en lo injusto que parecía todo. Un mes. La vida solo les había regalado en esa segunda oportunidad, un mes. El teléfono de nuevo sonó, interrumpiendo sus pensamientos.

—Emma… —saludó atropelladamente su hermana—. ¿Dónde estás? ¿Qué ha pasado? Lo he visto en el periódico, casi me da un vuelco el corazón al ver tu fotografía en…

—Eva, por favor, ya hablaremos de esto con más tranquilidad. Llevo toda la noche sin dormir y no tengo ganas de hablar. —En su mente solo existía la imagen del cuerpo sin vida de Cristian. Lo veía a todas horas. Vivo y muerto, muerto y vivo. Ya no estaba con ella, no lo estaría más—. ¿Me haces un favor?

—Claro.

—Llama a Isabel y dale la llave que tienes de mi apartamento. Que vaya a limpiarlo… Si no quiere, ya llamaré a otra persona, lo entiendo.

—¿Limpiarlo? Quieres decir la…

—Sí, la sangre, Eva.

—Ya sabes cómo es Isabel.

—Le pagaré lo que me pida, me da igual. Cuando termine, hazme el favor de ir tú misma a recoger todas mis cosas y traerme a Ñata. La dejamos en el patio trasero. Creo que tiene comida y agua, pero…

—Tranquila, yo me encargo. Cuando esté todo listo te llamaré.

—Muchas gracias, Eva —se despidió Emma.

337

Al cabo de dos horas, fue de camino al aeropuerto de Barajas para ir a buscar a Patricia. En cuanto se vieron, se fundieron en un interminable abrazo. Ambas estaban unidas por el dolor de haber perdido a la persona que más querían. En la mente de ambas no solo existían las imágenes del fatídico presente. Se mezclaban las del pasado, las de una tragedia anterior que había trastornado sus almas. Había vuelto a ocurrir, aunque de manera diferente. Emma, Catherine, seguía con vida, pero sin Cristian, sin Edward. Antes de ir al tanatorio donde seguramente a esas horas le estarían practicando la autopsia a Cristian, fueron a tomar un café para así poder despejar sus mentes en la medida de lo posible.

—¿Cómo ocurrió? —preguntó Patricia, secando sus lágrimas. Al igual que Emma, sentía que no le quedaba nada. Primero, su marido, ahora, su hijo. Ambos estaban destinados a una muerte violenta y dolorosa. Una muerte segura que les acechó desde el mismo momento en el que nacieron. Era su destino y más el de Cristian. Su alma aún estaba rota por el fatal desenlace que vivió en su anterior vida, pero en esta debía ocurrir lo mismo.

—Todo fue muy rápido... Lucille tenía razón, él seguía aquí. —Patricia la miraba interrogante. Emma sabía con exactitud lo que se estaba preguntando—. Se trataba de mi vecino. Tuve una pequeña aventura con él hace años que acabó antes de empezar. No sabía que su pasado había sido tan trágico y mucho menos que pudiera haber sido Luciano en nuestra otra vida. Cuando lo conocí, ni siquiera sabía nada de Catherine o de Edward. Era un hombre trastornado, enfermo... Con una escopeta nos obligó a subir al apartamento sin hacer ruido y nos explicó su historia. Una mezcla de su pasado y del pasado que acabó con la vida de Catherine y Edward. Efectivamente, él los mató. Cristian se levantó y... —No podía continuar. Las lágrimas volvían a ella con una mezcla de jadeos inevitables que le venían del interior del estómago. Se sentía observada, incómoda, como si todo el mundo supiera que era ella la que había vivido la tragedia en sus propias carnes la noche anterior.

—Ya está, ya está —la intentó consolar Patricia—. Tenemos que ser valientes, Emma. Por él.

—Sí, por Cristian...

—No, Emma. Por él, o por ella. —Era la primera vez, en esos minutos, en los que Patricia pudo sonreír señalando el aún delgado vientre de Emma. Ella también lo sabía.

—Tienes razón.

—Te prometí que algún día volvería a estar contigo. Y creo que ha llegado el momento. Si quieres, puedo quedarme contigo, ayudarte a criar a mi nieto.

—Es lo que quiero, Patricia. Es lo que necesito. —Patricia asintió, consciente de que, desde ese momento, sus vidas cambiarían para siempre.

CAPÍTULO 44

Navidades de 2005, Madrid

Dos niñas traviesas llamadas Cristina y Lisa correteaban por el comedor deseosas de ver los regalos que *«tía Lucille y tía Amanda»* les habían traído desde Irlanda. La estantería del salón se encontraba repleta de fotografías enmarcadas en unos elegantes marcos de plata. Carlota siempre le preguntaba a su hija quiénes eran esas personas que, por lo visto, habían vivido años atrás. Emma se limitaba a sonreír, lo que aumentaba, así, la curiosidad de su madre que, una vez más, había roto con uno de sus innumerables y jóvenes novios modelos. Eva, embarazada de tres meses de su marido Javier, abrazaba a su hermana cada vez que contemplaba la fotografía de Cristian, situada al lado de la de Patricia, quien abrazaba a su vez, con orgullo, a sus dos únicas nietas recién nacidas el día 22 de septiembre del 2003.

Era nochebuena y, mientras Emma le ofrecía a Ñata un suculento trozo de pavo acompañado de una pequeña porción de turrón por ser un día especial, Lucille, Amanda, Patricia, Carlota, Eva y Javier esperaban alrededor de la mesa, observando cómo Cristina y Lisa se entretenían haciéndoles carantoñas a sus abuelas.

—El pavo te ha quedado exquisito, hija —reconoció Carlota sonriendo. Emma le devolvió la sonrisa, admirando el cambio que había experimentado su madre desde que era abuela. Hacía un año que había traspasado su agencia de modelos y vivía relajada y feliz. Se había convertido en otra mujer. En una madre de verdad, en una abuela extraordinaria. Como siempre decía: «Nunca es tarde si la dicha es buena». Todos asintieron aplaudiendo las dotes culinarias de Emma, que habían mejorado notablemente en los últimos años.

La cena llegó acompañada de villancicos y conversaciones alegres, hasta que, a las once de la noche, llegó Papá Noel hasta Villaviciosa de Odón y llamó a la puerta granate de la casa de Emma.

—¿Quién será? —preguntó, dirigiéndose a sus hijas, viendo cómo sus expresivos ojos verdes se engrandecían por momentos y sus pequeñas boquitas se abrían con ilusión.

—¡Papá Noel! —gritaron ambas, mientras corrían hacia la puerta y la abrían con torpeza. Cuando lo vieron, se abalanzaron sobre aquel hombre ataviado en un traje rojo que disimulaba su incomodidad a causa de los engorrosos pelos blancos de su barba postiza.

Todos reían al ver a Marcos, el padre de Eva y Emma, sentado en el sillón con sus dos nietas encima de sus rodillas, a la vez que abrían los regalos que les había traído. No existía felicidad igualable a la de ver a toda una familia unida. Patricia había aprendido a querer desde el primer momento a la familia de Emma y llegó a sentirse como una más. Aunque el vacío que le había dejado la ausencia de su hijo era irreparable, sus nietas eran la gran ilusión de su vida.

Cuando todos volvieron a sus casas y Lucille y Amanda se fueron a dormir agotadas por un emocionante y completo día, Patricia se quedó en el salón esperando a que Emma acabara de acostar a las niñas. Les leyó, como cada noche, un cuento. Peter Pan, La Cenicienta, La Bella Durmiente, El Rey León, Pocahontas, La Sirenita... eran solo la mitad de los cuentos infantiles que las gemelas tenían en la estantería de su habitación, aunque el preferido de Cristina y Lisa era el de Peter Pan. No había duda alguna. Y, en esa noche tan especial, a Emma le tocaba contarles la historia del niño que no quería crecer.

A las doce y media, Emma bajó por las escaleras. Su mirada iba dirigida a la desordenada mesa del salón y a la multitud de papeles en el suelo que habían roto las niñas al desenvolver sus regalos, a la vez que negaba fatigada con la cabeza.

—Mañana te ayudaré a recogerlo todo —la alivió Patricia.

—Gracias... estoy cansadísima.

—¿Ya duermen las niñas?

—Como dos angelitos.

—He acabado de leer «*Historias paralelas*». Me recuerda a algo, pero con un final feliz.

—Nunca te lo expliqué Patricia, pero espero algún día poder tener ese final feliz con Cristian. Antes de morir, él me explicó que vio la estatua de la libertad.

—¿Estás diciendo que habrá una tercera ocasión? —Emma asintió sonriendo con tristeza—. No creo que yo esté presente ya. Por lo visto, he cumplido mi misión.

—Supongo que sí. ¿Sabes? Por un lado tengo ganas de que acabe esta vida. Poder volver a estar con él es un sueño que nos queda por cumplir. Pero, por otro lado, mis hijas. Las adoro.

—Forman parte de vosotros. Ellas y no te olvides de Lucille y Amanda. Aunque me temo que ya no están para mucho trote.

—Estoy pensando en proponerles que vengan a vivir con nosotras. La casa es muy grande y yo podría cuidarlas. Estoy prácticamente todo el día aquí, escribiendo. Tengo tiempo para ellas.

—Puede ser una buena idea. Así estarán acompañadas y con las niñas nunca van a aburrirse, desde luego —afirmó riendo.

Como tantas otras veces, el silencio se hizo presente. Patricia y Emma habían aprendido a vivir con los silencios. Respetaban sus mutuos pensamientos. Ambas sabían que sus vidas no eran normales y corrientes. En la mayoría de ocasiones, se sentían afortunadas por poder recordar con exactitud la historia de un pasado que habría dejado de ser recordado si no fuera por ellas, las protagonistas. Otras veces, querían olvidarlo, porque dolía demasiado. Tener así la habilidad, como todo ser humano que pierde el recuerdo de quien pudo haber sido, de centrarse en el presente que tenían y vivirlo con intensidad en su propia vida, sin pensar en la anterior o en la siguiente. A menudo, suspiraban y, entonces, ambas reían y volvían a conversar.

—¿Dónde crees que estará Cristian? —No era la primera vez que Emma le hacía esa pregunta a Patricia, que siempre se encogía de hombros y meditaba la misma respuesta reconfortante.

—Supongo que estará esperándote. —Esta frase siempre animaba a Emma, que veía cómo su vida pasaba junto a los dos tesoros que le había dejado Cristian antes de irse.

—El tiempo pasa muy rápido.

Años más tarde

Tal y como dijo Emma aquella noche de Navidad de 2005, el tiempo pasó muy rápido. Muchas de las personas que le importaban ya no estaban con ella a sus ochenta años. Tumbada en su cama y aún con la presencia de su fantasma, pensaba en Patricia, en sus padres, en Lucille y Amanda, que vivieron con ella y sus hijas durante los seis últimos años de sus vidas. En Ñata que, con la misma alegría con la que vivió, murió de viejecita mientras mordisqueaba uno de sus juguetes preferidos. En todo lo que había pertenecido a un pasado, del que dudaba poder recordar en un futuro lejano, con otro cuerpo, con otra vida. En cualquier otro lugar distinto, pero con la misma esencia, la misma esperanza, el mismo sueño.

Eran muchos los días en los que se reunía con su hermana para rememorar viejos tiempos, cuando aún eran jóvenes y sus ojos brillaban con fuerza. Javier, el marido de Eva, había fallecido hacía tres meses de una larga enfermedad contra la que luchó durante cinco años. «La muerte es la que decide cuando llegamos a esta edad», solía decir Eva con pesar. Su hijo Mario había hecho su propia vida al lado de una guapa modelo que su abuela Carlota le había presentado hacía años y le había dado a

Eva una dulce nieta a la que habían llamado Daniela. Dos años después del nacimiento de Daniela, Carlota Costa falleció. El miedo que siempre tuvo de envejecer se cumplió, pero había muerto como siempre quiso. Mientras dormía.

Cristina y Lisa, por su lado, le habían dado grandes satisfacciones a su madre. Y a Cristian, estuviera donde estuviera. Ambas habían estudiado arquitectura y habían formado su propia empresa. Encontraron el amor a los veinte años y a los veintisiete ya eran madres. Todo al mismo tiempo, la compenetración entre ambas siempre fue del todo visible. Cristina tuvo dos hijos, Ismael y Lucas. Lisa, sin embargo, dio a luz a la parejita, Nora y Eduardo. Habían colmado de alegría sus hogares gracias al carácter humilde y entrañable que las había caracterizado. Muy parecidas a Cristian, habían heredado su buen carácter y su serenidad, siempre presente en sus rostros. Patricia llegó a disfrutar de la boda de sus nietas, pero no del nacimiento de sus bisnietos. Le detectaron un tumor cerebral que se la llevó al cabo de un mes. Fue doloroso, pero lo llevó con dignidad y valentía, dos palabras que habían marcado siempre su definida personalidad.

Emma nunca había vuelto a encontrar el amor. En la multitud de novelas que llegó a escribir y publicar durante todos esos años siempre aparecía Cristian. Él era el protagonista principal en el corazón del personaje femenino. Él era quien guiaba sus pasos. Él era quien la esperaba en algún rincón.

Una vez más, vio el rostro de su fantasma. Sonreía como siempre, pero esa noche era especial. Había llegado el momento de partir y empezar una nueva vida, una nueva oportunidad. Todo terminaba y se iba con la esperanza de haber hecho felices a las personas con las que convivió, y retuvo en su mente y en su corazón sus rostros para poder irse en la compañía de todos ellos. Sus hijas, sus nietos, los que se habían ido antes que ella, a los que tantas veces lloró por su ausencia y con los que tantas veces pudo reír en vida. Tuvo la oportunidad de aprender a vivir. De aprender cosas que Catherine nunca llegó a conocer. Ver crecer a sus hijas, ser abuela, envejecer, observar cientos de amaneceres y anocheceres que le daban distintas perspectivas sobre la vida, solo era una parte de lo que había sido su existencia. Y estaba satisfecha de haber aprendido qué decir en cada momento y, sobre todo, cómo decirlo. En quién confiar y en quién no. En saber cuándo había un problema con solo observar la mirada de una persona. Estaba satisfecha de la vida que había llevado, de la oportunidad que tuvo esta vez. Estaba preparada. Podía irse en paz.

Lisa asintió, como tantas otras veces había hecho cuando algo iba a ocurrir de un momento a otro. Algo importante. No habló, porque no hacían falta palabras. Emma miró una vez más sus dedos gastados y arrugados, que tal vez volverían a deslizarse por las teclas de un ordenador en un futuro, para absorber las vidas de personajes que creaba su imaginación. Después, volvió a fijar su mirada en la de Lisa, tratando de retener su recuerdo en algún rincón donde lo pudiera conservar eternamente y, por último, observó el dulce baile de las cortinas de esa noche estival. El sauce llorón del jardín parecía despedirse de ella con el suave movimiento de sus ramas.

Todo volvía a concluir para dar paso a un nuevo comienzo.

El tiempo, en verdad, pasó muy de prisa. Fue apenas un suspiro.

CAPÍTULO 45

9 de noviembre de 2200, Nueva York

A las nueve de la noche del ocho de noviembre del año 2200, el presentador Richard Burton, con la elegancia y atractiva presencia que lo caracterizaban, que lo convirtieron, así, en uno de los hombres más deseados de Manhattan, abría el informativo del canal América con la siguiente reflexión.

«Según expertos, el fin del mundo está cerca. Apenas queda hielo en la Antártica, millones de animales marinos se han extinguido y la escasez de agua es más que evidente. Sin embargo, vivimos tranquilos como lo hicieron nuestros bisabuelos, nuestros tatarabuelos y los abuelos de estos. Sin embargo, Nueva York sigue siendo la ciudad que nunca duerme. Empezamos los informativos de las nueve, bienvenidos».

Como cada mañana, Kate Austen se levantaba a las ocho con un sonoro bostezo que resonaba en las paredes pintadas de azul cielo de su dormitorio. Aún con los ojos entrecerrados, no podía evitar observar la belleza desde la ventana de su habitación. Su sauce llorón le daba los buenos días. En ocasiones, recordaba el momento en el que, dando una vuelta con su madre Charlize por la bonita zona residencial de Tarrytown, vio el cartel de «En venta» en la antigua casa en la que en la actualidad vivía. Una de las pocas casas que habían sobrevivido a la masiva construcción de las llamadas *«casas inteligentes»*, con un diseño espectacularmente moderno y unos ventanales demasiado indiscretos. Llegó el momento de abandonar el apartamento en el que vivía en la planta número diecinueve de uno de los altos edificios de la calle 110, en la zona norte de Central Park, para mudarse a un nuevo, acogedor y centenario hogar.

La casa tenía unas preciosas vistas al río Hudson y a los acantilados, y, desde el primer minuto, supo que ese sería su rincón. Reformarla y arreglar su interior resultó ser más trabajoso de lo que pareció en un principio, pero valió la pena. Por aquel entonces, ya se había convertido en una respetada escritora que se ganaba bien la vida y podía permitirse algún que otro capricho. La fachada de la casa era renacentista y estaba algo estropeada, pero no había nada que una buena capa de pintura blanca inmaculada no pudiera solucionar. Y así fue. La casa volvió a brillar como en sus viejos tiempos. Destacaba en su pequeño porche la puerta de la entrada, de un color granate que hacía las delicias de los invitados. Muchos de los muebles que había adquirido eran antiguos. Ella misma los había barnizado, lo que les dio de nuevo la vida y el antiguo esplendor que tuvieron en compañía de sus anteriores propietarios. Si algo decían sus padres era que estaba demasiado recargada de cuadros, una de las pasiones de Kate, a la que no le importaba ensuciarse en sus ratos libres, mientras pintaba cualquier escenario abstracto que luego colocaba en cualquier espacio libre que quedara en la pared. Aunque la tarea se había vuelto complicada. Ya no quedaban espacios libres en las recargadas paredes de su casa. Los había ocupado casi todos.

Se dirigió hasta su despacho, situado al lado del dormitorio. Además de tener unas formidables vistas al río Hudson, era el lugar donde Kate guardaba sus «tesoros» y la zona de la casa en la que podía pasar el tiempo volando sin que ella fuera consciente. Y un día más, miró el calendario. "Nueve de noviembre". Sonrió. Ese podría ser un día especial.

A las nueve de la mañana un taxi se detuvo frente a su casa para llevarla hasta la Quinta Avenida, donde se encontraba el despacho de su editor. Quedaba una semana para que cumpliera el plazo de entrega de su última novela y, como siempre, Kate se adelantaba a los acontecimientos teniéndola terminada. Cuando llegó a la entrada del rascacielos, esquivó con gran astucia a los ejecutivos agresivos, a los distraídos turistas que no hacían más que mirar hacia el cielo y a las estresadas amas de casa que tenían mil cosas por hacer. Se dirigió instintivamente hacia el ascensor siendo observada por todo aquel que pasaba por la recepción del edificio y, junto a cinco personas más, subió hasta la planta número veintitrés. Martha, la secretaria de Chuck Korda, la saludó amablemente, como siempre, diciéndole que Chuck la esperaba desde hacía rato con impaciencia.

—¡Kate! —exclamó Chuck sonriendo—. ¿Has visto? ¡Ya he colgado la fotografía que nos hicimos el mes pasado en Canadá! —Kate sonrió pensativa. En la pared del despacho de Chuck se podía ver su rostro, siempre sonriendo con exageración, en compañía de algunos de los mejores escritores del mundo. Alessandro Rabinni de Italia, Michael Brinthrop de Londres, Anabella McGann de Nueva Orleans, Dick O'Brien de Los Ángeles, Catalina Lozano de España…, entre muchos otros, y ella. Chuck había encontrado el hueco perfecto para colocar la fotografía con Kate Austen, de Nueva York. Poco era el espacio que quedaba en su pared para albergar un marco y un escritor más. Sonrió triunfal, valorando la importancia que ese pequeño detalle tenía.

—Se agradece, Chuck. Supongo que habrás leído lo que te envié.

—¡Sí! Y estoy deseando leer el final que me has traído de «*Las hermanas de Annestown*». Es una novela estupenda. ¿En qué te has basado esta vez? —Kate, como siempre, se encogió de hombros. Nunca respondía a esa pregunta. Era un secreto que guardaba con recelo para sí misma—. Bueno, te llamo esta tarde y hablamos, ¿de acuerdo?

—Mejor mañana por la mañana, Chuck. Esta tarde voy a estar muy ocupada —se disculpó Kate sin dejar de sonreír.

—Hoy te veo especialmente radiante, Kate.

—Será un gran día. ¿No te parece que hace un día estupendo en Nueva York? —Chuck la miró extrañado para, instantes después, mirar por la ventana. El cielo estaba nublado y empezaban a caer finas gotas de agua. Hacía tiempo que eso no pasaba en Nueva York. Su mirada interrogante hizo reír a Kate, que ya se había levantado de la silla—. Hablamos mañana.

A sus veintinueve años, Kate se sentía en esos momentos como si tuviera cinco. Como si volviera a ser una niña feliz sin preocupaciones de ningún tipo. Como cada nueve de noviembre desde que tenía uso de razón, visitaba la Estatua de la Libertad. Como si de una promesa que ni siquiera recordaba, se tratara. Miraba a su alrededor y, aunque esperaba encontrar algo, nunca llegaba a saber lo que era. Esperaba dos horas, siempre eran dos horas. Cuando nada extraordinario sucedía, bajaba la mirada y, decepcionada, volvía a casa. Pero algo en su corazón le decía que había llegado el momento. En los últimos meses un sueño se repetía. Un sueño extraño en el que aparecía el rostro de una mujer que asentía sonriente tras un halo de luz, una luz resplandeciente. En el fondo de su alma, sabía de quién se trataba. La historia de un nueve de noviembre cualquiera. La historia de lo que fueron

350

otras vidas. Esa era la tercera oportunidad que tenía y quizá la última.

Después de caminar durante varios minutos por las calles de la zona sur de Nueva York, pasando por el parque Battery, llegó a su destino. No le importaba la lluvia que empezaba a caer cada vez con más fuerza. Llegó el momento de estar, un nueve de noviembre más, a los pies de la Estatua de la Libertad. Las amenazantes nubes habían provocado que hubiera poca gente observando la emblemática estatua, que había dado la bienvenida a tantos inmigrantes venidos desde lejos durante tantos años.

Kate estuvo mirando unos segundos a una anciana que daba de comer a las pocas palomas que quedaban en Nueva York. Solo ver lo abrigada que iba con una llamativa bufanda de estridentes colores que le tapaban hasta la nariz le hizo tener calor. De algo le sonaba esa anciana, esa situación, pero en otro lugar, en otro tiempo… Sonrió. Sí, era el día, el año, el momento. Esa anciana había estado junto a ellos en Roma y, también, en Madrid. Ausente y silenciosa, pero siendo cómplice de la historia de su alma.

Continuó mirando a su alrededor hasta toparse con la mirada de un «desconocido» que, acompañado de una cámara fotográfica de última generación, intentaba plasmar sin éxito la imagen perfecta de la Estatua de la Libertad desde abajo. El «desconocido», al verla, le devolvió la sonrisa pero continuó inmerso en la imagen que le mostraba su cámara. De pronto, Kate se situó frente a él sin decir nada. En silencio, examinó sus ojos castaños con forma almendrada, el simpático mechón oscuro que caía de manera inconsciente sobre su frente, los labios finos que se torcían al sonreír… hasta darse cuenta de que él también la estaba observando con detenimiento. Ambos sonrieron y dirigieron una rápida mirada hacia la Estatua de la Libertad.

De un impulso, Kate cogió del brazo al «desconocido», y lo llevó a escasos diez metros del lugar donde se encontraban.

—Aquí es. Desde aquí tienes la perspectiva perfecta para tener la mejor fotografía de la Estatua de la Libertad.

CPSIA information can be obtained
at www.ICGtesting.com
Printed in the USA
LVOW10s2006201217
560368LV00025B/2270/P